戲非戲250

雪中悍刀行

第二部

（二）

劍仙盡低眉

烽火戲諸侯　作

高寶書版集團

道門真人飛天入地，千里取人首級；佛家菩薩低眉怒目，抬手可撼崑崙。
誰又言書生無意氣，一怒敢叫天子露戚容。
踏江踏湖踏歌，我有一劍仙人跪；提刀提劍提酒，三十萬鐵騎征天。

◆目錄◆

第一章　徐鳳年起程離京　幽燕莊縣生波瀾

冷冷清清的下馬嵬總算有了些人氣。

李玉斧已是火速離京，遠離是非之地，而沒了神荼的劍癡王小屏則留在了驛館，估計日後少不了為虎作倀的罵聲無數。

王小屏進了一間側屋，閉門謝客，然後小和尚笨南北就火急火燎跑來下馬嵬，見著了世子殿下的慘澹景象後就直撓光頭。

徐鳳年也不多嘴他在皇宮裡的凶險「吵架」，跟他約好一起出京，然後去一趟兩禪寺，不承想小和尚搖頭說道：「師父讓我跟殿下一起去北涼，讓我代他傳授頓悟之法。」

徐鳳年訝異問道：「你要是沒赴京面聖還好，可你才出京城就跟我去北涼，這不就等於挑明你們兩禪寺跟朝廷澈底鬧翻了？不怕兩禪寺被朝廷一怒之下封了正門？」

李子姑娘不樂意搭理這些事情，一門心思在院子裡堆雪人，後院的積雪被用光以後，先前還讓徐鳳年去外院甚至街上鏟雪，用籮筐裝回院子，當下已經被她堆出大大小小三十個雪人，那叫一個氣勢恢宏。

南北小和尚咧嘴笑了笑，「師父說封寺不打緊，反正寺裡和尚都餓不死，沒了理所當然的飽暖，苦時說法才心誠。」

徐鳳年無奈道：「你師父倒是心寬。」

笨南北一臉惆悵擔憂，「師父的頓悟，我就怕說不好。」

徐鳳年百無聊賴地躺在籐椅上，輕描淡寫地說道：「南北，要不你和李子還是別去北涼了。或者哪一天我想你們了，再邀請你們去北涼做客。」

李子姑娘已經用光所有積雪，大功告成堆出最後一個雪人，拍著凍紅的雙手走來，聽到這句話，愣了愣，先是氣勢洶洶想要反駁，繼而想起一事，嚇得臉色蒼白，猶豫不決。

顯然她後知後覺想起了那個笨南北成佛而去的噩夢。

徐鳳年平靜道：「我信命，寧可信其有，不可信其無，但信不意味著就一定要認命。我不管你師父、李子的爹到底怎麼個想法，你要是敢去北涼，我就能把你五花大綁丟到南海，東海也行。立地成佛的頓悟佛法，天大地大，北涼的確是最容易傳播的地方，但你也說過苦時說法心更誠，那麼就去北涼以外的地方吃苦去。北涼，暫時不對你們開這個門。」

除了說經說法一事，其餘事情都很笨的南北小和尚頓時陷入兩難境地。

徐鳳年不給他們多想的機會，繼續毫不留情說道：「你們這就馬上離開京城，免得被我牽累。」

李子姑娘紅著眼睛，咬著嘴唇。

徐鳳年板起臉道：「聽不懂逐客令？」

李子姑娘打著哭腔道：「我才一段時間沒見到你，你就白了頭，萬一下次你說死就死了——我就只有你和溫華兩個朋友，溫華又找不到——你讓我怎麼辦？」

徐鳳年欲言又止。

笨南北雙手合十，走到東西身邊。

徐鳳年閉上眼睛輕聲道：「你們可以先途經西蜀入南詔，可以一路走到南海邊上。路是難走，但相對安穩。」

李子姑娘到底是初長成，由女孩變成女子了，這一次沒有撒嬌，也沒有糾纏，轉頭抹了抹眼淚，抽了抽鼻子，小聲道：「那我走了啊。」

徐鳳年始終閉目凝神，鐵石心腸。

她好不容易挪步到了後院門口，轉頭說道：「我真走了啊。」

徐鳳年無動於衷。

軒轅青鋒悄然白眼。

半晌以後，軒轅青鋒有些哭笑不得——一顆小腦袋探出門口，淚眼婆娑，然後又有一顆光頭也跟著鬼鬼祟祟探出來。

徐鳳年猛然站起身，兩顆腦袋嗖一下都躲了回去。

徐鳳年跨過門檻，見到她背對自己，走過去擰了擰她的耳朵，扳過她的身子，低頭柔聲笑道：「以前都是我送妳禮物，這次妳和南北去南海，記得順手幫我挑幾樣禮物，以後見了面，我會跟妳討要的。我俗氣，禮物怎麼賊貴賊貴的怎麼來。」

李子姑娘低頭「哦」了一聲。

徐鳳年轉頭對南北和尚笑道：「那我就把這個妹妹交給你了，照顧好。記得一萬斤胭脂水粉，也比不得一個活人。」

南北和尚點了點頭。

送行到下馬嵬驛館門口，徐鳳年僅是揮了揮手就轉身。

留下一個哭得稀里嘩啦的少女，和一個手足無措的年輕和尚。

回到院子，徐鳳年蹲在一個及膝高的小雪人面前，怔怔出神。

他的二姐徐渭熊從小便鬼怪精靈，少女時曾經在武當山真武大帝雕像背後刻有「發配三千里」五字，當時武當山上道士只當作稚童行事無忌諱，如今想來，聯繫當年初次遊歷最遠三千里之外，可算一語成讖。

軒轅青鋒問道：「你是真武大帝投胎？」

徐鳳年淡然道：「我身邊的人，就沒一個有好報的。我娘沒了陸地劍仙境界，我大姐命途多舛，我二姐差點死於梅子酒，我師父李義山病死，我弟弟也指不定什麼時候就為我入指玄。妳不怕？」

軒轅青鋒如瘋子一般泛起由衷笑意，捧腹大笑，「怎的一個慘字了得！我都要開心死了！」

徐鳳年重重吐出一口氣，沒有在意瘋婆娘的幸災樂禍，站起身，「回家。」

◆

天下符劍第一的神荼歸還真武大帝，趙丹坪臉色陰晴不定，默默心算天機，卻連苗頭都算不到。白蓮先生倒抽了一口冷氣，用疑問語氣念叨了一聲「劍癡王小屏」。宋堂祿和幾位起居郎都下意識低頭，望向腳尖，不敢多看一眼這種尚且不知是噩兆還是祥瑞的景象。

面容酷肖龍虎山一位老祖宗天師的趙凝神癡呆站立，念念有詞，不斷搖頭。龍虎山力壓武當一頭後，占據運勢，龍池中紫金蓮花開朵朵，搖曳生姿。龍虎山真人更是英才輩出，而且又有趙姓與外姓相得益彰的傳統，齊玄幀斬魔之後，便有手捧拂塵做劍的齊仙俠享譽江湖，被譽為有望成為當代劍道魁首之一，名字取得極妙，齊仙俠果真有俠骨，更有仙氣。加上四位趙姓大天師健在，趙丹坪在京城鼓吹造勢，又有晚輩趙凝神橫空出世，更何況有白蓮先生一旁輔佐，龍虎山怎麼看都是氣運堪稱頗為鼎盛的時期。可面子十足，內裡卻讓天師府堪憂。龍池植有所剩不多的蓮花，仍是有繼續枯萎的慘澹跡象，這讓天師府黃紫貴人百思不得其解。

皇帝陛下平靜地對趙丹坪道：「趙天師，去趟欽天監。」

趙丹坪領命急行而去。

趙篆即便當上了儲君，貌似還是當雅皇子時候的閒淡心態。

皇帝轉頭笑道：「篆兒，你領著白蓮先生與凝神四處走走，若有何地何處不妥，回頭給朕寫一份摺子。記住了，別找人代筆。」

趙篆苦著臉點頭。

他這個太子和兩名道士在皇宮大內閒庭信步，走得漫無目的。趙篆突然笑問道：「白蓮先生，你說萬一徐家嫡長子才是真武大帝轉世，那豈不是很棘手？」

白煜輕聲笑道：「天上做仙，落地為人。真是如此，也無妨。八百年前大秦皇帝以真武大帝投胎轉世自居，也一樣不曾統一北莽，只能跟凡夫俗子一般抱憾辭世。」

趙篆問了個極為尖銳的問題：「先生，世人都羨仙人得長生，歷朝歷代都有皇帝苦求方士，或煉丹或訪仙，可沒有一個長生不老的，活過一百歲的皇帝都沒有，那你們龍虎山既然是道教祖庭所在，有沒有過真正證道長生的前輩天師？道教典籍上的飛升一說，孤是不太信的，白蓮先生你信不信？」

按照離陽宗藩法例，太子可自稱「孤」。

白蓮先生哈哈大笑，爽朗說道：「白煜年幼便被師父帶去了龍虎山，也曾問過他老人家世上是否有仙人，我只將師父言語轉述一遍。他說道士修仙問大道，就像那採藥人登山採藥，有些人很懶，但命裡有時終須有，入山一次就採得名貴藥材，滿載而歸，這類人，武當有洪洗象，白煜所在的龍虎山也有一位。

但絕大多數人都是天道酬勤，時有時無，但終歸是有所收穫，像天師府四位大天師，就是如此，成為了山外世人眼中的活神仙，距離道教真人的說法，也只差一線。更多人則無功而返，可經常登山，不說採藥，能夠眺望山景，就可視野開闊，心曠神怡。多走走不常走的艱辛山路，也能鍛鍊體魄，延年益壽。

先代前朝確實有許多斃腳方士以長生術取媚帝王，惑亂朝廷，這在白煜看來有百害而無一益，後世人自當警醒，但龍虎山的內丹法門，不以『長生』二字迷惑眾生，則有百利而無一害，不論帝王卿相還是販夫走卒，都可以學上一學，故而陛下當年首次召我入京，與太子殿下一樣笑問我世上有無逍遙仙人，有無上乘長生術，我都回答沒有。

實則飛升之事，神仙之人，白煜既然是修道之人，自然信其有。而帝王本分，不在自得滔天福祉，而在謀求天下太平，長生術就是逆天而行。皇帝奉天承運，才自稱天子，因此想要證道長生，就會尤為艱辛，更不為上天所喜。星斗運轉，江河流走，廟堂帷幄，人生人死，皆在『儀軌』二字。

我朝儒家排名猶在道教之前，便在於儒家內仁義、外禮儀，確是一方治國良藥。可天底下還是沒有醫治百病的藥方。道教清靜無為，是另外一方藥，東傳中原的佛教，其實也是。陛下滅佛，不是滅真佛，而是拔除那些偽經、偽僧，何嘗不是為了以後讓太子殿下登基之時大赦佛門而為？良藥苦口，陛下用心亦是良苦，太子殿下韜光養晦，深諳黃老精髓，卻不可不細細體諒。」

太子趙篆當時聽佛道之辯心不在焉，白煜此時娓娓道來，則聚精會神，一字不漏。他環視一周，見四下無人，輕聲道：「父皇視青詞宰相趙丹坪為一介伶人，孤卻不敢如此對待白蓮先生！還望先生他日能夠入朝為官，不求自得長生，只求萬民盡得福澤。」

他日，自然是他趙篆登基之時。

白煜微微一笑，不置可否。

趙篆同樣會心一笑。

趙凝神始終神遊萬里，對於太子和白蓮先生的聊天置若罔聞。

趙篆領著兩位天師府道人到了欽天監外便離去，白蓮先生望著規格逾矩的欽天監高樓，輕輕問道：「算出來了？」

趙凝神點頭道：「是徐鳳年無誤。」

白煜不驚不喜反而有些悲戚神色，喃喃自語：「難怪龍虎山初代天師顯靈龍池畫天書，留有『馬踏龍虎』的讖語。不過人世藩王，尚且要王不見王。離陽正值天地人三才齊聚，也難怪你徐鳳年如此身世淒涼。身邊在意之人，可曾有一人得圓滿，得善終？」

白煜嘆息一聲，拍了拍身邊年輕道士的肩膀，「孤隱趙黃巢做得篡命之事，在地肺山都能養出一條惡龍，我就不信你我做不到。」

◆

京城五十里路程之外，有一座小鎮，當初離陽王朝平定中原，收納天下豪紳富賈匠人等三教九流入大甕，擴城之前，大量人流都只得定居在城外，人去城空，久而久之，就轉手被後來勢力鳩占鵲巢。這座伏龍鎮勝在離京不遠，倒也繁華，依山傍水，一些好地段的府邸至今還被京城權貴占據，用作踏春避暑秋遊賞雪之用。

伏龍鎮上一座鬧中取靜的客棧，來了個滿頭銀絲的老人，出手談不上闊綽，但氣韻極為不俗，掌櫃和夥計都望而生畏，平時一身灰衣的老人獨坐進食飲酒，都沒有誰敢上前搭訕。

然後又來了一對客人，跟灰衣老人坐在同一張桌子上。

女子貌如天仙，背有一把修長華美的紫檀劍匣，如同仕女圖上走出的絕代佳人，可惜擁有生人勿近的凜冽氣質。

好似僕役的中年儒生則雙鬢霜白，坐在了灰衣老人對面。

灰衣老人平淡道：「曹長卿，跨過天象門檻成為儒聖，來我這兒耀武揚威來了？還是要阻攔我殺徐鳳年？」

已是儒聖的儒士淡然笑道：「恰好要等徐鳳年還一樣東西，就順路跟你敘舊而已。之後你們之間的恩怨，我不會插手。」

滿頭雪的韓貂寺瞥了一眼那位西楚亡國公主姜姒，收回視線，「我韓貂寺雖是個閹人，卻也知道陛下不會虧待了天下百姓；你曹長卿雖說不是一己之私，卻是以一國之私害天下。

復國？你就算是陸地神仙，真復得了？」

曹長卿搖頭道：「不盡人事，不知天命。」

韓貂寺冷笑一聲，起身後猙獰說道：「你跟徐鳳年說一聲，五百里以外，一千里之內，我跟他之間必定分出一個死活。」

曹長卿沒有言語。

韓貂寺丟下一袋銀子在桌上，走出客棧。

曹長卿望向公主殿下，後者平靜說道：「他只能由我來殺。」

曹長卿有些頭疼，「韓貂寺未必能殺徐鳳年。」

已是御劍如仙人的年輕女子面容語氣古井無波，「我說話算數。」

曹長卿哪怕是連顧劍棠南華方寸雷都可擋下的儒聖，對此也毫無辦法。

◆

六大藩王和幾位新王出京之前，兩輛馬車便率先悄然離開太安城。

馬夫分別是青鳥和少年死士戊。

劉文豹終於修成正果，挨了好幾天天寒地凍的老儒士得以坐入車廂，對面就是那位劍癡王小屏。劉文豹想跟這個號稱武當山上劍術第一人的江湖高人討教一些養生功法，可見到王小屏那死氣沉沉的模樣，還是打消了念頭，省得惹惱了這尊真人，被北涼世子誤以為自己順杆子往上爬。官場上胃口太大，不知足可是大忌。劉文豹窮困潦倒大半輩子，沒吃過豬肉卻也見過豬跑，守得雲開見月明之後，非但沒有志驕意滿，只敢越發惜福惜緣。

出了太安城城門，劉文豹掀開簾子，探出腦袋回望一眼，神情複雜。沒能當上名正言順的廟臣，說半點不遺憾那是自欺欺人，可一身縱橫霸學能夠在王朝西北門戶的北涼施展開來，那點可有可無的遺憾也就算不得什麼了。

劉文豹放下簾子，老臉開花，笑容燦爛，狠狠揉了揉臉頰，幾乎揉得火辣生疼才罷手，靠著車壁，自言自語道：「北涼春暖花開之前，我劉文豹能不能有上自己的一輛馬車？嘿，咱也就這點指望了，官帽子大小，入流不入流，都不去想，是個官就成。」

前頭馬車內，徐鳳年和軒轅青鋒相對盤膝而坐，中間擱放了一只托童梓良臨時購置而來的楸木棋盤，墩子嶄新。當下一味崇古貶今，精於手談的風流名士要是沒有幾張被棋壇國手用過的棋盤，哪裡好意思拿出來待客，因此就算這張棋盤材貌雙全，也並不名貴。

軒轅青鋒對於弈棋只是外行，好在徐鳳年也胡亂落子，二人鬥了個旗鼓相當，要不然以軒轅青鋒的執拗好勝心，早就沒心情陪徐鳳年下棋。

軒轅青鋒棋力平平，可勝在聰明和執著，每一次落子都斤斤計較，反復盤算，此時遇上瓶頸，也不急於落子，雙指之間拈了一枚圓潤白子，望著棋盤問道：「徽山要是有一天過了朝廷的底線，被清算圍剿，你會不會把我當作棄子？」

徐鳳年斜靠著車壁，一隻手攤放在冰涼棋盅上，「我說不會妳也不信啊！」

軒轅青鋒的思維羚羊掛角，說道：「你對那個李子姑娘是真好，我第一次看到你如此對待一個外人。」

徐鳳年打趣道：「吃醋了？」

軒轅青鋒抬頭冷冷看了他一眼。

真是個刻薄到不討任何人喜歡的娘們兒。

徐鳳年安靜等待她落子生根，緩緩說道：「妳有沒有很奇怪徐驍能夠走到今天？他不過勉強二品的武力，春秋四大名將中就數他最寒磣，不光是陷陣戰力，打敗仗也數他次數最多。家世也不好，不說豪閥世族，甚至連小士族都稱不上，也就是平平常常的庶族寒門。徐驍當年早早在兩遼之地投軍入伍，也是無奈之舉。可就是這麼個匹夫，把腦袋拴在褲腰帶上帶兵打來打去，就給他打出了成就。

我師父以前說過，徐驍當一名雜號校尉的時候，手底下不到一千號人馬，打仗最賣力，撈到的軍功卻最少——都給上頭將領躺著看戲就輕鬆瓜分大半。那些年他就只做了一件事情——不斷拚命，然後從別人牙縫裡摳出一點戰功。

他的戰馬跟士卒一樣，甲冑一樣，兵器一樣，從雜號校尉當上雜號將軍，再到被朝廷承認的將領，一點一點滾雪球，終於在春秋戰事裡脫穎而出。起先參與到其中，也不走運，頭三場惡仗，就差不多把家底賠了個精光，一起從兩遼出來的老兄弟幾乎死得一乾二淨。

徐驍說他年輕那會兒不懂什麼為官之事，就是肯塞狗洞，肯花銀子，自己從來不留一顆銅板，一股腦都給了管糧、管馬、管兵器的官老爺們。那次他是送光了金銀都沒辦成事，在一個大雪天，站成一個雪人，才從一名將軍手裡借來一千精兵，結果給他賭贏了，啃下了一塊所有人都不看好的硬骨頭。我前些年問他要是萬一站著求不來，會不會跪下，徐驍說不會，我問他為何，他也沒說。

徐驍年紀大了以後，就喜歡跟我嘮叨陳芝麻爛穀子的往事，說他年輕時如何風流倜儻，如何招女子喜歡，如何拉大弓射死猛虎。這些我是不太信的，不過他說習慣了拿雪塊洗臉，能從草根樹皮裡吃出魚肉的滋味，醒來睜眼總感覺能看到刀下亡魂，我是信的。以前我總用『好漢不提當年勇』這句話頂他，不知為何現在倒是真心想聽一聽他說那些陳年往事。」

軒轅青鋒想到了如何落子，卻始終手臂懸停。

徐鳳年自嘲道：「如今北涼都知道我曾經一個人去了北莽，做成了幾件大事，其實在那邊很多次我都怕得要死。遇上帶著兩名大魔頭護駕的拓跋春隼，差點以為自己死了；遇上差不多全天下坐四望三的洛陽，也以為差點就要死在大秦皇帝陵墓裡；在柔然山脈對陣提兵山第五貉，稍微好點。我以前很懷疑徐驍怎麼就能當上北涼王，只有三次遊歷之後，才開始知道做人其實不過是低頭走路，說不定哪一天就能抬頭摸著天了。」

徐鳳年伸了伸手，示意胸有成竹的徽山山主下棋，「這些話我不好意思跟別人說，妳不一樣，咱們說到底是一路貨色，所以我知道妳肯定會左耳進、右耳出。」

軒轅青鋒敲子以後，定睛一看棋局，就有些後悔。

徐鳳年笑道：「想悔棋就悔棋，徐驍那個臭棋簍子跟我下棋不悔十幾、二十手，那根本就不叫下棋。」

軒轅青鋒果真拿起那顆白子，順勢還撿掉幾顆黑子，原本膠著僵持的棋局立馬一邊傾倒。

徐鳳年啞然失笑，軒轅青鋒問道：「你笑什麼？」

徐鳳年大大方方笑道：「我在想妳以後做上了前無古人、後無來者的女子武林盟主，肯定會有不少年輕俊逸的江湖俊彥對妳傾心，願意為妳誓死不渝，然後我就想啊，我不是江湖中人，竟然都能夠跟妳同乘一輛馬車下棋，而且妳還極其沒有棋品地悔棋，覺得很有意思。」

軒轅青鋒冷笑道：「無聊！」

徐鳳年搖頭道：「此言差矣。」

軒轅青鋒說翻臉就翻臉，沒頭沒腦怒容問道：「言語的言，還是容顏的顏？」

徐鳳年開懷大笑道：「妳終於記起當年我是如何暗諷妳了？」

那一場初見，徐鳳年曾用「此顏差矣」四字來評點軒轅青鋒的姿色。

軒轅青鋒豎起雙指，拈起一顆棋子，看架勢是一言不合就要打賞給徐鳳年一記指玄。

徐鳳年神情隨意道：「不過說實話，當年妳要是有如今一半的神韻氣質，我保准不說那四個字。我第一次落魄遊蕩江湖，滿腦子都是天上掉下來一個美若天仙的女俠，對我一見鍾情，然後一起結伴行走江湖，覺得那真是一件太有面子的美事，氣死那些年輕成名的江湖俠客。如今托妳的福氣，完成了我一樁心願。」

軒轅青鋒臉色古怪，「你這樣的人怎麼都能偽境指玄又天象。」

徐鳳年落子一枚，扳回幾分劣勢，低頭說道：「提醒妳別揭我傷疤啊。」

軒轅青鋒落子之前又提走幾顆黑子，徐鳳年抬頭瞪眼道：「軒轅青鋒，妳就不無聊了？」

軒轅青鋒一臉天經地義，讓明知與她說道理等於廢話的徐鳳年憋屈得不行。

然後就是不斷悔棋和落子。

出了下馬嵬驛館，坐入馬車時便將西楚傳國玉璽掛在手腕上的軒轅青鋒驀地滿身陰氣瞬間炸開。

徐鳳年心知肚明，轉身掀開簾子，看到僻靜驛路上遠遠站著一名青衣儒士。

稍稍偏移視線，便是滿目的白雪皚皚。

一名女子蹲在雪地中，大概是孩子心性，堆起了雪人。

徐鳳年沒有下車，從軒轅青鋒手中接過玉璽，輕輕拋出，物歸原主。

馬車與那位儒聖擦肩而過時，將玉璽小心放入袖中的曹長卿溫潤嗓音傳入徐鳳年耳中，「韓貂寺揚言會在五百里以外、千里之內，與你見面，不死不休。」

軒轅青鋒望向這個出乎意料沒有下車的傢伙，「都不見上一面？真要如李玉斧所說，相忘於江湖。」

徐鳳年沒有說話。

軒轅青鋒陰陽怪氣嘖嘖幾聲，「那亡國公主還動了殺機，有幾分是對你，估計更多是對我吧。」

徐鳳年收拾殘局，將棋盤上九十餘枚黑白棋子陸續放回棋盒。

軒轅青鋒笑問道：「你有沒有想過如果有一天西楚復國，跟你的黑子這般兵敗如山倒，你該怎麼辦？眼睜睜看著她如西蜀劍皇那樣的下場，劍折人亡？然後閒暇時念想幾下，不可與人言？」

徐鳳年抬起頭，看著這個女魔頭。

她還以顏色，針鋒對視，「不敢想了？」

徐鳳年笑了。

安靜收好棋子，放起棋盤，徐鳳年正襟危坐，「真要有那麼一天，我就在力保北莽鐵騎不得入北涼的前提下，帶去所有可以調用的北涼鐵騎，直奔西楚，讓全天下人知道，我欺負得姜泥，你們欺負不得。我徐鳳年說到做到！」

◆

京城張燈結綵迎新冬，更在恭賀諸王離京就藩。

這一日的黃昏好似床第之後欲語還休的女子，褪去衣裳極為緩慢，一名衣著華貴的中年男子下車，踩在餘暉上緩緩走入飯館。

屋內沒有任何一個自詡老饕的食客，都給門外掛起的謝客木牌攔在門外，乘興而來、敗興而歸，好在京城都知道九九館的老闆娘架子比皇親國戚還大，習以為常了。

跟男子差不多時分來到街上的食客，看到有人竟然入了屋子，就想著跟進去碰運氣，結果給幾名扈從手握刀柄，攔住去路，那些饞嘴食客瞥見這些扈從刀鞘裹金黃絲線之後，都嚇得噤若寒蟬，立即唯唯諾諾退去。

姓洪的俏寡婦施施然掀開簾子，涮羊肉的火鍋已是霧氣升騰，她只是端了一些祕製的調料碗碟放在桌上。男子左手抬起虛按一下，示意女子坐下，然後夾起一筷子羊臀尖肉放入鍋中，過了好些時候也沒收回筷子。

沒有坐下的婦人極力克制怒氣，以平淡腔調說道：「別糟蹋了肉。」

男子聞言縮回筷子，慢悠悠去各式各樣精緻碗碟中蘸了蘸，這才放入嘴中，點了點頭，確實別有風味。

他一直動嘴咀嚼京城最地道的涮羊肉，卻沒有開口言語。婦人就一直板著臉站著。

吃完了瓷盤裡光看紋理就很誘人的臀尖肉，男子放下筷子，終於抬頭說道：「洪綢，妳有沒有想過，當今天下每一個離陽朝廷政令可及的地方，轄境所有百姓，都無一例外受惠於荀平。這一切歸功於他的死，歸功於朕當年的見死不救，歸功於朕登基以後對他的愧疚。」

被當今天子稱名道姓的女子冷笑道：「洪綢只是個頭髮長、見識短的婦道人家，顧不得大局，只知道沒了男人，就只能去怨恨那些害死他的王八蛋。今天之所以沒弄幾斤砒霜倒入鍋中，只是知道毒不死你而已。」

這個男人自然就是當今的離陽天子。霧氣中透著股並不膩人的香味，勞累一天之後，吃上那十幾筷子，只覺得暖胃舒服。

他收回視線，對於婦人的氣話和怨恨並不以為意，只是輕聲說道：「膠東王趙睢跟他說了幾句話，朕就讓他丟了所有軍權。」

女子淒然大笑，「你是當今天子，還有你不敢做的事情？」

皇帝灑然笑道：「妳高看朕了，天底下不能做的事情多了去，朕就不敢動徐驍，徐驍的兒子到了眼皮子底下，朕還是得忍著。」

她冷笑道：「坐龍椅的人，也好意思跟一個孩子鬥心鬥力。」

皇帝伸手揮了揮撲面而來的熱氣，側頭說道：「朕還是孩子的時候，也照樣是要提心吊膽，夾尾巴做人。太安城那些文人雅士都訴苦說什麼京城居不易，朕一直覺得好笑，因為天下唯獨皇宮最居不易。臣子們想的是活得好不好，皇宮裡頭，是想著能不能活。

朕登基之前，告訴自己以後要讓自己的所有孩子不要過得跟他們父皇一樣，可真當上皇帝以後，才知道人力有窮時，天子天子，終歸還是凡夫俗子，也不能免俗。家家有本難念的經，朕是一家之主，徐驍是，妳洪綢也算半個，操持這個飯館，想必也有許多憤懣。

比如妳兢兢業業購置最好的羊肉、最好的鍋底、最好的調料，自認價錢公道，一分錢、一分貨，可顧客肯定吃多了以後，就覺得妳家的涮羊肉其實就那麼回事，背後指不定還要罵幾句這婆娘心真黑，要不就是通往太安城的驛道出了狀況，導致妳手頭缺貨不得不歇業時，更要罵妳不厚道，憑什麼別家飯館日日開張，就妳九九館把自己當大爺？難保不會撂下幾句糟心話。

將心比心便是佛心，道理是如此，可之所以是可貴的大道理，不正是因為它的易說難行嗎？而且天底下就數這些個道理最刺人，很多人不願意聽的，因為妳說了，別人做不到，就尤為撓心撓肺。朕也是當了皇帝後，批朱過那麼多多年累積下來，比立冬那場大雪還多的諍言奏章，才深知個中滋味。」

皇帝沒有轉頭去看女子臉色，自顧自說道：「趙稚沒什麼說得上話的女子，又知道妳不喜她當年行事，朕這次來，沒有別的意思，只想替她與妳知會一聲，她那麼做是不對，可回頭再做一次，她還是會那麼選擇。可她心底還是跟朕明知錯事而為之一樣，會難受。人非草木，都會有惻隱之心。朕說這些，不是想讓妳原諒趙稚，好如初見。她這些年在宮中，所用銅鏡，依舊是妳當年送她的那一柄，她記得清清楚楚，八分銀子。」

這位以勤政節儉和守業有術著稱的皇帝站起身，走向門檻時笑了笑，停下腳步，「朕要承認一件事，朕很嫉妒徐驍當年能跟先帝把臂言歡，甚至臨死前仍然不忘留下遺囑：『徐驍必須早殺。一則利於朝廷安定，再則他好早些在下邊見著徐驍，如果真有陰冥酆都，也好一起在陰間繼續征伐，有徐驍輔佐，一定可以笑話閻羅不閻羅，否則沒有這名功勳福將，他不安心。但徐驍的兒子若是長大成人，一定要厚待。』可惜了，老頭子臨終兩件事，朕這個當兒子的都沒能做到。」

走出飯館，皇帝沒有急於坐入馬車，而是緩行在寒風刺骨的冰凍河邊。河面上有許多頑劣稚童背著爹娘叮囑在鑿冰捉魚，大內扈從都不敢接近，只是遠遠跟隨，只有柳蒿師走在當今天子五步以外。

皇帝隨口說道：「柳師，一干有望成才的柳氏子弟都已經被送往京城，無須擔心。」

既然已經被尊稱為師，年邁的天象境高手也就沒有如何興師動眾去謝恩，只是重重「嗯」了一聲。

皇帝停腳站在河邊，捧手呵氣，自言自語道：「徐驍，要是你兒子死在你前頭，朕就賜你一個不折不扣的美謚。可若是你先身死，殺戮無辜謚『厲』，朕就送給你這麼一個當之無愧的惡謚。」

◆

草枯鷹眼疾，雪盡馬蹄輕。

驛路上兩輛馬車飛速南下，天空中有一頭神異青白鸞刺破雲霄。

去的是那座上陰學宮。瓜熟蒂落，再不摘，就過了好時辰。

徐鳳年一心想要將梧桐院打造成另一座廣陵春雪樓，缺了她雖然稱不上無法運轉，但自己當家才知油鹽貴，再者徐鳳年也不希望那名喜好抱白貓的女子在上陰學宮遭人白眼。

徐鳳年此時跟青鳥背靠背而坐，一路欣賞沿途風景。死士戊少年心性，快馬加鞭，兩輛馬車在寬闊驛路上並駕齊驅。

青鳥總給外人不近人情的表象，可一旦被她自然而然接納，則可謂善解人意入骨。她向少年打了個手勢，戊咧嘴一笑，兩人躍起互換馬車。

徐鳳年略微挪了挪位置，側身坐在少年身後。

少年戊欲言又止，揮鞭也就不那麼順暢。徐鳳年笑問道：「有話就說。」

連姓名都不曾有的少年輕聲問道：「公子，我不喜歡車廂裡那個紫衣婆娘，打心眼裡討厭她。」

徐鳳年好奇問道：「為何？」

少年戊就是爽利人，既然張了嘴，也就竹筒倒豆子，抱怨道：「這婆娘誰啊，不就是一屁大小山頭的女匪嘛，憑啥在公子面前橫眉瞪眼耍橫，換成是我，早一腳踹下馬車了。一點都不知足，就算她是跟公子你做買賣，那也是她占了天大便宜，怎麼到你這兒反倒成了天大人物了，搞得她是皇后娘娘似的。公子啊，不是我說你，對女人就不能這麼寵，再說了，她也沒啥好看的，我瞅過幾眼，也沒見她是屁股翹了還是胸脯大了，也就一張臉蛋說得過去，可公子你又是什麼人？頂天立地，天底下除了你誰敢去殺皇帝老兒的兒子。公子，你說是不是？」

徐鳳年哈哈大笑，「你這拍馬屁功夫是和誰學來的，一塌糊塗。」

少年戊轉頭一臉幽怨，「公子，我說正經的！」

徐鳳年斂去大半笑意瞇眼望向遠方，可惜沒有下雪，也就沒有那雪花大如手的美景了，他輕聲微笑道：「其實不光是你，也沒有誰會喜歡她這麼個娘們兒。」

少年戊一揮馬鞭，「對啊，那公子你咋就處處順著她？該不會是真喜歡上她了吧？那我可得說句良心話，公子你這回岔眼了，不值當！」

徐鳳年也不怕車廂內女子是否動怒，腦袋靠著車壁，「去年之前，全天下也沒有幾個人喜歡過我，這算是同病相憐。」

少年戊一副懵懂表情，明明知道公子說了個道理，可就是不理解，只是「哦」了一聲，接受得十分勉強。

徐鳳年玩笑道：「很多人和事情，就跟女子懷胎十月一樣，得慢慢等，急不來。」

少年戊嘿嘿笑道：「公子要是讓那娘們大了肚子，拍拍屁股一走了之，就解氣了。」

徐鳳年拿北涼刀鞘拍了一下少年的腦袋，「不知死活，她可是指玄境的女魔頭。」

徐鳳年有些納悶，車廂內的徽山山主竟然破天荒沒有動怒，甚至連出聲都欠奉。

車內，紫衣女子對鏡自照，寂靜無聲。

◆

如同水聲冰下噎。小雪時分，今年南方竟是罕見的雪花大如稚童手。

大雪之下，便是驛道也難行。距離上陰學宮還有一個節氣的路程，兩輛馬車走得急緩隨意，大雪阻路，恰好到了一座臨湖的莊子附近，就折路幾里去借宿。

看這樣的大雪，沒有兩、三天恐怕是下不停，不是逗留一宿就能起程的，因為從官道驛路轉入私人府邸開闢出來的小徑，行駛起來尤為坎坷，其實以朱袍陰物和武當王小屏的修為，倒也可以讓路上厚達幾尺的積雪消融殆盡，只是那也太過驚世駭俗，徐鳳年也不想如此招搖行事，五、六里雪路，竟是硬生生走了將近一個時辰。

莊子懸有一塊金字匾額，徐鳳年是識貨人，一看就知是出自寫出天下第四行書〈割鹿祭文〉的董甫之手。幽燕山莊，一個出過父子武林盟主的大莊子，家學源遠流長，是江湖上少有的以一家之力問鼎過江湖的宗門，內外兼修，長於鍊氣和鑄劍。

幽燕山莊的龍岩香爐曾經跟鑄出霸秀劍的棠溪劍爐齊名，只是棠溪劍爐已成廢墟，龍岩香爐雖未步其後塵，可惜也是閉爐二、三十年，近甲子以來，這座莊子也不曾出過驚才絕豔之輩，只是靠著祖輩攢下的恩蔭辛苦維持，不過在一州境內，仍是當之無愧的江湖執牛耳者，不容小覷。

徐鳳年走下馬車。

山莊自掃門前雪，哪怕如此磅礴大雪，莊子前仍是每隔一段時辰就讓僕役勤快掃雪，使得地面上積雪淡薄，足可見其底蘊。

兩輛馬車在這種天殺的光景造訪山莊，在大門附近側屋圍爐取暖的門房趕忙小跑而出，生怕怠慢了客人。

幽燕山莊素來口碑極好，對府上下人也是體貼細緻入微，入冬以後，未曾落雪，就已送出貂帽厚衣，還加了額外一袋子以供禦寒開銷的碎銀。

作為正門的門房，張穆也算是一員小頭目，又是莊子的門面角色，貂帽質地也就格外優良，還得以披上一件狐裘，便是尋常郡縣的入品官吏，也未必有他這份氣派。張穆迎來送往，見多了官府武林上的三教九流，兩輛馬車並不出奇，不過是殷實小戶人家的手筆，可那幾位男女，可著實讓練就火眼金睛的張穆嚇了一跳——為首年輕男子白頭白裘白靴，腰間懸了一柄造型簡單的刀，一雙丹鳳眸子，俊逸得無法無天——莊子上的小主人已經算是難得的美男子，比之似乎還要遜色一籌。

白頭年輕人身邊站了個紫衣女子，且不說相貌，端是那份古怪深沉的氣度，怎的像是自己年幼時見著的老莊主，打心眼裡就畏懼忌憚？才看一眼，就不敢多瞧了。年輕男女身後還有一位健壯少年，以及一名辨識不出深淺的枯寂男子，還有一位凍得哆嗦搓手直跺腳的年邁儒士。

張穆肚子裡犯起嘀咕：都是生面孔，該不會是快過年了，來莊子借劍觀劍的棘手人物吧？幽燕山莊藏劍頗豐，俱非凡品，許多在江湖上久負盛名的劍客都喜歡來這裡借劍一飽眼福，當代莊主又是一擲千金的豪氣性子，交友遍天下，觀劍還好，若是遇上借劍之人，多半也就有借無還了，使得莊子的藏劍日漸稀少。老莊主手上傳下九十餘柄名劍，如今已經只剩一半不到，這還是賢淑夫人不惜跟莊主幾次吵架，才好不容易將幾柄最為鋒利的絕世名劍封入劍爐舊地，否則免不得給那些江湖人糟蹋了去。

徐鳳年輕輕抱拳，略顯愧疚道：「恰逢大雪攔路，無法繼續南下，在下徐奇久仰幽燕山莊大名，就厚顏來此借宿一、兩日，還望海涵。」

張穆聽著像是一口太安城的腔調口音，聽著不像是刻意登門索要名劍的人物，如釋重負。莊主喜好迎客四海，張穆耳濡目染，下人們也都沾染上幾分豪爽，只要不是那些沽名釣譽還喜歡占便宜的所謂劍客，張穆其實並不反感，加上眼前幾位氣韻不俗，極為出彩，言語神態又無世家子的倨傲自負，張穆也就親近幾分，正猶豫要不要開口讓他們稍等片刻，好讓手下去稟告一聲，可覺得讓這幾位遠道而來借宿的客人在大雪天等在外頭，於情於理都不合適，萬一真要是權貴子弟，就要給幽燕山莊引來沒有必要的禍水了，可自作主張領進了門，出了狀況，計較到他頭上，他一個小小門房也吃罪不起啊。

正當張穆不露聲色左右為難之際，那位姓徐的公子已經微笑道：「勞煩先生跟莊主通報一聲，在下在此靜等就是，若是有不便之處，也是無妨，徐奇能見到董甫的行書，乘興而來，哪怕過門而不入，亦是乘興而去。」

這位公子哥心性如何，張穆不敢妄自揣度，可細事上講究，上道！

張穆心裡舒服，也就畢恭畢敬抱拳還禮，順水推舟笑道：「斗膽讓徐公子等上少許，張穆這就親自去跟莊主說一聲。」

徐鳳年伸出一隻手掌，示意門房不用理會自己這夥人，然後安靜立於風雪中，遠遠仰頭欣賞匾額上「幽燕山莊」金漆四字，只覺字體順暢而腴潤，深諳中正平和之境界

約莫一炷香工夫，張穆就小跑而出，步伐快速輕靈而不急躁，顯然是登門入室的練家子，不是尋常江湖上那些胡亂杜撰幾套把式就去自封大俠的傢伙可以比擬。

他身後跟著一名大管家模樣的身披黑狐裘子的老者，見到徐鳳年一行人之後，抱拳朗聲道：「徐公子快快請進，這次委實是幽燕山莊失禮了。在下張邯，這就給公子帶路，府上已經架起火爐溫上了幾壺黃酒。」

徐鳳年笑著還禮道：「徐奇叨擾在前，先行謝過幽燕山莊借宿之恩情。」

莊子管家連忙一邊領路，一邊擺手笑道：「徐公子莫要客氣，只是有招待不周之處，還希望公子盡情開口，幽燕山莊雖非那世家門閥，可只要貴客臨門，是向來不吝熱情的。」

徐鳳年笑著點了點頭，一行人跟著張邯跨過側門門檻——正門未開，也在情理之中，一座府邸儀門，可不是對誰都開的，就像北涼王府開儀門的次數就屈指可數，得此殊榮者，無

一不是離陽王朝或明或暗的拔尖人物。徐鳳年這幫連名字都讓幽燕山莊沒有聽說過的陌路過客，能夠請得動大管家親自出門迎接，這份禮遇真不算寒磣了。

徐鳳年過門以後，會心溫醇一笑，有著不為人知的隱祕——老黃劍匣藏六劍，其中一把便出自幽燕山莊的龍岩香爐，命名沉香。

一路彷彿沒有盡頭地穿廊過棟，終於被領到一棟可以飽覽白雪湖景的臨湖院子，院門石刻「尺雪」二字，真是應景，便是出身優越素來眼高於頂的軒轅青鋒，也挑不出毛病，入院之前，還回望了一眼大雪紛飛墜水的龍跳湖。

幽燕山莊依山傍水，臥虎山有一脈延伸入水，如睡虎棲息，眺望而去，山頂建有一座賞湖角亭。

除了常年打理幽靜院子的既有兩名妙齡丫鬟，張邯還特意帶來了幾名原本不在尺雪院子做事的女婢，也都姿色中上，興許是知道攜帶了「家眷」，院內院外一起五、六個莊子女婢，都是氣質嫻靜端莊，非是那種一眼可窺出媚態的狐媚子。

張邯進院卻不進屋，面帶笑意對徐鳳年說道：「徐公子，莊主不巧有事在身，無法馬上趕來面見，公子見諒。」

徐鳳年搖頭道：「本就該徐奇親自去拜會莊主，若是莊主親臨，在下可就真要愧疚難當了。張老先生，只需閒暇時告知徐奇一聲莊主何時得空，在下一定要親自去攜禮拜謝，只是沒料到大雪封路，耽擱了既定行程，不得已借宿得匆忙，禮輕得很，實在是汗顏。」

張邯心情大好，哈哈笑道：「來者是客，徐公子客氣了，客氣了啊。」

說實話，張邯委實是氣惱了那些所謂的狗屁江湖豪客，看似大大咧咧，一照面就跟莊主兄弟相稱，大言不慚，什麼他日有事定當兩肋插刀的話語，其實精明得連他這個山莊大管家都自慚形穢。

這幫子人在莊子裡一待就是少則幾旬、多則個把月，混吃混喝，吃相太差，稍有無意的怠慢，說不定就跑去莊主跟前陰陽怪氣幾句，更有甚者，曾經有個也算享譽東南江湖的成名刀客，都五十幾歲的人了，竟然做出了欺辱莊上女婢的噁心人行徑，至於那些慕名而來的劍客遊俠，誰不是衝著莊子裡的藏劍而來，小算盤打得劈里啪啦，莊主又是那種拉不下臉的好人，張邯終歸只是一個下人，就算狠下心去唱白臉，也唱不出花來，這些年著實委屈了持家有道的夫人。

今天撞上這麼個懂禮識趣的徐公子，讓張邯心中大石落地大半，畢竟幽燕山莊想要東山再起，需要的還是那些腳踏實地的江湖朋友，多多益善，若是家中父輩握有實權的官宦子弟，對幽燕山莊而言，更是無異於雪中送炭的極大幸事。

張邯輕輕離去，五名女婢都美目漣漪，忍不住多看了幾眼那名狐裘公子——真是俊，而且不是那類脂粉氣的俊俏，而是滿身英氣。三名外院丫鬟原本還有些怨言，天寒地凍誰樂意伺候外人？親眼見著了徐鳳年之後，滿心歡喜就直白地洋溢在她們那三張美豔臉蛋上。

這光景讓少年戊看著就偷著樂，我就說自家公子哥到哪兒都吃香。他忍不住剜了一眼紫衣女子，後者敏銳察覺到少年死士的眼神，視線交錯，說不清、道不明，最不濟沒有太大殺意，少年愣了一下，這鬼氣森森的婆娘轉性了？竟然沒有打打殺殺的跡象？

小院果真溫好了幾罈莊子自釀的上等沉釭黃酒，火爐中木炭分量十足，屋門半開，依然讓人感到暖洋洋，透過院門就可以看到一院門的銀白湖景。

院子不大，也就兩進，屋子足夠，還不給人冷清寂寥的感覺。

一直在尺雪小院做活的兩名丫鬟去忙碌了，其實院子本就潔淨，無非就是做個樣子，好讓客人覺著莊子這邊的殷勤善意，三名串門女婢則伺候著黃酒和貴客。

徐鳳年笑著問過她們是否飲酒，能否飲酒，她們相視一笑，婉約點頭以後，其中一位開口只說可以喝上一兩左右的酒，不敢多喝，否則給管事撞見，少不了訓話。徐鳳年就多要了幾只酒杯，客人和女婢一起共飲黃酒，其樂融融。劍癡王小屏不喝酒，去了屋子閉門閉關。

劉文豹都喝出了通紅的酒糟鼻子，一直念念有詞，都是飲酒的詩文佳篇，讓幾名誤以為他是帳房老先生的丫鬟都覺得有趣。

徐鳳年笑問道：「入院前，看到湖邊繫有小舟，這種時分能否去湖上？」

一名膽子大些的女婢秋波流轉，嗓音柔和，「啟稟徐公子，莊子上就有專門的搖舟人，只需奴婢去知會一聲，就可以入湖垂釣，在舟上溫酒也可。可這會兒雪太大了，公子要是湖上垂釣，就太冷了，得披上內襯厚棉的蓑衣才行。」

徐鳳年點頭道：「那就麻煩你們取來蓑笠，搖舟就不需要了。」

身段婀娜的女婢應諾一聲，起身姍姍離去，沒多久又搖曳生姿而來。

青鳥起身給公子披上厚重蓑衣，徐鳳年拎著精巧的竹編斗笠，還有一盒早準備好的精製魚餌，走出院子。除了軒轅青鋒，一行人送到了湖邊，徐鳳年單獨踩上小舟，笑著對眾人揮揮手。五名女婢只顧著癡看那位公子哥的神仙丰姿，心想著什麼人靠衣裝、佛靠金妝，這位徐公子便是披上蓑衣，那也是怎麼看都俊逸。

她們都沒有留心到這個叫徐奇的白頭年輕人登舟之後，不見搖動木櫓，小舟便已輕輕滑向湖中。

大雪大湖，孤舟蓑笠。

一竿獨釣寒江雪。

女婢們回過神後，久久不肯離去，等到實在熬不過大雪冬寒，只得戀戀不捨返回尺雪小院。

◆

半個時辰後，一群白衣人踩水而至，男女皆有，翩翩如白蝶，氣韻超凡脫俗。飄飄乎如登仙。

這群仙人輕靈踩水，一掠便是五六丈，高高掠過了小舟，直撲幽燕山莊。當那群如同仙人的白衣男女氣勢洶洶撲向臨湖山莊時，臥虎山亭中站著一名年輕俊美男子，腰間佩有一柄出自龍岩香爐的名劍，銘刻古篆「無根天水」四字，他正巧看到湖面上白蝶點水的一幕，頓時拳頭緊握，一身陰鷙氣焰，憤怒中帶有驚懼。

世人皆言上古有仙家，超塵脫俗，隱世時餐霞飲露，與世無爭，只要現世，那就是吸為雲雨，呼為雷霆。居高臨下獨站亭中的年輕人作為幽燕山莊的少主，眼界奇高，自然不會將那群白衣人誤認仙人——不過春秋之中分裂南北兩派的鍊氣士而已，北派以太安城欽天監為首，廣陵江以北都淪為朝廷走狗，勤勤懇懇替趙家天子望氣觀象，久為詬病；南方相對凋零散亂，以南海白瓶觀音宗為尊，蟄居海外孤島，為人處世，形同散仙。

這十幾位由一名鍊氣宗師領銜而至的鍊氣士，無疑是高高在上的仙島出世人。之所以如此興師動眾，離開南海重出江湖，圖謀的正是龍岩香爐隱蔽所鑄的符劍。這是一樁南海願打、山莊卻願挨的強橫買賣。

當年有南海女子白衣赤足入江湖，才入武林便驚為天人，無數俠士才俊對其頂禮膜拜，若非被那一代劍神李淳罡給打哭了回去，說不定還會有更多讓人津津樂道的仙人事蹟流傳至今。幽燕山莊的老莊主當時便是其中一位仰慕者，如今的莊主張涑齡繼承父願，僱船出海訪仙士，遭逢百年難遇的龍捲，給一名觀音宗女子鍊氣士所救，因緣巧合，相互愛慕，私奔回山莊。

二十五年前觀音宗一位鍊氣大家悄然殺到，要那名女子自盡，癡情人張涑齡為此不惜封掉代代相傳的鑄劍爐，答應只為觀音宗鑄造符劍八十一柄，以換取妻子性命，他日若是鑄劍不成，他可以與妻子一同赴死。鑄劍本就不易，鍊氣士所需的上乘符劍更是難上加難，二十五年後，不過鑄成三十六把符劍。幽燕山莊搖搖欲墜，已是近乎傾家蕩產，少莊主張春霖對這些要債索命的南海鍊氣士如何能不深惡痛絕？難道真要他眼睜睜看著爹娘殉情？

一對年近五十卻不顯老的男女緩緩登山。男子相貌粗獷，生得豹頭環眼，有驍勇莽夫之惡相，神情氣色卻恬淡，牽手入亭，偶爾側頭望向妻子，盡是粗中有細的鐵漢柔情。婦人跟兒子張春霖有七八分形似神似，衣著素雅，端莊貌美，面對大難臨頭的死局，不懼死，卻充滿了無聲的愧疚。一起進入亭子，張春霖咬牙切齒，紅著眼睛，賭氣地撇過頭去。

婦人走去攏了攏兒子的上品遼東狐裘，輕聲說道：「是娘不好，耽誤了你爹不說，還禍害了山莊祖業。」

幽燕山莊莊主張涑齡微微瞪眼道：「說這些做什麼，什麼耽誤禍害，盡說胡話。張涑齡能找到妳這麼個好媳婦，已經是祖墳冒青煙，再有半點怨言，可就要挨雷劈了。」

張春霖雖然待人接物都彬彬有禮，滴水不漏，可與自己爹娘也無須戴上溫良面具，眼眶濕潤望向父親張凍齡，「都怨你，劍術平平，一輩子只知道鑄劍，連娘親也護不住！」

張凍齡啞口無言，也不覺得在兒子面前要裝什麼力拔山河的英雄好漢，只是「嗯」了一聲。

婦人面冷幾分，沉聲斥責道：「春霖，不許這麼說你爹！」

張春霖低頭望著自己的雙手，哽咽道：「其實都怪我，是我護不住爹娘。我是個孬種，這會兒手還在顫抖，握不穩劍，更不敢對那幫人拔劍。」

張凍齡輕輕一笑，眼神慈祥，摸了摸兒子的腦袋，「有爹在，天塌下來都該爹第一個扛著。春霖，咱們江湖人啊，尤其是練劍，總不可能誰都是一品高手，更不能奢望什麼劍仙境界，不做虧心事就足夠，不怕鬼敲門。

嘿，這些逍遙海外的鍊氣士也算是江湖上所謂的神仙了，被神仙敲門討債，我跟你娘走得不冤枉。你雖說已經及冠有些年頭，可也不用太過自責，更別一心想著報仇，爹娘這二十幾年，都是賺的，再說還有了你，都賺到姥姥家嘍，你要是在爹娘走後活得鑽牛角尖，爹娘在下邊才不安心。

爹是粗人，這輩子只會打鐵鑄劍，也沒教你什麼為人處世的道理，說不來半句金玉良言，但有一件事你要牢記，世上有心無力的事情太多了，做人不能把自己活活憋死，那才是真的枉費投胎來世上走一遭。」

這輩子頭回流淚的張春霖抬起頭，淚眼模糊，「爹，我真的不甘心啊。」

極少對兒子擺老爹架子的張涷齡平靜道：「不甘心也要活下去。」

婦人動作輕緩地拿袖口擦去兒子的淚水，轉頭望向湖上獨坐小舟垂釣的蓑笠人，不想父子深陷沉痛，轉移話題皺眉問道：「那陌生人是誰？」

張涷齡咧嘴笑道：「大雪封路，來莊子借宿的一夥客人。聽張邯說不俗氣，以他的眼力，連身手高低都沒看清，想必是不簡單，若是往常，我肯定要結交一番，到時候又免不了被妳一頓說教。我啊，就是這種狗改不了吃屎的強脾氣。這些年苦了妳，有句俗語不是說巧婦難為無米之炊嘛，說的就是媳婦妳呢。」

婦人強顏歡笑，輕輕搖頭，然後握住他和兒子的手。

張涷齡呼出一口氣，「妳我下山吧，要是不小心讓客人跟觀音宗起了衝突，我良心難安。春霖你就別露面了，爹娘做好最後一次迎客，以後就是你當家了。」

張春霖一手握緊古劍，眼神堅毅道：「我一同下山！」

張涷齡為難之時，眼角餘光瞥見湖面動靜，驚訝「咦」了一聲，然後瞪大眼珠，一臉震驚。

第二章　觀音宗尋釁幽燕　徐鳳年臨湖拒敵

白衣鍊氣士在湖上蜻蜓點水，漫天風雪自然而然遠離他們身軀幾尺之外飄落，為首仙家臨近幽燕山莊不足三十丈。尾上一名年輕女子鍊氣士踩水躍過小舟之前，俯瞰了一眼那名無動於衷的男子，盤膝而坐，披有一件厚實蓑衣，頭頂斗笠，有兩縷出乎尋常年齡的白髮從鬢角輕柔垂下，一眼望見漁客面容，十分年輕，以俗世眼光看待，皮囊異常出類拔萃，以至於不穿鞋襪的她躍過小舟之後，仍是回首望去一眼，只覺得這傢伙該不會是嚇傻了，還是沉醉於湖上垂釣，真的什麼都沒有看見？

寒江之上孤寂而坐的徐鳳年一直屏氣凝神，對這些踏湖飄搖的白衣鍊氣士視而不見，哪怕被他們「踩」在腳下也不曾有絲毫氣機動靜，甚至刻意讓胃口大開而蠢蠢欲動的陰物隱匿起來。一則徐鳳年只是中途借宿幽燕山莊，不想多事，萬一這些世俗眼中的仙士仙子是山莊需要掃榻相迎的貴客，徐鳳年不覺得讓嘴饞的徐嬰大開殺戒，是為客之道。二來徐鳳年敵視的僅是京城欽天監，南邊的鍊氣士跟他無冤無仇，相逢是緣，就當一併觀仙賞景了。

只是當徐鳳年感受到這夥白衣仙家流露出一絲與身分不符的殺機後，就不再一味藏拙，摘下斗笠，一葉扁舟如箭矢飛速倒退，在湖面上劃出一道美妙漣漪。

剎那之間，小舟在出湖二十丈處急停，恰好擋住為首鍊氣宗師的落腳點。

面容枯肅的白衣老婦人微皺眉頭，身形驟停，與身畔大雪一起飄落在湖面上，她身後十幾位相對年輕的仙家相繼停足。

這幫鍊氣士踩在湖面之上，紋絲不動，如白蝶停鏡面。

幽燕山莊臨湖院落不知誰率先看到這一幅玄妙景象，幾聲驚訝之後，沒過多時就陸續走出院門，駐足遠觀，很快人頭攢動，既有府上清客僕役，也有莊主「托孤」的遠朋好友。

徐鳳年平淡道：「是幽燕山莊的客人，在下歡迎至極，若是尋釁，可就要坐下來慢慢聊，好好說道說道了。對了，你們既然能站在湖上裝神仙，想必道行不差，坐著屁股也不會冷吧？」

氣息枯槁的老婦人眉頭皺得更緊，身邊大多數鍊氣士也都面容不悅，唯獨最後那名獨獨赤足的白衣女子發出一聲輕笑。

一位約莫三十歲的白衣仙子悄然轉頭，無奈瞪了她一眼，後者迅速板起臉，可惜一雙笑意不減的秋水長眸洩露了天機。

十六人都背有一柄或是數柄長短不一的符劍，或從歷代古籍記載仙人手上傳承下來的桃木劍，或是擁有千年歲月的青銅古劍，便是「新」劍，那也是以甲子計算。

相傳鍊氣士修道之法獨樹一幟，專門在洞天福地百丈之上當空採集天雷，以祕術製成雷珠，一擲之下，威力巨大，當真如同平地開雷。或是最早一縷朝霞映照東海，收入符鏡之中，一照之下，陰邪穢物無不灰飛煙滅，更有收集無主魂魄共赴酆都以陽身入陰間積攢陰德的神奇說法。總之高明鍊氣士的玄妙手段，層出不窮，常人只會感到匪夷所思，也就由衷敬若神明，視如替天行道的仙家。其實鍊氣士出自上古方士，跟道門煉丹真人有些相似，只不過鍊氣士這條羊腸小徑走得更窄更遠。

一名年輕男子鍊氣士冷聲道：「讓開！」

徐鳳年自來便是軟硬不吃的無賴性子，笑道：「問過我。」

然後輕輕拍了拍腰間北涼刀，「再問過我的刀。」

老婦人雖然是世間寥寥無幾的頂尖鍊氣大家，卻沒有一味盛氣凌人，淡然道：「去幽燕山莊，只是按約取劍。年輕人，願意拔刀相助落難人，是好事，可也須講理。」

徐鳳年站起身，拍了拍蓑衣肩頭積雪，「我認識的一位前輩，曾經從幽燕山莊拿到一柄好劍，你們取劍可以，拿走便是，可要仗勢欺人，我還是那句話，問我，問我刀。」

先前那位冰冷言語的男子鍊氣士更是不遮掩他的怒氣。

匹夫一怒，血濺五步，人頭搶地；天子之怒，伏屍百萬，流血千里。

在凡夫俗子看來，仙家一怒，何嘗比天子一怒輕巧閒淡了？

世人都曉神仙好，就是知道仙家的高高在上，全然不輸帝王將相。

這位鍊氣士不掩本心，怒氣勃發，身邊狂風驟雪飄蕩不止。

他怒極而笑，朗聲大笑道：「大膽豎子，你可是想要與我席地而坐論道論道？好，那我就給你一坐！」

白衣仙家果真坐下。

如一座山嶽驀然填江海。

除了為首老婦人，其餘鍊氣士都拔高腳尖離湖幾尺。

湖面翻搖，氣勢駭人。

可讓這人無比尷尬的是，他附近湖面都劇烈晃動了，那一葉小舟竟是如同出湖在岸，巋然不動！

徐鳳年不去用刻薄言語當面挖苦那個弄巧成拙的鍊氣士，只是眯眼抬頭望向鵝毛大雪，自言自語道：「有個吃劍的老前輩說過一句話，讓我心神嚮往得很——天上劍仙三百萬，遇我也須盡低眉。真是應景啊。」

徐鳳年收回視線，解下蓑衣後，很欠拾掇地笑咪咪道：「來來來，先問過我，才有資格再問一問我腰間北涼刀。」

張春霖怒道：「這人瘋了不成？」

莊主張凍齡也是不看好，憂心忡忡。婦人是觀音宗一位鍊氣大家的親傳弟子，有望繼承衣缽接手師傳，這也是當年觀音宗勃然大怒的緣由。天下習武人號稱百萬，如她這種珍稀角色，一直被視為「萬金難買之胚」。婦人墜入情網之後，一心相夫教子，修為早已如漏壺滴水散盡一空，可眼光還在，同樣不覺得那客人可以討得了半點好處，須知十六位鍊氣士中的老婦人，不僅在觀音宗地位超然，在整個南方鍊氣士中也是輩分奇高，看上去是古稀老嫗，實則活了將近兩甲子的漫長歲月。

武道上可能還會拳怕少壯，可鍊氣一事，卻是毫無疑問的越為年老越是老辣。像那劍道，跟觀音宗有一樁天大宿怨的李淳罡可以三十歲之前走上龍頭，登頂四顧之後無人比肩，可鍊氣士，千年以降，只有寥寥幾人在三十歲之時孕育出大氣運，江湖喜好用百年難得一遇盛讚某人的無上天賦，之於鍊氣，以千年一遇四字形容都不過分！李淳罡恰好便葬送了這樣一位半國疆土亦不換的天縱之才。

張春霖當下就率先走出涼亭，「我去攔下那瘋子，幽燕山莊的禍事，萬萬沒有理由讓外人來扛。」

張凍齡和婦人相視欣慰一笑，攜手下山。

初生牛犢不怕虎，那是因為不曾入山，不知道吊睛大蟲的厲害，張春霖由於家世淵源，對鍊氣士畏懼至極，以至於拔劍都不敢。要清楚張凍齡自嘲「打鐵匠」，劍道造詣平平，可張春霖天資極佳，在弱冠之年便已經只差小宗師境界一層紙，這五年更是不敢有絲毫懈怠荒廢，練劍入癡，可對上那批南海遠道而來的白衣仙家，仍是不敢一戰。所以當他看到湖上小舟攔路，就有些氣惱這借宿客人的不知好歹，更多還是擔心那孤舟垂釣的白頭男子被幽燕山莊殃及池魚。

說到底，張春霖雖然身為少莊主，心性仍是淳樸，哪怕天賦根骨隨他娘，可終歸是張凍齡的種，擁有可貴的赤子之心。鍊氣士可怕之處不在於劍術如何殺人取頭顱如探囊取物，而是這些仙家方士猶如氣運寵兒，在鍊氣一途登堂入室後，可以憑藉各自機緣，從指玄境乃至於天象境中擷取一種甚至數種大神通，一般江湖武夫，別說二品小宗師不入法眼，就是金剛境界的頂尖高手，也能與之一戰，在壓箱的法寶祕術祭出之前，都可不落下風。

◆

而湖上徐鳳年，一口氣對上了十六個成就高低不一的鍊氣士。

聽聞「北涼刀」三字，除了為首老婦人心中略起漣漪，其餘白衣仙家都根本沒有上心。觀音宗孤懸海外，就算是春秋戰事之中，也不曾看過誰的臉色，中原動盪，神州陸沉之前，不知有多少臨海的帝王卿相，以最為顯赫的俗世身分，心悅誠服地對觀音宗頂禮膜拜，偶遇踏岸真人，無一不是執弟子禮儀，欣喜若狂，虔誠討教養生之法。北派鍊氣士又被稱之為「附龍派」或是「扶龍宗」，類似道教祖庭龍虎山，而南方鍊氣士更像是偏於一隅的清淨武當山，不問蒼生，只問鬼神。

觀音宗十六白衣此次離海登岸後，只走險峻路途，遇山攀山，遇水踏水，過洞天福地而採天雷，臨深淵古潭而捕蛟虯，絕不與凡夫俗子打照面，旭日東昇則在山嶽之巔吐納朝霞，應了「真人不露相，露相不真人」的那句古語。在他們眼中，幽燕山莊的生死禍福，不過是草木榮枯，不擾心絲毫。這並非是鍊氣士視別人性命如螻蟻般卑賤，而是鍊氣士對待自身也是無異。聖人所謂朝聞道夕死可矣，大抵就是這些仙家直指根腳的確切概述。

一個佩有北涼刀的白頭男子，在習慣了被世人供奉為神仙的他們眼中確實不值一提，真正讓他們刮目相看的是那男子穩坐船頭的修為。

天網恢恢，疏而不漏。鍊氣士就是對天機查漏補缺的隱祕角色，落網之魚，若是天機本身使然，要讓其躍過龍門，那就扶襯一把，欽天監附龍派因此而來；若是天機遺漏，那就視作化外天魔，陰邪穢物，務必打碎魂魄，送入宗內月鏡天井，讓其永世不得超生，觀音宗更多是行此之事。

當年蓮花臺上大真人齊玄幀動了天人之怒，無視日後天劫臨頭，斬殺天魔卻不送往仙島天井，而是自作主張網開一面，與尋常世俗惡人一視同仁，只是送往六道輪迴，因此一直被觀音宗視作如此煌煌地仙，落得一個只能兵解卻無法得道飛升的淒涼下場。

徐鳳年跟人打架，不論你如何超凡入聖，向來不喜歡碎碎念叨，你死我活而已，今天竟是破例，輕輕一腳踩下，舟上魚竿輕輕跳起，他一手握住，抖腕之下，魚線所及之處，鵝毛雪花盡數碾碎飄零。

「今日之所以攔下你們，有兩件事要說上一說。我知曉你們觀音宗向來不問世事，算是名副其實的海外仙師，我本人對你們並無半點惡感，但是你們一直覺得呂祖轉世的齊玄幀當年斬魔，卻又放過他們送往輪迴，是逆天而行，但我今天要給齊玄幀，或者說是洪洗象說一句，就我所知的他兩次自行兵解，一次在龍虎山斬魔臺，一次在武當小蓮花峰，都只是為下一世再修行證道，並非你們所想那般不敵天道，導致身死道消。」

那名坐也不是起身也不是的男子鍊氣士譏笑道：「俗子安敢妄言天道！」

鍊氣養氣俱是超拔俗人不知幾萬里的老嫗輕輕抬手，面無表情，僅是示意後輩不要多言。

徐鳳年繼續說道：「公說公有理，婆說婆有理，我也不奢望在你們的一畝三分地上指手畫腳，聽不聽是你們的事情，與我無關。但第二件，你我雙方就是誰也逃不掉了。」

一夥白衣仙人大多對此人大放厥詞有些不滿，倒也談不上太多憤懣怒氣，只是覺得好像聽一名尚且穿尿布的無知稚童，當面跟廟堂忠臣誇誇其談經國濟民之大事一般，有些滑稽可笑而已。

那名赤足女子大概是個不可理喻的怪胎，竟是很不合群的神采奕奕，瞪大一雙靈氣流溢的眼眸，跟見著了宗門內古書上記載的凶獸神物一般。

徐鳳年不理會他們的神情，提魚竿佩涼刀，回頭看了一眼山頂涼亭，見先前所立之人已無蹤影，縮回視線後微笑道：「第一個教我練劍的前輩，是個打鐵匠，他曾經跟我吹牛，剛到江湖沒幾年，就碰上了頂有名氣的大人物，還跟他一見如故，把傳家寶都偷出來贈予他，我後來才知道他是誰，送他劍匣其中一柄名劍的年輕人又是誰。劍名沉香，如今被留在了武帝城，曾經在龍岩香爐歷代鑄劍中排在魁首之位。當年那個送劍的年輕少莊主，也變成了幽燕山莊的莊主。

我不知你們觀音宗一口氣來了十六位，所圖為何，但我先前察覺到你們其中一人殺機流瀉，那麼這件事我就算不講理，也得多事地管一管。對，你們不會在意我所佩是否是北涼刀，甚至也不忌憚北涼和三十萬鐵騎。相隔萬里，就算一方是徐驍，一方是觀音宗的宗主，也沒可能相互去對方地盤上找麻煩，所以今日事、今日了，你們到得了岸上，算你們這些仙士仙子的本事，我就算殘了死了，也不會讓誰記仇報復，可如果你們萬一沒能登岸，可否不在莊子殺人取命，有話好好說，跟張凍齡一家子俗人相安無事？」

老媼嘆息一聲，「好一個今日事、今日了，若真是人人如你，天下也就沒有我們鍊氣士什麼事情了。」

徐鳳年靜等下語。

老媼搖頭道：「可惜有些規矩，不能壞。我們與幽燕山莊的約定，是宗主閉關之前欽定，龍岩香爐符劍八十一柄，少上幾柄亦是無妨，我也可拚卻被責罰，為張凍齡說情幾句，留下性命。可符劍一事，委實事關重大，再者張凍齡生死與否，本宗其實並不在意，但宗內叛徒，勢必要殺。沒有規矩不成方圓，世人以為我們鍊氣士無情，原因亦是在此。欲行天道，至親可滅。」

徐鳳年笑了笑，「道理說盡，都不虧欠，那咱們就開始不死不休了。」

便是在島上也以只近天道不近人情著稱的老嫗笑了笑，離島之後所言話語總計不到十字，此時不到一炷香，卻是早早超出，「這公子放心施展手腳，就算本人和十五位宗門弟子死在湖上，也是氣數使然，斷然不會牽累任何人。可符劍一事，死了十六人，也一樣會有下一撥來到幽燕山莊，公子只要不耍心機手段，擋得下，自然算你有大氣運，觀音宗就算滿宗盡死，不存一人，也無怨無悔。」

原本風雪蕭蕭山湖寒的壯烈場景，都給徐鳳年接下來一句市井潑皮無賴話給壞盡了氛圍，「你們觀音宗不會有幾百上千號鍊氣士吧？」

被盛讚料算天機無遺漏的老嫗竟是啞然，神情古怪。

赤足女子彎腰捧腹，總算還好沒有笑出聲，忍耐得艱辛異常。

其餘十四位鍊氣士都有些哭笑不得，這白頭小子真是無法形容的滿身市井草莽氣啊！俗，俗不可耐！

但老嫗似乎無比鄭重其事，威嚴沉聲道：「各自上岸。」

當下便有七位仙士一掠而過。

徐鳳年腳下是一葉扁舟，舟底則是入天象後陰森戾氣換成金紫之氣的朱袍陰物。

鍊氣士先前「坐湖」，湖面晃蕩，唯獨一舟不動，二品內力的徐鳳年自然沒這份唯有一品才可做出的壯舉的修為。

興許只有老嫗才知曉輕重——所面對的是一名可能要高過指玄的古怪敵手。

徐鳳年一手揮魚竿，一手揮大袖，除了袖中十二柄飛劍盡出，雙劍一組，分別刺向六位鍊氣士外，更有一條銀白魚線甩向舟後，一線裂開岸邊湖。

興許錬氣士不興單打獨鬥，被又是飛劍又是截江的驚世駭俗手段阻攔一記後，沒有強硬衝撞劍陣和水牆，一名地位大概僅次於老嫗的中年女子錬氣士輕聲念道：「結罡北斗。」

徐鳳年抖腕不止，僅是一根魚竿，斷江復而再斷江，氣機如銀河倒瀉，真真正正是那翻江倒海的仙人氣度。

一座大湖，晃動幅度，哪裡是那名男子錬氣士坐湖可以媲美其中一二三？

徐鳳年得勢不饒人，肅然朗聲道：「向幽燕山莊請劍！」

請劍！

幽燕山莊在下了臥虎山莊主的果決授意下，幾乎人手一劍，便是僕役丫鬟都不曾缺少，當下便以迅雷不及掩耳之勢搬出了所有莊上所藏的名劍古劍。張涷齡更是帶上妻子兒子急掠而去，急掠而歸，這名莊主手提兩柄被封入龍岩香爐的「龍鬚」、「烽燧」，婦人則提了一把「細腰陽春」，少莊主張春霖除去所佩「無根天水」，捎上了劍爐封存的最後一柄世代相傳的名劍「殺冬」。

湖面上如數條惡蛟共同禍害一方，風波不定，景象駭人。

徐鳳年將魚線終於崩斷的魚竿拋去湖中，最後一次截江，白髮不知何時失去了禁錮，肆意飄拂，如同一尊仙人天魔混淆不清的天上客，並非那豪氣干雲，而是那一股無人可以體會的悲涼愴然，聲如洪鐘：「世人記不得你，我便替你再來一次！劍來！」

都說人心不足蛇吞象，這白頭年輕人竟是有一種惡蟒吞天龍的氣概！

幽燕一莊千百劍，浩浩蕩蕩由山上、莊內、劍鞘內，無一例外掠向小舟之上的男子。

他還不曾出刀。

所以他說先問過我，再問我刀。

徐鳳年踏出一腳，雙手扶搖，一手仙人撫頂式，一手一袖青龍式，一氣之下，將千百劍砸在了十六位鍊氣士頭頂！

世人只是聽說老一輩劍神李淳罡曾在徽山大雪坪慨言「劍來」二字，讓龍虎山顏面無存，那等恢宏異象，道聽塗說而已，無法真正領會其瑰麗雄渾。千劍飄浮掠空，身在其下，豈不是要感到泰山壓頂？以為在劫難逃的幽燕山莊張涑齡跟妻子面面相覷，一方面震撼那名陌生客人斷江截白衣以及借劍千百壓仙人的駭人壯舉，另一方面更迷惑此人為何要為山莊出頭。

張涑齡出手闊綽，仗義疏財，看似是治家無方的敗家子，只是自身劍術平平，無法穩固山莊在江湖上的地位，只能出此下策結納朋友，有些像是胡亂撒網捕魚，靠運氣行事，寄希望於網到幾尾當下名聲不顯、日後成就龍身的鯉魚。這麼多年過去，他早已心灰意冷。

江湖人士混江湖，大多早已圓滑如泥鰍，與之打交道久了，他的一腔熱血義氣早已隨同性格稜角一起消磨殆盡。這次臨危「托孤」，僅是需要前來旁觀的知己，才十之一二，其餘都藉口托詞，好一些的還會寄信婉拒幾句，更多曾經借劍而走的成名俠客不記得當時如何感激涕零，什麼滴水之恩必當湧泉相報，乾脆就是音信全無，屁都不放一個，繼續在當地做他們大名鼎鼎的大俠劍客。好在張涑齡看得開，既然連生死都罔顧，也就順其自然，不跟這幫道貌岸然之徒過多計較什麼，倒是兒子張春霖氣不過，賞給他們一群「君子劍」、「仗義人」的反諷稱號。

張春霖親眼見識了千百飛劍當空的奇景後，轉頭望向張涑齡，聲音顫抖道：「爹，是咱們莊子世交好友的子孫？」

張涷齡搖頭自嘲道：「不像。幽燕山莊兩百年前鼎盛時，兩位先祖先後擔任武林盟主，興許還有這樣了不得的朋友，如今絕無可能。爹用莊子半數藏劍換來的香火情，你都見過了，就算是你那個跟爹有過命交情的曹郁伯伯，也不過是多年滯留二品境界的修為。可湖上那一位，顯然金剛境都不止了。若非如此，也擋不下那些鍊氣士衝陣。」

張春霖一肚子打翻酒醋茶，「難道是龍虎山上的小呂祖齊仙俠？可是不像啊，既無拂塵，也無道袍。如今天下盛傳西楚亡國公主可以御劍入青冥，可她又是明確無誤的女子。」

張涷齡灑脫笑道：「天曉得，不管了，只能聽天由命，不庸人自擾。這場惡仗，以我們的身手，就算想錦上添花都插不了，說不定還會幫倒忙。如果幽燕山莊能夠躲過此劫，張涷齡就是給這個不知姓名的大恩人磕上一百個響頭，也是心甘情願。」

張春霖小心翼翼問道：「爹，我想跟他學劍，可以嗎？」

張涷齡無奈道：「你想學，那也得這名年輕劍仙願意教你。」

尺雪小院精劍盡出，五名女婢丫鬟中有兩人甚至先前都曾裝模作樣捧劍。幽燕山莊既然以鍊氣和鑄劍著稱於世，一人得道、雞犬升天，莊子上的僕役也都練過一些外人看來十分高明的心法和把式，可「劍來」二字脫口而出後，飛劍出鞘，尺雪院子外的兩人不光沒有察覺手中古劍如何出鞘，嬌軀更是被順勢牽引，幾乎向前撲倒在地。別說她們驚訝得合不攏嘴，滿腦袋空白，想不明白為何那麼一個英俊的公子哥，先前還極好說話地與她們圍爐溫酒共飲，就連門房張穆和大管家張邯都是瞬間熱淚盈眶，暗自念叨定是莊主和夫人好人有好報，菩薩顯靈，才讓這般神仙人物出現在幽燕山莊。

一名紫衣女子一手抱琴、一手提酒，緩緩走向臥虎山涼亭。古琴是尺雪珍藏雅物，一罈子黃酒由滾燙變為溫熱。離亭七、八丈時，她一掠而上，席地而坐，古琴在膝，仰頭灌了一口黃酒。

僅是一手猛然按弦。

鏗鏘之聲如鳳鳴九天，清越無雙。

那一年徽山山巔，書生入聖時，大雪坪不曾落雪，僅是大雨滂沱，波瀾平靜之後，李淳罡重入陸地劍仙之前，有個她討厭至極的男子也還不曾白頭，給她撐了一回傘。她也不知道自己是恨他到了徽山，牽一髮而動全身，最終害得她父母雙亡，只能愧疚一生，還是怨他有著人人豔羨的北涼世子身分，可以不用像她那般受罪，只能如一株孱弱浮萍般漂無所依。也不知道自己為何與虎謀皮，願意跟這麼一個初見時吊兒郎當的落難乞丐做買賣。

是什麼時候討厭依舊，卻不那麼討厭了？是得知他孤身北莽之行氣運蕩然無存如白紙，自己反而因汲取玉璽而境界暴漲，終於可以可憐他了；還是他得知木劍遊俠兒折劍之後，明明那般消沉卻不與人言，僅是在躺椅上跟她說了難得正兒八經的夢想和雪人；還是太安城雪中泥濘行至九九館，他彎腰在桌底給她裙擺輕輕繫了一個挽結？

坐在亭子頂上的軒轅青鋒喝光了一罈酒，高高拋入湖中。

◆

劍癡王小屏興許是最後一個湊熱鬧的「外人」，他走出院門，抬頭望著洶洶大雪，不知是不是想起了在山上看到當年師父背著年幼小師弟拾級上武當，大師兄默默跟在身後不斷給小師弟拂積雪，不苟言笑的王小屏會心笑了笑，心胸中那股大師兄幸得黃庭又失黃庭的怨氣，以及小師弟不惜兵解再證三百年大道的遺憾，也都在這一刻緩緩散去。

望向湖上那個年輕人的背影，王小屏拍了拍肩膀上的雪花——師兄弟你們交給我的擔子，我王小屏就算曾經打心眼裡不喜徐鳳年，也會扛下！

山上練劍、下山問道的王小屏笑意不減，大踏步掠向湖邊，伸出一手向前抹去。

以大雪凝聚出一柄長劍。

晶瑩剔透。

誰敢上岸？王小屏既然做得斬妖除魔的事情，亦是殺得所謂的海外仙家！

◆

其實徐鳳年根本就沒奢望讓軒轅青鋒和王小屏出手，這和信任與否無關，實在是習慣了萬事不靠外人。當然，船底朱袍陰物是個例外，他們一活人、一陰物的交情那是數次生死對敵搏命攢下來的——黃河龍壁合力擊殺魔頭洛陽、弱水見徐淮南、提兵山殺第五貉、鐵門關一役的絕密截殺、太安城的天魔降世、力敵柳蒿師，最後相攜出宮城，徐鳳年信它，就是信自己。故而賜名或者是改名徐嬰的陰物在船底隱蔽反哺境界，徐鳳年靠它才能借劍千百，對陣十六位白衣仙家，只有心安理得。

密密麻麻如飛蝗的飛劍以仙人撫大頂之萬鈞大勢，狠狠砸下，徐鳳年才切身體會這幫海外仙士仙子的厲害之處。如果單打獨鬥，恐怕除那個為首老嫗外，徐鳳年自信都可以十招之內當場擊殺，可七名男子鍊氣士踏罡結陣北斗，七柄符劍累加積威，不容小覷，分擔到他們頭上的三百多柄飛劍僅是毀劍陣，重創竭力鎮守陣眼的一名仙師，輕傷三、四人，其餘都可全力再戰。

觀音宗自古便是出了名的陰盛陽衰，故而徐鳳年摘出六百劍轟然拋向八名仙子，符劍造就的古怪劍陣如滴溜溜珠子一氣旋轉，形成一扇鏡面，不光沒有傷人，連符劍都不曾毀一把，其餘一把劍獨獨飛向老嫗，更是在離她一丈外，便盡數被反彈而飛。

徐鳳年是頭一次馭劍如此巨大規模，手法難免生疏滯澀，可徐鳳年的心智在三次遊歷之後打磨得無比圓滿，如同十二柄劍胎大成的鄧太阿飛劍，哪裡會一鼓作氣之後再而衰、三而竭？一撥飛劍砸頂之後，單手一拂半圓，駕馭浩浩蕩蕩的飛劍以小舟為圓心，飛速繞行一圈；第二撥轉作側面撲殺而去，湖面被劍氣所傷，撕裂得濺射無數，白茫茫的鵝毛大雪在落湖之前，更是被攪爛。

徐鳳年所站位置，給人感覺就是天地之間，我以千百黑劍殺百萬白雪！

湖上眾人跟隨飛劍轉動，男子、女子兩撥白衣仙家，腳步靈動，踩踏湖面，並肩而行，一同直面那好似酆都陰物惑亂陽間的惡煞凶劍。

此時所站位置，紋絲不動站在原地的老嫗離徐鳳年最近，八名女子鍊氣士衣袂飄飄，如敦煌飛仙，符劍結成寬闊鏡面，由橫擺變成豎放。

八柄符劍本身無比靈動活潑，在鍊氣士氣機牽引下成就表面上極靜的玄妙境界。

男子鍊氣士則要略顯倉促，質地不同的符劍僅是一柄柄掠出，竭盡全力將迎面而來的三百柄飛劍撞偏。那名先前坐湖「獻醜」的鍊氣士其實修為不俗，在陣眼鍊氣士重傷之後，立即坐鎮天樞。對敵之時，對敵之前尚有幾分身分生就的傲氣，此時不見絲毫心浮氣躁，隱約有登堂入室的鍊氣大家風範。

他們這次針對幽燕山莊取符劍，拿劍是一事，歷練也是一事。鍊氣士無疑深諳他山之石可以攻玉的精髓，這一路北行，就已經有一位師姐在潭邊觀月時順勢提境，從浩瀚如寶山的指玄一境中悟出其中一妙，按照鍊氣士的獨有手法，便是如龍宮探寶，擷取龍眼而還，若是誰能得天地造化，僥倖悟得天象境之大妙，更是被視作得驪珠而功成。

飛劍與符劍陣或觸碰或撞擊在一起。

聲響如山崩石裂，遠比迎春爆竹掛在耳邊還要來得震人耳膜。

老嫗依舊無動於衷，劍來便彈劍，不看彷彿雄踞浩然大勢之巔的白頭年輕人，只是輕輕望向兩撥同宗不同脈的得意子弟，不曾流露出絲毫異樣表情。

兩次帶動飛劍之後，徐鳳年馭劍手法以驚人的速度提升。

徐鳳年雙手各自起勢，第三撥中三百柄飛劍依舊橫衝直撞向男子鍊氣士，其餘將近七百柄飛劍，更是乾脆不理睬道行高深的老嫗，齊齊掠向女子鍊氣士，而且尤為精彩萬分的是這一次飛掠，不再密密麻麻彙聚一堆如同飛羽密集攢射，而是看似凌亂不堪——飛劍軌跡簡直就是混亂不堪——實則讓人防不勝防，絕非一個劍陣鏡面可以抵擋全部。

鍊氣士勝於專心致志鍊氣，抱樸懷渾圓最終氣吞天地，僅就體魄而言，大多數連二品武夫都遠遠比不上，別說七百柄飛劍，就算僅是寥寥幾把飛劍貫穿身體，這些白衣仙子就要香消玉殞。

一名容貌美如豔婦，氣質卻雍容的女子鍊氣士平淡出聲：「結寶瓶！」

八劍凝大瓶，如南海觀音持寶瓶，符劍由動轉靜，而且氣機牽連成網，織成大網。

脫離寶瓶劍陣的女子微微一笑，收回符劍，朝符劍輕輕哈了一口氣，輕聲呢喃，「指劍，指山山填海。」

她遇上南海觀音宗每一位鍊氣宗師都會遇到的「瓶頸」之後，這次離開海島，觀月悟指玄一妙，得以「指劍」，終於打破瓶頸。

只見白衣仙子並未馭劍而出，而是中指伸直，大拇指扣至無名指之上，以此在劍身上不斷指指點點。

一點靈光即是符，點點靈光結成仙人籙。

飛劍當空，遮天蔽日，先是其中一柄墜入湖中，繼而是兩柄，四柄，八柄。

不知是否是人力借力終有窮時，她讓差不多一百柄飛劍墜入湖中後，翻過劍身，「指劍，指海海摧山。」

湖中一百劍重新跳出水面，竟是為她驅使，掉轉劍尖，向徐鳳年駕馭的飛劍掠去。

如此一來，不光是寶瓶陣壓力驟減，還讓北斗符劍的男子鍊氣士得以換氣換陣，更有人掏出各自祭煉寶器，而不僅只能以符劍對抗飛劍。

獨立船頭風雪不近身的徐鳳年不以為怒，更無驚懼，嗤笑道：「劍來二字，你真當以為只有鞘中劍可做殺人劍？我馭劍十萬，便是輕如棉絮，一樣壓死你！」

徐鳳年雙袖飄蕩，獵獵作響。

天下湖上百萬雪花，各自凝聚一線，各自成短劍寸劍。

天地之間頓時猶如凝滯靜止，萬事皆休。

只有劍。

無數柄劍。

黑白相間。

此時佩刀卻馭劍的年輕人，在岸上目瞪口呆的眾人看來，那就是只要天人不出，我於世間幾無敵。

北莽雨巷一戰，狹路相逢，目盲女琴師薛宋官便曾讓小巷一瞬間停雨。敦煌城門一戰，當世第一大魔頭洛陽更是一腳踏下濺起雨水無數做飛劍，跟新劍神鄧太阿一爭劍道高低。

徐鳳年論境界高低，比不上跳過金剛入指玄的目盲琴師，論己身內力，更是被大雪坪李淳罡和敦煌城外洛陽甩出十萬八千里，可架不住他腳底船下蟄伏有朱袍陰物這位雙相六臂天象高手，雙方心意相通，比之徐鳳年駕馭十二柄飛劍也不差，徐嬰源源不斷將內力輸送給徐鳳年，如滔天洪水湧入湖，水漲船高，撐船人徐鳳年自然就有了獨立鼇頭的劍仙假象。

徐鳳年自以為自知斤兩底細，借天力做出數萬柄歪歪扭扭的雪劍，威懾力遠遠超過真實效果，卻不知道體內一方猶如荷葉枯萎殆盡的殘敗池塘，一粒紫金蓮種子，破土而出，一株嫩苗輕輕搖曳，氣象通大玄。

眾人頭頂，湖上數萬柄白劍，橫豎傾斜，粗細長短，沒有定式，但就氣勢壯闊這一點而言，確實舉世罕見。徐鳳年對劍道的獨到領悟，加上陰物徐嬰圓滿天象境界的支撐，最終造就了湖上這一幅畫卷。

江湖有不可避免的草根氣，買不起刀劍，拿不到祕笈，混得窮困潦倒，一文銅錢難死英雄漢。江湖有戾氣，嘴上稱兄道弟，回頭便插兄弟兩刀；江湖有血性義氣，引刀成一快，不負少年頭。但江湖亦是會有仙俠氣，鍊氣士白衣飄飄，在湖上凌波微步，是市井眼中的仙氣無疑，徐鳳年為舊人恩情執意攔路，起先看似螳臂當車，是常人無法理解的俠氣，數萬雪劍懸空，更是仙氣。

徐鳳年勝勇追窮寇，不給他們絲毫喘息機會，雙手猛然下按。

大雪數萬劍一起壓向觀音宗鍊氣士。

一直表現平庸的赤足年輕女子突然嬉笑道：「天上世間萬萬劍，手上一劍足矣。」她沒有使出那柄更適宜斬妖驅邪的符劍，而是跟王小屏有異曲同工之妙，在湖面和雪劍縫隙之間，彎腰前衝，好像一支白羽箭，一手做了個拎起水桶的手勢，湖中一道水柱如同一尾蛟龍出水，被她握住，便是一柄幽綠長劍。明顯是要擒賊先擒王，一劍斬去始作俑者，頭頂萬劍又如何？

你做數萬雪劍，我便一把水劍破之。

不知何時，江湖上傳入這麼個詭譎說法：南海有龍女，劍術已入神，風高浪快，騎蟾萬里一劍行。

觀刀譜最後一頁，有靈犀一說，誤打誤撞，準確說是喪失大金剛境界以及跌兩重境的徐鳳年只能退而求其次，一心馭劍近戰，十丈以內十二飛劍，自詡殺盡指玄以下江湖人。

徐鳳年怡然不懼，依舊讓雪劍壓塌而下。

劍道、劍術便一直存有爭議，魚與熊掌難以兼得，數百年來以李淳罡最為兼備，兩袖青蛇是劍術巔峰，劍開天門則是劍道頂點。鄧太阿在力戰北莽第一人拓跋菩薩之前，給人感覺便是一心要踩在吳家劍塚頭頂，以劍術走到極致而得道，借劍以後，才做出變化，開始兼顧劍道。這不是說桃花劍神的劍道就差了，只是相比劍術上的造詣成就才顯得沒有那般璀璨。

以手中劍爭取最大程度的殺傷，達到千人敵的恐怖境界，對劍術和劍道兩大門檻都要求極高，一劍破去士卒身披甲冑並不難，可甲冑畢竟是死物，甲士卻不是，也不是木頭樁子，任由劍氣傷及自身。再者，世間萬力盡出，皆有回應反彈，當年羊皮裘老頭廣陵江一戰，十之三四都是為自己劍氣所傷。

執火不焦指，其功在神速。尖釘入金石，聚力在一點。

馭劍太多，難免就要分心分神，對這兩點武道至高要義都必然會有所折損，這也是天下劍林之中無數成名劍客不屑馭劍殺敵的根源。一寸短、一寸險，馭劍離手本就殊不明智，當空潑下一撥劍雨，更是無聊至極，漫天撒網撈魚，豈能比得上一竿鉤魚來得凌厲凶狠？

呂祖以後，劍道真正扛鼎不過李淳罡一人而已。

徐鳳年扯下天上相對重勢不重力的雪劍之後，就一直在等這生死立判的時刻，只是跟想像中略有出入——原本忌憚的是那位老嫗，而非眼前這個直刺而來的年輕姑娘。

徐鳳年生性謹小慎微，說難聽一點就是膽小怕死，萬事往壞了去想。對敵南海鍊氣士，始終有一點疑惑：鍊氣士雖為不染塵俗的仙家，可這些修為深淺懸殊的十六人離海登岸，深入離陽王朝腹地，必定不會都是貼身近戰肉搏如同紙糊的老虎，起先是擔憂湖底有真正高明劍士潛伏，伺機而動，可徐嬰充沛氣機如水草根鬚蔓延湖底五十丈，並沒發覺異樣，既然不在水底，自然便在十六人之中，唯獨沒有料到會是眼前赤足女子遞出一劍，來一錘定音。

既然早已知曉鍊氣士會有後手，在見識到那名美婦仙子的指劍之後，徐鳳年已經相當高估觀音宗，可真當面對那輕描淡寫的一劍，才知道還是低估了。

那一劍以水造就，三丈之外便何處來何處去，化為一攤湖水，墜入湖中，可赤腳女子仍是直直掠來，這讓已經結陣雷池的徐鳳年心知不妙。果不其然，劍胎圓滿的十二飛劍不知為何，在將那名鍊氣士刺透成篩子的剎那之間，竟是如同叛主的甲士，雖未倒戈一擊，卻在女子身邊溫順如蝴蝶，翩翩旋轉，輕靈愉快，毫無劍氣殺機可言，這讓從未失去飛劍掌控的徐鳳年頓時心頭震駭，嘴角有些苦澀。

這妮子竟是心機深沉，那一手汲水做劍根本就是幌子，她本身才是真正的祕劍，看似自尋死路，其實更是有所憑恃而為。徐鳳年曾經聽羊皮裘老頭說過，天下劍林之中，兩種人是真天才：一種如鄧太阿，道術都不俗氣，桃花枝是劍，朽木是劍，雨水是劍，天地之間無一物不可做劍；另外一種更是罕見，天生親劍繼而剋劍，本身即是無上劍胎，任你劍法如何上乘，劍招如何凌厲，只要不是證道劍仙，一不小心，出劍之後就要為其作嫁衣裳。

既然問過了劍。

那就問刀。

徐鳳年一手按住腰間北涼刀刀柄。

老嫗突然說道：「賣炭妞，回來。」

不承想在南方鍊氣士中一言九鼎的鍊氣大家出聲之後，有個古怪暱稱的赤腳女子仍是嬉笑一聲，非但沒有減速，反而急速前掠，一心問刀。

不等徐鳳年出手，朱袍陰物竟是也生忤逆念頭，從湖底悄無聲息躍起，雙臂扯住年輕女子一雙粉嫩腳丫就給拽入冰寒刺骨的水中。

徐鳳年和南海老嫗都流露出一抹沒法子掩飾的頭疼神情，都跟爹娘管束不住性情頑劣的孩子一般無奈。

徐鳳年給陰物傳遞了一份心神，對一直沒有出手的老嫗微微作揖，極有禮數說道：「北涼徐鳳年見過觀音宗老前輩。」

老嫗笑了，一張滄桑臉龐如枯木逢陽春，刻意忽略北涼二字，說道：「不承想遇見了李劍神的徒弟，幸會。中原年輕一輩劍士人才濟濟，的確是本宗小覷天下英雄了。」

徐鳳年平靜問道：「老前輩能否暫時退讓一步，晚輩定會盡力彌補觀音宗。龍岩香爐鑄造符劍延期一事，和貴宗清理叛徒一事，徐鳳年瞭解清楚以後，肯定給前輩一個說得過去的說法。」

老嫗猶豫了一下，擺擺手道：「談不上退讓。臥虎山上有指玄高人，岸上又有武當王小屏，如果你動了殺心，今日本就是本宗死絕的淒涼境地。既然你退讓在先，我也沒那臉皮得寸進尺。離宗主出關大概還有三年，這段時日，本宗登岸子弟十五人，都會跟隨我行走大江南北，砥礪心境，孕養浩然之氣，只要三年之後，幽燕山莊可以允諾給出七十柄符劍，我可以親自返回宗門，給張凍齡說情，至於本宗叛逆生死，仍是需要宗主親自定奪。」

徐鳳年笑道：「晚輩多嘴一句，符劍鑄造為何如此艱辛？」

老嫗倒也好說話，一副知無不言、言無不盡的架勢，「一則材質難覓，與李淳罡木馬牛相似，皆是天外飛石；再者鍛造符劍，與尋常鑄劍大不相同，一步差不得。當年約定八十一柄符劍，並非本宗仗勢欺人，幽燕山莊的龍岩香爐，歷代先祖搜集而得儲藏材質，足夠打造八十餘柄符劍，只是張凍齡鑄尋常劍，堪稱大師，可惜被不值一提的劍道造詣拖累，又閉門造車，坐井觀天，在符劍之事上，非但沒有立下尺寸之功，反而白白費去許多珍貴材質。」

徐鳳年比畫出一個幅度，「這樣一柄短劍，可鍛造幾柄貴宗所需的符劍？」

老嫗平淡道：「若無意外，悉數成功，可有八柄。」

徐鳳年又是輕輕一揖，抬頭後一本正經說道：「三年之約，晚輩可以替幽燕山莊答應下來。」

那名從指玄境界中悟出兩指劍的婀娜美婦笑咪咪道：「你若是將幽燕山莊幾人帶去北涼，到時候改口反悔，難不成要遠在南海的本宗，跟你們北涼三十萬鐵騎為敵？」

徐鳳年笑意真誠醉人，一邊抬手繫住髮絲，一邊說道：「這位符籙入劍、舉世無雙的仙子姐姐言重了，晚輩豈會是這種言而無信的人。」

那辨別不出真實年齡的美婦人顯然被這傢伙的油嘴滑舌給為難住，既不好撕破臉皮說狠話也不適宜順水推舟掉入圈套，不過一聲姐姐，她倒真是順耳又舒心。

徐鳳年拍了拍腰間北涼刀，「本該摘刀作為信物，可委實是不太方便，回了北涼某人得心疼死。老前輩，妳儘管開口提要求，如何才能信我？」

老嫗思量一番，提了一個莫名其妙的說法，「日後涼莽大戰，可否讓本宗鍊氣士趕赴北涼邊境，觀戰卻不參戰？」

徐鳳年笑道：「只要不動手腳害我北涼，絕無問題。」

老嫗笑道：「一言為定即可。」

徐鳳年趕緊溜鬚拍馬道：「前輩爽快，這才是世外高人！比起什麼狗屁龍虎山，高出一百樓不止！」

老嫗坦然受之，身後那些個先前疲於應付漫天飛劍的仙士仙子都對其印象改觀不少，尤其是那位被觀音宗宗主寄予厚望的嫡傳弟子美婦人，嘴角翹起，嫣然一笑——這小傢伙真是有趣，分明是駕馭飛劍無數的駭人身手了，還是如此沒個正形。

老嫗直直望向徐鳳年，後者赧顏一笑，喊道：「徐嬰！」

湖面如同一劍斬裂，朱袍陰物率先浮現當空，對十五名海外仙家，悲憫相一雙紫金眸子熠熠生輝，微微轉動，掃視一遍。

哪怕那容顏俏媚的少婦鍊氣士，被它盯上一眼之後，也壓抑不下心中潮水般的恐懼。

老嫗一笑置之，輕聲一句，「徐公子功德無量。」

然後便轉身踩湖離去。

十四名鍊氣士陸續跟上，悟得指劍的女子等名義上的太上師伯祖浮出水面後，拉出渾身濕透的雖然年輕輩分卻高到無法無天的赤足女子，回眸一笑，這才離去。

赤足女子轉頭冷哼一聲，飄然遠去。

湖上一群白蝶飄飛。

老嫗放慢腳步，來到赤足女子身邊致歉道：「師伯，方才弟子不得已直呼名諱。」

赤足女子抽了抽精緻鼻子，擺手道：「沒事，我就是記恨那頭陰物。」

老嫗笑道：「俗人仙人一紙之隔，天魔天人一線之間，它已不是陰物了。否則老嫗便是拚上性命，也要出手。」

看模樣尚未二十的年輕女子問道：「為何阻攔我接下那人一刀？」

老嫗沉聲道：「既然是李淳罡的徒弟，未必不能借力開天門。」

年輕女子恨恨道：「等著！」

老嫗柔聲道：「師伯，地肺山惡龍為武當李玉斧所傷，正是採擷墨驪的大好時機……」

說到這裡，老嫗露出一絲尷尬。

赤足女子俏皮一笑，抬起一腳，湖底被帶出一大片順手牽羊而來的飛劍「魚群」，跳出湖面，又躥入湖中，繼續游弋。

這場雷聲大雨點也是不小的湖上酣戰，雖然沒有分出你死我活，卻也已經讓幽燕山莊三、四百號江湖人士震撼得心神激盪。

◆

徐鳳年本想借劍在先，就得有始有終，再來還劍一次，順便抖摟抖摟風采，不承想粗略估計，少了足足兩百柄劍，這讓徐鳳年忍不住轉身對著湖面破口大罵。

這樣一來，怎麼好開口拐騙幽燕山莊去北涼效力？

下次見面，一定要跟羊皮裘李老頭一樣，打得你赤腳哭著回南海。

等到徐鳳年重新披上蓑笠，提魚竿、拎魚簍登岸時，劍癡王小屏早已不知所終，青鳥安靜站在岸邊，接過公子手上物件。魚簍中空無一物，徐鳳年有些汗顏。

聽潮湖裡的錦鯉別說釣魚，你就是彎腰拍水，也能讓幾尾鯉魚跳到手上，徐鳳年在湖上受凍，辛辛苦苦釣了個把時辰，結果無功而返。除了劉文豹小跑而至，幽燕山莊張凍齡、張春霖父子，還有叛出觀音宗的婦人也趕來，俱是發自肺腑地感激涕零，不等徐鳳年說什麼，張凍齡好歹也算是一州江湖魁首，二話不說就要下跪磕頭，徐鳳年連忙扶住，不讓他如此行大禮。捧了滿懷名劍的張春霖更是滿臉崇敬，恨不得當下就要拜師學藝。

徐鳳年猶豫了一下，終究還是沒有道破實情，難得裝了一次行俠仗義的好漢，言辭客套道：「莊主借宿在先，徐某人還禮在後，互不虧欠什麼，張莊主莫要太過上心。實話說來，這次跟幽燕山莊借劍千餘柄，到頭來給那幫南海鍊氣士偷走不少，徐某當下愧疚難當。」

張凍齡一直以為必死無疑，哪裡計較那批被順手牽羊而走的數百把劍，何況莊子上珍藏的幾十柄名劍都還在，像那張春霖佩戴的無根天水，以及龍鬚、烽燧、細腰陽春、殺冬，無一例外都物歸原主。張凍齡為了身邊女子尚且捨得封閉世代相傳的龍岩香爐，又豈會重視莊子所藏名劍重於相濡以沫的妻子？張凍齡訥於言辭，此時不知如何感恩戴德，才能報答一二，如此一個響噹噹的大老爺們兒，只是嘴唇顫抖，握住眼前白頭年輕男子的手，一切盡在不言中。

徐鳳年沒有急於反身尺雪小院，直截了當說道：「幽燕山莊還有三年時間去鑄造剩餘符劍，我家中恰好有幾柄材質類似木馬牛的大秦古劍，等我回府，近期之內就會讓人送來莊子，大抵可以幫莊主解燃眉之急。」

張凍齡一臉愕然，喃喃自語：「這如何使得？世人都說滴水之恩、湧泉相報，可既然是湧泉之恩，張凍齡又該如何回報？」

徐鳳年笑了笑，「湖上攔截南海仙家，只是意氣使然，可之後那幾柄大秦古劍，還得跟幽燕山莊做筆買賣，不是白送。」

最怕虧欠人情的張凍齡如釋重負，頻頻點頭道：「如此最好。若是恩人不嫌棄，幽燕山莊所有密室，便是龍岩香爐也對公子大開，任由公子搬走，除去犬子所佩無根天水是及冠禮贈物，不好賣給公子，其餘便是殺冬、龍鬚、烽燧和細腰陽春四柄藏劍在內，莊上所有喊得出名號的古劍利劍，都可以讓公子一併拿走。再者，數位先祖當年遊歷江湖，偶有奇遇，幽燕山莊對於錬氣一事小有心得，那幾本祕笈，張凍齡只留下摹本，原本都由公子拿去。莊子上還有些田契金銀……」

張凍齡正說得起興，被妻子扯了扯袖口，猛然回神，才自知失態，訕訕一笑，心想以這位公子的家世底蘊，哪裡瞧得上眼那些黃白俗物，醒悟之後，抱拳致歉道：「是張凍齡俗氣了，公子切莫怪罪。」

徐鳳年回望湖面一眼，轉頭笑道：「去尺雪小院慢慢談？」

張凍齡自不敢有半點異議。

◆

一行人到了小院，管事張邯已經把三名串門婢女連坑帶騙帶離院子，只留下兩名本就在尺雪做活的丫鬟。主客雙方圍爐而坐，少莊主張春霖沒敢坐下，壯著膽子打量這位年齡看上去與自己相差不多的公子哥。可能是徐鳳年的借劍太過驚世駭俗，張春霖誤以為這位白頭劍仙僅是瞧著年輕，實則已經活了好幾甲子超然物外的世外仙人。

徐鳳年飲了一口黃酒，「莊主有沒有想過把幽燕山莊的基業搬出去？」

北涼缺土地缺金銀，但最缺人才。幽燕山莊代代相承的高超鑄劍手藝，是漁不是魚，莊子上那近百號一輩子都在跟鑄造打交道的能工巧匠，可不是幾柄名劍可以衡量的價值，對鐵騎雄天下的北涼來說殊為可貴。接下來朝廷一定會在鹽鐵之事上勒緊北涼脖子，步步逼近，徐鳳年不得不未雨綢繆，如果有一大批經驗老到的巧匠在手，就等於節省下一大批鐵礦。

張凍齡愕然之後，苦澀道：「恩公，實不相瞞，這兩年眼看鑄造符劍完工無望，張凍齡也曾猶豫是不是攜妻帶子浪跡天涯，躲藏苟活，可每次到了龍岩香爐前，就都沒了這份念頭。數百年二十幾代人的祖業，張凍齡可以死，但祖業不能毀在張凍齡手上，不說其他，每年清明祭祖掃墓，後輩子孫不管如何不出息，總得去做的。」

徐鳳年點點頭，沒有強人所難。

張凍齡大氣都不敢喘，英雄氣短，更是滿心愧疚，只覺得萬分對不住身前慢飲黃酒的恩公。

徐鳳年笑道：「那我就以劍換劍，取走龍鬚、烽燧在內的九柄名劍。」

張春霖急眼了，匆忙插嘴道：「恩公，小子所佩這柄無根天水也拿去，莊上便是砸鍋賣鐵，怎麼都要湊足一百柄好劍才好還恩。」

張凍齡灑然笑道：「是該這樣，恩公如果嫌棄一百柄劍太過累贅，幽燕山莊親自送往府上。」

張春霖毛遂自薦道：「小子就可以做這件事情，正巧想要遊歷江湖歷練一番。」

徐鳳年也沒有推拒，抬頭看了一眼風流倜儻的張春霖，「徐某此番出行，有兩輛馬車，其中一輛可以用作裝載百劍。不過無根天水就算了，君子成人之美，小人才奪人所好，徐某本就不是什麼君子，卻也不想當個小人，吃相太過難看。好不容易在莊主和夫人面前有些江湖好漢的意味，不能眨眼之間就破功了。」

張凍齡是不苟言笑的粗樸性子，聽聞這話也是咧嘴一笑——這位恩公倒真是性情中人。

莊主夫人更是一些隱藏心結次第解開，眉目舒展，越發溫婉恬淡。江湖閱歷談不上如何豐富的張春霖更是啞口無言，在這位年少成名的少莊主看來，既然這位恩公已是親眼所見那般舉世無雙的劍仙風采，談吐也該是不帶半點世俗氣的，哪裡想到言談之間如此平易近人。

徐鳳年抬手借劍一觀，張春霖手忙腳亂遞出烽燧一劍，看得屋外門口兩位丫鬟相視一笑——少莊主平日裡可都是溫文爾雅得很，便是迎見江湖上的大俠前輩，也從不見他如此拘束緊張。

徐鳳年抽出半柄名劍烽燧，劍身如鏡清亮似水，徐鳳年瞇眼望去，笑道：「方才在湖上切磋，有一位女子鍊氣士使出了指劍，據說可以指山山去填海，指海海去摧山。你們幽燕山莊鍊氣與練劍並重，對這個有沒有講究？」

張涷齡一臉古怪，張春霖聚精會神，不肯漏過一字，倒是莊主夫人柔聲道：「恩公有所不知。觀音宗擅長鍊氣，其中驚才絕豔之輩，可以去指玄和天象兩種一品境界中摘取一鱗半爪，美其名曰龍宮探寶。從指玄中領悟，較之更高一層的天象，相對簡單，但也僅是相對而言，一般鍊氣士，便是窮其一生，一日不敢懈怠，也未必能做到，委實是太過考校鍊氣士的天賦機緣。湖上指劍之人，取法道教符籙飛劍派的點符之玄，點天天清明，點人人長生，點劍劍通靈，三重境界，依次遞減。那名鍊氣士不過三十歲年紀，能有此境，只要甲子歲數之前點劍再點人，未必不能百歲之前去點天，從天象中揀尋物華天寶。鍊氣士之強，自然不在體魄，而在鍊氣二字。」

夫人猶豫了一下，這才輕輕呼出一口氣，神情複雜道：「為首鍊氣大家乃是本宗的長老『滴水』觀音，最擅馭水，袖中淨瓷瓶重不過三兩，傳言卻可倒水三萬三千斤。」

徐鳳年手指抹過古劍烽燧，笑道：「看來是這位鍊氣大家手下留情了。」

張春霖冷哼一聲，「恩公在湖上畫出雪劍數萬柄，那老婦人分明是知難而退。」

徐鳳年搖頭道：「我那些手筆，不論是借幽燕山莊的實劍還是湖上造雪劍，嚇唬人可以，說到真正傷人，就稀鬆平常。」

張春霖正要為心目中頂天立地的神仙恩人辯駁幾句，徐鳳年已經笑道：「少莊主，我其實跟你差不多歲數，不妨兄弟相稱。」

張春霖張大嘴巴，張凍齡和婦人也是面面相覷，不敢相信這名年輕劍仙真是二十幾歲的男子。

幾乎算是萍水相逢，交淺不好言深，張凍齡三人也就不好意思繼續賴著不走，起身謙恭告辭，除了無根天水，其餘幾柄名劍都留下。

徐鳳年閉上眼睛，回憶湖上女子鍊氣士的指劍手法，有模有樣在烽燧劍上指指點點，哈氣印符，大概烽燧不是那符劍，徐鳳年也僅是有其形而無其神，沒有半點氣機動靜。

王小屏進入屋子坐下，自己倒了一杯酒一飲而盡，斜瞥了一眼不斷重複指劍烽燧的世子殿下，沙啞開口：「指法無誤，確是鍊氣指玄一妙，可是沒用，觀音宗自有獨門氣機導引。武當號稱天下內功盡出玉柱，許多祕笈流傳山外，亦是一字不差，為何仍是寥寥無幾人可入正途？無他，陰陽雙魚，失其一便全然失去精髓。」

徐鳳年點點頭，轉移話題，「小王先生，取一柄劍當佩劍？」

王小屏也不客氣，探手一抓，握住了一柄古劍龍鬚，叩指一彈劍鞘，院內風雪驟停，王小屏點頭讚道：「就這把了。」

徐鳳年一笑置之。

王小屏平淡道：「你如何應對韓貂寺的截殺？」

徐鳳年嘆氣道：「只能兵來將擋，水來土掩了。」

王小屏搖頭道：「你雖有指玄女子軒轅青鋒，槍仙王繡的剎那，再加上天象陰物傍身，即便還有我屆時出劍，一樣未必能全身而退。」

徐鳳年訝異道：「這還不夠？」

王小屏反問道：「天下第十一王明寅死在你眼前，你就真當這些高手不是高手了？再者王明寅的天下第十一，僅是離陽王朝的十人末尾。韓貂寺則不然，他是當之無愧的天下十人之一，更是最為擅長以指玄殺天象。只要韓貂寺捨得一條性命，要殺你，絕非如你所想的那麼艱難。江湖頂尖高手競技，一種是對敵王仙芝，傾力只為切磋；一種是當時猶在天象的曹長卿對陣指玄感悟僅在鄧太阿之下的韓生宣，互有保留，留有一線餘地；最後一種，才是徹徹底底的生死相搏，肯這樣做的韓貂寺，便是儒聖曹長卿也要頭疼。」

王小屏語不驚人死不休，「我奉勸你到時候對上韓貂寺，不要輕易讓朱袍陰物出手，它能跟柳蒿師鬥個旗鼓相當，恐怕在韓貂寺手下不過五十招，就要修為折損小半。擅長指玄殺天象，不是一句空話。你一旦讓陰物反哺你內力，跟韓貂寺死戰，到時候陰物遭受重創，你能好受到哪裡去？說不定韓貂寺就等著你如此作為。到時候我王小屏就算不惜性命護著你，也難如登天。在我看來，你只能用使用剎那槍的她，加上暗中潛伏的死士拿一條條命去填補窟窿，耗費韓貂寺的內力，然後寄希望於那名徽山女子會替你拚死一戰，最終交由我三劍之內決出勝負。勝了，萬事大吉；輸了，你自求多福。」

徐鳳年苦笑道：「何謂天下第十？這便是天下第十人的能耐嗎？」

王小屏冷笑道：「楊太歲問心有愧，這些年跌境跌得一塌糊塗，你能獨自殺他不算什麼大本事。至於第五貉，他的指玄是不弱，可比起能與鄧太阿比拚指玄的人貓韓生宣，仍是不值一提。算你運氣不好，若是將韓貂寺換成天下第九的斷矛鄧茂，有天象陰物護著你，也會輕鬆一些。」

徐鳳年閉上眼睛，喃喃自語：「陸地神仙之下韓無敵嗎？」

徐鳳年喝過了黃酒，走出院子走向臥虎山涼亭，一路行去，鵝毛大雪拂了一身仍滿肩。應該是張凍齡扮黑臉發了話，沒有閒雜人等湊來套近乎，紫衣女子靠著涼亭廊柱，雙腿伸出，面朝湖水，膝上擱放有一架古琴，徐鳳年走入亭中，也不見她神情有絲毫漣漪。

徐鳳年開門見山道：「韓貂寺在三百里以內就會出現，妳打算出幾分力？妳我事先說好，我就能量力而行。」

軒轅青鋒皺了皺眉頭，「那隻人貓不過指玄境界，值得你如此興師動眾？」

徐鳳年坐下後，平靜道：「一來韓貂寺是公認的鄧太阿之後指玄第二人，臂繞紅絲，彈指斷長生的手法，肯定比我厲害太多。二來我就怕他來個莫名其妙的天象境，就不是指玄殺天象那麼簡單了，到時候真得吃不了兜著走。皇子趙楷一死，扶龍無望的韓生宣差不多生無所戀，恨我入骨，如果能殺我十次絕對不會只殺九次。徐嬰是天象境，不適合出手，我現在就擔心王小屏出劍之前，韓生宣毫髮無損。」

軒轅青鋒雙手搭在琴弦上，「你知道上次西域圍剿韓貂寺嗎？」

徐鳳年點頭道：「白狐兒臉沒有說一句話，只能從戊那邊聽到一些瑣碎。你們三人帶有一千六百精銳北涼輕騎，總計三次碰面韓貂寺，都被他逃出包圍圈。其中一次為他斬殺騎兵四百人，硬生生扛下戊的一根鐵箭，白狐兒臉搏命一刀還是沒能砍斷他的手臂，只是斬去一團紅絲。另外兩次，戊說妳受傷都不輕，其中一次要不是妳撞上幾位道行不差的西域密宗老僧，汲取內力，吸成人乾，妳的心弦就要被人貓澈底崩斷。」

軒轅青鋒點頭道：「三次圍殺，你嘴裡的白狐兒臉都搭上了性命上陣，如果不是這傢伙不計生死，北涼輕騎早就給韓貂寺反過頭來截殺，一點一點蠶食殆盡，我和死士戊哪裡經得起這個老閹人幾次針對？說到底，他還是想蓄力刺殺你這個正主，沒將我當作一盤菜而已。若非如此，他完全可以在最後一場圍剿中，跟我們三人和一千餘百騎兵互換性命。下徽山之前，我何等自負，只覺得可以在天下十人中輕鬆占據一席之地，擠掉鄧茂都不在話下，對上不過才是第十的韓貂寺之後，才知道以前是多麼無知。僥倖活著返回北涼之後，我對自己說，這輩子在成為陸地神仙之前，都不要傻乎乎去找韓貂寺的麻煩。」

徐鳳年輕聲道：「我知道了。」

軒轅青鋒依舊沒有轉頭，輕聲問道：「是不是很失望？」

徐鳳年雙手抱著後腦勺，「沒。」

軒轅青鋒笑問道：「方才在湖上大費周章，跟一幫鍊氣士打得天翻地覆，是不是擔心自己死了，就跟李淳罡一樣，被江湖說忘記就忘記了？」

徐鳳年笑了笑，「還是妳懂我。」

軒轅青鋒瞥了一眼徐鳳年腰間北涼刀，好奇問道：「你怎麼應對那個可以雙手生撕巔峰時符將紅甲的人貓？」

徐鳳年要麼是心中沒底，要麼是沒有推心置腹，含糊說道：「只能走一步看一步。」軒轅青鋒沒有刨根問底，看著徐鳳年伸出手掌輕輕搖晃，將雪花拂去，百無聊賴之後，起身離去。軒轅青鋒往後一靠廊柱，腦袋撞在柱子上，發出輕輕的砰一聲，不知過了多久，她低頭望去，猶豫了一下，彎腰給裙擺繫了一個結。

◆

當天黃昏，幽燕山莊就湊足了兩大箱莊子珍藏多年的名劍，小心翼翼搬到尺雪小院。不知為何，王小屏在拿到龍鬚之後，仍是多要了兩柄，一柄短劍「小吠」，一柄寬劍「割鹿頭」，在幽燕山莊僅算是上乘好劍，只是距離名劍仍有一段差距。

徐鳳年對此不聞不問。

在洪洗象下山之前，劍癡王小屏是當之無愧的武當劍術第一人，殺人蕩魔的手腕，甚至還要超出兩位師兄王重樓和俞興瑞，劍意之精純，放眼天下也是名列前茅，毋庸置疑。王小屏取了三劍，徐鳳年大抵可以猜出一些端倪，三劍在手，對上韓貂寺那也就是三劍的事情，不成功便成仁。

晚飯時分，徐鳳年單身赴會，幽燕山莊這邊除了張凍齡、張春霖和莊主夫人，還有兩名張凍齡結識半輩子的至交好友。一個叫曹鬱，使用一雙蛟筋鞭，四十歲進入二品小宗師境界後，已經停滯整整十年，非但沒有躋身一品境界的跡象，反而有了逆水行舟、不進則退的可怕苗頭。這些年走南闖北，四處尋訪高人，切磋武藝，都沒能有所裨益。另一名是用劍的名家，姓段名懋，所謂的名家，那也僅是一州境內罕逢敵手，走的是偏門路數，修術不修意，算是鄧太阿的徒子徒孫。

江湖便是如此，瞪大眼珠子盯著鼇頭人物如何證道，萬千後輩就一門心思模仿。段懋生平最得意的一筆戰績，便是始終未進二品，卻仗著劍術詭譎，擊敗了兩名小宗師。曹郁和段懋，在地方江湖上，幾乎都算是打個噴嚏都能震上一震所在州郡的通天人物，不知凡幾的江湖兒郎為了能夠拜師門下，費盡心機。畢竟大多數人一輩子都不可能接觸到那些飛來飛去的神人仙師，能夠勉強離手馭劍幾尺，也就差不多等於御劍的無敵劍仙了。吳家劍塚稚子馭劍碎蝴蝶，這類說法，也就聽上一聽，誰都不會當真。

曹郁和段懋都是老江湖，知道避開忌諱，沒有大煞風景糾纏著徐鳳年的隱祕身分，不過眼中的炙熱渴望無法掩飾，一個急於穩固境界，不求到達那傳說中的一品，只求不跌出二品；另一個習劍，突然遇上徐鳳年這麼一個動輒馭劍千百的恐怖隱仙，眼巴巴想著能從白頭劍仙嘴裡得到一、兩句金玉良言，說不定就能讓劍術突飛猛進。

可惜那名不知真實年齡的陸地神仙始終不開金口，好在曹郁和段懋期望不高，能坐在一張桌子上吃頓飯，也覺得臉面有光，以後走出幽燕山莊與同輩晚輩說上幾句，那也是堪稱驚世駭俗的精彩段子了。你聽過李淳罡在牯牛大崗一聲劍來，可你見過有人馭劍百千去劈湖斬仙人嗎？

酒足飯飽，段懋旁敲側擊問道：「徐前輩，湖上那十幾位白衣仙家，果真是南海觀音宗的鍊氣士？前輩你能夠以一敵十幾，最不濟也有指玄境界了吧？」

平白無故得了一個前輩頭銜的徐鳳年心中好笑，面無表情，似乎在回味湖上巔峰一戰，落在曹段兩人眼中，自然不是什麼自負，而是高人該有的矜持。

晚飯之後，眾人移步幽燕山莊一棟別致雅園。園內遍植紫竹，大雪壓竹葉，不堪重負，時不時傳來砰然作響的折竹聲響。

雪夜紅泥小火爐，府上身段最為曼妙的丫鬟玉手溫酒，更有滿頭霜白的劍仙坐鎮，共飲杯中酒，不曾有過這種經歷的曹段二人尚未飲酒，便已醺醉幾分，這要傳出去，怎能不是武林中一樁佳話美談？

段懋感慨道：「前輩那一手以雪做萬劍，真是驚天地、泣鬼神的神仙手筆，段懋此生都會銘刻五內，心嚮往之。」

曹鬱也不甘落後，擊掌讚道：「曹某人雖不練劍，可親眼見到前輩湖上一戰，此生已是無憾！只恨當年沒有提劍走江湖啊！」

徐鳳年恍惚間，好像回到了紈褲世子時被身邊膏粱子弟溜鬚拍馬的場景，不由得怔怔出神。

就在此時，一襲色澤極正的刺眼紫衣走入視線。

她的紫，跟燈籠照映下的那一片紫竹林相得益彰。

裙角收攏做一挽結，顯得她身形越發婀娜。

她沒有落座，只是對徐鳳年說了一句很多餘的廢話，「我還是不會出手。」

徐鳳年訝異道：「我知道了啊。」

軒轅青鋒默然轉身。

張春霖目不轉睛，心神搖曳，不輸當初觀戰湖上互殺。

世間還有這般妖冶動人的女子？

徐鳳年身體微微傾斜，手肘抵在榻沿上，嘴角翹起——這婆娘竟然也會良心不安？

張春霖小心翼翼問道：「恩公，這位姑娘是？」

徐鳳年笑道：「萍水相逢而已。」

曹郁和段懋同時咽了一口口水，臉色有幾分不自然。因為他們都記起當今江湖上一位崛起的女子，也是常年紫衣，來自徽山大雪坪。外人只知道牯牛大崗飛來橫禍，降下一道粗如山峰的紫色天雷，軒轅家族內可扛大梁的頂尖高手幾乎死絕，以為軒轅氏男子死了一乾二淨後就要衰敗，不承想軒轅青鋒橫空出世，小道消息鋪天蓋地，都說她是喜好烹食心肝的女魔頭，而且擅長採陽補陰，陰毒至極。這般為害武林的狠辣女子，人人得而誅之，關鍵是她跟北涼世子有千絲萬縷的牽連，尋常匡扶正義的白道人士，也不敢輕易出手。

徐鳳年突然閉上眼睛，伸出手指狠狠抹了抹額頭。

然後低下頭，佯裝舉杯飲酒，卻死死咬住牙根。

瓷杯紋絲不動，杯中酒水起旋渦，如龍捲。

徐鳳年一手握杯，一手覆杯。眉心一枚印痕由紅入紫。

陪伴飲酒諸人只當這位江湖名聲不顯的散仙出神沉吟，自顧自碰杯對飲，不敢打擾。張春霖向來眼高於頂，以幽燕山莊虎老架不倒的武林地位，自身又出類拔萃，生得一副好皮囊，對尋常傾慕於他的女子都止於禮儀，半點不去沾惹，不知為何見到那名冷如霜雪的紫衣女子後，便一瞬癡心，只是不知她與恩公是什麼關係。

天人交戰半晌，眉宇間僅是彷徨落魄，淒然獨飲。知子莫若母，叛出南海孤島的婦人輕輕嘆息。張涷齡性子粗糙，細微處察言觀色的功夫不夠火候，只顧著跟曹段兩位世交好友推杯換盞。

徐鳳年悠悠然長呼出一口氣，曹郁、段懋二人停杯轉頭，一臉匪夷所思，只見那一縷霧氣飄蕩如游走白蛇，在空中好似扭頭擺尾，所過之處，碾雪化齏粉。

徐鳳年放下酒杯猛然起身，告辭一聲，徑直走向尺雪小院，過院門而不入，步伐飄浮，幾乎是踉蹌前行，面容猙獰的他猶豫了一下，當空一掠，身形如同一根羽箭直直墜入湖中，沉入湖底。

紫竹林這邊不知真相，面面相覷，都看出對方眼中的疑惑震驚，難不成這便是江湖上傳聞的口吐劍氣如蛟龍？

◆

王小屏自打上山後第一次握劍，在武當眾多師兄弟中展現出卓絕的天賦，一直被視為為劍而生的極佳劍胚，他自己也一直堅持將來某一天要為劍而死。交錯背負有幽燕山莊烽燧、小吠、割鹿頭三柄劍，這位劍癡緩緩來到湖邊，為湖底年輕人鎮守湖面。

當初徐鳳年上武當，王小屏不以為意——一個劣跡斑斑的紈褲子弟，跑到山上練刀，能練出什麼出息？大師兄不惜拿一身大黃庭修為去換「武當當興」四字，更是讓王小屏怒意滿懷，賭氣之下，就乾脆下山磨礪劍心，求一個眼不見為淨。時至今日，拋開真武轉世那一層身分，不說武當山的伏筆，王小屏對徐鳳年也談不上有太多好感，不過就純粹武道歷程而言，確實有幾分欣賞。

呂祖曾言，我輩修道，莫要修成伶人看門狗。

王小屏盤膝而坐，枯坐到天明。

◆

幽燕山莊往南三百里是江南。

一場突如其來的連綿大雪，銀裝素裹，萬物不費銀子披狐裘。

清冷雪夜中，一名黑衣老者踏白而行，雙手入袖而藏。所行之地，前不著村、後不著店，最近一處歇腳村子也在三十里以外，尋常老人十有八九就要凍死在這雪地裡，不過看老人行路氣韻，頗像有些武藝傍身的練家子，雖無太多高人跋扈的氣焰，想必應該不至於冷死在路途。老人一襲寬袖黑袍，一雙厚實錦靴沾雪，滿頭霜白髮絲，當頭落雪不停，倒像是霜髮之上添雪華，有些冷冷清清的意趣。

老人走得面無表情，目中無人無物，哪怕是十幾位白衣仙家飄然而過，如一隻隻踏雪飛鴻，何況其中一名年輕女子身後還攜帶了百柄飛劍浩然御劍行，黑衣老人也仍是視而不見，只是直視前方，如此一來，反而是素來超脫塵俗的鍊氣士們多看了幾眼。

鍊氣士以觀天象、望地氣看人面著稱於世，打量之後，猶然琢磨不透。為首老嫗輕輕一拂袖，將一名身形略微停頓的宗門晚輩推出幾丈外，她則停下。

大雪鋪蓋，談不上什麼路不路，可這位在幽燕山莊外面對徐鳳年那般陣仗還不出手的老嫗，竟是有了晚輩遇上前輩，故而避讓一頭的謙恭姿態。

鍊氣士分作兩撥，一撥已經掠出黑衣老人所行直線，老嫗身後那一撥則靜止不動。不說那馭劍的赤足女子眼珠子滴溜溜轉動，一臉費解，便是悟出指劍的觀音宗嫡傳弟子也有些訝然，更別提其餘此趟出行歷練的鍊氣士，都望向那名徑直遠遠擦肩而過的老頭子。

黑衣老人驟然停下腳步，沒有轉頭，但眾人都察覺到這位高大黑袍老者散發出一縷氣機，死死鎖定住了宗門滴水觀音。

老嫗臉色如常，只是雙腳深陷雪中。

瞬間如一尊老魔頭降臨的黑袍人收回氣機，抬頭望北，眨眼時分過後便繼續前行。

作為觀音宗權勢長老的老嫗鬆了口氣。前一撥鍊氣士往回飄蕩，圍在老嫗身邊，都有些動容悚然。老嫗等黑衣人消失在視野，這才一語道破天機：「是韓貂寺。」

年紀最輕卻是輩分最高的光腳女子嬉笑道：「人貓嘛，我聽師妹提過的，因為擅長指玄殺天象，所以就是陸地神仙之下韓無敵。滴水，怎麼盯上了妳？」

老嫗嘴角帶著澀意，默不作聲。還是那如世家美婦的指劍鍊氣士出言解惑：「太上師伯妳有所不知，此獠之所以被貶稱為人貓，惡名昭彰春秋，一直跟三甲黃龍士和北涼王徐驍並稱當世三大魔頭，除去韓生宣是離陽王朝第一權宦、是趙家天子最為信賴的近侍外，還因為他一直喜歡虐殺一品高手，上一代江湖四大宗師中，讓天下鍊氣士都束手無策的符將紅甲，就是被韓生宣徒手剝去符甲，生撕身軀，掛頭顱在旗杆之上。

符將紅甲尚且如此，更別提那些僅是一品金剛境的江湖高手了。北莽定武評，大抵是平分秋色的格局，若非這二、三十年中，被這位大太監暗中不知殺去多少位金剛境高手，其中幾名便被製成了殘酷的符甲，導致整個江湖大傷元氣，否則武評出爐的天下十人，離陽王朝絕對不會僅有五人上榜！」

美婦人小心翼翼看了眼老嫗，「師叔從天象境界中悟出持瓶滴水在內三種神通，興許是被韓貂寺給看破了，只不過不知為何最終還是沒有出手。」

年輕女子「哦」了一聲，輕輕提腳踢雪，眼神清亮，躍躍欲試。

那名坐湖卻出醜的男子鍊氣士冷哼一聲，「人貓再無敵，也不是真正無敵於世，否則也不至於被曹官子三番五次進入皇宮，他哪裡敢單獨一人挑釁我們觀音宗？」

典型的井底蛙做派，歷來大門大派裡都不缺這類貨色，井口不過稍大，便自視等於天地之寬闊。不過觀音宗雖說孤懸南海一隅，倒真是有這份底蘊去目無餘子，傲視江湖。只不過對上拔尖高手中又算屈指可數的韓貂寺，這位鍊氣士的倡狂，就有些不合時宜了。

老嫗便沒有助長後輩一味小覷陸地江湖的風氣，搖了搖頭，直言不諱，「韓生宣若真要殺人，本宗唯有宗主出關以後可一戰，而且勝算極小。」

此話一出，頓時四下無聲。

◆

黑衣老人一直走到天明，來到江南重鎮神武城之外，城門未開，就安靜等在外頭，跟一些城外趕集而來的百姓雜處。夜來城內城外一尺雪，有衣衫單薄的年邁村翁在拂曉時分駕車裝載燒炭碾過冰轍子驛路，為了賣出好價錢，人和牛車顯然都來得早了。

離門禁取消還有一段時辰，賣炭老翁深知冬雪寒重，下了車狠狠跺腳，打著哆嗦，捨不得拿鞋子掃雪，彎腰用手在牛車邊上掃出一片小空地，這才抱下頭頂一破氈帽的年幼孫子，讓他好站在無雪的圓圈中。

一老一小相依為命，誰離了誰都不安心，只能這般在大雪天咬牙扛著刺骨凍寒。小孩肌膚黝黑，身形枯瘦，靠牛車遮擋寒氣，不忘踮起腳尖，握住爺爺的一隻手試圖幫著搓熱。

城內衣裘披錦的雅士可以乘著大雪天氣，圍爐詩賦，火炭熊熊，溫暖如春，大可以酒足飯飽之後呻吟幾句什麼「嚴冬不肅殺，何以見陽春」，什麼「新筆凍毫懶提，泥爐醇酒新溫」，卻極少有人知道貧寒人家到了這種會死人的天氣，會慘到指直不得彎。

滿頭銀霜的黑衣老人瞥了一眼城頭，又看了眼那對賣炭爺孫，眼神不見絲毫波動。

既然不是宮中人，便不理江湖事，不殺江湖人。出宮以後，他就再沒有理睬過江湖半點，否則以他的脾氣，昨夜遇見那幫不願依附朝廷的鍊氣士，尤其是那位老嫗，早就出手分屍割頭顱了。

對他來說，自己已經不是什麼權傾皇宮的韓貂寺，只是自作棄子的閹人韓生宣了。

當年那名可憐女子死前，將趙楷託付給他，而不是託付給趙家天子。一飯之恩，足以讓這輩子最為恩怨分明的韓生宣以死相報。

韓生宣眼神一凜。

城門緩緩開啟，一名白衣女子姍姍而來，走到了牛車後頭，悄悄推車。

賣炭老翁察覺到異樣，「吁」了一聲，拉住老牛，停下炭車。

十指凍瘡裂血的年幼稚童跳下馬車，看到車後頭的仙子姐姐，一臉懵懂。

女子站定，笑臉問道：「牛車怎麼不走了？」

小孩子不敢說話，委實是眼前姐姐太好看了。

觀音宗的太上師伯彎腰摸了摸他的腦袋，笑咪咪溫柔道：「我叫賣炭妞，你呢？」

稚童將雙手藏在身後，怯生生回答道：「水邊。」

後又趕緊紅著臉補上一句：「我娘是在水邊生下的我。」

女子嬉笑道：「那你喊我賣炭姐姐。」

小孩子哪來這份勇氣，囁囁嚅嚅，不敢答話，小跑回前頭，躲在爺爺身邊。光腳女子輕靈躍上鋪在一車木炭上的破布上，安靜坐著。老牛前行得越發輕快幾分。

本來湧起濃郁殺機的韓生宣縮回探袖一手，沒有入城。

靜等徐鳳年。

◆

江南這一場大雪終於漸小漸歇，兩輛馬車緩緩行駛在驛路上，一路行來，路旁多有槐柳不堪重負被積雪壓斷，進入江南以後，便是死士戊這般性子跳脫的少年，也逐漸言語寡淡起來。按照地理志輿圖所示，前頭那座城池，相距京城已經八百里有餘，這意味什麼，誰都心知肚明。

黃昏時分，從清晨動身就沒有遇到歇腳點的馬車停在一處，是一座瞧上去頗為嶄新的大廟。天寒地凍的鬼天氣，香客仍是絡繹不絕，乘坐馬車的眾人就想著去討要一頓齋飯果腹，下車以後，看到牌匾，背負三柄長劍的中年道士驀然會心一笑。

龍虎、武當兩座山，關於道教祖庭之爭，後者無疑落於下風，不承想在江南之地，竟然還有道觀大廟去祀奉真武大帝。

入廟以後落座，興許是廟裡道人見到來客身穿武當山道袍，加以氣度不凡，很快驚動了真武廟內一位地位超然的年邁道人，親自接待這幫貴客。一問之下，得知是武當山輩分最高的幾位真人之一的王小屏蒞臨，那真是震驚之後整張老臉笑開了花，念叨了很多遍的「蓬蓽生輝」。

雖說龍虎山力壓天下名山洞府一頭，憑藉與天子同姓以及幾位羽衣卿相造勢的底蘊，一副唯我獨尊的架勢，可在俗世眼中，平易近人的武當山，尤其是大蓮花峰上寥寥幾位從不輕易下山的真人，也一樣是得道高人的派頭。王小屏遊歷江湖，手持一柄神荼符劍一路斬殺無數魑魅魍魎，早已在江湖上廣為流傳。

徐鳳年一行人進餐時，跟那名道人一番攀談，才知道這座真武廟曾經毀於春秋戰事，後由當地豪紳富賈耗費紋銀、數萬兩新建，占地八畝，其實已屬違制，只是神武城廣受舊廟香火之情，父母官們樂見其成，故而睜一隻眼、閉一隻眼。

吃過齋飯，老道人親自領著這幫外地人去真武大殿。大殿東西各有配殿，主殿中真武大帝腳踏龜蛇，兩邊牆壁上皆是雲氣繚繞的圖案。

徐鳳年入殿之前想入鄉隨俗燒上一炷香，結果被王小屏攔下，老道人瞥了一眼，也未深思。徐鳳年站在蒲團之前，想著當年姐弟四人登上武當，大姐四處逛蕩，二姐就拉著他鬼鬼祟祟繞到了真武雕像身後，親眼看到她拿袖中匕首刻下「發配三千里」那一行小字，當時孩子心性，只覺得二姐如此大逆不道，只有過癮解氣。

徐鳳年抬頭望向那尊塑像，長呼出一口氣。老道人是頭回見到如此年輕竟是白頭的香客，不知為何，香客都紮堆在外邊，此刻大殿出奇寂靜，眼中年輕公子哥滿頭霜雪，白衣白鞋，襯托之下，主殿內猶如神靈恍惚，彷彿那尊真武大帝雕像都有了幾分說不清、道不明的仙靈氣，一直把好奇心都偏向武當劍癡王小屏的滄桑道人，在心中忍不住道了一聲奇了怪哉。

徐鳳年、徽山紫衣軒轅青鋒、三劍在背的王小屏、一杆剎那槍安靜藏在馬車底做軸的青鳥、少年戊、滿腔熱血想要去北涼施展抱負的劉文豹，這六人走出香火鼎盛的真武廟，走向馬車。

鑽入車廂前，徐鳳年突然對軒轅青鋒說道：「妳就在這裡止步，柳蒿師在南邊偷偷遷往京城的柳氏後人，妳去截殺一次，能殺幾個是幾個，也別太勉強，能夠不洩露身分是最好，也別穿什麼紫衣了，畢竟妳的根基還在廣陵道轄境內的徽山。」

軒轅青鋒冷面相向，一雙秋水長眸，布滿不加掩飾的怒意。

徐鳳年不以為意道：「既然妳決定不出手，那就暫時分道揚鑣，總比到時候讓我分心來得好。」

軒轅青鋒直截了當冷笑問道：「你是記恨我不幫你阻截韓貂寺，還是說心底怕我掉過頭，在背後捅你刀子？」

徐鳳年淡漠看了她一眼，「都有。」

軒轅青鋒死死盯住徐鳳年，接連說了三個「好」字，長掠離去。

徐鳳年望向青鳥，柔聲問道：「都安排好了？」

她微微點頭。

徐鳳年低頭彎腰鑽入車廂，靠車壁盤膝而坐。

兩次出門遠遊，其中都有祿球兒的如影隨形，這個死胖子自然不是跟在屁股後頭吃灰塵或者是看世子殿下笑話的。北涼舊部當年分散各地，鐵門關一役就足夠看出毒士李義山的大手筆，而更多相似的布局顯然不止、不拘泥於一時一地。

這些春秋驍勇舊將舊卒，大部分的確是出於各種原因遠離軍伍，但許多精銳人士都各懷目的不約而同選擇了蟄伏，分別隱於朝野市井。北涼當下已是跟皇帝澈底撕去最後一層面皮，既然徐鳳年板上釘釘會成功成為下一任北涼王，這些棋子也就是時候主動拔出，向北涼那塊貧瘠之地靠攏而去，這一切都按照李義山的錦囊之一，有條不紊開始進行，但其中一股勢力暗流彙聚，只為了特意針對韓貂寺一人！

一部輕騎六百人。

一股鐵騎三百人。

一山草寇兩百亡命之徒，人數最少，戰力卻最強，因為夾雜有北涼從江湖上吸納豢養的鷹犬近八十人。

除去最後一股阻殺韓貂寺的隱蔽勢力，前兩者不合軍法緊急出動，完完全全浮出水面之後，讓地方上都措手不及，州郡官員俱是瞠目結舌，可不敢輕舉妄動，只是通過驛卒火速向上邊傳遞軍情，一個個如同熱鍋上的螞蟻，生怕如此數量的精銳士卒集體嘩變，會害得他們丟掉官帽子。

相比之下，京城那邊內官監大太監宋堂祿驟然之間一躍成為司禮監掌印，天下宦官第一人韓貂寺無緣無故「老死」宮中，對地方官員而言只是遠在天邊的駭人消息，巨大漣漪在層層衰減之後，波及不到地方道州郡縣四級。

王小屏破天荒坐入徐鳳年所在車廂，問道：「真要拿幾百條甚至千條人命去填補那個不見底的窟窿？」

徐鳳年平靜道：「沒有辦法的事情，有韓貂寺活著一天，我就一天不得安生。既然他敢光明正大截住我，我當然就得盡力讓他長一回記性。」

王小屏不再說話，臉色談不上有多好。

徐鳳年把那柄陪伴徐驍一生戎馬的北涼刀擱在膝蓋上，輕聲說道：「我既然都走到了今天這一步，就沒有回頭路了。我也不說什麼『慈不掌兵』這種屁話，但是實在沒精力再在北涼以外跟人糾纏不清了，乾脆就來一個乾乾淨淨，就跟簾子外邊的景象一樣，白茫茫，求死的去死，不該死的，盡量活下來。」

徐鳳年自言自語道：「徐驍說過，不到萬不得已，北涼三十萬鐵騎絕不踩向中原。否則這二十年來，北涼若是依附北莽，一起舉兵南下，日子肯定比現在要過得好。可做人，終歸還是要有些底線的。用徐驍的話說，那就是一家人有恩怨，那也是關上門來磕磕碰碰，談攏了是最好，就算談不攏，也不過是自立門戶，撐死了弄個小院子，一家人老死不相往來。門外有毛賊也好，有盜寇也罷，只要他徐驍一天站在了門口，就絕沒有開門揖盜的道理。」

徐鳳年自顧自笑了笑，「當初我怕死，其中一些也是怕徐驍都已經有了那麼多罵名，再因為我這個扶不起的不肖子而叛出中原，臨老還給人罵作兩姓家奴，那麼我死了，也是真沒臉去見我娘親。」

王小屏始終無言語。

第三章　神武城白頭相煎　韓生宣身死命消

離神武城越來越近。

六百騎馬蹄激烈如疾雷。

徐鳳年離開馬車，對面騎將翻身落馬，跪地恭迎。

隨後三百騎和兩百人幾乎同時到達。

徐鳳年單獨騎上一匹無人騎乘的戰馬，一騎當先。

風雪之中，隱約可見一名黑衣人，一夫當關。

接下來一幕，讓人悚然。

王小屏直到這一刻，才真正心甘情願去遞出三劍。

天下第十人韓貂寺攔路而站。

看到當頭一騎白馬之後，開始對撞而奔。

徐鳳年一人一馬，毫無凝滯，加速縱馬狂奔。

自稱賣炭妞的赤足女子乘坐牛車入城以後，幫助爺孫賣完木炭，就反身走向城門。憑藉女子直覺，她堅信那隻人貓是在等待在幽燕山莊讓本宗吃癟的白頭男子。

她沒有徑直出城，而是登上城頭，坐在城牆上，搖晃著一雙腳丫。

鍊氣士想要證道飛升，有一條捷徑千年不變，那就是斬一條惡龍，將那顆墨珠吞入腹中，溫養一甲子以後，根據史料記載便可頭頂生角，半龍半人，將來就能先過天門，再入主一座江海龍宮。

她覺得機會來了。

◆

六百輕騎騎將盧崧，身世清白，歷年攀升，由地方州郡層層遞交給京城兵部報備的履歷沒有半點出格之處。正值壯年，西楚觀禮太安城一事，天下洶洶而動，前不久還收到了一份兵部密敕，要官升一級，即將親身領兵千餘驍騎，參與對西楚舊地幾個叛亂重災區形成的隱性包圍網。盧崧生得俊朗風流，有文人雅氣，唯一為人詬病的便是嗜好服用藥餌寒食散，每逢酷寒，也要光腳踩踏木屐，長頻寬袖，行走如風。

三百重騎騎將王麟則與儒將盧崧截然相反，作風跋扈，出身一支春秋末尾才紮下根的鄉族宗室。三百精騎都是不服天王老子管束的王家子弟兵，倒也不如何窩裡鬥，欺負自家人，只一門心思為禍外鄉鄰郡。前些年實在是讓郡守倍感棘手，幕僚支了一招──招安！郡守大人靦著臉跟朝廷死乞白賴求了一個雜號將軍下來，才算勉強安撫住及冠沒幾年的王麟。

開祥郡王氏作為根基不牢靠的外來戶，靠的是動輒出動五、六百號青壯子弟持械血鬥，才硬生生把鄰近大族打服氣了。王麟的爹，是春秋裡活下來的百戰老卒，跟幾位麾下兄弟一起卸甲以後，靠著扎實的人脈，經營著一個不小的茶莊，雖說生意做得不溫不火，但也攢下一份不容小覷的家業。可惜王麟是個敗家子，遊俠義氣，沒事就拉人紙上談兵，明擺著天底下沒什麼仗可以打，仍是把少說得有二十幾萬兩真金白銀的厚實家底都砸在了那支騎兵上，買馬養馬，購置兵器軍械，開闢校武場等，都是一張很能吃銀子的血盆大口。好在三百鐵騎成制後，再沒有給州郡惹麻煩。

王氏三百騎，披甲乘馬，就往寂靜無人的平原上練兵衝殺，若是卸甲下馬，就拉去深山老林，往往要待上個把月才出山，官府只當什麼時候王氏家產難以為繼，家道中落，王麟這頭初生牛犢也就該消停了，哪裡預料到這次三百鐵騎疾馳數百里，直奔神武城，私下都在猜測是不是神武城哪位公子哥爭風吃醋，又惹惱了這個經常一怒為紅顏的情癡瘋子。

王麟率領有官家身分的三百精騎開道，身後兩百餘彪悍壯漢亦是乘馬狂奔，刀劍都用布條裹住。王麟與這幫在金字山安營紮寨的草寇是老交情了，每次入山歷練士卒，多半是雙方拉開陣仗，不帶兵器在密林中大打一架，互為攻守，每次以半旬或是一月為期限，可傷人卻不可殺人，直到一方象徵性全軍覆沒為止。

原本王麟以軍法鐵律治理部卒，戰力可觀，自然勝多輸少，可今年金字山上分批來了幾十號陌生臉孔，不太好親近，偶爾手癢才入局廝殺，哪怕僅是小二十號人，每次都能讓王氏子弟吃不了兜著走，尤其是那個姓任的女子，出手那叫一個狠辣，久而久之，一個願打、一個願挨，不打不相識，倒也算實打實打出了一份不俗交情，畢竟根子上，兩夥人都是同氣連枝，草灰蛇線，可以綿延千里以外——北涼！

這趟出行，毫無徵兆，可謂精銳傾巢出動，幾個當下沒有露面的隱蔽牽頭人，不約而同跟三方勢力給了個開門見山的冷血說法：事成了，榮華富貴；失敗了，就把腦袋砸在神武城外。王麟對此沒有太大顧慮，養兵千日，用兵一時，他們王氏父子能夠有今天，看似是他爹的苦心經營，不惜金銀肯塞狗洞，方方面面都打點到位了，其實真相如何，王麟比誰都清楚。比如王家的管事，才是真正深藏不露，王麟一身武藝，盡出於那名看似酸儒的教書匠。

這個世道，世代相傳的傳家寶可以賣，才情學識可以賣，女子身軀可以賣，人情臉面可以賣，唯獨命，除了傻子，沒誰願意賣。王麟惜命更怕死，可他願意賭上一把，要賭就賭一把大的，小打小鬧，一輩子就是當個雜號將軍的命。

包括任山雨在內的十數人是最後一撥從北涼祕密潛入金字山的北涼鷹犬，別看她妖嬈如郡城裡賣肉賣笑的名妓，舉手投足都是勾搭人的嫵媚，骨子裡實則十足的草莽氣。不過任山雨個子不高，哪怕快三十歲了，還是如同尚未完全長成的少女，小巧玲瓏，偏偏要去拎一對宣花板斧，劈起人來就跟剁豬肉差不多，從不手軟。

金字山經過多年演化，魚龍混雜，她上山落草後，有幾個不長眼的傢伙半夜摸門而入，第二天寨子幫眾就看到院外一地碎肉，幾條野狗家犬都吃了個滾圓。

先前當三股勢力匯流，瞪大眼睛終於看到正主，不論是盧崧、王麟還是任山雨這些亡命之徒，都有些吃驚，竟然是北涼下一任大當家的？這讓王麟有些百思不得其解，是怎樣的死敵才能讓這位北涼世子需要勞駕千騎去保命？

任山雨美眸流轉，以往都是色胚男子目不轉睛盯著她瞧，風水輪流轉，今天換成了她。任山雨在北涼豢養的江湖人物中只算堪堪二流人物，跟大劍呂錢塘和南疆巫女舒羞這類二品宗師，還是有些差距，只能在見不得光的地方刀口舔血，哪裡能夠親眼見到這位當年名動北涼、如今名動天下的年輕人，一路上她都遠遠盯著那個跟盧崧並肩騎馬的白衣世子——京城觀禮期間，傳出兩件壯舉，一刀撕裂御道百丈，大殿外揍得顧劍棠義子像條狗。

任山雨對此將信將疑。

終於臨近神武城。

包括盧崧、王麟和任山雨在內的一線精銳戰力，都在一瞬間心知肚明，哪怕對面僅有一人，對所有人而言都是一場生死大戰了。

那名黑衣老者，有一種勢。

力拔山河勢摧城。

神武城外一片肅殺，地面寬闊平整，可供百騎整齊衝殺，這讓精於騎戰的盧崧和王麟相視之後，都看出了對方眼中的如釋重負。

可當兩人察覺到世子殿下竟是一騎當先後，都有些驚慌失措，這傢伙若是死了，他們這輩子就算徹底完蛋了。按照常理，擅長帶兵的盧王二人本該乘機一鼓作氣擁上，可不知為何，當他們看到城外黑衣老者跟白衣白馬白頭之人幾乎同時展開一條直線上的捉對廝殺後，都忘了發號施令，不僅是他們和身後九百騎出現略微失神，任山雨跟兩百多悍匪也都一臉愕然，尤其是少女模樣卻天然內媚的金字山頭號草寇，眼皮子不由自主跳了跳。

◆

城外殺機驟起。

城內一名不起眼的青衫文士身材修長，可能是臉龐俊雅的緣故，給人文文弱弱的感覺，手指輕輕撚動一截柳。

北莽一截柳。

插柳柳成蔭，被一截劍氣插在心口，傳言只要不是陸地神仙，一品高手也要乖乖赴死。

他面帶微笑，一臉懶洋洋神情——在太安城沒能殺掉下馬嵬內的目標，給離陽和北涼掀起風浪，沒關係，在神武城外渾水摸魚，也不差。

城北方向，一名少女扛了一杆早已失去花瓣的枯黃向日葵，沿著城牆周邊，往城東這邊蹦蹦跳跳而來。

偶有早起行人遇見這小姑娘，都有些惋惜，模樣挺周正的，就是腦子好像有些毛病哪。

◆

城東，徐鳳年策馬狂奔，不知是否是性子急躁，急於一戰，已經不滿足戰馬速度。

戰馬前腿撲通一聲跪下，前撲出去，徐鳳年身形飄搖，一襲白衣急掠前行。

剎那之後便是相距僅僅十步。

徐鳳年一掌外翻，一掌內擰，腳步輕靈，說不出的寫意風采。

他一肘抬起，恰好彈掉生死大敵韓貂寺的探臂，雙手猛然絞纏住人貓左臂，一個掄圓，以旁門左道躋身天象巔峰的徐鳳年就將這尊春秋大魔頭給摔砸向了城頭！

一氣呵成！

依稀只見黑衣老者如投石車巨石砸向城牆之後，雙腳一點，踩在牆面上，以更為迅捷的速度反射而回。

世人眨眼之快，在兩人之間卻是百年之慢。

韓貂寺一掌推在徐鳳年額頭。

黑衣直接將白衣向後推滑出二十餘丈。

此時眾人才意識到城牆晃動，有無數積雪墜落在牆根。

徐鳳年不僅腰間懸涼刀，背後還負劍春秋。

韓貂寺等徐鳳年站定之後，這才緩緩捲起一袖，露出滿臂紅絲。

好一場白衣戰黑衣。

好一幕白頭殺白頭！

韓貂寺在眾目睽睽之下捲起袖管，絲絲縷縷的纖細紅繩浮游如赤色小蛇，如蜉蝣紮堆，密密麻麻，讓人望而生畏。

讓死物具有生氣，向來是天象境高手的象徵，例如陳芝豹能夠讓梅子酒青轉紫，除去那杆梅子酒本身不俗外，跟他突如其來的儒聖境界也有莫大關係。歷代劍仙，大多也都能夠讓某柄俗劍通靈，一如高僧說法頑石點頭。

韓貂寺沒有急於趁熱打鐵，併攏雙指，抹過手臂「紅雲」。人貓越是這樣閒淡鎮靜，對面千人就越是感到窒息的壓迫感。一些眼尖之輩，尤其是出自北涼牢籠的鷹犬，都已經猜出了韓貂寺的身分。這名權閹跌宕一生，對敵無數，他的武學成就，一直被視為謎團，當初仍年紀輕輕的韓生宣，一舉剝皮符將紅甲，可謂橫空出世，這也拉開了新一代江湖的序幕。隨後酆都綠袍無故失蹤，北地槍仙王繡死於徒弟陳芝豹之手，哪怕強如李淳罡，也一樣在廣陵江一戰後，以借劍一事，收官了獨屬於青衫風流的江湖。

韓貂寺望向對面那個行事出格的年輕人，扯了扯嘴角，起先確實沒有想到此人膽敢一騎當先。按常理說，越是位居高位，越是惜福惜緣惜命。福緣如水，不花心思去藏風聚水，別說福澤綿延子孫，自身都未必能保全，文壇魁首宋老夫子便是如此。不過以韓貂寺的眼力，一招過後就看出北涼世子的氣勢，只是下乘的借勢。

道教有請神下天庭，佛門有法相降伏，這兩者都算偏門，但是根底正統，南疆巫蠱最為陰毒，向陰物邪穢借力，互成子母傀儡。韓貂寺明知徐鳳年是臨時跟陰物借取境界，可讓他大開眼界的是，這等殺敵一千、自損八百的拙劣行徑，徐鳳年卻似乎沒有受到太多反噬，被他一掌按頭逼退之後，仍是勉強保持氣定神閒，並未被打散氣機，現出原形。韓貂寺懶得詢問，也不屑跟將死之人廢話，是驢子是騾子，無非就是拉出來遛一遛。

韓貂寺做了一個讓所有人感到滑稽的動作，彎下腰，捏了一個估計不會太結實的鬆散雪球，很多老人一老，就會有些不可理喻的孩子心性，可誰會覺得韓貂寺如此不濟？

韓貂寺斜斜攤開手掌，柔柔一推，雪球墜落地面，並非直直掉下，而是偏向驛道以外，那裡有許多來不及清掃的積雪，最深處興許厚達兩尺。不足拳頭大小的雪球最先是慢悠悠滾動，剎那之後便是迅捷如野馬奔槽，恰如白雲之上雷滾走，越滾越大，三丈以後便有半人高，十丈以後已是兩人高，此後聲勢疊加，更是驚世駭俗。

雪球刮裹地皮，不光是黏起兩尺厚雪，連硬如冰轍子的地面都碾出凹槽，使得雪球表面沾帶上許多灰黃泥土。這顆雪球在驛道以外劃出一道弧線，凶狠衝向距離韓貂寺二十丈的徐鳳年。

韓貂寺伸出雙手一抓，抓出兩團雪，又是一拍，兩個雪球滾出。跟兩批人打雪仗嬉戲一般，韓貂寺這邊不斷抓起雪球，繼而拍出一記半弧。

要知道他這一次獨自一人單挑千人，千人之中有本該出現卻最終缺席的徽山軒轅青鋒，有剎那槍的繼承人，有三劍在身的武當劍癡王小屏，自然還有同氣連枝的徐鳳年和天象陰物，更有盧崧、王麟、任山雨這樣的北涼鷹犬。

雪球翻湧，速度不一，竟是默契形成了一線潮。如此一來，獨獨率先撲向徐鳳年的那顆碩大雪球就顯得格外扎眼。

沒有誰傻到去坐以待斃，早已決定孤注一擲的年輕將領王麟獰笑道：「衝陣！」

五十鐵騎齊齊出列，同一時間展開衝鋒，馬蹄由輕緩變急沉，驛路上頓時雪花濺射，這一線推移路徑上，乾淨的白茫茫一片變成了昏黑泥濘。

除了王麟跟身邊與郡縣地理略顯不合時宜的五十鐵甲重騎，三十歲依舊一張童顏臉龐的任山雨跟二十名精銳北涼諜子也一併掠出。她竭力靜心屏氣凝神，只覺得天地清明，對武道有獨到天賦的女子只覺得己身悠悠一呼一吸，在耳邊響起，聲重不輸馬蹄激鳴，這讓對城外攔路韓貂寺心生畏懼的女子心穩幾分——我任山雨一人不入你人貓法眼，可我也不是那糙糊的紙人，一戳就破，何況姑奶奶身邊還有一千精騎！

王小屏鑽出車廂，一手繞後，悄悄搭住三劍中的烽燧。

少年戊不知何時來到了車頂，一手提牛角巨弓，一手拈住兩根沉重鐵箭，手臂肌肉逐漸鼓脹如山丘。

一日一箭，本是少年死士的體力極致，可今日一戰，連活下去都不去念想了，又哪裡在乎是否自斷一條胳膊？

青衣女子從車底抽出槍頭鈍圓的剎那，面無表情，拖槍而奔。

少年戊在視野開闊的高處，使了個千斤墜站定。馬車搖晃，車輪子立即下陷，碾碎了幾條冰轍子。這名出身北莽的死士重重呼吸一口，一氣呵成，挽起大弓，箭指韓貂寺。

可少年很快臉色劇變，師父傳授的獨門牽引術，百試不爽，一旦過河搭橋，便是雨巷中的薛宋官擋得住，卻躲不開，從未有人能夠切斷箭尖「指點」。但是那名黑衣老者讓少年戊知道了什麼叫天外有天，就在戊的眼皮子底下一閃而逝，箭術所致的氣機牽引極為講究藕斷絲連，如此一來，少年戊未戰便先輸了一陣，原本攀至頂點的精神氣立即一觸即潰。這讓頗為自負的少年有些茫然，咬牙之後，箭尖隨著牛角弓開始微微偏移，硬著頭皮尋覓韓貂寺的蹤跡。

位於一線白潮之前的雪球，形同一座小山，氣勢洶洶碾壓而至。

徐鳳年任由雪球當頭迎來，皺了皺眉頭，不太理解為何那老宦官出此下策。李淳罡曾經明確說過，馭千百劍殺一人，跟殺千百人是截然不同的路數，前者可以達到劍意與劍術形神兼具，故而廣陵江畔一戰，羊皮裘老頭的那一劍，僅僅是一招在李淳罡劍道生涯中稱不上最高明的劍氣滾龍壁，便綿延了整整半個時辰。

對陣近萬鐵騎虎視眈眈，沒有任何花哨劍勢出手，一場可以譽為驚天地、泣鬼神的誓死不退千人敵，往往在有幸旁觀的倖存者看來，談不上絲毫華麗場景，都是力求一招斃命，最不濟也是一招重創。韓貂寺不是那空有名頭的雛兒，而是天底下最擅長捕鼠的老辣人貓，不論境界高低，僅論實戰閱歷，韓貂寺可謂離陽王朝當之無愧的第一人。

徐鳳年有朱袍陰物不遺餘力饋贈的天象修為傍身，內力之渾厚無匹，尤勝當初六分殘缺大黃庭一籌，可以說，今日一戰，徐鳳年從未如此自信，甚至可以說幾近自負。

徐鳳年屏棄疑惑雜念，踏出一步，一拳砸在雪球之上，雪球裏挾翻滾勢頭洶湧倒下，就在徐鳳年一拳砸碎它的那一瞬，一身天象圓滿修為如洪水潰堤，散去一半有餘，徐鳳年的手臂頓時被擠壓出一個曲度。

北莽之行，徐鳳年連番歷經生死一線的惡戰，心性早就磨練得無堅不摧，沒有任何焦躁不安，只是憑藉本能，變拳為掌，夫子拱手，雙腳順勢而為，往後撤出一步，將雪球往上一拖，不為碎去雪球，只是試圖將雪球紮根地面形成的上升之勢破去，然後斜身側肩撞去，僅憑墜入金剛境界的體魄跟雪球一記猛然對撞，以身做刀，用開蜀式硬生生劈開了雪球。

兩半雪球雖說依舊前滾，但士氣不再，五、六丈後便消散消融。

徐鳳年巋然而立，一手握住腰間佩刀。

當他破雪之後，其餘北涼方面五十鐵騎也都大致馬到功成，大致以雙騎合力毀去了雪球，不過半數鐵甲護身的重騎也付出了慘重代價，緣於雪球被刀劈或是槍穿炸開之後，有細微不可見的紅繩激射而出，如草叢毒蛇一躍而起，將鐵騎一口致命，最慘的死法是十幾名騎兵連人帶馬都撞上了懸在空中的絲線，變成兩截，當場倒斃在泥地上。前一刻還鮮活的生命，在這種戰事中，往往就是說死就死，沒有任何回味的餘地。

徐鳳年心中了然，有些苦澀，人貓手段老到地來了一手釜底抽薪，沒有想著要和徐鳳年這個必殺之人如何纏鬥，而是瞄上了陰物徐嬰。雪球一線而過，如魚游弋水中潛伏積雪中的紅袍陰物沒了輾轉騰挪的餘地，擺明瞭被竭澤而漁。

它也沒有露出任何破綻，一顆雪球滾過時，一襲朱袍安靜飄浮在雪球前方，盡力去隱蔽身形。與天地共鳴，就有許多得天獨厚的神通，若非千騎這一方親見，恐怕就是王小屏都不敢說可以察覺到陰物始終躲在雪球另外一壁。

但韓貂寺不是王小屏。

今日不再穿皇宮大內那一襲鮮紅蟒衣的銀髮權宦，第一時間就掠至那顆雪球之後，人貓陰物相隔一丈，分明是雙方都試探不到分毫氣機牽動，可敵對雙方都真真切切知曉了蹤跡。

陰物不得已倉促收回四分天象修為，雙臂撕開雪球；幾乎同時，黑衣老貓一鑽而透，紅繩一手負後，一手拍向陰物悲憫相。

朱袍陰物吃虧在於它在收回境界之時出現了一抹猶豫，若是徐鳳年這般性情涼薄的人物，別說四分修為，八分天象都要收回，才有信心去阻擋韓貂寺的磅礴一擊！

陰物雙臂握住人貓那隻手，開始撕扯，其餘雙臂猛然拍向人貓兩側太陽穴。

韓貂寺嘴角冷笑，不知死活的蠢物。

幾縷紅絲如遊蛇出自身後，在陰物四周翻搖，澈底斷去它跟猶有六分境界的徐鳳年的牽連。不用韓貂寺如何傾力出手，只見得他全身爬滿猩紅絲線，陰物除去撕裂雪球的兩條手臂，其餘四條手臂都被這股靈動紅色沾染，如附骨之疽遍布那一襲華美朱袍，握住韓貂寺一手的雙臂繼續竭力撕扯，拍向太陽穴的雙臂依舊靠攏推移，而且劇痛刺骨之下，空閒雙手更是當胸砸下，勢必要砸爛韓貂寺中下丹田。

中了當今天下第一皇帝近臣韓貂寺的赤蛇附真龍，陰物一張悲憫相，不見半點異樣。

饒是心志堅毅如王小屏，也有些動容。

不去看陰物四條手臂血肉模糊，韓貂寺獰笑道：「再殺一個天象！」

負於身後的右手終於揮出。

他被握住的一臂向前推出，拉伸雙方間距，爬滿「赤蛇」的右手以其人之道反治其人之身，握住陰物一臂，往回一扯！

韓貂寺身後空中蕩出一條離開身軀的胳膊。

與人貓對敵，一著不慎，那就是滿盤皆輸。

悲慨相依舊古井無波，近乎死板愚蠢地動作照舊，只求一個糾纏不休！

韓貂寺正要撕掉陰物第二條胳膊。

白衣狂奔，北涼刀出鞘。

卸甲！

韓貂寺將當年四大宗師之一的符將紅甲給剝皮卸甲，自然不會給這個突襲而來的後輩依葫蘆畫瓢，大笑一聲，將陰物丟擲而出，身形後掠。

大地撕裂出一條深不見底的溝壑。

這場血戰，韓貂寺註定不會故作清高，端什麼架子了，為了殺死徐鳳年，他可以處心積慮做出任何舉止。

這樣的天下第十人，才是最可怕的。

左手刀徐鳳年沒有乘勢追擊，折向來到身形飄零落地的陰物身邊。

歡喜相示人，僅剩五臂之一，扯了扯徐鳳年衣袖，彷彿是告訴他沒有關係。

所剩不多的雪中，僅是血。

徐鳳年抬了抬衣袖，毅然轉頭，朝韓貂寺奔去。

十二柄飛劍凌亂飛出，瞬間攀至指玄巔峰。

◆

同日同時，東海之濱武帝城。

一名獨臂老頭兒沒個正形，拈指將一截劍放入嘴角咀嚼，浪蕩不羈入城，含混不清輕輕哼唱。

「誰家小子不負破木劍，誰家兒郎不負北涼刀？」

◆

這一架打得毫無章法。

盧崧、王麟身上或輕或重都有北涼軍的烙印，今天也不例外，身先士卒，破去韓貂寺引發的一線潮之後，看到一白一紅一黑糾纏在一起，兩名驍將忍不住面面相覷，都從對方眼中看出一抹尷尬，顯然都有些不知所措。

本以為占盡天地利人和，靠著八百騎卒和兩百江湖散兵，只需要一路衝殺過去，甭管對面是誰，都能占到便宜。可那名以後需要投靠效命的年輕主子，就好似那不諳世情的愣頭青，一門心思想要出風頭，在六臂魔頭失利之後，依舊非要單打獨鬥，跟韓貂寺一對一死磕，這讓儒將盧崧心中也有些憤懣，心想你若是死在神武城外，咱們這些人將近二十年苦兮兮的忍辱負重，就都成了竹籃打水一場空。盧崧提了一杆梨花槍，停馬高坐，眼神陰沉。

王麟年紀較小，一腔熱血，倒是覺得這個比他還年輕的北涼世子有些魯莽行事，但秉性有些對他的胃口，最不濟沒有做縮頭烏龜，讓自己身後幾百號兄弟蜂擁送死。王麟拎了一對雷公錘，是祖傳的武藝，父輩便是綠林好漢出身，當年在景河一役捶死了西楚一員蓋世猛將，雖說有欺負對手力戰多時、氣短力竭的嫌疑，可畢竟是實打實捶爛了敵將的胸膛。

王麟天生膂力出眾，一對雷公錘那就是六十斤重，尋常士卒別說久戰不停，就是一個策馬衝鋒都是天大累贅。王麟甩了甩一柄錘子，目不轉睛望向那邊的戰場，只覺得目眩神搖。

任山雨伸手捋了捋鬢角髮絲，眼神迷離。以前經常聽說北涼小主子生得俊俏非凡，是一等一的風流班頭人物，她與刀口舔血的姐妹幾個，私下閒聊，都不太信後來的傳言，說什麼他親身去了趟北莽，還把北院大王徐淮南的腦袋割下了，甚至連提兵山第五貉都給宰掉。

任山雨只想著哪怕他真是認真練了幾年刀，境界也有限，畢竟修為高低，跟祕笈多寡脫不開關係，卻不是必然有關。貪多嚼不爛，任山雨是過來人，比一般人都知曉貴精不貴多的道理。可今日親眼所見，對上當之無愧的天下第十人，雖說處於下風，可畢竟是貨真價實讓人貓數次出手，她自認十個任山雨，也沒這等本事。

任山雨比盧崧、王麟這些武夫更沒有退路可言，進了北涼這個關押許多頭凶獸的牢籠，就沒聽說過誰能不脫幾層皮走出去的，任山雨就記得一個曾經在武林中鼎鼎大名的江湖巨擘，辦事不力，給掌管北涼一半諜子的褚祿山逼著親手剜一目、斷一手，苟延殘喘，當了十幾年的掌勺伙夫。

神武城十里以外有數騎疾馳而來。

為首白熊袁左宗。

◆

城外大戰正酣，聞風而動的神武城已經開始閉城戒嚴。

青衫文士沿河悠然而行，手中一截乾枯柳枝，落在路人眼中，想必跟那拎桃花枝就做上當代劍神的鄧太阿是差了十萬八千里，可真正領教過北莽一截柳手段的，都已經沒有機會去掉以輕心，除了那名黑虎伴隨入北莽的黑衣少年。

對於讓自己生平第一次失手的徐龍象，文士模樣的北莽第一殺手當然念念不忘，親手植下一截柳，竟是沒有成蔭，這讓他耿耿於懷。好在這一次潛入離陽王朝，不殺天賦異稟生而金剛的徐龍象，去殺徐龍象的哥哥，也是一樁樂事，可惜沒能在下馬嵬出手，給北涼離陽同時添堵，退而求其次，只能在神武城外展開一場志在必得的襲殺，這位一截柳心底多少有點遺憾。

他看似慢悠悠逛蕩，相距城門還有幾里路，城內河流卻也是將近盡頭，驀地城頭好似被巨石撞擊，傳來一陣氣機漣漪，以一截柳的修為自然能夠清晰感知，可他並不著急，他做的髒活次次都是火中取栗，最為看重火候，現在才下鍋，心急吃不了熱豆腐，他不著急。以韓貂寺的通玄實力，只要那白頭小子沒有傻乎乎急著投胎送死，估計少說能逗弄小半個時辰。一截柳對那隻惡名昭彰的人貓，破天荒帶有幾分敬意，以指玄跨過門檻殺天象，不正是他這半個同行夢寐以求的境界嗎？

他驟然停下腳步。

目光所及，有一個黑衣少年攔住去路。

少年咧嘴一笑，指了指自己胸口。

一截柳跟著笑起來。

之前只有他黃雀在後，襲殺別人，不承想這次顛倒過來。

一截柳瞥了眼冰雪覆蓋的河流，有些自嘲，常在河邊走，哪能不濕鞋。

丟了枯枝，一截柳袖中滑出一柄纖薄無柄的短劍。

◆

當嗜好吃劍的獨臂老頭子步入城中，死士寅在東海武帝城門口駐足。他背了一只大箱子，原本裝載有二十幾柄劍，如今已經蕩然無存，它們都是在幽燕山莊排得上名號的名劍，把把都可以用削鐵如泥去形容，可這段日子遠遠跟隨在老人身後，箱中名劍就僅僅像是那路邊攤上的碎嘴吃食，哪家孩子稍微饞個嘴，花上幾文錢就能買回去。

這一路相隨，寅走得謹慎而憋屈，可想到世子殿下的叮囑，又不敢流露出半點不滿，為了從老人嘴中撈出准話，只能小心翼翼伺候著。其實半旬前兩人就已經臨近武帝城，按照殿下的說法，何時在東海天空看見青白鸞，何時入城，對此老人有些目光不善，可終究還是捺著性子，算是給了個天大面子。

寅雖然是王朝中排得上號的死士刺客，可模樣憨拙，如同市井小販，只是身材結實一些而已，無法想像他曾經親自參與刺殺帝師元本溪，此時背了個大箱子，如釋重負地站在城外，在來來往往的江湖豪客、成名俠士之中，完全不惹眼。

寅反身遠離武帝城，這會兒是肯定趕不上那場戰事了。

只希望那位北涼新主可以安然無恙。

多災多難二十幾年都熬過來，萬萬沒有理由橫死他鄉。

◆

人間大雪，天上則是無法想像的雲海璀璨。

一劍懸停九天上。

古書詩歌都以「御風而行」、「飄飄乎登仙」來形容神仙逍遙，文人士大夫登高作賦，看似閒情逸致，實則山路坎坷，往往一次遊覽名山的往返，就要歷經半旬乃至整月時光。歷史上不乏失足墜崖的文人騷客，如此涉險，登山之後，會當凌絕頂，飽覽風光，尤其是那雲海翻湧的壯闊景象，可能便是那儒家所謂的「天地之間浮浩然」。

此劍懸停處，高出絢爛雲海，置身其中，宛如身臨大海之濱，此時又臨近黃昏，夕陽西下，霞海五彩斑斕，無比瑰麗，幾處彩雲如瀑布垂直，令人望而生畏。

如果說幽燕山莊湖上鍊氣士白蝶點水，僅是有幾分形似仙人，這名踩在劍上的女子，那就是形神俱是如天仙了。

當她能夠御劍之後，每逢心中陰鬱，就會單獨破雲而出，在這種仙境中怔怔出神，甚至談不上什麼觀海悟劍，就只是發呆而已。

雲海之上數十丈，又有一層金黃色的略薄雲層，如同樓上樓，難怪道教典籍有九天十八樓之說。她回過神後，御劍拔地而起，觸手可及那一層樓，伸出一手，輕輕一旋，旋出一個氣渦，一如那放大了無數的女子臉頰酒窩。

聖人曹長卿凌空「登樓」，每當他拾級而上，先前那一層臺階便煙消雲散。

曹官子輕聲說道：「要是他死在舊西楚境內，也算是一方不錯的藥引子。離陽這分明是擺開陣勢，非要我們復國了。」

北涼王妃之後女子劍仙又一人的姜泥語氣平淡道：「原來我們都是過河卒子。」

曹長卿笑了笑，不再說話。

◆

當徐鳳年馭劍十二，孤身提刀奔來，韓貂寺沒有將太多注意力停留在此子身上。假借陰物之力，不值一提，吳家劍塚的馭劍術，較之自己的赤蛇附龍也稱不得如何上乘，人貓更留心徐鳳年跟雙相陰物的間距，雙方既然心意相通，互相反哺修為也就不足為奇。

韓貂寺想要知道兩者身形可以拉伸到何等長度。先前陰物蟄伏積雪，跟徐鳳年相差三十丈有餘，此時徐鳳年看似單獨襲來，朱袍陰物實則遙遙如影隨形，步伐一致，空靈飄忽。陰物一襲寬敞袍子，如戲子抖水袖，行雲流水，始終保持十八丈間距，不遠一寸、不近一毫，看來十八丈便是兩者修為流轉的最佳間距。

出鞘一刀卸甲之後，徐鳳年沒有急於出第二刀，三丈以外、十丈以內，十二柄劍胎圓滿的鄧太阿贈劍，眼花繚亂，軌跡詭異，馭劍術臻於巔峰——不過是八字綱領，心神所繫，劍尖所指。徐鳳年竟是自揭其短，反其道而行之，刻意分心分神，任由飛劍胡亂旋擲掠砸一通，猶如稚童打架，潑婦閉眼瞎抓臉面，完全沒有亂中有序的大家風範。

韓貂寺心中冷笑，閒庭信步，伸出食指凌空指指點點，不等一劍近身一丈就彈飛出去。

徐鳳年要是敢全神貫注馭劍，以韓貂寺對指玄境界的感悟，少不得讓這小子吃足苦頭。指玄，叩指問長生，那只是世人尊崇道教的偏頗之說，指玄玄妙，遠不止於此。萬物運轉有儀軌，大至潮漲潮落，月圓月缺；小至花開花落，風起微末，身負指玄，就像天上落雪。

在韓貂寺眼中，只要視線所及，一片雪花所落而未落，在他眼中都有絲絲縷縷的明確軌跡，這種妙不可言的軌跡之濃淡，又與指玄境界高低相關，初入指玄，便是模糊不堪；久入指玄，修為漸厚，便越發清晰。

吳家劍塚當年九劍破萬騎，戰死大半，其中吳草庵，境界僅是中上，一生止步於指玄，比起兩位天象同門，不可同日而語，可草原一戰，九人聯劍，卻是以他為當之無愧的「劍尖」，劍鋒之下殺掉足足三千七百騎，直到吳草庵力竭而亡，才換由其他人頂替劍尖位置。

吳草庵作為那一代劍冠的劍侍，跟隨主子出塚歷練，不曾跟人技武，在劍冠成名之後，獨身東臨碣石，西觀大江東去東望海，一夜之間直入指玄，最後趕至大江源頭，一人一劍跟隨大江一起東流，出海之時，指玄攀至頂點，難怪後人戲言吳草庵用短短二十日完成了其他武人一輩子做的事情。

你以陰物天象修為對敵我韓貂寺，那是自尋死路，以指玄問我韓貂寺，雖說已是獨具匠心，故意另闢蹊徑，也不過是拖延死期而已。

韓貂寺在半炷香內熟悉了紛亂十二柄飛劍的各自習性，便開始收拾殘局，一腳沉沉踏下，左手拇指食指雙指舒展，出其不意握住一柄飛劍首尾，不顧飛劍鋒芒大放、顫鳴不止，雙指指肚一叩合攏，一劍砰然斷折，右手紅絲拂動，渾水摸魚，一手伸出，就纏繞住狹長雙劍，往回一扯，雙劍在人貓握拳手心擰扭成團。

韓貂寺隨手丟棄劍胎盡毀的飛劍，煮青梅、斬竹馬、折桃花，一氣呵成，嗤笑一句：「鄧太阿用這十二劍，才算回事。」

徐鳳年心境古井無波，右手扶搖，心意牽引剩餘九劍，以仙人撫大頂之勢當空砸向韓貂寺，左手北涼刀一往無前，一袖青龍，直刺人貓。

黑衣人貓面容恬淡，劍雨潑灑而下，不過一步就踏出劍陣，雖說九柄飛劍在落空之後便擊向他後背，可韓貂寺全然視而不見，只是大踏步迎向那一袖青龍，一掌拍爛了北涼刀所綻放出來的濃烈罡氣。

罡氣四散炸開，哪怕讓韓貂寺雙鬢銀絲肆意吹拂，人貓照舊以掌心推在了北涼刀刀尖上，五指成鉤，攥緊北涼刀，「北涼鐵騎北涼刀，換了人，就不過如此。」

不等徐鳳年鬆手，韓貂寺抬手提刀，一腳踢在徐鳳年腹部，徐鳳年本身看似無恙，四周雪地則是氣機漣漪亂如油鍋，地面更是轟然龜裂。

韓貂寺皺了皺眉頭，這小子既然身後背負一柄無鞘劍，竟然仍是不願棄刀，他手掌帶動刀尖，往回一縮，刀柄如撞鐘，狠狠撞在徐鳳年心口。徐鳳年僅是臉色蒼白，十八丈外朱袍陰物已噴出一口猩紅鮮血。

韓貂寺哪裡會手下留情，轉身一記鞭腿掃在徐鳳年肩膀。徐鳳年如無根浮萍被勁風吹蕩，雙腳離地側向飛出，可因為死死握刀，幾乎橫空的身軀欲去不去。韓貂寺和徐鳳年一豎一横，雙方之間便是那一柄刀尖不存的北涼刀。九柄飛劍如飛蛾撲火，可都撲在了燈籠厚紙之外，不得靠近人貓這株燈芯。

韓貂寺見這小子不知死活到了一種境界，浮現一抹怒容，一臂紅絲赤蛇迅速攀附住北涼刀。在即將裹挾徐鳳年手掌之時，後者猛然雙手握住刀柄，遙想北莽遇上陸地龍捲大風起，扶搖上青天，那一次次拿命練劍，徐鳳年此刻人形如平地生龍捲，雙手掌心剎那之間，血肉模糊。

韓貂寺以不變應萬變，鬆開刀尖，任由手心刀鋒翻滾肆虐，眼神陰鷙，聲音陰柔瘆人，「好一個酒仙杯中藏龍捲，有些意思，難怪李淳罡會對你刮目相看。」

韓貂寺正要痛下殺手，東南方向一襲青衣拖槍而至，韓貂寺的指玄終於展露崢嶸，如雪重於霜，竟是在眨眼之間以自身神意壓碎了其中一柄飛劍的徐鳳年心意，玄雷一劍直掠拖槍女子。

面容清秀的女子微妙抖腕，名動天下的剎那槍挽出一個燦爛槍花，單手拖槍變作雙手提剎那，一槍橫掃千軍，砸在玄雷飛劍之上。砰然一聲巨響，女子借助剎那槍反彈，身形如陀螺，躲開飛劍鋒芒，旋出一個向前的弧形軌跡，腳尖踩地，高高躍起，一槍以萬鈞之勢朝韓貂寺當頭砸下。

這一切看似繁複，不過都是瞬息之變。

韓貂寺似乎明知對徐鳳年一擊致命不現實，也就失去糾纏興致，縮手屈指一彈，將手心龍捲北涼刀恰好彈向剎那槍，甚至不給一男一女收力間隙，腳步飄逸，一手輕輕推在徐鳳年胸口，一手凌空一敲，直接就將兩人各自擊退。

一槍不得進就給驅退的青鳥在空中旋轉槍身，剎那槍尖在地面上一點，不等雙腳落地，在空中就又是一槍砸向韓貂寺脖頸。

韓貂寺冷哼一聲，雖然才兩招，顯然人貓就已經膩歪了這名女娃娃不知天高地厚的挑釁，左手搭在剎那槍尖以下幾寸，腳下輕走，走了一個半圓，就將剎那槍傾力一擊完全卸去勁道，驟然欺身而進，對身形浮空的青衣女子一手拍在肩膀，沒有磅礴天象修為灌注的女子當即就像斷線風箏脫手飛走。

韓貂寺握住剎那槍，朝女子墜地處丟擲而出，速度之快，乃至於根本沒有什麼呼嘯成風的氣象，僅僅悄無聲息。

青鳥早已不是襄樊城外蘆葦蕩一役的女子，一槍看似要直直透胸斃命，心中清明，腳步凌空虛踩，竟是在空中穩穩倒退滑行，倉促卻不狼狽，雙手握住剎那鈍圓槍頭，身形斜斜墜地，一腳踩出一個泥坑，硬生生止住頹勢，雙眸泛紅，經脈逆行，倒提剎那槍，再度向韓貂寺奔去。

當真是悍不畏死。

不管身世如何飄零，老天爺總算手下留情，讓這世上終有一人，不管離他遠近，都值得她此生哪怕進死退活，仍是不退一步。

世間最癡是女子。

大概是受青衣女子感染，先前還有些忐忑不知所措的盧崧、王麟等人終於醒悟，無須出聲，當兩位騎將率先展開衝殺時，雙方麾下精銳騎兵幾乎同時展開沉默衝鋒，沒有呼喝聲壯膽，沒有暴戾喊殺聲，只有陣陣馬蹄聲。

韓貂寺可以不理睬年輕女子家傳槍仙王繡的剎那，可以不理睬那些螻蟻騎卒的亡命衝殺，唯獨不能不理睬那名白頭男子的悄悄後撤。當我韓貂寺是何人？是那青樓女子？你膏粱子弟花錢勾搭幾下，才知家底不夠，就想著全身而退？

韓貂寺殺機漸濃，突然瞇眼，終於來了。

人貓對倒提剎那槍的青鳥視而不見，對劇烈馬蹄聲響置若罔聞，駐足而立，望向正東方向的馬車。

有一襲不似龍虎山那般華貴鮮亮的樸實道袍，中年道人背負三劍，只見他伸手在背後一抹最上劍匣，面帶笑意，「有遠朋好友雪夜叩柴扉，聽聞小吠最怡情。」

說是小吠卻不小。

劍癡王小屏這一劍遞出，城內外都聽聞有轟隆隆連綿不斷的急促雷鳴。

王小屏初時練劍，便立志只要我出一劍，出劍之後、收劍之前便是一次陸地神仙，一劍在手，仙人於我如浮雲。故而這一劍無關指玄、無關天象，與境界高低根本無關。王小屏練劍以來，便以劍心精純著稱於世，便是洪洗象也佩服不已，哪怕那時候年輕掌教尚未開竅自識呂祖轉世，可騎牛的眼光，何曾差了？

小吠一劍起始於王小屏，終止於韓貂寺，如一掛長虹懸於天地。

神武城外攔路，韓貂寺還是第一次流露出鄭重其事的神情。

韓貂寺能夠強勢擠入天下十人行列，憑藉的是他在境界拚上無與倫比的優勢，本就是媲美鄧太阿的指玄，得以擅殺天象，因此只要你沒有步入高高在上的陸地神仙境界，像朱袍陰物就從不入他法眼，更別提臨危主動退避的軒轅青鋒。可王小屏這個為劍而生，更不惜為劍而死的劍道扛鼎大才，不一樣。

韓貂寺敬重那掛空一劍，倒也沒有生出畏懼，一揮袖，臂如蛇窟，條條紅繩如抬頭示威的小蛇，嗤嗤作響。這一劍躲是躲不過去的，韓貂寺也不想躲避，身陷殺機四伏的一場大圍殺，面對眾人傾力層出不窮的凌厲手段，尤其是此時王小屏一劍氣勢如虹，仍是灑然一笑，舉手起赤虹，激射騰空，與小吠針鋒相對。

一聲洪鍾大呂響徹天地！

震盪得神武城城牆又是一陣搖晃，牆上縫隙積雪又一次不得安生，簌簌落下。

塵土飛揚，黑泥白雪相間。

塵埃落定後，韓貂寺安然無恙，只是手臂裏繞的猩紅似乎淡去一、兩分。

韓貂寺扯了扯嘴角，朗聲笑道：「王小屏，你這一劍算不算斬了蛟龍？還有兩劍，不妨一併使出。三劍之後，我便剝皮剔骨了你，讓武當失去一峰。」

說話間，眾人才發現青衣女子手中紅槍槍頭抵住了這名老宦官的後心，只是好像無法推移分寸入肉。

剎那槍彎曲出一個醒目弧度，幾近滿月，足見清秀女子的剛烈。

韓貂寺見王小屏無動於衷，知道以這名武當劍癡的心性，不會為言辭所激將，也不再廢話，轉頭平靜笑道：「女娃娃，就不怕折斷了王繡的珍貴遺物？」

馬車車頂，死士戊挽弓弧度尤勝剎那槍，一次崩弦，兩根鐵箭以迅雷不及掩耳之勢射往一直立於不敗之地的老宦官。

少年使出雙箭之後，踉蹌後退兩步，拉弓右臂血管爆裂，頓時綻出一串串血花，面無人色，目光死死盯住那頭該死卻偏偏不死的人貓。

雅名日月並立，俗名楊上雙飛。

公子取名就是有學問有講究，雅俗共賞，少年戊很喜歡、很滿意。

韓貂寺後退一步，武夫極致力拔山河，可要是於山河之上再添一羽重量，也能壓死人。

本就彎曲到極致的剎那槍立即崩飛，青衣女子往後蕩出，滾出六、七丈，一身青衣不復潔淨，滿身汙穢泥濘。青鳥艱難起身，握住了墜下的剎那槍。

先前倒提剎那，那是王家獨門絕學，陳芝豹梅子青轉紫亦是脫胎於此，只是在他手上用出，青出於藍而遠勝於藍。王繡有生之年，最大遺憾是未能有親生兒子傳承一身絕學，這才對外姓弟子陳芝豹傾囊相授，因為王家槍法，需要雄渾體魄支撐，講求氣機逆流，是霸道無雙的野路子，最是傷身。女子體魄本就陰柔，如此陰損行事，無異於雪上加霜，後來陳芝豹殺師成名，王繡死得遠非外界所想那般死不瞑目。

青鳥握住遺物剎那，吐出濁氣，咽回汙血。

死士當死。

韓貂寺輕描淡寫握住一根離自己眉目近在咫尺的鐵箭，「咦」了一聲。因為第二根鐵箭失去了蹤影，哪怕以他近乎舉世無匹的敏銳感知，亦是沒能探查究竟。

隨手丟出已經現世的那支鐵箭，將遠處一騎穿透頭顱，墜馬滾地。韓貂寺轉頭瞥了一眼握槍蓄力的年輕女子，不再多瞧，眼神冷漠望向黑壓壓以碾壓之勢發起衝殺的悍勇騎兵，自言自語了一句：「人貓就這般嚇不住人嗎？」

韓貂寺平地而起，去勢跟王小屏小吠一劍如出一轍，豈是一般精壯騎卒可以抗衡，一腳踏下，就將一人一馬攔腰斜斜踩斷。

陣亡人馬後邊一騎來不及偏移方向，毫不猶豫就提矛一刺。韓貂寺根本不出手，徑直前行。鐵矛剛觸韓貂寺之身即被彈飛，那挾帶戰馬奔跑巨大衝勢的鐵騎，整匹戰馬直直撞在韓貂寺身上，就像一頭撞在銅牆鐵壁上，戰馬當即斃命，馬術精湛的騎卒臨死一搏，一拍馬背躍起，一刀劈下。

不見韓貂寺如何動作，瞬間就將那悍不畏死的騎卒分屍。

無數塊血塊落地之前，韓貂寺已經繼續前行。直線上的第三騎微微側出，憑藉直覺一刀劈向這名黑衣宦官的腦袋，才提刀，就給韓貂寺一手推在戰馬側身，連人帶馬給橫向懸空拋出，還殃及橫面一騎，一起跌落在地。

若僅是這一橫向敲喪鐘，以兩名騎卒的能耐不至於隨馬一同身死，可人貓之出手，何等狠辣，纏臂紅絲一去一回，就是將兩名驍勇騎卒當場五馬分屍。

韓貂寺不給當先一線騎卒掉頭回馬槍的機會，且戰且退，擺明是要以一己之力將一大撥騎卒斬盡殺絕的架勢。

第二撥騎卒的視線之中，如鐵絲滑切嫩豆腐，王麟重甲鐵騎也好，盧崧輕騎也罷，都是如此脆弱。

王麟一個擦肩而過，一條胳膊就跟銅錘一起離開身軀。

若非緊急趕至的盧崧一矛擋下紅絲，王麟就要步騎卒後塵，給撕裂肢體。

兩名為首騎將僥倖存活下來，並肩而戰，非但沒有遠離戰場，反而繼續靠向那尊春秋三大魔頭之一的人貓。

任山雨一咬牙，握緊跟她玲瓏身體嚴重不符的斧頭，率先前行增援，身後北涼祕密豢養的扈從跟隨嬌柔女子一起兔起鶻落，飄向那一處血肉橫飛的戰場。

身陷全軍必死之地，將軍先死；將軍死絕，校尉再死；校尉死光，才死士卒！

遠處。

◆

徐鳳年蹲在地上，北涼刀被插在一旁，雙手手心不堪入目，幾乎見白骨。

徐鳳年轉頭輕聲問道：「一炷香，夠了沒？」

朱袍陰物點了點頭。

徐鳳年捧起一捧雪，將臉埋在雪中。

站起身後，興許是察覺到血雪擦臉，越擦越髒，他抬起手臂用衣袖抹了抹。

然後抓起了那柄北涼刀。

韓貂寺如同光天化日之下的魑魅魍魎，來到一名劍客身後，一指劃下，然後拇指、中指叩指憑空一彈，就活生生剝下半張人皮，也不澈底殺死那劍客，腳步飄蕩，任由劍客搖搖墜墜，嘶喊得撕心裂肺。

人貓繼續轉移捕鼠，不遠處負有箭囊的盧崧鐵矛早已折斷，目睹慘絕人寰的景象，不忍劍客受罪，從箭囊拈出一根羽箭，射死了那名生不如死的劍客，眼眶滲血的屍體直直向後倒去。

韓貂寺手臂紅繩赤蛇剩下十之七八，伸長如鞭，一旦被它觸及，僅僅丟胳膊斷腿已經算是幸事，有幾十名騎都是一扯之下，攔腰截斷，身上甲冑完全如被刀割薄紙。

不知是不是這尊毀去一代江湖的魔頭覺得不夠爽利，一根長鞭分離數條長蛇，亂鞭砸下，韓貂寺圓心以外數丈，就是一座人間煉獄，根本沒有人可以近身。

王麟斷臂之後，自己咬牙包紮，丟出僅剩一錘，就給亂鞭攪爛，碎錘四處濺射如暴雨，直接就將韓貂寺周遭數名鐵甲重騎擊落，其中一塊更是去而復還，若非王麟丟錘之後迅速抽刀格擋，也是被碎塊穿胸命喪黃泉的下場，可即便擋下了，一擊之威，仍是讓王麟人仰馬翻。

盧崧適時策馬而過，彎腰拉住王麟肩頭，扶他上馬，兩騎成一騎。

攜帶勁弩的騎卒也是徒勞無功，幾次戰陣夾縫之間氣勢洶洶的巧妙攢射，僅如柳絮擾人不傷人，反倒是被韓貂寺以恐怖的鯨吞之勢吸納，看似被射成了一頭刺蝟，可轉瞬之後就全部逆向射回，一圈戰騎死絕，多數弩箭都是透體一人之後，去勢猶然迅猛，戰場之上出現一串串葫蘆，被己方兵器所殺，讓人倍感荒涼。

百萬大軍中取上將首級，一直被視為荒誕不經之談，替天子守國門的西蜀劍皇做不到，亡國之前劍盡斷的東越劍池老一輩劍道宗師也沒有做到，可此時韓貂寺的的確確是在數撥騎軍陣型中如入無人之境。

盧崧、王麟領兵治軍已算是出類拔萃，可委實是沒有當下千百人衝殺一人的經驗，一時間也拿不出萬全之策，只能是拿部卒一條條鮮活性命去拚掉那尊魔頭的內力。好在有任山雨在內的武林高手穿插策應，韓貂寺殺得隨意閒淡，可畢竟沒有一戰之下讓兩支騎軍士氣潰散。

僅是幫忙穩固騎軍衝殺的連綿攻勢，八十餘北涼死士就已經折損小半，除了寥寥數人，皆非韓貂寺一合之敵，無一例外都是迎面便死。

這才小半炷香工夫啊！

任山雨披頭散髮，全然沒有山上落草為寇時劈殺也嬌媚的光景，得空喘息換氣時，眼角餘光瞥見遙遙置身風波之外的白頭年輕人。女子善變，先前還仰慕俊雅世子練刀大成，這會兒心中難免有幾分憤懣，怨恨他不好好在北涼作威作福，偏偏要在地盤外招惹上如此棘手的活閻王。

讓任山雨咬牙不退的理由不是拿命去博取什麼青眼相加，而是該是徐鳳年近侍的青衣女子，持一杆紅色長槍，找尋韓貂寺死戰。那名女子的視死如歸，在北涼陰影籠罩下命薄如紙的任山雨哪怕怯戰萬分，也不敢後撤。

將領死戰而退，一名卑微士卒皆可殺。

眾人眼中的青衣女子在參與戰陣之後，沒有一味蠻力絞殺，一擊不中即退出數丈外，所有人都驚訝於她的槍術入神，都沒有注意到她一次次嘴唇微動咽血。

任山雨深呼吸一口氣，穩了穩心神，跟身邊幾名相熟扈從打了個眼神，互成犄角，切入戰陣。

亂鞭雜如叢花，韓貂寺不知何時單手握住一顆頭顱，拔出身軀，往後一拋，就將任山雨的一柄板斧砸得稀巴爛。女子噴出一口鮮血，雙膝跪地，雙手摀住嘴巴，指縫滴血不止。

有騎將死戰在先，兩支騎卒一撥撥相繼赴死。

死四百。

接近一炷香了，韓貂寺低頭看了眼幾根不如先前壯觀的紅鞭，十存四五。

西域夔門關外的三處截殺，身陷其中一場截殺的韓生宣沒有能夠殺到至關緊要的鐵門關外，他沒有跟汪植所率的三千精騎過多糾纏，直接殺穿了厚實陣形就往西而去，仍是趕不及救下皇子趙楷。在這位前任司禮監掌印看來，小主子要坐上龍椅，身為奴僕的他必須一步一步退下來，先是交出掌印太監，再是漸次退居幕後，從權傾天下變成一個活死人，安分守己躲在幕後陰影中，然後死在當今天子之前。

給趙家看家護院，春秋之中和春秋以後捕鼠無數，除了符將紅甲，還有一名隱祕天象境的高手，被製成了後來的符將金甲，至於一品金剛、指玄二重，更有十數人之多，被稱之為魔頭，韓生宣當之無愧。如果說黃三甲和徐驍聯手毀掉了春秋，那麼後來韓生宣的暗殺和徐驍的馬踏江湖，就是一起毀掉了江湖。韓生宣自知愚忠於趙家，一生不悔不愧。

韓貂寺高高丟出所有長鞭，聲如爆竹炸裂，勢如蛟蟒蹚河，又是一場腥風血雨。

站在馬車上的劍癡王小屏輕聲道：「下山入世之後，才知天下太平，唯有北地狼煙，年年熏青天。」

一抹身後第二匣，王小屏遞出烽燧。

第一劍小吠掛大虹，第二劍烽燧則出匣一丈便不再升空，並未直刺韓貂寺，而是以詭譎跳動之靈態前行，宛如捕蛇，將殺機重重的赤蛇紅鞭悉數絞殺。

殺盡那幾條禍亂赤蛇，烽燧也力有不逮，無望襲殺放蛇人韓貂寺，在低空化為齏粉，隨風而逝。

王小屏手指掐訣，風起雲湧，盡入劍匣，最後一劍割鹿頭，直沖雲霄。

臂上紅繩剩下些許的韓貂寺伸出左手，撫摸那些朝夕相處了大半輩子的赤蛇，抬頭望天，一腳踩下，地動山搖。

所有戰馬騎卒都聽聞一陣地震悶響。

車頂少年死士頹然坐地。

第二根鐵箭辛苦隱蔽，還是被韓貂寺一腳踏碎。

一直仰望天空的韓貂寺沒來由笑了笑，呢喃道：「年少也曾羨慕那青衫仗劍走江湖。」

被圍剿至今不曾流露絲毫疲態的人貓輕輕拍了拍手，紅繩盡數剝落，彙聚一線，竟是做劍的跡象。

一柄割鹿頭由天上落人間，有幾道粗壯閃電瘋狂縈繞。

韓貂寺身前一條紅線三尺劍，悠然升空。

手上終於沒有一絲紅繩的韓貂寺線上劍阻擋割鹿頭之時，拔地而起，如彗星掃尾，直接掠向徐鳳年！

青鳥面容如同迴光返照，神采奕奕，竭力將手中剎那槍擲出。

幾乎以一命換一搏。

雷池劍陣布於十丈外，韓貂寺雙手在胸口往外一撕。

九柄飛劍都被撕扯得飄向數十丈之外，像那無主的孤魂野魄，不見半點生機，紛紛躺落大地，可見徐鳳年根無法分心馭劍。

徐鳳年已是左手涼刀，右手春秋，羊皮裘老頭兒傳授的兩袖青蛇衝蕩而出，比之吳家劍侍翠花更為形似的兩袖劍，徐鳳年的這兩袖，神似更勝，盡得精髓！

李淳罡正值舉世無敵時曾放言，一袖劍斬盡人間劍，一袖劍摧盡美人眉。

這才是真風流。

可徐鳳年終歸不是劍術劍意雙無敵的劍神李淳罡，此時竊取而得的天象修為與指玄招數，都為韓貂寺天生克制，這頭殺意流溢的人貓不顧雙袖碎爛，雙手從劍鋒和刀背上滑過，左手朝徐鳳年頭顱一拍。

徐鳳年腦袋往右一晃，他右手又是狠狠一拍。

徐鳳年身後朱袍陰物雙膝跪地，一張悲憫相開始流淌紫金血液，另外一張歡喜相流淌金黃血液。

韓貂寺厲聲道：「趙楷坐不上龍椅，你徐鳳年也配當上北涼王？」

言語之後，韓貂寺一手握住徐鳳年脖子，一手握拳，砸在這位北涼世子的眉心。

跪地陰物的腦袋如同遭受致命捶擊，猛然向後倒去，眼看就要滑出十八丈之外，它猛然五臂抓地，指甲脫落，仍是不肯鬆手，終於在十六丈處停下。

這一條溝壑中，沾染上觸目驚心的紫金血液。

韓貂寺冷冽大笑道：「北涼刀？」

老宦官一肘砸下，徐鳳年一條胳膊咔嚓作響，身後十六丈處朱袍陰物一條手臂折斷。

北涼刀輕輕掉落。

剎那槍刺向人貓後背。

韓貂寺空閒一手隨手一揮。

面無表情的徐鳳年趁機艱辛提起右手，一柄春秋劍無力地抵住韓貂寺心口。

韓貂寺如癡如癲，走火入魔，加大力道抓緊徐鳳年脖子，往上一提。

徐鳳年雙腳離地，朱袍陰物隨之脖子出現一道深陷瘀痕。

韓貂寺輕聲笑問道：「剩下六百騎，加上一個未入陸地神仙的王小屏，一個匆忙趕來收屍的袁左宗，我韓生宣想要走，能傷我分毫？」

劍尖顫抖，始終指向人貓心口。

韓貂寺神情歸於平靜道：「放心，你死後，我不會走，拚死殺掉王小屏和袁左宗後，在黃泉路上，要再殺你一次。」

看著那張異常年輕的臉龐，那雙異常冷漠的桃花眸子，韓貂寺湧起一股劇烈憎惡，輕聲笑道：「去死！」

徐鳳年點了點頭。

去死。

一劍貫胸透心涼。

春秋一劍去千里。

有人在東海武帝城借劍春秋。

他曾與巔峰時李淳罡互換一臂。

他曾吃下名劍入腹無數。

這一劍去勢之猛，不但貫穿了正處於蓄力巔峰的韓生宣的整顆心臟，還逼迫其身形往後蒼涼飄去。

既是徐鳳年此次第一劍遞出，又等於隋姓老祖宗親手一劍刺心韓生宣。

捨得千騎赴死，都不過是錦上添花的障眼法。

這一劍去萬里，才是雪中送炭。

徐鳳年大踏步而去，躍起，對著一臉複雜的韓生宣當頭拍下。

仙人撫大頂。

一掌讓韓貂寺跪入雪地！

心臟破碎的人貓已是七竅流血。

他竭力想要站起。

徐鳳年又是一掌撫頂。

撲通一聲，滿頭銀絲散亂的韓生宣再一次跪下。

徐鳳年一記傾斜手刀，割去天下第一權宦的這顆大好頭顱。

他看也不看一眼始終跪地不倒的無頭屍體，轉身背起倒在血泊中的朱袍陰物，撿起北涼刀，走向那一片殘肢斷骸的殘酷戰場，扶住命懸一線的青鳥。

所有披甲騎卒都整齊下馬。

徐鳳年沉聲道：「卸甲！」

北涼甲士，只握北涼刀，只披北涼甲！

第四章　龍尾坡風波頓生　破客棧真人露相

江南山嶺多逶迤如盤蛇，淮南龍尾坡尤其如此。相距重鎮鐵爐三百里，多有商旅來往，只是一場罕見大雪封山阻路，山路之行難上難，一般商賈寧肯繞遠路轉入驛道。

龍尾坡上有支旅人艱難往北，一輛簡陋馬車緩緩前行，劣馬四蹄沒入雪中，更是吃力，鬃毛晦暗的黑馬打著響鼻，噴出一團團霧氣。

馬夫是個乾瘦老僕，都捨不得揮鞭駕馬，都說快馬加鞭，可巧婦難為無米之炊，一匹軍旅中淘汰下來的老馬，鞭子抽多了，來了無賴脾氣，十有八九就不願走了，好在車廂中的主人善解人意，時不時出聲跟馬夫安慰幾句，讓他不用太過於著急趕路。

車廂內的老者面容清臒，裹了件恐怕比老馬還要上歲數的破敗裘子，神態安詳，捧書默念。車外山林銀裝素裹，忽如一夜春風，千樹萬樹梨花開。老人掀起簾子舉目眺望，原本積鬱心境，也為之開闊幾分。

同是龍尾坡上，馬車身後不足半里路，有五騎緊緊尾隨，大多黑衣勁裝，三男二女。為首一騎是個輪廓微胖的富態中年男子，生了一對如佛像的圓潤耳垂，應是有福氣之人，罩了件惹眼的白狐狸皮面的鶴氅，給人觀感不俗，容易心生親近。身後一騎年輕俊彥，面如冠玉，提了一條裹金槍棒，便是這等陰寒天氣，也是呼吸悠緩，確是當得「風姿如神」

四字評語。

兩名女子中一名年紀稍大，若說女子似水，在世俗眼中，她全身上下便都流淌著風流風情，殊為難得的是媚而不妖，有大家閨秀的端莊。並肩策馬的少女就要黯然失色，僅是中人之姿，宛如鄰里初長成的小家碧玉。最後一騎是個相貌粗獷的少年，衣著寒酸，馬術也蹩腳，隔三岔五就要偷偷去揉幾乎開花的屁股蛋，幾次都給前頭的小家碧玉抓個現行，少不得一陣白眼，讓少年漲紅了臉，恨不得挖個坑把自己埋在雪地裡。當一路上跟他針尖麥芒相對的少女轉過頭，換了一張面容，跟提棒俊彥歡聲笑語，難掩一身貧寒氣的少年就會偷偷壯膽望向年紀略大的女子婀娜背影。

他叫李懷耳，地地道道的鐵爐城人，爹娘去得早，大伯是個教書先生，名字也是大伯給取的，他自認這輩子也就這個文縐縐、酸溜溜的名字還算拿得出手。李懷耳自幼喜歡武藝，市井巷弄從來不缺那些神神道道的江湖傳聞，就像好事之徒給鐵爐城裡排出了十大高手，墊底的彭鶴都能單手舉馬丟擲數丈遠，第六的軍鎮將領丁策更是可以一箭射透磨盤，對於這些，一直想著哪一天能名揚天下的李懷耳寧可信其有，哪怕每次街坊毆鬥，次次給打得鼻青臉腫，也不損他的熱衷江湖行。

這次能跟著前頭四人一起騎上馬，緣於兩天以前城內一樁被他無意間撞破的血腥祕事。半里路外坐馬車的黃姓老頭兒，據說是個當大官的，要去京城，不知為何給一夥佩刀持弩的黑衣人暗殺，老人踉蹌躲入陰晦的窄巷小弄，跟李懷耳撞了個滿懷，一場刀林箭雨，弓弩嗡嗡作響，釘入牆面，遭受無妄之災的李懷耳也是熱血方剛，主要是一時間沒來得及害怕，拉著老人就抱頭鼠竄，後來前頭那四騎就橫空出世，好一場狹路相逢，殺得天翻地覆，李懷耳親眼見到那名耍棍棒的俊哥兒一棒子敲下去，差不多就能將一堵巷牆砸出一條長坑，也見到此時的眼前女子一劍游龍驚鴻，雪地照映，恰巧被李懷耳看到那張殺人時冷峻的絕美容顏，李懷耳當時就知道，只要能闖出名堂，那這輩子非她不娶了。

可李懷耳單純，卻也不傻，都說世上的高人觀潮就能悟出劍法，可鐵廬城外倒也有條江河，李懷耳一得閒就去江邊撅屁股，瞪大眼睛猛看江水滔滔，無風無浪時看，暴雨洪水時也看，前幾日大雪紛紛時也看了，可都沒能看出個究竟。

無意間聽說世外高人都在山林隱居，就又把鐵廬周邊大山小嶺來回走了幾遭，除了拉屎撒尿，什麼都沒留下，也什麼都沒遇上。打遍附近幾條街無敵手的豹爺據說是得了一本絕世祕笈裡的兩、三頁，就有了今日的一身高超武藝，可李懷耳雖然有個教書匠的大伯，性子卻隨他那個一輩子都跟莊稼地打交道的爹，天生就不喜歡讀書，字沒認識幾個，知道就算自己拿到了一本武學祕笈，多半也看不懂。

李懷耳看了眼前邊的男男女女，有些洩氣。那位神仙姐姐說了，等將黃大人送到京城就會給他一些盤纏返鄉，到時候鐵廬這邊也不會再有人找他的麻煩，他可以繼續安生過日子。

李懷耳當時囁囁嚅嚅，沒有敢多嘴一句，心中所想，不敢與人言：『我只想跟妳一起闖蕩江湖啊。』

龍尾坡坡頂有一間客棧，不知為何一直沒有名字，反正開了好些年頭，生意不溫不火，僅是維持生計，真正樂意一擲千金的文人雅士都不樂意去。

山頂大雪初霽，總算驅寒幾分，五騎策馬來到客棧附近，看到老爺子站在馬車邊上笑顏相迎，附近還停有兩輛馬車，似是同為羈旅之客。

罩鶴氅的富態中年人揉了揉貂帽，有些無奈，下馬後快步前行低聲道：「黃大人，咱們身上都帶有乾糧以供果腹，就不要停歇了吧？」

老爺子披了一件石青色綢緞面料的補服，放晴之後，在陽光下呈現出一種獨有的紅褐色光澤。老人畢竟是入品的官員，加之腹有詩書氣自華，有幾分能讓市井百姓望而生畏的不怒自威。

鶴氅貂帽男子家世優渥，自然不是因為黃老爺子的從八品官員身分而親身涉險，不惜跟廣陵道西地沆瀣一氣的抱團官員撕破臉皮，而在於黃老爺子身居要職，品秩不高，才入流而已，但話語之重，用上達天聽形容也不為過。

廣陵道西部都敬服黃老爺子的為民請命，耿直諫言，此次赴京任職，跟北地碩儒朱桂佑一起「入臺」，提舉成為御史臺監察御史，可黃大人去入京面聖，身上帶著足以讓廣陵道西部數個龐大州郡幾十頂官帽子去留的摺子，這就給老爺子帶來殺身之禍，若非大批有識之士有錢出錢、有力出力，替老爺子擋下數撥不光彩的狠辣襲殺，別說巍巍太安城，老爺子都走不出廣陵道半步。在他看來，老爺子兩袖清風，風骨極高，可有些時候過於迂闊，行事刻板，無形中給暗中護駕的江湖俠士帶來莫大危機，可他又不好直言告知，有些時候私下苦笑，也只能安慰自己若非老爺子如此性格，也當不上監察御史。

心懷愧疚的黃老爺子朝幾位俠士抱拳謝過，一切盡在不言中。

包括李懷耳在內的幾騎陸續下馬，都畢恭畢敬抱拳還禮。在家族所在州郡素來以仗義疏財著稱的寧宗——即鶴氅中年人——退而求其次，輕聲笑道：「那咱們就跟黃大人一起吃過了午飯，然後加快趕路。廣陵道邊境上，會有一隊人馬接應，名震兩淮的武林前輩梁老前輩親自出山，到時候那幫鐵廬宵小也就不敢如此猖獗了。」

少女皺了皺精巧鼻子，小聲埋怨道：「梁老爺子既然在江湖上德高望重，八十歲高齡，一杆六十斤梨花槍還耍得潑水不進，又有武林同道相助，怎的就不願多走兩、三百里路？」

佩劍女子皺眉，輕輕喝道：「椿芽，不得無禮！」

反倒是黃大人解了圍，緩步走向客棧時，一臉和顏悅色笑著跟少女解釋道：「這些個成名已久的江湖世家門派，不說嫡親和幫眾，便是混口飯吃的家丁護院，也要個個記名在冊，少不得跟官府打交道，很多事情都要仰人鼻息，像黃某人年幼時還是那種只求快意恩仇的江湖，一去不復還嘍。」

對此最是感受深切的寧宗笑道：「黃大人學富五車，在家便知天下事。」

清瘦老人擺了擺手，自嘲道：「光是讀萬卷書不行，還要行萬里路。書上道理是死的，做人可是活的。我黃裳一日不讀書便寢食難安，幾十年下來，確也讀書不少，也經常去走訪鄉野，可自知斤兩，太認死理，不會活泛做人，尤其不知曉在官場上的輾轉騰挪。這次入京，是黃裳連累眾位英雄好漢了。當然，還有巾幗不讓鬚眉的周姑娘和胡姑娘。黃裳除了給人奪走的一樓藏書，已然是個身無分文的窮光蛋，這一路北去，想著以後哪天不為官了，就寫一本俠客傳，希冀著能報答一二。」

寧宗面露喜色，「這可是名垂青史的幸事。」

被稱作「椿芽」的少女嘰嘰喳喳雀躍道：「黃大人，千萬別忘了我，我叫胡椿芽。」

黃大人笑著應諾。

頗有不食人間煙火之仙俠氣的周姓女子跟提一條棍棒的俊雅公子，相視淡淡一笑。

沒他半文錢事情的李懷耳跟隨眾人，低頭跨過門檻，他一直把自己當作沒用的拖油瓶，自卑而寡言。

客棧不大，每一張桌面上油漬常年積澱，泛著膩味的油光，不是一塊抹布就能擦拭乾淨的。

江湖閱歷豐富的寧宗環視一周，有些警惕不安。客棧內五張桌子，同一夥人寥寥五人便占據了臨窗兩張，其中一名健壯青年身上更滲著股血腥氣，這還不算什麼，主桌上一名年輕人大概是年少白頭的緣故，白衣白鞋白玉帶，有一雙不易見到的桃花眸子，寧宗一看就覺著棘手，這類人就算身手平平，可光看那架子，就是極為難纏的世家子弟。

白頭年輕人左首位置坐著一個黝黑少年，右首坐著一個舉杯飲酒的男子，識人功夫不淺的寧宗更是當即頭皮發麻。男子估摸著身高九尺，己方使棍棒的高手徐瞻已算身材雄偉，比之仍是略遜一籌，寧宗所在家族離一支廣陵境內精銳行伍的軍寨駐地不遠，見過了實打實在戰場上從死人堆裡爬出來的殺伐氣焰，很是熟悉。

要是這批人阻截黃大人赴京，寧宗估摸著就算自己這邊幾條命都交待在這龍尾坡，十有八九都無濟於事。

一桌是徐鳳年、少年戊、袁左宗。

一桌是參加過神武城外一戰的騎將盧崧和王麟。

青鳥受傷極重，不宜顛簸南下上陰學宮，跟隨大隊伍一同趕赴北涼，有褚祿山親自開道，恩威並施打點關係，天大的難事，都可以迎刃而解。

徐鳳年這一趟先去學宮接人，然後去青州祕密面見兩撥人，接下來就可以回北涼。如何吸納那人人上馬可戰、下馬可耕的十萬流民，就是李義山故意留給他去解決的難題，做成了這個活眼，才能真正打開北涼新局面。

之所以帶上有儒將之風的盧崧和負傷的王麟，是在有意栽培他們成為嫡系心腹，以便順利釘入北涼軍之前，總歸得有個循序漸進的相互熟識過程。兩人麾下部卒死傷慘重，徐鳳年總不能拍拍屁股就分道揚鑣，把兩位功臣晾在一邊，徐鳳年從不相信幾句豪言壯語就可以讓有才之人納頭便拜。至於武力在離陽軍中僅次於顧劍棠、陳芝豹之後的白熊袁左宗，是他自己要求同路南下。

除了寧宗不斷的眼神窺探，以及少女胡椿芽使勁去看徐鳳年外，在跟客棧夥計要了吃食後，其餘黃老爺子和周姓女子以及徐瞻就都屏氣凝神。

客棧最後兩罈子窖藏釀酒都給徐鳳年兩桌要了去，好在寧宗深知貪杯誤事，一開始就沒想著溫酒暖胃，不過赴京入臺擔任監察御史的黃裳生平所好，不過是讀書、喝酒、吃蟹三事，每年可憐兮兮的俸祿也都用在了這三件事情上。

此時早已過了吃蟹的應時光景，馬車上雖說有書可讀，可出行倉促，性命堪憂，幾罈子桂子時節精心製成的醉蟹都沒能顧上，黃裳此時聞到了酒香，就有些動容，只是常年修身養氣，也沒有如何說話。

徐鳳年靠窗而坐，笑問道：「老先生，我這邊還有半罈子酒喝不掉，有些心疼銀錢，要不便宜些賣給你們？」

黃裳心中一動，不過仍是笑著搖頭。江湖險惡，比較官場風波詭譎，其實很多時候都一氣相通，不過都是「人心鬼蜮」四字。

一顆懵懂芳心都牽繫在翩翩公子哥徐瞻身上的胡椿芽，見到徐鳳年之後，心思起伏不定，可說出來的話就尖刻了，「模樣挺俊，就是白頭，瞧著嚇人。大晚上給我見著了，肯定以為見了鬼。」

若是尋常膏粱子弟攜帶僕役出行，主人如此受辱，少不了幫閒一躍成為幫凶，對口無遮攔的少女就是一頓教訓，可讓寧宗越發坐立難安的是不光正主一笑置之，兩桌男子也都不甚在意，尤其是白頭年輕人隔壁桌上兩位，看待胡椿芽的眼神，竟有幾分直白的佩服，好像小丫頭說了這句重話，就是江湖上第一流的女俠了。

寧宗原本心底期望著兩桌人勃然大怒，他好從中斡旋，只要能息事寧人，就說明不是衝著黃大人來的，別說面子上的賠笑賠罪，只求一份平安的寧宗就是陰溝裡翻船，澈澈底底裝一回孫子，也無所謂。

可事態發展好到出乎意料，那幫人沒有任何要興師問罪的跡象，興許是當作胡椿芽的童言無忌了，白頭公子哥也沒有強賣那半罈子酒。

黃裳潦草吃過了飯食，寧宗迅速付過銀錢，一行人便離開了客棧，如浮萍水上逢，各自打了個旋兒，也就再無交集，這讓上馬起程的寧宗心中巨石落地，忍不住回望一眼客棧大門，依稀看到那名早生華髮的俊逸公子哥給身邊雄奇男子倒了一杯酒。

胡椿芽猶自憤懣，使勁一馬鞭揮在馬臀上。

◆

子承父業拉出三百鐵騎的王麟身負重傷，少了一條胳膊，可依舊樂天知足，相比南下之

行事事謹小慎微的盧崧，在徐鳳年面前也大大咧咧，欠缺分寸感，等黃裳一夥離開客棧，就
覥著臉端碗坐在少年戍身邊，蹭酒來了。

徐鳳年才給袁左宗倒酒，順手就給王麟倒滿一碗。這小子嘴上說著誰都不當真的馬屁言語，一臉嬉笑，沒規矩地盤腿坐在長凳上，說道：「那毒舌娘子肯定不知道自個兒在鬼門關逛蕩了一圈哪。公子酒量好，肚量更大。」

徐鳳年笑了笑，沒有搭話這一茬，只是望向袁左宗，詢問道：「袁二哥，咱倆出去賞會兒山景？」

袁左宗點了點頭，兩人一起走出客棧。

客棧外頭搭有一座簡易茅棚，棚頂積雪沉重鋪壓，棚子有岌岌可危之感。

徐鳳年跺了跺腳，抖落雪泥，望向龍尾坡遠方。再往南，便是舊南唐國境，大秦皇帝曾遷徙四十萬流民戍守六嶺，三面環山，北濱大江，地形自南向北徐徐向下傾斜，這顆偏掛一隅的大葫蘆就成為易攻難守的四戰之地。

春秋硝煙四起，南唐大將軍顧大祖提出守南唐萬萬不能坐守一隅，敵來之路多達十四處，四面拮据，一味死守門戶酒江和國都廬州兩險，必有一懈，提出守南唐，務必要戰於南唐境外。可惜不為南唐君主採納，空有精兵三十萬困守酒江、廬州兩地，被圍之後，不戰而降，哪怕其間顧大祖親率南唐水師在波濤湖上，佯裝撤退馳援酒江，誘敵深入，幾乎全殲了離陽臨時拼湊而成的十萬水師，棋盤上一地得失，一樣無關大局。

南唐覆滅，陸戰水戰皆是戰績卓著的顧大祖也不知所終。世人都說顧大祖生而逢時，唯獨生錯在南唐，要是身為離陽子民，功勳建樹，今日未必不能跟徐驍、顧劍棠一爭高下。

徐鳳年晃了晃頭，輕聲道：「韓生宣在神武城守株待兔，是存必死之心的。做宦官做到了貂寺，當上了司禮監掌印，畢竟還是宦官，又無子嗣，他選了皇子趙楷作為效忠對象，我一直想不明白。投靠當時聲勢正隆的大皇子趙武，哪怕是太子趙篆，其實都是穩賺不賠的，因為兩位皇子同父同母，肥水不流外人田，任何一個當上儲君，韓貂寺都不至於如此冒險。

我曾經讓寅攜帶春秋一次往返，懇請隋姓吃劍老祖宗在劍上留下一縷劍意，老前輩何時借劍去東海武帝城，也算有個模糊的把握，我要是不好好演一齣苦肉戲，王麟、盧崧的八百騎哪怕歸降北涼，心裡肯定照樣不服氣，關鍵是韓貂寺也會心生戒備。說到底，人貓自恃指玄殺天象，還是太大意了。東海一劍去，可不是天象那麼簡單。不過現在回想起來，還是有些後怕。」

袁左宗笑問道：「姓隋的劍仙？」

徐鳳年笑道：「我也是才知道。李淳罡曾經說過他當年從斬魔臺下山，已然跌境厲害，這位真人不露相的老前輩前去比劍，不願占半分便宜，李老頭兒境界雖降，可兩袖青蛇威力還在巔峰，隋姓老祖宗問劍一直是只問對手最強手，故而互換一臂，算是沒有分出勝負。

當今天下，恐怕除了北莽軍神拓跋菩薩，也就這位老祖宗可以跟王仙芝酣暢淋漓打上一架了。只是不知為何，武帝城那邊一直沒有消息傳出，以隋姓老祖宗的行事，向來不屑做雷聲大、雨點小的勾當，雷聲小、雨點大才對。」

說到這裡，徐鳳年不知為何想起北莽敦煌城外鄧太阿與那位白衣魔頭的傾城比劍，後者風格如同隋姓老人，甚至更甚，她分明不用劍，卻問劍鄧太阿，足見其自負。黃河龍壁外，她當真死在了洶湧河漕之中？

袁左宗感慨道：「屈指算來，殿下第二次遊歷，就惹來了吳家劍塚的劍冠劍侍、天下第十一王明寅，後來獨身深入北莽腹地，更是先殺魔頭謝靈，再戰拓跋春隼，繼而連提兵山第五貉的頭顱都帶回，這次又宰了韓貂寺，一直都沒閒著。離陽藩王子孫，不論嫡庶，恐怕得有數百人，就沒一個像殿下這麼勞心勞力的。」

寒風拂面，夾雜有山野特有的草根氣，沁人心脾。

徐鳳年微笑道：「大概是多大的瓜田招來多大的偷瓜賊。瘸漢子、醜婆姨，才子佳人，都是門當戶對。有這些在兩個江湖上赫赫有名的對手死敵，我該感到榮幸。袁二哥，這些年你一直深藏不露，陳芝豹都入聖了，你要是不弄個天象境說不過去啊。」

袁左宗哈哈笑道：「袁某單打獨鬥，遠遠比不上方寸天雷的顧劍棠和梅子酒的陳芝豹，不過長於陷陣廝殺，不知何時能跟殿下一起沙場並肩馳騁？」

徐鳳年雙手插袖嘆息道：「在北莽聽一個北涼老卒說他這些年經常鐵馬冰河入夢來。」

袁左宗望向遠方，輕聲道：「我不看好西楚復國。」

徐鳳年點頭道：「就像徐驍當年不反，看似寒了許多將士的心，可他那是明知不可為而不為。好不容易眼望天下得天平，當什麼皇帝？用他的話講，就是當上皇帝，老子還能三宮六院、嬪妃三千？還是能一頓飯多吃幾碗肉？打天下靠人強馬壯刀快，治天下卻要不計其數的門閥士子，群策群力，聚沙成塔。既然民心根本不在徐驍這邊，他做個劃江而治的短命皇帝，我註定活不到今天。」

袁左宗由衷笑道：「義父從不耍小聰明，是大智慧。」

徐鳳年轉頭說道：「鳳年以前紈褲無良，讓袁二哥看笑話了。」

袁左宗沒有跟這位世子殿下對視，眺望白茫茫山景，「袁左宗愚忠，不輸韓生宣。」

◆

龍尾坡山勢轉為向下，馬車內，老爺子搖頭笑道：「委實是黃裳以小人之心度君子之腹了，可惜了那半罈子酒啊。」

除了即將赴任要職的黃裳，車廂內還坐著李懷耳，老人知道這孩子的糟糕馬術，就乾脆讓他棄馬乘車。當夜城內一場巷戰，為少年所救，黃裳嘴上不曾贅言，心中實在是念情得重，只不過黃裳自己尚且朝不保夕，也不好承諾什麼，只想著讓少年李懷耳遠離是非，若是能夠在京城站穩腳跟，少年若是心中那個江湖夢不死，不妨再拉下一張老臉給他求來一本武學祕笈，他年悄悄轉贈李懷耳。

少年此時戰戰兢兢，他哪裡跟當官的面對面獨處相坐過，往年在鐵廬城中遊手好閒，見著披甲的巡城士卒都退避三舍，對他們可以披甲冑、持鐵矛，那都是滿心豔羨得緊。

看出少年的侷促不安，朝野上下清望出眾的老爺子會心一笑，主動尋找話題，跟少年詢問了一些雞毛蒜皮的瑣碎事，正當黃裳問及李懷耳大伯一年私塾教書可掙錢幾許時，驀然密林深處一根羽箭破空而來，一心一意駕馬的老僕頭顱被一箭貫穿，向後寂然倒去，屍體扯動車簾，身手俐落的李懷耳當下就拉著老爺子趴下。

當寧宗看到不遠處一隻信鴿掠空，猛然間快馬疾馳。這次護駕黃大人趕赴太安城，惹上的不光是廣陵道西部那幾十個一根線上螞蚱的文官老爺，還有十數位武官將領，其中一員在春秋中全身而退的驍將更非雜號將軍可以媲美，手握精兵兩千，光是騎兵就接近四百，如果不是此人官場口碑極差，為人跋扈，跟毗鄰州郡的其他實權將軍歷來多有磕碰，這次風波，樂見其成的沿途幾位將軍都各自放出話來，大隊人馬膽敢堂而皇之穿越轄境，一定要讓他吃不了兜著走。可寧宗仍是把情況預料到最糟糕的境地，除了早早在馬車三壁添有拼接而成的厚實檀木，以防箭矢破壁偷襲外，還讓兩名輕功不俗的江湖好漢擔當起斥候的職責，跟他們五騎一前一後首尾呼應。

密集攢射之下，大多數箭矢都鑽過了外車壁，最終為昂貴紫檀硬木阻滯，但有幾根仍是倔強地露出箭尖，足見這批刺客的膂力之大。

兩撥箭雨都沒能建功，瞬息過後，僅有一箭破空。

砰一聲巨響！

不光是穿透雙層車壁，還炸出一個橘子大小的窟窿。

是那鐵廬軍鎮中第一神箭手丁策無疑！

這根羽箭釘入了後壁紫檀木中，尾端猶自顫顫巍巍，就這般示威地懸在李懷耳的腦袋之上。

少年心如死灰。

那匹年邁軍馬雖說腳力孱弱，可也有好處，就算沒了馬夫駕馭，短時間馬蹄慌亂之後，很快就主動停下，並沒有撒開馬蹄四處逃竄，否則山路狹窄，右邊一丈臨崖，很容易亂中生禍。

寧宗心知臨時擔當斥候的江湖俠客已經遭遇不測，來到馬車附近，不奢望一氣呵成衝出箭雨，當機立斷，讓徐瞻和周姑娘盡量抵擋接下來的潑水箭雨，他和武力平平的胡椿芽去攙扶一老一少上馬反身。

黃裳和李懷耳分別與寧宗和胡椿芽共乘一騎，少女已經面無人色，顧不得男女授受不親，策馬狂奔，讓那個一直看不順眼的邋遢貨低頭彎腰，一起向龍尾坡山頂客棧疾馳。

丁策一箭朝黃裳後心口射去，被徐瞻一棒挑斜落空，可一箭去勢雷霆萬鈞，讓徐瞻幾乎就握不住那根纏絲棍棒。丁策第二次雙箭齊發，一箭繼續針對老人黃裳，一箭則追殺少年，這一手連珠箭極為出彩。

山路中間有女子身形如一隻墨黑燕子，飄落馬背倒退而行，一劍劈斷一根箭矢，可手掌瞬間被劃出一道深闊血槽。她藉著反彈之力飄回馬背上，單腳蜻蜓點水，繼而撲向與少年後背近在咫尺的第二箭。眼看救之不及，只得丟劍而出砸中箭矢尾羽，將其逼迫偏離目標。

可不等身形曼妙如飛仙的女子喘氣，遠處丁策再次挽弓激射，眨眼間就刺向女子眉心，她若是側身躲避，這一箭肯定要射死少年少女所騎乘的那匹棗紅駿馬。女子一咬牙，低頭卻伸出一雙五指如青蔥的纖手，死死攥緊箭矢。

五指連心，一陣刺骨劇痛傳來，不肯撒手的女子更是被這一箭帶離得向後滑行數丈，始終保持後仰之勢的她幾乎已經感受到馬尾翻搖著擊打臉頰，雙腳深陷泥地，用以卸去箭矢力道。當她終於能夠將那根沾血的羽箭丟去，搖晃身體差一點就要墜地，撞入馬蹄下。

一個鷂子翻身，女子飄向棗紅馬馬背站定，看到徐瞻的駿馬已經被射死，只能徒步，且戰且退，好在徐瞻棍術跟內力相得益彰，即便是無奈後撤，也不見太多的頹勢，行走之快，幾乎媲美奔馬。

寧宗心中哀嘆，這次迫不得已的後撤，有禍水東引的嫌疑，真是對不住先前客棧那幫來路不明的陌路食客了，只求那些人別被牽連太過。

路在茅棚和客棧之間，徐鳳年剛好和袁左宗走向客棧，寧宗一騎就這麼狂奔撞來，後者大驚失色，嚷道：「讓開！」

徐鳳年給瞇著眼殺機四起的袁左宗使了個息事寧人的眼神，兩人幾乎同時往茅棚方向一退，短短兩步，步伐輕靈飄逸，也就躲過了寧宗那一騎。

隨後胡椿芽一騎也恰好擦肩而過。

少年戊早就聽到馬蹄踩踏，大踏步出門湊熱鬧，這小子可沒有什麼好脾氣，見到這等驚擾公子的可惡場景，咧嘴陰陰一笑，弓身狂奔，鑽入馬匹腹部，猛然站起，扛著整匹駿馬就繼續向前奔走，竟是剎那之間就超過了寧宗那一騎。

健壯少年仍是嘴上大笑道：「這馬也跑得忒慢，小爺送你們一程！」

龍尾坡上有少年扛馬而馳。

門口盧崧笑而不語，王麟坐在門檻上翻白眼。

站在馬背上的黑衣勁裝女子猶豫了一下，飄落在地，接應稍稍落在後頭的徐瞻。後者原本已經躍過客棧茅棚一線，見她停步，也停下阻截板上釘釘是鐵廬軍旅健卒的刺客。

三十餘騎氣勢洶洶尾隨而至，清一色棉布裹足的雪白戰馬，士卒披有舊南唐風靡一時的白紙甲，跟大雪融為一體。

為首一騎魁梧男子手提一張巨弓。

興許是軍令在身，在殺死黃裳之前不想節外生枝，浪費時間，這名將領一騎衝來，只是對站在茅棚前的礙眼白頭年輕人冷冷瞥了一下，就轉向那名數次壞他好事的該死女子。

袁左宗笑問道：「怎麼說？」

徐鳳年搖頭道：「能不摻和就不摻和。」

神箭手丁策不願分心，只想拿黃裳的腦袋去領取保證可以官升一級的大軍功，他手下一些手癢癢的跋扈部卒可不介意熱熱手，幾乎同時，左右兩撥箭矢就射向徐鳳年、袁左宗及盧崧、王麟。

盧崧搖了搖頭，一手撥掉箭矢。

王麟吃飽了撐著沒事幹，單手握住箭矢，故意喊了一聲，向後倒去。

盧崧眼神有些憐憫，望向這批出手狠辣的軍卒。

都快過年了，也不知道讓閻王爺舒舒服服偷個閒，一個個非要急著投胎。

鐵廬銳士動輒羽箭殺人，只是不等徐鳳年和袁左宗有所動作，就有一道魁梧身形大踏步趕至，背對兩人，一手抓住一根箭矢，對那幫策馬而過的披甲士卒怒目相向，吼道：「洒家淮南段淳安在此，賊子安敢傷人！」

丁策勒馬停下，撥轉馬頭，神情陰鷙。對於江湖上的綠林好漢，這名軍職在身的神箭手一直視如草芥豬狗，原本麾下箭手幾枚箭矢，不過是告誡閒雜人等老老實實袖手旁觀，能躲掉也算本事，他們鐵廬軍也懶得刨根問底，躲不掉就只能怨命不好，天大地大非要出現在龍尾坡上。可這個姓段的淮南莽夫，就壞規矩了，竟敢主動啟釁鐵廬城！

丁策耳力敏銳，已經聽到另一支騎隊衝上龍尾坡，阻截退路，黃裳等人註定是被一鍋燴的下場。他就樂得抽空先跟這批人玩一玩，當下一手提弓，一手從鯨皮箭囊拈出一根特制雕翎箭，居高臨下，冷笑道：「哪隻眼睛見到我們傷人了，分明是你們干擾鐵廬剿匪軍務，若非士族，按律輕則發配千里，重則就地當斬。」

身高八尺的漢子漲紅了臉，憤懣至極道：「你這廝，睜眼說瞎話，端的可恨！洒家今天便是……」

不等漢子說完豪言壯語，不願聽他聒噪的丁策就直直一箭射來。

出身淮南的江湖好漢本想空手奪箭，可心中迅速掂量一番，一箭破空，聲勢堪稱迅雷不及掩耳，不敢攖其鋒芒，狼狽躲過，心有餘悸。不等他平穩心緒，披有舊南唐國庫中遺留下來一件上品紙甲的丁策就抖摟了一手連珠箭，雙箭齊發，卻是一前一後，軌跡看似搖搖墜墜，如同靈性活物，刁鑽至極。

在兩淮武林薄有名聲的漢子心中叫苦，正當他打算不要臉皮彎腰使出驢打滾，只覺得眼前一花，直腰定睛一看，白面男子不知何時走出一步，也不知使了如何玄妙手法，地上便多了四截斷箭；雄偉男子一跺腳，四截箭應聲跳起。

丁策臉色劇變，拈出四根雕翎箭，一撥射出，可四截斷箭仍是把先前四名跋扈挽弓的騎卒給刺出一個透心涼，甲破人亡心碎爛，沉聲墜馬。

龍尾坡坡頂落針可聞。

丁策臉色陰沉，一個字一個字從牙縫中蹦出，「擅殺甲士，株連九族！」

徐鳳年雙手插袖，笑咪咪道：「在下京城人氏，姓徐名奇，兵部雙盧侍郎盧白頡、盧升象都曾打過交道。是不是株連九族，你一個雜號將領說了不算，我得問他們兵部有沒有這份軍律。」

丁策皺緊眉頭，臉色陰晴不定，當下念頭急轉——京城徐家？太安城魚龍混雜百萬人，姓徐的家族門戶，那可茫茫多了去，有資格入殿朝會的不說幾十家，一雙手肯定數不過來，萬一真跟兩位權勢正值炙熱的侍郎大人有交情，哪怕是淡薄的點頭之交，也不是他一個雜流校尉可以輕易撼動。京官在京城不管如何低眉順眼、小心做人，到了外地，一直自恃高人一等，廣陵道上軍鎮如林，割據雄立，不是沒有人敢不買面子，可惜他丁策不算其中一個。一聽是來自京城的官宦子弟，段淳安原本感激這一行人解圍救命的念頭立馬就淡了幾分，那份結交之心更是煙消雲散。他本是兩淮武林執牛耳者梁老爺子的不記名弟子，這次暗中護衛黃大人北上，不到萬不得已，不得露面。梁老爺子的良苦用心，混江湖飯的，都心知肚明。

春秋世族豪閥已毀，一座武林更是支離破碎，最有資格稱得上地頭蛇的，就是那些執掌軍鎮大權的大佬，惹上官府還好，惹上動不動就喜歡拿剿匪說事的軍鎮，那就真是褲襠裡給塞進一泡黃泥，不是屎勝似屎，甩都甩不掉。

此時形勢是徐鳳年、袁左宗兩人，加上段淳安站在茅棚前，丁策和將近三十騎人馬拉伸，如一條白蛇橫在龍尾坡坡頂路中，客棧門口盧崧、王麟袖手旁觀看好戲，丁策身後女子和徐瞻憂心忡忡，不知如何收場，只想著拖延時間。

逃命兩騎竟是給驅逐回來，才死戰一場的女子回頭望去，心中哀嘆。龍尾坡有一支規模更大的騎隊蜿蜒而上，不下四十騎，之後更有步卒健步如飛，火速登山，氣焰凌厲。

扛馬而奔的少年戊放下了那匹棗紅馬，馬背上胡椿芽和李懷耳這對苦命鴛鴦，已經嚇得魂飛魄散，少年雙手抱住女子纖細腰肢，擱在往常，少女早就拳打腳踢過去，此時也忘了教訓這個小色胚。前有狼、後有虎，難道今天真要死在這裡？胡椿芽雙手捧面，泫然欲泣，她還不曾大紅頭巾嫁為人婦，還不曾神仙眷侶闖蕩江湖，如何能甘心。

徐鳳年轉頭遙望跟寧宗共乘一騎的年邁言官，朗聲笑問道：「黃大人，盧侍郎讓我在此接應，咱們飲過幾杯酒，再去京城？盧侍郎已經擺好酒桌，為大人接風洗塵。」

丁策心神一震，如果年輕公子哥嘴中此「盧」是棠溪劍仙盧白頡，還有斡旋餘地，可若是廣陵道第一名將盧升象真的摻和其中，別說他無名小卒丁策，就是那個志在必得的正號將軍親自出手，也得惹上一身腥臊。

春秋聲望僅次於徐驍、顧劍棠這幾位天大人物的盧升象雖然離開了廣陵王趙毅，榮升兵部侍郎，可嫡系心腹猶然遍布廣陵，隨便拎出一員，那都是打個噴嚏就能讓州郡震三震的悍勇角色。丁策如同熱鍋上的螞蟻，再無法胸有成竹。

黃裳平淡笑道：「跟盧侍郎有過數面之緣，都是以文會友，此次勞累侍郎大人親自布置，入京之後，黃某定要先行自罰三杯。」

丁策半信半疑。黃裳官階不高，可交遊甚廣，雖然檯面上沒有傳出他跟大將軍盧升象有過香火情，可官場上狡兔尚有三窟，難保一隻老狐狸沒有埋下幾手明修棧道、暗度陳倉的伏筆。這次各道清流言官魚貫入臺，都說是皇帝陛下要開始箝制張首輔一手遮天的相權，著手扶持晉蘭亭這類廟堂當紅新貴，控扼言路，以便造就新兵聖陳芝豹聯手兵部雙盧對抗老尚書顧劍棠以御史臺敲打張巨鹿的政局新氣象，盧升象和言官之一的黃裳無疑都是重要棋子，落子可震朝野，那同出廣陵的盧、黃暗中眉來眼去，倒也不算突兀。

丁策生性疑神疑鬼，給自稱京城世家子的白頭公子哥這一記無理手禍害得越來越膽戰心驚，聰明人自被聰明誤，一時間進退失據。撕破臉皮硬殺一通，成不成都兩說，就怕萬一惹惱了盧升象這尊遠在太安城一樣能讓廣陵道雞飛狗跳的大菩薩，丁策幾條命都不夠賠罪。可就此無功而返，少不得以後被穿小鞋，如果不小心中了空城計，就更是難以收拾殘局，只要黃裳入京，廣陵道西部諸州肯定要脫幾層皮，掉下好些顆戴官帽子的腦袋。

徐鳳年笑了笑，沒有火上澆油，而是主動給了丁策一個臺階下，「你們慢慢商量，我與黃大人先去客棧坐下喝酒，你們商量好了，是禮送出境，那徐奇記下這份情，青山綠水，後會有期。不肯放人，就劃下道來，先撂下幾十具屍體，捅到京城兵部，然後各自比拚身後靠山的官帽子大小。不過我想，廣陵道上除了藩王趙毅，也沒能比盧侍郎更大的官了。」

聽聞「趙毅」二字，丁策眼皮子一顫，此子竟敢直呼藩王名諱，當真是太安城裡那些個眼高於頂的公子哥？這幫依仗父輩恩蔭的兔崽子可是公認的只認君王不認藩王的渾人！

◆

黃裳在如履薄冰的寧宗護送下走入客棧。

徐鳳年留下少年戊和盧崧，帶著袁左宗和王麟跨過門檻，跟黃大人同坐一桌，落座後，開門見山道：「在下徐奇不假，可跟盧升象盧侍郎沒什麼交情，也就是在太安城遠遠見上一眼，滿口胡謅，要是嚇不住那幫擋道豺狼，少不得還要一番惡戰。先前老爺子走得急，沒能喝上一口酒，桌上還餘下小半罈子，這會兒解解饞？」

黃裳為官行事古板近迂腐，可也曾寫出過不少意氣風發的佳詩雄文，為人其實並不一味苛刻不近人情，此時身陷死境，反而豪氣橫生，主動拎過酒罈，晃了晃，閉眼一聞，睜眼後灑然笑道：「憋得慌了，喝過了酒，過足了酒癮，再死也不遲，到了黃泉路上還能咂巴咂巴酒香餘味。」

一起進屋的寧宗、段淳安幾人聞言都是面有戚色，黃大人如此清官能吏，落得如此下場，是個良心沒被狗吃掉的漢子都要感到心酸。豺狼盈道，善人寸步難行哪。

黃老爺子一手捲起補服袖口，一手倒酒幾碗，除了眼前膽大包天的白頭徐公子，一路相隨的寧宗和仗義出手的段淳安都沒有忘記。抬頭眼見那名斷箭殺人的偉岸男子沒有坐下，僅是站在徐公子身後，老爺子笑道：「這位英雄好漢不來一碗？」

袁左宗笑著輕輕搖頭。

才脫離險境的胡椿芽小聲嘀咕道：「黃大人，小心這些人跟官府是一路貨色，狼狽為奸給咱們使了一出苦肉計。酒裡要是有蒙汗藥……」

寧宗猛然縮手，沒有急於端碗飲酒。

段淳安原本已經大大咧咧端碗到嘴邊，這會兒喝也不是，放下也不是，只好假裝湊近鼻子聞酒香，有些滑稽可笑。

徐鳳年面容恬淡，修長手指摩娑碗沿，依舊沒有動怒。

黃裳爽朗大笑，「黃某年輕時候曾經跟人學過相術，看相望氣，還算略懂皮毛，徐公子是多福多緣之人，北人南相，本身就是富貴不缺，加之惜福惜緣，更是殊為不易。」

徐鳳年舉起酒碗，跟性情豁達的老爺子一碰而飲。

徐瞻和周姓女子始終守在客棧門口，小心翼翼提防著鐵爐甲士暴起行凶，她先前沒有多看氣度翩翩的白頭公子哥，僅是好奇他如何生了一雙好看的丹鳳眸子，此時見他跟黃大人磊磊落落對坐對飲，才多瞧了幾眼。

盧崧傲然站立客棧門口，雙手環胸，閉目養神。先前讓所有外人大吃一驚的壯碩少年一屁股擱在門檻上，百無聊賴，只恨那幫不長眼的甲士畏畏縮縮，不能讓他殺個盡興。神武城外，他那一手連珠箭，未建寸功，本就憋屈難受，龍尾坡上那狗屁將軍的連珠箭，在他看來實在是小娘子繡花鞋，扭扭捏捏，讓他瞧不上眼。

半罈子酒不夠分，徐鳳年對在掛簾邊上蹲著的客棧老闆笑問道：「掌櫃的，可有地道好酒，別藏著掖著了，少不了你酒錢。」

五大三粗的漢子攤上這等市井百姓畏之如虎的潑天禍事，一臉不情不願起身，察言觀色伺候人多了，習慣性彎著腰，囁囁嚅嚅。

徐鳳年笑著打趣道：「事已至此，多一罈酒也多不了一分禍，還不如先把銀子拿到手焐熱再說。」

胡椿芽瞥了眼這個客棧掌櫃，虧得這傢伙滿臉橫肉，相貌駭人，卻膽小如鼠，活該他在這種小地方勉強掙溫飽。徐鳳年探袖摸出一錠分量不輕的銀子輕輕拋去，掌櫃匆忙踉蹌接住，拿袖子擦了擦，背過身去使勁咬一口，確認真金白銀無誤，這才嘀嘀咕咕反身去拿酒。

胡椿芽最見不得男子小氣和邋遢，一陣白眼；倒是李懷耳一路上所見不是殺人如麻的軍士，就是黃裳這般大官和徐瞻這些武藝超群的江湖俠士，都讓少年可望而不可即，終於逮著一個習氣相近的傢伙，悄悄浮起一臉會心笑容，又給胡椿芽瞅見，記起方才被這憊懶窮貨揩油，一腳就狠狠踢過去，少年倒抽一口涼氣，蹲在地上抱住小腿，也不敢聲張喊冤。

少女眼角餘光始終盯住那來路不明的白頭公子，覺得這傢伙就是城隍娘娘害喜，沒安好心，懷的是鬼胎！

段淳安起身離桌從掌櫃手裡接過一罈子酒，撕去泥封，是江南常見的小曲米酒，香味爽淨，入口綿軟，不易上頭，主動給在座眾人倒酒。

黃裳還有心思自嘲，「等死的滋味不好受，不過要死不死，還能喝上幾碗酒，關鍵還不用自己惦念酒錢，當得人生一大幸事。」

王麟沒敢跟徐鳳年坐在同一張桌子上，只是聞著酒香就犯渾，厚顏無恥討要了一碗，去隔壁桌上慢飲。

徐鳳年喝了一口，高高舉起酒碗，皺眉喊道：「掌櫃的！」

蹲在掛簾下的漢子站起身，一臉忐忑，梗脖子強自硬氣道：「這位客官，咱可沒有往酒裡摻水，不退銀子！」

徐鳳年一臉鄭重其事說道：「這酒不對。」

黃裳一頭霧水，寧宗、段淳安兩位老江湖以為酒裡下了毒，當即翻臉，準備動手。稍遠的徐瞻也握緊棍棒。

不承想徐鳳年嬉笑道：「從酒裡喝出了殺氣，銀子給少了。」

在龍尾坡當了很多年掌櫃的結實漢子滿臉茫然。

徐鳳年又丟過去一錠銀子，「徐驍說過南唐有個領兵的傢伙，渾身是膽，雙眼無珠。該賞！」

除了心中了然的袁左宗，所有人都面面相覷，如墜雲山霧海。

黃裳最先回過神，卻沒有任何異樣情緒流露，低頭酌酒一口，自顧自嘖嘖嘆道：「確是酒水有殺氣，畢竟那可是整座波陽湖的十數萬水軍亡魂，都掉在這碗裡頭了。」

徐鳳年和黃裳一起打啞謎，除了歲數不算小的寧宗依稀抓住些蛛絲馬跡，大多數都覺得這兩人覺著僅僅喝酒太過無趣，就學那文人騷客故弄玄虛。尤其是落在段淳安這等粗人耳中，只覺得渾身不自在，權且當作耳邊風，低頭喝悶酒，多喝一口是賺一口。門外鐵廬精銳騎卒就接近八十，更別提還有大批步卒，好一個甕中捉鱉。段淳安想到這裡，對那個將自己一夥人引入客棧的公子哥就又有一些怨言，覺著這般提心吊膽，還不如當時一鼓作氣殺將出去，也好過坐以待斃。

得手兩錠銀子的粗獷漢子面無表情，好似全然聽不懂言外之意，眼神呆滯。

那白頭小子猶然不肯消停，一邊飲酒一邊笑言：「招降東越水師大都督顧准字之後，離陽水師如虎添翼，勢如破竹，十數萬大軍殺到波陽湖，光是停在湖口之外的大型戰艦乘龍、扶蟹就有六十餘艘。臨危受命的波陽湖守將佯裝斬殺立誓死戰不退的同僚杜建康，接管杜部水師，強令撤出湖口和蓮花洲兩座要隘，離陽水師誤以為波陽湖水師決心突圍而逃，各部爭搶軍功，笨重難浮的扶蟹、乘龍停在外江，只讓輕捷靈活的舢板戰船悉數駛入內湖。

殊不知波陽湖守將讓死而復生的杜建康殺了一個回馬槍，此人更是親率三千親衛死士，將湖口狹窄水卡堵住，使得離陽水師攔腰斬斷，首尾無法呼應，再讓兩個兒子衝入扶蟹、乘龍之中，小舟裝滿油罈，放火燒船，與巨艦同歸於盡，終於一錘定音，將原本勢不可擋的離陽水師全部截殺在波陽湖上。

那一場傳言南唐舉國可見的大火，燒了三天三夜，此人兒子死絕不說，連兩個出身江湖世家的兒媳婦都戎裝上陣，一起殉情波陽湖，可謂一人白髮送滿門黑髮人。家族香火斷絕，是謂大不孝。此戰功成，波陽湖水師登岸，此人懷必死之志馳援京師途中，卻不知南唐君主早已對離陽招降賞賜南國公動心，怒斥此人大不忠，派遣密使賜下兩壺毒酒。波陽湖水師不戰而降，八旬老將杜建康賜死後被割頭顱，裝入匣中，南唐國主身披麻衣開城門，捧匣請罪，跪迎帝王師，那一日，南唐國滅。」

黃裳火上澆油，接口說道：「事後南唐這個亡國昏君，跟春秋其餘幾國的難兄難弟一起趕赴太安城，離陽先帝笑言十數萬水師戰死，才拿來杜建康一人抵命，仍是欠朕一顆頭顱。當日被封南國公，當日死於南國公府邸，淪為笑談。宋家老夫子編撰春秋國史，關於南國公是贈予惡諡還是美諡，跟老首輔起了爭執，最終折衷，僅是賜下一個不惡不美的平諡。南唐洪姓，當年的國姓，如今人人皆以姓洪為恥。」

客棧掌櫃的那張橫肉臉龐抽搐了幾下，欲言又止，繼而伸手抹了一把臉皮，笑了笑，眼神不再渾濁不堪，輕輕走向酒桌，輕聲笑問道：「幾位客官，打賞鄉野村夫一碗酒喝？」

徐鳳年攤手道：「坐。」

掌櫃的搓了搓手坐下後，望向徐鳳年，「公子是離陽趙勾裡掌權的大人物？那可真是年輕有為，一般人可進不去這地方。」

徐鳳年搖頭笑道：「跟趙勾勉強算是鬥過，也跟北莽朱魍打過交道，都是沾手就要脫層皮的難纏貨色，能不碰就不碰。你放心，我這趟出門遊歷，只是偶然經過龍尾坡，起先只是好奇怎麼有人會在這種荒郊野嶺弄一家客棧，若是求財，那眼光也太差了，說是求個安穩，那還差不多。」

黃大人說他會些相術，我其實也略懂一二，掌櫃的分明甲子高齡，可面相還是太嫩了，恰巧府上有人精於面皮織造，初見面時就有些納悶。說實話，養護一張面皮，跟養玉背道而馳，養玉越養越圓潤如意，可一張千金難買的生根面皮，也不好戴上二十年。但對此我也只當作是家家有本難念的經，相逢是緣，喝過酒也就罷了，可當我走出客棧去了茅棚賞景，視野所及，猜測天氣晴明時，可見南唐波陽湖。

而掌櫃的言語詞彙，先前搭訕，雖然刻意遮掩，已經跟本地口音無異，可有幾個字眼，咬得有些根深蒂固，分明是南唐舊音。你說巧不巧，我就是個附庸風雅的紈褲子弟，好的不學，壞的都會，又恰好對南唐音律曲調有些瞭解，就越發好奇了。」

掌櫃老漢瞥了一眼懵懵懂懂的段淳安，繼而爽朗大笑，「公子學而有術，見識駁雜，真是讓我這種半截身子在黃泥裡的老頭子，不服老都不行。後生可畏啊。」

始終關注掌櫃神情的黃裳見到他那一瞥，心中悚然，趕忙亡羊補牢，對寧宗和段淳安溫聲說道：「寧兄弟，你帶段大俠去門口看一看外頭動靜。」

一身冷汗的寧宗如蒙大赦，起身拉住段淳安胳膊就使勁往門口拖拽。

老掌櫃身上再無半點市儈氣，淡笑道：「問個惹人厭的問題，公子對老朽好奇，老朽亦是好奇公子方才所說，對離陽趙勾、北莽朱魍都熟識。尋常世家子弟，可沒這份待遇。」

即將入臺成為京官的黃裳冷不丁插話說道：「黃某人今日只占便宜喝酒，他日也只說喝酒事。若是兩位信得過，我繼續坐著蹭酒喝，若是信不過……」

不等黃老爺子說完，徐鳳年笑著提起酒罈子，給黃裳還有半碗酒的酒碗倒滿。

都是聰明人，一切盡在不言中。

掌櫃的眼神柔和幾分，咕咚咕咚使勁喝了一口酒，然後抬頭望向一直不動聲色的袁左宗，直截了當說道：「袁白熊，妃子墳一場死戰，老朽神往已久。」

袁左宗睇起眸子微笑道：「比起波陽湖一戰，差了十萬八千里。」

黃裳先是驚愕難言，驀地了然於心，面露苦笑，最後灑然，低頭呢喃道：「就說天底下沒有白占便宜的好事，不過這酒喝得辣口，卻暖心，今日這一坐，此生倒也無大憾嘍。」

掌櫃死死盯住徐鳳年，語不驚人死不休，「聽聞北涼世子三次遊歷，離陽、北莽都走了個遍，總不至於是吃飽了撐的？這位徐公子，能否為老朽解惑一二？」

徐鳳年不再喝酒，雙手插袖，「一開始是逃難，後來那一趟是想走走看看，走一走老爹當年走過的路，看一看他打下來的大好江山，至於為何去北莽，真要說起來，桌上這小半罈子剩酒可不太夠。」

掌櫃的搖頭道：「真沒有酒了。」

座位臨窗，他揉了揉臉，望向窗外，輕聲笑道：「望南唐巨湖，下九層高樓，通八方氣，撐半壁天，好山好水都從眼底逢迎。鄉音不改，鄉音不改。當風清雲闊，上幾罈劣酒，論兩朝事，縱橫青史。大嚼大啖澆盡胸中塊壘，豈不快哉？豈不快哉！」

徐鳳年輕聲道：「是非功過有青史，善惡斤兩問閻王。」

本該老老實實噤聲的黃裳聽聞此言，痛飲一碗酒，抬袖抹了抹嘴角，感慨道：「歷朝歷代青史所寫，不過是帝王心中所想，成王罵敗寇，五字而已。」

老掌櫃反復呢喃「敗寇」二字，竟是老淚縱橫，猛然抬頭，酒水淚水一碗飲盡，「顧大祖滿門盡死無妨，到底還猶有南唐遺老說上幾句好話，可我南唐先帝，背負罵名，死得冤啊。自古而下五千年，有幾個坐擁江山的皇帝，寧肯愧對先祖，不愧百姓一人？世人都說杜建康喝下毒酒之前，曾跳腳痛罵先帝昏聵，放屁！說他杜建康臨死之前要自剜雙目丟入波陽湖，好睜眼去看先帝如何淒涼下場，放屁！世人都說顧大祖領兵戰於南唐國境之外，足可保下南唐國祚綿延二十年，放屁！好一個善惡斤兩問閻王，好一個成王罵敗寇！顧大祖二十年苟延殘喘，也就今天聽了兩句人話！」

徐鳳年起身平靜道：「北涼徐鳳年，見過顧將軍。徐驍曾說顧大祖渾身是膽，南顧遠勝北顧，是廟堂之上的李淳罡。師父李義山亦是對顧將軍的《灰燼集》推崇備至，堪稱當代兵書第一，高過古人。」

老掌櫃的搖頭不語。

黃裳放下酒碗，輕輕問道：「京城有人言，要讓北莽不得一蹄入中原，當真？」

徐鳳年正要說話，身後袁左宗冷笑道：「黃大人可知北涼老卒六百聲恭送？」

黃裳笑道：「聽說一二，以前不信。」

徐鳳年轉頭說道：「袁二哥，給你半碗酒時間。」

袁左宗笑著離去，往客棧門外走去，留下一句：「足夠了。」

黃裳神情微變，輕輕嘆息。隱姓埋名當掌櫃的顧大祖揉了揉鬢角，眼中有些會心笑意。

徐鳳年接下來說的一句話，真是巨石投湖，「北涼步軍還欠缺一個副統領，顧將軍收了兩錠銀子，總得給我一份交代。至於黃大人，也別去京城送死了，北涼道的文官座位，隨你挑。去不去由不得黃大人，徐鳳年鐵了心要先兵後禮，就是敲暈了，綁也綁去。反正鐵廬軍士因你死得乾乾淨淨，黃大人就算跳進波陽湖一百次也洗不清，還不如跟我去北涼。」

顧大祖哈哈笑道：「手段爽利，不愧是徐驍的兒子，對胃口。事先說好，一分銀錢一分貨，什麼副統領，步軍大統領還差不多，讓那蹲茅坑不拉屎的燕文鸞給老子打雜。」

黃裳無奈道：「那懇請世子殿下先將我敲暈了。」

徐鳳年雙手插袖，笑得像隻狐狸。

第五章　逐鹿山攔途邀客　劉松濤橫空出世

龍尾坡上一把大火，把簡陋客棧和甲士屍體都燒得一乾二淨。

徐鳳年蹲在一旁懶洋洋地攤手取暖，看著滿地煙灰，讓他不由得記起顧大祖的兵書《灰燼集》。洋洋灑灑十六卷，詳細論述了古今將略、疆域形勢、輿地要津、水戰江防等諸多要素，並且首先提出方輿是經國用兵之本，對天下各地進行精闢概述——襄樊是天下之膂，北涼是獅子搏兔的雄地，其實都出自一部《灰燼集》。其次，形勢與朝政相互輔佐，缺一不可，尤其注重山脈砂礦探究，不可謂不包羅萬象。

李義山眼界何等之高，對《灰燼集》尚是由衷嘆服，讚其為後世兵家新開一方洞天福地。可惜南唐傾覆，十六卷手笥半數收繳國庫，大多被藏書成癖的顧劍棠以各種形式收入私囊，其餘八卷散失民間，北涼僅得三卷。

徐鳳年少年時經常被李義山罰抄雜書，三卷《灰燼集》無疑讓他吃盡苦頭，世事無常，那會兒哪裡想到今天能跟兵書撰寫之人同桌飲酒，並且即將同歸北涼？再早一些相逢，指不定師父就多一個酒友了。

胡椿芽直愣愣盯著這個吊兒郎當的傢伙，使喚扈從殺得龍尾坡血流成河不說，竟然還有心思慢悠悠烤火發呆，還不趕緊麻溜兒撒腿跑路？她對這個一身白的傢伙，那可是指甲蓋那麼大的好感都欠奉，死裡逃生後，根本沒有想到要感激涕零，更不會報恩什麼，就是覺得他不順眼，要是能在他雪白身上踩上幾腳，印上幾下鞋底板的灰黑泥印才好。

不過胡椿芽下意識瞥了眼不遠處身高九尺的男子，正是此人走出客棧，幾口酒的工夫，外頭就徹底清淨了，拖死狗一般將那個鐵廬城的神箭手將軍屍身丟進熊熊大火的客棧，看得她躲在茅棚那邊差點嘔出苦水。至於不諳世事的少年李懷耳，從頭到尾都在瞪圓眼珠子，傻乎乎看人收屍，堅信是這幫精銳甲士遭了天譴，打死不信是為人所殺。

茅棚沒有燒掉，顧大祖和黃裳兩個老人站在棚內，一起遠望南方，各有唏噓。

人以群分，寧宗、徐瞻和周姓女子自然而然聚在一起。女子趁著大火，去撿回了佩劍。她雙手血肉模糊，好在不曾傷筋動骨，抹了獨家祕制金瘡藥，裹以潔淨絲布，也就不再上心。不論獨行還是結伴，行走江湖，金銀細軟都是必需，而盛放藥膏的精巧瓶罐更是不可或缺。周姓女子年紀不大，卻已是老江湖，萬事靠己，接近三品實力，對於一名談不上半點家傳師傳的女子，稱得上是一樁奇蹟。

胡椿芽說話從來都是橫衝直撞，這次也不例外，沒心沒肺問了個讓寧宗眼皮子直顫的問題：「這傢伙會不會殺我們滅口？」

周姓女子掌心搭在劍柄上，默不作聲。佩劍對劍士而言，既是情人美眷，情之所鍾、心生愛憐，有些時候又是嚴苛前輩，望劍如望人，讓人時刻記起李淳罡也曾握劍木馬牛，鄧太阿也擰轉桃枝如握劍，吳家九劍更是握劍，直至戰死北莽荒原上。江湖上多有刀客轉為練劍，少有劍士轉提其他兵器，年幼練劍到年老，從一而終，哪怕一輩子練不出個成就也不中途棄劍，更是不知凡幾。

徐瞻素來不苟言笑，不同於姓名生僻的周親滸那般無親無故，雖說家道中落，可瘦死的駱駝比馬大，家底仍是不薄，其父徐大丘所著《觀技經》，堪稱棍法集大成者，提及兩淮徐家，便是草菅人命的草寇湖匪也得豎起大拇指，只因為相傳徐大丘年輕時候遊歷江湖，有幸偶遇槍仙王繡，當時正值聲名鼎盛的大宗師見徐大丘根骨不俗，傳授了一段口訣祕術，這在兩淮武林人士眼中，那無異於跟貨真價實的陸地神仙攀上交情。只是福禍相依，王繡為陳芝豹斬殺之後，常年借勢槍仙的徐家基業開始江河日下，不復當年景象，徐大丘鬱鬱而終。

徐瞻見慣人情冷暖，性情就越發生冷。他對那名高深莫測的公子哥，比起胡椿芽出自本能的純粹厭惡，多了幾分隱蔽的嫉妒和敬畏，可又不想被周親滸察覺，憋得慌。

周親滸平淡道：「只聽說黃大人暫且不去京城，要轉道去一趟上陰學宮訪友，我信不過這批人，一同隨行，寧伯伯和徐公子作何打算？」

寧宗搖了搖頭，實在是不敢打腫臉充胖子，鐵廬甲士死了一百多號，他的全身家當都在那邊，走得了和尚走不了廟，得趕緊回去補救。既然黃大人暫時確保安然無恙，寧宗也沒俠義心腸到不顧家族存亡的境界。寧宗也沒遮掩，直白說道：「親滸，出了這檔子大事，我是肯定去不了上陰學宮。」

徐瞻沉聲道：「寧世伯請放心，我會跟親滸一起盡力護下黃大人的周全。」

寧宗鬆了口氣，拍了拍徐瞻的肩頭。

胡椿芽雀躍道：「周姐姐、徐公子，那你們可以去我家做客。」

寧宗笑了笑。這趟之所以帶上這丫頭，一方面是她執意要入夥，另一方面寧宗心中也有計較。胡椿芽是採石山山主的獨生女，採石山在兩淮地域威望超然，是酒江一帶首屈一指的宗門幫派，採石山趙洪丹使得一手醉劍，對人技擊切磋，喜好提酒豪飲，越是醺醉，劍法越是羚羊掛角，罕逢敵手，實打實的三品實力，那也相當於江湖上的六部侍郎之一了。這還不止，胡椿芽不隨趙洪丹姓趙，是因為採石山真正當家的，是趙洪丹的媳婦胡景霞，那可是一頭出了名的母老虎。胡椿芽的外公是一位退隱江湖的南唐遺老，春秋戰事中曾統率過數千猛士，性格暴戾，殺人如麻，趙洪丹算是入贅了採石山胡家。

◆

草草葬了侍奉黃裳多年的老僕，寧宗在龍尾坡底跟眾人抱拳辭行，一騎徑直南下，段淳安則一騎匆忙北上報信。先前袁左宗故意留下了幾匹戰馬沒有一併送去閻王殿，此時都派上用場。徐瞻、周親滸、胡椿芽三騎，徐鳳年、顧大祖、袁左宗三騎，隨駕兩車。黃裳和少年李懷耳同乘一車，盧崧擔當這輛車的馬夫，死士戊駕駛另外一輛。

王麟不願在車廂裡，就坐在少年身後碎碎念，說那周姓女子臀如滿月、眉梢上挑，不但好生養，而且內媚，拐進家門以後一定能生一大窩帶把的娃，閨房情趣極佳。少年戊從神武城外起，就一直跟王麟拌嘴，這會兒說起女子身段，破天荒站在同一陣營。孩子便是如此，在這種話題上最是不肯示弱，生怕被當作沒嘗過葷的雛鳥。

才出龍尾坡，尚未折入驛道，就有一夥人攔下去路，二十騎左右，紮堆以後氣勢甚是凌人。這截道二十騎穿著衣飾可謂五花八門，有大冬天僅穿五彩薄衫的妖嬈女子，懷中依偎著俊俏玲瓏的稚嫩少年；有乾脆上半身袒胸露乳，腰間以一尾活蛇做褲腰帶的粗野漢子；有錦衣華服的老者打著瞌睡，頭顱點點如小雞啄米。有持摺扇披狐裘的俊美公子，有身高一丈、手捧一顆銅球的鐵塔巨漢，還有那蹦蹦跳跳的侏儒，站在一匹與身形不符的高頭大馬上，大袍子幾乎曳地……光怪陸離，讓人直以為墜入酆都鬼城。

胡椿芽瞧得神情呆滯，這會兒真是一語中的，白天見鬼了。

徐瞻和周親滸視線交會，都從對方眼中看出一抹驚駭。二十騎雖說都是剪徑攔路，可各自位置都涇渭分明。兩人都認識靠後一騎，一顆點有結疤的光頭如僧侶，卻披了件既不像龍虎山也不似武當的罕見道袍，肩頭站了一隻羽毛絢爛的鸚鵡，此人堪稱兩淮江湖上的頭號心腹大患，隨意殺人只憑喜好，梁老爺子都在他手上吃過大虧，採石山當初惱火山巾女子為其凌辱致死，不惜傾巢出動，調動了一百輕騎家丁，在趙洪丹和幾位江湖大俠合力出手的情況下，都沒能圍剿成功。

但這般令人倍感棘手的魔頭，都只在二十騎中靠後而停，江湖上處處論資排輩，身懷幾分實力便坐第幾把交椅，實力不濟，就得老老實實在一邊涼快去。

二十騎為首一人，獨獨跟身後拉開一段距離，是個貌不驚人的結實漢子，不論相貌還是裝飾，都顯得不起眼。他身後五彩薄衫春光乍泄的妖豔女子嘴上嘖嘖，故作驚奇道：「龍尾坡上鬼哭狼嚎，奈何橋上又多遞出一百多碗孟婆湯，這位公子端的好手腕，比起咱們魔教也是絲毫不差。」

徐鳳年皺了皺眉頭，魔教？甲子之前，大真人齊玄幀在斬魔臺上以一己之力蕩平六尊魔教天魔，驚天動地。如日中天的魔教從此一蹶不振，如同過街老鼠，只敢鬼祟行事。怎麼今天湊出這麼一大堆徒子徒孫來了？該不會是招徠自己入魔教？

難不成聽說齊玄幀轉世的洪洗象自行兵解，這些傢伙就真以為道高一尺、魔高一丈，是時候東山再起了？

徐鳳年輕輕一夾馬腹，馬蹄輕快，笑問道：「怎的，想讓我當你們魔教的教主？好眼光！」

聽聞徐鳳年口出狂言，女子像頭深山古寺裡走出的狐妖，纖手推開懷中俊俏如女子的慘綠少年，捧著心口，佯裝幽怨，媚眼如絲道：「奴家倒是不介意公子去當教主，可奴家人微言輕，說話作不得數呀。」

徐鳳年馬術精湛，即便雙手插袖不揮鞭，戰馬也心有靈犀一般停下，一臉譏諷笑問道：「你們魔教制霸江湖百年，不過給齊玄幀一人折損得元氣大傷，這幾十年如同喪家之犬，聽說二流門派都敢騎在你們頭上拉屎撒尿，我當這個名不副實的教主，有什麼好處？總不會是掏銀子管你們的衣食住行？瞧瞧，妳這位嬸嬸衣裳都買不起厚實的，還有那位捧銅球的貧苦漢子，上半身都空落落的，再有後邊那個肩上停鸚鵡的，我瞅瞅，品種不行啊，才是幾百兩銀子一隻的報春，換成我，不是百金難買的禧妃，哪裡有臉皮行走江湖？」

胡椿芽白了他一眼，憤憤道：「這傢伙真是不知死活。喪門星！若不是他，咱們也不會碰上這群大魔頭。」

被稱呼嬸嬸的狐媚婦人嫣然一笑，嬌滴滴言語道：「嬸嬸窮酸得穿不起暖和衣衫，不是還有公子你嘛，回頭咱倆找張鴛鴦錦被蓋上，坦誠相見，依偎取暖。」

滿臉漲紅的胡椿芽使勁「呸」了一聲，不知羞的騷娘們兒。

婦人懷中的俊美少年似乎打翻了醋罈子，只是不等他出聲，就給體態豐腴的婦人悄悄伸手，指甲嵌入他臉頰，吃疼得厲害，頓時噤若寒蟬。

婦人面朝徐鳳年秋波流轉，滿臉春色，一轉視線就迅速翻臉，陰冷瞥了眼少女胡椿芽，殺機重重。她作勢抬袖挽起鬢角一縷青絲，胡椿芽眼前出現一隻翩翩起舞的漂亮彩蝶，少女心懷驚喜，沒有深思，就想拈指去抓住這隻討喜的玩物，卻被身邊周親滸迅猛抽出青虹劍，一劍將彩蝶劈成兩半。

只是那隻本該死亡的彩蝶，非但沒有飄零落地，反而一死二生，變作兩隻搖翅彩蝶撲向少女。胡椿芽這才知曉輕重利害，匆忙勒馬後撤；周親滸神情凝重，變斬為拍，劍身與彩蝶撞擊，竟然發出兩聲砰然悶響，彩蝶亦是沒有死絕，彈出數丈以外，悠悠反身。

婦人笑得前俯後仰，胸口搖晃洶湧，越發像一隻修練成精的狐狸精，笑著提醒道：「這位使劍的黃花閨女，尋常利劍就算削鐵如泥，也殺不得奴家精心飼養的憨笑蝶，不是道門符劍就別浪費氣力了。好好的姑娘家，練什麼劍，不知道世間男子腰間都掛劍嗎？那一柄劍，才是真正的好劍。唉，可惜妳沒嘗過滋味，不知道厲害，嘗過幾回以後，定要欲仙欲死，婉轉求饒，心願認輸。」

婦人轉頭望向徐鳳年，問道：「公子，你說是不是？」

為首騎士平淡道：「夠了。」

玩蝶的婦人立即識趣閉嘴。魔教一行人中最沒有高手氣度的騎士望向徐鳳年，「在下陸靈龜，在世人所謂的魔教裡擔當右護法，這趟是奉教主命迎接公子入教。」

徐鳳年笑道：「逐鹿山群龍無首六十幾年，怎麼有新主子了？逐鹿山形同廟堂，設置兩王四公侯，群雄割據，這六位素來自詡外化天魔，你們護法不過是給他們端茶送水的狗腿子，看來逐鹿山的誠意不太夠啊。」

魔教護法陸靈龜沒有動怒，平靜道：「只要公子進山，不出意外可以直接封侯，只要日後為逐鹿山立下大功，封王指日可待。」

似乎陸靈龜身後二十餘騎都是第一次聽說此事，再看徐鳳年，眼神中就多了幾分由衷的豔羨和敬畏，連那個打盹的錦衣老頭都驟然睜眼。

當年魔教最為鼎盛時，傳言浩浩蕩蕩三萬人，英才輩出，高手如雲，隱然可以跟一座小國正面抗衡。甲子前的江湖，就是正道人士跟逐鹿山拚死相鬥的血淚史，幾乎歷史上十之七八的武林盟主，都相繼死在了魔教手上，死一個推選一個，前仆後繼，以至於後來這個香餑餑的座位，成了所有江湖人士都心知肚明的雞肋。

如果說曹長卿的醉酒呼喝脫靴，李淳罡的一聲劍來，鄧太阿的騎驢看江山，王仙芝的天下第二，這些風流人物的存在，給後輩們的感覺是江湖如此多嬌，每每記起都是心神搖曳，那麼跟逐鹿山牽扯上的大小魔頭，隨便抓出幾個，好像都是劣跡斑斑，不是拿人心肝下酒，就是採陰補陽，要不就是彈指間滅人滿門，尤其是歷任逐鹿山的一教之主，以及六位天魔，似乎稱雄武林問鼎江湖還不夠，還要逐鹿江山才過癮。

中原失鹿，天下英豪共逐之，這便是逐鹿山的寓意所在。徐驍當年親率鐵騎馬踏江湖，原本最後矛頭所指，正是雲遮霧繞不知所終的逐鹿山，因為那裡傳聞數百年積攢，金銀不可計數，富可敵國，可惜北涼鐵騎止步於龍虎山。

徐鳳年一時間走神，陸靈龜也不急於催促。只是陸靈龜按捺性子沒有動靜，身後那名被徐鳳年言語調侃的銅球莽夫，就沒這份閒情逸致在大冬天裡等著受凍了，一掌高過頭頂，托起數百斤重的碩大銅球，怒喝一聲，砸向那個笑臉尤其可憎的小白臉。

銅球如同山嶽壓頂，袁左宗一騎突出，不知何時右手多了一杆鐵矛，左手一揮，輕而易舉拍飛銅球，一人一騎一矛疾馳而去，氣勢如虹。

陸靈龜原本心中有些惱火，對於袁左宗能夠一掌揮去沉重銅球，不以為意，只是當此人一矛在手，直衝而來，陸靈龜就開始臉色凝重。

嬉耍彩蝶的婦人第一個側馬躲避，擺明瞭不湊熱鬧，陸靈龜有心試探白頭年輕人的真實底蘊，稍加猶豫，也勒馬側開，後邊幾騎也依樣畫葫蘆，於是僅剩下袁左宗跟沒了銅球的莽漢狹路相逢。

莽漢嗤笑一聲給自己壯膽，雙臂肌肉鼓脹如虯龍盤曲，正要玩一手徒手奪矛，殺一殺對方的銳氣，下一刻，他便身體懸空。

一矛穿透漢子的健壯身體，不僅如此，巨大的衝擊力還將其撞離馬背，斜斜挑在空中，矛尖回抽，體魄強健的莽漢就墜地斷氣。

袁左宗提矛在魔頭環繞的包圍圈中撥轉馬頭，優哉游哉旋轉一周，竟然沒有一人膽敢挑釁出手。

胡椿芽張大嘴巴，一臉驚駭。

這就完事了？

不應該是這幫恐怖魔頭揍打著那白頭小子滿地打滾才對嗎？

徐瞻眼神異樣。江湖古語有云，三分棍法七分槍，棍棒與槍矛兩者同氣相連，只不過一般來說，槍紮一條線，圈點伸縮妙不可言，棍打一大片，劈搗如意似滂沱大雨。徐瞻浸淫棍術多年，父輩更是此間成名大家，對於袁左宗那輕描淡寫的一矛，外行看來就是快了一些，並無異常，可徐瞻知道這一矛的意義，已是父親徐大丘《觀技經》中出神入化的巔峰境界。

練武之人在登堂入室之前，總被那些武學祕笈上密密麻麻的煩瑣招式給弄暈頭，可一旦跨過門檻、捅破窗紙之後，總是越來越簡單明瞭，哪有多少字訣去死記硬背，更不會有什麼幾十上百手的花架子套路讓你連環使出。高手迎敵，往往就是這般生死立判，活者聲名簿上添冤魂，死者就乖乖投胎去。

陸靈龜對死掉的漢子無動於衷，淡然稱讚道：「不愧是號稱春秋馬上戰力第一的袁白熊袁大將軍。」

袁左宗拖矛慢馬撤退，風采無雙。

看得胡椿芽這鑽牛角尖的姑娘都有些目光恍惚，真是怎的瀟灑了得啊。她繼而死心眼地腹誹，真是可惜至極，如此英武的英雄好漢，竟是給那種只知道逞口舌之快的傢伙當奴僕。

徐鳳年笑道：「幸好武當王小屏沒在這裡，否則你們一個都走不掉。」

說話時，二十騎身後出現一名背負嶄新桃木劍的中年道人。

神武城一役後，神龍見首不見尾的武當劍癡，這一次擺出了黃雀在後的陣仗。

徐鳳年很無賴地笑道：「我就說我是烏鴉嘴，果然次次靈驗。」

道高一尺、魔高一丈，可今天偏偏是道高你三百丈。

先有袁左宗掠陣，後有王小屏壓陣，逐鹿山這夥人都是修練成精的貨色，大多數都沒了爭強鬥勝的心思。美婦人見機不妙，果斷收回了那對彩蝶，雙蝶在她面前纏繞飛旋，復歸於一，縮回袖中。

世間公認武當神茶劍和顧劍棠的南華刀並列為天下符器第一，顧劍棠身在廟堂中樞，對江湖來說只是一尊遙不可及的塑像，王小屏則不同，尤其是婦人這類鑽研旁門左道的魔頭，簡直就是命中剋星，在王小屏面前玩巫蠱邪術，等於嫌命太長。

王小屏的符劍，堪稱一劍破萬法。只是包括陸靈龜在內幾位在逐鹿山也算排得上號的魔道巨擘，哪怕見到武當劍癡親臨，也沒有顏色盡失，陸靈龜更是沉靜如面癱，輕聲道：「逐鹿山此次在龍尾坡下靜候公子大駕，只為恭迎公子入山封侯，並無啟釁的念頭，之所以多湊了些人數，也是擔心公子嫌棄逐鹿山誠意不夠……」

不善言辭的陸靈龜正在小心字斟句酌，就給不長記性的胡椿芽一陣清脆笑聲打斷，不過這一次周親滸諸人也沒有過多責怪小姑娘，委實是眼前一幕太過出人意料，陸靈龜身後將近二十騎也都各有反應，竊竊私語。

徐鳳年哭笑不得，背負桃木劍的武當道士來也匆匆、去也匆匆，一下子就把所有人晾在一邊，大概是不喜徐鳳年的狐假虎威。雙手插袖的徐鳳年隨意抬起袖口，抹了抹臉頰，這個粗俗動作，惹來婦人一陣嬌軀搖曳，她懷中那位容顏柔媚的俊美少年更是恨極了占盡風光的徐鳳年。

徐鳳年今天心情奇佳，也不介意這些魔教中人攔路掃興，說道：「逐鹿山要是真有誠意，就讓你們教主親自來見我，否則免談。入山封侯？虧你們拿得出手！」

那些原本先入為主的魔頭坐一山觀天地習慣了，此時也想起眼前年輕公子哥總有一天會世襲罔替北涼王。離陽藩王，權勢顯赫誰能勝過北涼王？逐鹿山這趟的確是小家子氣了。

陸靈龜還真是脾氣好到沒邊的泥菩薩，對此也沒有異議，只是嘴角浮現一抹古怪笑意，「陸某在山中有幸見過教主一眼，教主曾說跟公子你還有些淵源，既然如此，陸某也不敢擅自行事，這就回山面見教主，將公子的要求轉告。」

徐鳳年笑問道：「聽你的口氣，你們教主很有來頭？」

陸靈龜平靜道：「陸某不敢妄言一二，不過可以告訴公子一個事實。教主從入山到登頂，半日工夫，就將原先兩王四公侯給屠戮殆盡，此時逐鹿山已經招徠一品高手四人入山，指玄、金剛各半，除了陸某來迎接公子，還有兩撥人同時在迎人入山。教主更是親自去找西楚曹長卿，要這位儒聖擔任逐鹿山的大客卿。」

徐鳳年就跟聽天書一樣目瞪口呆，調侃道：「那你們的教主怎麼不乾脆讓王仙芝做副教主，然後把鄧太阿也選為客卿，接下來就可以一口吞掉吳家劍塚，然後稱霸武林，那才叫威風八面。」

陸靈龜一板一眼說道：「陸某會將公子的建言轉述教主。」

徐鳳年學某個小姑娘呵呵一笑，算是下了逐客令。

陸靈龜還算手段俐落，也不再廢話，撥轉馬頭，帶人離去。

穿著清涼的美婦人不忘回眸一笑。

徐鳳年在原地發呆，對於逐鹿山這幫實力不容小覷的魔頭倒是不太上心，只是對那個如煙雲中蛟龍露出一鱗半爪的教主，有些忌諱。別看徐鳳年方才半點不信陸靈龜的言辭，可絲毫沒有掉以輕心。

逐鹿山屹立江湖八百年不倒，甲子之前那場劫難，在魔教歷史上也非最為慘烈。

一百年前，幾乎歷任劍仙，除去前後五百年第一人的呂祖，無一例外，都曾御劍去逐鹿，大殺一通。

各個王朝，立國者大多雄才偉略，繼承者也多半不輸太多，可之後就江河日下，偶有一位中興之主力挽狂瀾，也不過是延長國祚。但是逐鹿山的教主，到上一任劉松濤為止，總計九人，俱是只差王仙芝一線的江湖霸主。教主座位，寧肯空懸幾十年，也絕對不會讓庸碌之輩坐上去，只要誰成為教主，不管在逐鹿山以外是如何籍籍無名，必定都是不世出的大風流人物。像那劉松濤，走火入魔後，出逐鹿山，殺人過萬，以至於江湖和朝堂都是坐立不安，紛紛死命攔截，可仍是全無裨益。

春秋九國，光是皇帝就給劉松濤殺掉兩個，一個在龍椅上給劉松濤分屍，一個在龍床上莫名其妙丟了腦袋。中原大地上的公卿將相被屠戮者更是不計其數，傳言最終是龍虎山那一任天師趙姑蘇親赴龍池，折損氣運紫金蓮六朵，借天人之力烙下九字讖語，萬里之外用浩浩蕩蕩九重天雷釘殺劉松濤。與劉松濤同一輩的驚才絕豔之人，不論劍仙還是三教中人，無一例外，都不曾證道長生，約莫是天意震怒其袖手旁觀，天門緊閉二十年。

徐鳳年自嘲一笑，早個幾年，最喜歡聽劉松濤這樣的人這樣的故事，可真當自己在泥濘裡來回滾上幾趟，也就不羨慕了。成天飛來飛去的，幾百刀下去都砍不死的，算哪門子的江湖人，都是神仙人。徐鳳年輕輕撇了撇頭，晃去紊亂思緒，不去想什麼逐鹿山什麼教主，一手抽出袖口，做了個前行的手勢。

獅子大開口要了一個北涼步軍統領的顧大祖輕輕跟上，兩人並肩，不再暮氣沉沉的老人輕聲笑道：「殿下，先前厚臉皮跟你要了個燙手的官職，切莫當真，如今北涼鐵騎缺什麼，要什麼，顧大祖也知道些，就不給你添麻煩了。」

徐鳳年也沒有打腫臉充胖子，點頭道：「先前讓懷化大將軍鍾洪武解甲歸田，我的手腳並不光彩。馬上再去動燕文鸞，就算是徐驍親自出手，也不容易，何況還是我。不過顧將軍請放心，說好了的步軍副統領，肯定就是你的。」

顧大祖笑問道：「我顧大祖在水戰方面還有些名氣，當這個步軍副統領，殿下就不怕給戰功卓著的燕文鸞排擠得灰頭土臉？連累你這個舉薦人也跟著丟人現眼？」

徐鳳年搖頭道：「表面看上去天時地利人和都在燕文鸞那邊，可我當年初次遊歷江湖，看見某個客棧牆壁上有句話說得好：『站得高不能坐得太久，莫仗一時得意遮住後來人』。燕文鸞培植嫡系二十年，導致一潭死水，此人看著如日中天，在北涼步軍中一言九鼎，其實也不是真的鐵桶一座。官場上，地頭蛇有地頭蛇的優勢，過江龍也有過江龍的優勢，再說了，如果燕文鸞吃相太難看，真要跌份兒跟我這種紈褲子弟嘔氣到底，我就借驢下坡，讓他陪鍾洪武一起含飴弄孫去。」

顧大祖回首瞥了一眼黃裳所乘坐的馬車，感慨道：「如果黃裳是愚忠酸儒，就不會去北涼了。」

徐鳳年笑了笑：「北涼將軍後人，即是所謂的將種子孫，除了些二、三流家族，少有讓宗族子弟去邊境上戎馬生涯，騎軍統領鍾洪武就沒有讓鍾澄心從軍，一來是不願斷了香火，二來是眼神毒辣，認準了武人治涼二十年，積弊深重，到頭來肯定還要換成熟諳治政的文官接手。可這些年朝廷小鋤頭揮得起勁，挖起牆腳來不遺餘力，以前是嚴杰溪成為皇親國戚，接下來又是晉蘭亭得勢，又有大儒姚白峰入京為官，都是千金買骨的大手筆，致使北地本就不多的士子蜂擁入京。其實對我而言，即將赴京入臺的黃裳有多少斤兩的真才實學無所謂，關鍵是他這個清流言官肯去北涼為官，就足夠。朝廷噁心北涼整整二十年了，以後也該風水輪流轉。」

顧大祖聞言豪邁大笑，十分酣暢。心底一些敲定的試探舉措，也都在這一刻煙消雲散。白頭小子年紀輕輕，已是這般大氣，他一個老頭子何須小心眼行事？

◆

興許是否極泰來，在龍尾坡甲士截殺和坡下魔教攔路之後，一行人走得異常平靜，穩穩當當臨近了採石山。進山之前路邊有座酒攤子，賣酒的老伯見著了胡椿芽，就跟見到親生閨女一般，死活不要酒錢，拿出好酒招呼著馬隊眾人。胡椿芽也沒拿捏架子，親自倒酒給黃大人、徐瞻、周親滸幾人，至於徐鳳年這幫讓她又驚又懼的角色，自行忽略不計。

徐鳳年一直對這個刁蠻女子沒有好感，此時心想確實是不管如何惹人生厭的女子，到底還有幾分心柔的時候，胡椿芽興許一輩子都不會知道她最討喜的時候，不是她濃妝豔抹紅妝嫁人時，不是她意氣風發走江湖，可能就是這種無關痛癢的一顰一笑。

徐鳳年坐著喝酒，顧大祖一碗酒下肚，喝出了興致，抬頭看山，滿眼大雪消融之後的青綠，朗聲道：「天不管、地不管，酒管。」

黃裳一口飲盡，抹嘴後也是笑道：「興也罷、亡也罷，喝罷。」

徐鳳年沒有湊熱鬧，只是笑著跟袁左宗碰碗慢飲一口。

採石山情理之中遠離城鎮鬧市，入山道路四十里，皆是狹窄難行，否則早就給官府打壓得抬不起頭，不過之後二十里，給人豁然開朗的感覺，大幅青石板鋪路，可供三輛馬車並駕齊驅，可見採石山的財力之巨。

道路在青山綠水之間環繞。

胡椿芽跟山上一名地位頗高的中年漢子在前頭低聲言談，她時不時轉頭朝徐鳳年指指點點，漢子面容深沉，眼神凶悍，顯然對這個不速之客沒什麼好觀感。徐瞻、周親滸兩人自然不希望惹是生非，可在採石山，胡椿芽便是那當之無愧的金枝玉葉，徐瞻可以提醒幾句，可他不願說，周親滸想說，卻知道不好開口，一時間道路上的氣氛就有些詭異了。

隨著迎接胡椿芽的人馬越來越壯大，幾十騎疾馳而至，氣勢半點不輸龍尾坡上的軍伍健卒，一聲聲「大小姐」此起彼伏，更是讓胡椿芽得意揚揚，神態自矜。

尤其是當一名神態清逸的青衫劍客孤騎下山，出現在視野後，更是讓胡椿芽眼眶濕潤，好似受到天大委屈。氣韻不俗的劍客應了那句「男人四十一枝花」的說法，越老越吃香，腰間挎了一柄古意森森的長劍，兩縷劍穗搖搖墜墜，除了劍，還有一枚醒目的酒壺。

青衫男子在馬上彎腰，眼神愛憐，摸了摸女兒的腦袋，然後對眾人抱拳作揖致禮，徐瞻、周親滸這兩個後輩也都趕忙恭敬還禮。

採石山財大氣粗，人多勢眾，他們這般單槍匹馬逛蕩江湖，萬萬招惹不起，出門在外靠朋友，尤其是無名小卒行走江湖，跟希冀一鳴驚人的年輕士子闖蕩文壇是一個道理，都講究一個眾人拾柴火焰高，能夠結下一樁善緣才是幸事。名聲靠自己拚，更靠前輩們捧，老江湖都懂。

入贅採石山的趙洪丹知道自己女兒的習性，對於一些潑髒水的言語，貌似全然不信，反而對「徐奇」格外看重，上山時主動勒馬緩行，溫聲說道：「椿芽不懂事，她這趟出行，多虧徐公子照應著。這次造訪採石山，有招待不周之處，還望徐公子一定要直言不諱。既然相逢，那都是自家兄弟了，就把採石山當成家。」

徐鳳年笑道：「徐奇對採石山聞名已久，趙大俠的九十六手醉劍一鼓作氣沖斗牛，更是江湖盡知。這次叨擾，徐奇在入山之前，實在是有些忐忑，跟趙大俠見過以後，才算安下心。」

趙洪丹灑然大笑，嘴上重複了幾遍「謬讚」。

山上向陽面有連綿成片的幽靜獨院小樓，青竹叢生，風景雅致，以供採石山來訪貴客居住。小樓用小水竹搭建，冬暖夏涼，樓內器件也多以竹子編制而成，竹笛竹簫竹床竹桌，一些竹根雕更是出自大家之手，古色古香。趙洪丹親自事無巨細安頓好一行人，這才拉上女兒胡椿芽一起上山去見採石山真正的主人。

徐鳳年出樓後沿著石板小徑走入竹林，小徑兩旁紮有木柵欄，沿路修竹上掛有一盞盞大紅燈籠，想必天色昏黃以後，燈光綿延兩線，也是罕見的美景。

徐鳳年走著走著就來到一座古寺之前，泉水叮咚，古寺為採石山胡家供養，想必不會對山外香客開放，懸匾額寫有「霞光禪祠」，大門一副對聯也極為有趣，「若不回頭，誰替你救苦救難；如能轉念，何須我大慈大悲？」

回頭。

徐鳳年微微一笑，就有些想要轉身離去回到住處的念頭。

朱袍陰物出現在他身邊，經過這段時日休養生息，它的兩張臉孔已經恢復大半光彩，只是六臂變五臂，看上去越發古怪詭譎。

徐鳳年既然不想上前入寺，又不想就此匆忙反身，就走向寺外小溪畔，蹲在一塊大石頭上，聽著溪水潺潺入耳，一人一陰物心境安詳，渾然忘我。

陰物低下頭去，瞧見他靴子沾了一些泥土，伸出手指輕輕剝去，徐鳳年笑道：「別拾掇了，回去還得髒的。」

可陰物還是孜孜不倦做著這件無聲無息的瑣碎小事。

兩人身後傳來一陣稚童的刺耳尖叫聲。

「鬼啊，鬼啊！」

一群衣衫錦繡的孩子手臂上挎著竹籃，提有挖冬筍的小鋤子，在竹林裡各有收穫，此時猛然看到一個竟能將面孔扭到背後的紅衣女子，當然當成了隱藏在竹林裡的野鬼。

「別怕，這裡就是禪寺，咱們一起砸死那隻鬼！」

「對，爹說邪不勝正，鬼最怕寺觀誦經和讀書聲了，一邊砸它一邊背《千字文》。」

一個年歲稍大的男孩出聲，狠狠丟出手上的鋤頭，其他孩子也都附和照辦。採石山的孩子很早就可以輔以藥物鍛鍊體魄，氣力之大，遠非平常孩子可比，七、八柄鋤頭一下子就朝溪邊丟來。幾個哭泣的女孩也都紛紛壯起膽，她們的膂力相對孱弱，鋤頭丟擲不到溪畔，嘴上開始背誦幾乎所有私塾都會讓入學孩子去死記硬背的《千字文》。

丟完了鋤頭，都沒能砸中，男孩都開始彎腰拾起更為輕巧的石子，可惜不知為何，不論鋤頭還是石子，都給篡改了既定軌跡，失去準頭，落在白頭鬼和紅衣鬼這一雙鬼怪的四周。

孩子們沒了初時的膽怯，越戰越勇，便是膽子最小的幾個童子丫頭，也開始笑著將丟擲石頭當成一樁樂事，丟光了附近石子，就換成竹籃中的冬筍。

徐鳳年的手臂一直被它死死攥住，他才沒有轉頭。

「走，喊爹娘來打鬼。」一個男孩發號施令。

一個小女孩嫌棄地瞥了眼朱袍陰物，一臉唾棄道：「醜八怪！果然是鬼！」

這一句醜八怪。

也許勝過了神武城外的韓貂寺所有凌厲手段。

徐鳳年正要說話，轉頭看到它除了一臂握緊自己手臂，其餘四臂捧住了歡喜、悲憫兩張臉龐，手指如鉤，滲出血絲，幾乎是想要撕下臉皮。

他輕輕抬手，一點一點拉下它的手指，望向溪水，繞過它的肩頭，讓它的腦袋枕在自己肩頭。

它的眼眶在流血。

四行血淚，模糊了兩張臉頰。

徐鳳年呢喃道：「徐嬰，你怎麼可以如此好看，以至於我在神武城外，在借出春秋劍之前那一刻就想啊，跟你死在一起也不錯。」

它的歡喜相在哭，悲憫相在笑。

◆

日薄西山。

爛陀山山巔有一座畫地為牢將近四十年的土坯子，出現一絲鬆動，剎那間金光熠熠，如同泥菩薩開裂，現出一尊璀璨的不敗金身。山巔除了這座土墩，還有一位盤膝坐地身披破敗袈裟的年邁和尚，垂垂老矣，雪白雙眉垂膝還不止，在泥地上打了個轉，風吹日曬，使得皮膚黝黑褶皺，如同一方枯涸的田地，襯得兩縷白眉越發蒼白。

當他看到土坯鬆動，泥屑落地，分明是幾乎細微不可察，可在這尊密宗法王耳中卻好似驚雷響在耳畔，兩根長眉紛亂飄拂，身形越發不動如山。作為爛陀山上號稱一生不曾說過一字妄語的正嫡大僧，身、口、意三無失，他與另外一名高僧已經在此輪流靜候二十餘年。

白眉老僧站起身，低眉順眼，只見碎屑不斷跌落，遍體金光四射，真人露相。爛陀山這一刻，驀然誦經琅琅，山勢在頌唱聲中更顯巍峨，寶相莊嚴。面向東方的老僧回首望西，夕陽西下，不知是不是錯覺，隨著那座土墩如同一頭酣睡獅子，終於不再打盹，睜眼之後，抖去塵埃，開始要氣吞山河，餘暉驟亮，比較那如日中天的光輝，絢爛程度，竟是不差絲毫。

大日如來。

年邁法王緩緩轉頭，視線中出現一個好似陰冥轉頭回到陽世的老僧，比起一百歲有餘的白眉老僧更為老朽昏聵，他乾枯消瘦，恐怕體重連九十斤都不到，如此體魄，真可謂弱不禁風。爛陀山雖說不尚武，可歷代高僧，像那位僅算是他後輩的六珠上師，境界修為亦不弱。菩薩低眉慈悲，同時也能怒目降伏龍象。而白眉高僧視野之中的老僧，無聲無息無生氣，死寂異常。

密宗宣揚即身證佛，東土中原一直視為邪僻，歸根結底還是儒道兩教心懷芥蒂，如今離陽王朝和北莽幾乎同時滅佛，實則滅的是禪宗，可白眉老僧卻要去洞察這場佛法浩劫之後的大勢，他自身做不到，只能夠寄希望於眼前這尊發下宏願要即身證佛還要眾生成佛的無垢淨獅子。

枯朽老僧終於開口，聲音未出，先是一口濁氣如灰煙緩緩吐出，「己身心垢恰似琉璃瓶，可以一錘敲破。可眾生百萬琉璃瓶，大錘在東方。」

白眉老僧動容，雙手合十，佛唱一聲：「自西向東而往，我不入地獄，誰入地獄。」

比爛陀山上百歲法王還要年邁的枯槁老僧說完這句話後，伸出一手，撫在自己頭頂，如同一錘砸在自身，錘散金光，山巔遍放光明。

白眉高僧面露悲戚。

一錘敲爛琉璃心垢瓶，本該即身證佛，成就無上法身佛，可高僧卻知道，眼前僧人根本不是如此。西山之上一輪光輝反常明亮的驕陽，像是失去支撐，在僧人自行灌頂之後，迅速昏暗，斂去餘暉，急急墜山。

站立時兩根白眉及膝的僧人再抬頭望去，已不見一悟四十年的老僧蹤影。兩禪寺曾有頓悟一說，這一頓，可是有些久了。

耳中僅是滿山誦經聲，老僧輕輕嘆息一聲。

◆

鐵門關外，一位老僧掠過荒漠掠過戈壁，一次停腳，是手指做刀，剜下手臂肉，餵養山壁縫隙之間的幼鷹；一次是在沙漠中蹲坐，看那蟲豸遊走。當原本身容垂垂將死的老僧來到夔門關外，好似年輕了十幾歲。

他在雄關之外站定，怔怔出神，眼神昏昏，只看那入關或是出塞羈旅之人的來去匆忙，一看就是幾天幾夜，當關塞甲士準備前去盤問幾句，老僧已經不知所終。

西蜀北境多險山深澗，蜀道難於上青天，一位僧衣老者身形如鴻鵠，來去如御風，見高山越山巔，遇大河踩江面，一身枯木肌膚已經開始煥發光彩，如同冬木逢初春，可眼神越發渾渾噩噩，袈裟飄蕩，下一步落腳處隨心所欲。

偶遇縴夫在淺灘之上拉船，僧人出現在船尾，踩在冰凍刺骨的河水中，聽著蜀地漢子的號子，緩推大船二十里，然後一閃而逝。

在深山老林中一掠幾十丈，砰一聲，老僧猛然停足，雙手捧住一隻被他撞殺的冬鳥，手心之上血肉模糊，老僧眼神迷茫，先是恍然醒悟，無聲悲慟，繼而又陷入迷茫，雙目無神。

這一站就是足足半旬，其間有大雨滂沱壓頂，有雪上加霜侵透身骨，直到一日清晨，旭日東昇，才驀然回首再往東行。

這一路走過黃沙千里，路過金城湯池、千尋之溝和羊腸小徑後，終於踏足中原。又在小鎮及肩之牆下躲雨，觀撐傘行人步履，在高不過膝的溪畔看人擣衣，在月明星稀之下聽更夫敲更，在名城古都遇見路邊凍死骨。

這一日，已是年衰僅如花甲之年的老僧在一處荒郊野嶺一座孤塋小塚邊，看到字跡斑駁的墓碑上一字。不知為何，行萬里路看萬人，已是忘去自己是誰，所去又是何方，所見又是何人，偏偏在此時只記住了一個字——劉。

懵懵懂懂的老僧繼續東行，某天來到一座青山，風撼松林，聲如波濤。心神所至，飄上一棵古松，遠望東方，聽聞松濤陣陣，足足一旬之後，才沙啞開口：「松濤。」

一個死死記住的「劉」字，加上此刻松濤如鼓。

老僧已經不老，貌似中年。四十不惑，對這位東行萬里忘卻前塵往事的爛陀山僧人來說，這一刻確實稱得上是不惑了，面露笑意，「劉松濤。」

◆

江湖上很快知曉西域來了個年紀輕輕的瘋和尚，一路東遊，口中似唱非唱，似誦非誦，所過之處，忽而見人不合心思便殺，忽而面授機宜傳佛法。

在一望無垠的平原之上，如同及冠歲數的年輕僧人高聲頌唱，御風而行，仍是那一首開始在中原大地上流傳開來的〈無用歌〉。

「天地無用，不入我眼。日月無用，不能同在。崑崙無用，不來就我。惻隱無用，道貌岸然。清淨無用，兩袖空空。大江無用，東去不返。風雪無用，不能飽暖。青草無用，一歲一枯。參禪無用，成什麼佛……」

大搖大擺前行的年輕僧人突然停下腳步，舉目眺望，像是在看數百里之外的風光。

他捧腹大笑，哈哈一串大笑聲，頓時響徹天地間。

瘋和尚驀然眼神一凜，並未收斂笑意，身上破敗不堪的袈裟開始飄搖飛舞，身形所過之地，不見足跡，撕出一條溝壑。年輕僧人疾奔六百里，面壁破壁，入林折木，逢山躍山。最終跟六百里外一位同是狂奔而至的白衣僧人轟然撞在一起。

方圓三里地面，瞬間凹陷出一個巨大圓坑。

一撞之後，年輕僧人竟是略作停頓偏移，繼續前奔，一如江水滔滔向東流，嘴上仍是大笑，「帝王無用，無非百年。閻王無用，羨我逍遙。神仙無用，凡人都笑……日出東方，日落西方。我在何方，我去何方……」

天下何人能擋下這個年輕瘋和尚的去路？

鄧太阿已是出海訪仙，曹長卿一心復國，難道是那武帝城之中的王仙芝？

世人不知瘋和尚和王仙芝之間有一山。

逐鹿山主峰，白玉臺階三千級。

一位新近入主逐鹿山的白衣魔頭君臨天下。

一赤一青兩尾靈氣大魚，似鯉非鯉，似蛟非蛟，魚鬚極為修長，雙魚浮空如游水，在白衣身畔玄妙游弋。

白衣身邊除去兩尾奇物，靠近臺階還有一站一坐兩名年齡懸殊的男子。年輕者不到而立之年，身材矮小，面目呆滯，坐在臺階上托著腮幫眺望山景。年長者約莫四十歲出頭，背負一條長條布囊，裏藏有一根斷矛。

中年男子輕聲問道：「教主，讓鄧茂去攔一攔那西域僧人？」

竟是北莽言語。

白衣人平淡反問道：「你攔得住拓跋菩薩？」

自稱鄧茂的男子自嘲一笑，搖了搖頭。教主的意思很簡單，攔得住拓跋菩薩，才有本事去攔下那個灰衣和尚，畢竟此人連白衣僧人李當心都沒能成功攔住。

矮小男子開口道：「就算他是當年逃過一劫的劉松濤，巔峰時也未必打得過如今的王仙芝和拓跋菩薩。」

白衣人冷笑道：「等你先打贏了天下第九的鄧茂，再來說這個話。」

鄧茂輕聲笑道：「遲早的事。北莽以後也就靠洪敬岩和這小子來撐臉面了。」

白衣人沒有反駁，緩緩走下臺階。

匍匐在臺階之上的近千位大小魔頭盡低頭。

白衣人面無表情看向西面。

李當心不願糾纏不休，那就由我洛陽來跟你劉松濤打上一場！

◆

稚子胡言亂語，何況還是說那禪祠外出現精怪的荒誕論調，自然惹不起波瀾，採石山這邊起先沒有如何理睬，只是喜歡熱鬧的胡椿芽跟孩子們一起來到溪邊，當她看到那傢伙半生不熟的背影，不知為何有股說不清、道不明的感觸。

胡椿芽猶豫了一下，走過去站在溪邊，瞥了一眼一身雪白的男子。原本依照她的性子，在外頭吃癟，回到了家裡，總要找回場子才能舒服，可當下愣是說不出刺人的言語。

正當孩子們一頭霧水的時候，禪祠裡走出一名衣裳華美的腴態婦人，如同一朵腴豔牡丹，比起青蔥年歲的胡椿芽，胚子輪廓相似，只是要多出幾分歲月沉澱下來的成熟風情。

婦人見到女兒身影，愣了一下，流露笑意，姍姍而行。等她臨近，身材修長的白頭男子已經站起轉身。婦人大吃一驚，本以為是上了歲數的採石山客人，不承想竟是個如此俊雅風流的年輕公子，尤其是那一雙丹鳳眼眸。

婦人心中讚嘆一聲，此物最是能勾留女人心哪。她穩了穩心神，正要無傷大雅調笑女兒幾句，那年輕人已經自報家門，待人接物滴水不漏，言談清爽。婦人自恃眼光不差，心想若是能讓這個年輕人入贅採石山，也算不虧待了椿芽。

一番攀談，婦人都是丈母娘看女婿的眼神，讓胡椿芽臊得不行，好說歹說才拉著娘親往山上走去，偏偏婦人還一步三回頭與那俊逸公子搭訕，要他明兒得空就去山上賞景，那個年輕人都應承下來，等到娘兒倆幾乎要消失在視野，這才下山去住處，恰好婦人轉頭對視一眼，他笑著揮了揮手。

一直在禪祠內吃齋念佛的婦人轉頭後，笑意斂去幾分，小聲詢問道：「椿芽，這個徐奇是什麼來頭？」

胡椿芽就絮絮叨叨把龍尾坡兩場風波都說了一通，婦人苦笑一聲，笑話自己竟然還有要他入贅的念頭，感嘆道：「那可就不是一般的將種子弟嘍，採石山廟太小，留不下的。」

胡椿芽憤懣道：「留著他做什麼，要不是看在周姐姐的臉面上，我才不讓他上山蹭吃蹭喝。」

婦人伸出手指在女兒額頭點了一點，打趣道：「知女莫若母，在娘親面前還裝什麼母老虎。別看妳現在這麼瘋玩，娘親卻知道妳以後嫁了人，定是那賢妻良母，會一心相夫教子的。」

胡椿芽挽著娘親的手臂，撒嬌嬉笑，好奇問道：「娘怎麼知道那傢伙是將種子孫？」

婦人便是遠近聞名的採石山悍婦胡景霞，輕聲道破天機：「這個年輕人身上有股子跟妳外公一般的氣勢，非得是血水屍骨裡滾過的人物才能如此，官府衙內們就算同樣臉上跟妳客氣，志驕意滿在骨子裡，可也萬萬不是這個味兒。

再者妳又說這男子在龍尾坡上說殺就殺光了一百多號鐵廬甲士，要知道離陽廟堂，文臣武將，向來是井水不犯河水，家中沒有軍伍出身的大佬坐鎮，萬萬不敢如此膽大包天，否則任妳是六部尚書的嫡子嫡孫，也不會如此跋扈行事。妳又說此人的扈從，坐在馬上輕輕一矛就捅死了那尊魔教魔頭，分明是一位戰場陷陣的萬人敵。椿芽，咱們採石山不能掉以輕心，這就跟娘一起去妳外公那邊細說一遍。」

胡椿芽賭氣道：「我不去！」

胡景霞嫣然一笑，只是牽住女兒的冰涼小手，往山上緩緩走去。

情不知所起，一往而深。可惜大多由深轉淺，相忘於江湖。

◆

徐鳳年回到幽靜竹樓，發現顧大祖和黃裳兩人似乎等候許久，致歉兩句，就跟竹樓丫鬟要了一壺酒，加上袁左宗四人一同圍爐而坐。

爐子四腳駐地，中間擱了一個大腹鐵盆，盆內盛放木炭，夾以木炭燃燒過後的灰燼。蹲在爐邊的丫鬟握有一根鐵鉗，在一邊輕巧撥弄翻轉盆中木炭，讓炭火不至於太過旺盛燙人，也不至於熄滅，她蹲在那兒，火光映照著一張俏臉微紅。

徐鳳年知曉了處置這種陌生火爐的法子，就笑著從丫鬟手中接過鐵鉗，讓她先去休息，等丫鬟走出屋子，他笑道：「要是有地瓜，或是南邊的粽子，烤上一烤就香了，烤成金黃色，那才叫一個美味。第一次出門遊歷，比較落魄，可也不全是餓極了才覺著好吃，是真好吃。」

顧大祖點了點頭，敷衍附和之後，沉聲說道：「先前跟殿下談論，殿下確是對《灰燼集》爛熟於心，並非臨時抱佛腳想著跟我這個老傢伙套近乎。既然我顧大祖想去北涼貧寒之地施展手腳，那有些話就不藏著掖著。正如《灰燼集》開篇所述，天下險關雄鎮，歸根結底，不在地利之險，而在得其人而守之。

北涼貧寒，這個貧不光在銀錢與地理之上，更在人之一字上。北涼王治軍，顧大祖佩服得很，可這些年朝廷處處刁難北涼，使得北涼一直形成不了有氣象的士子集團，原本好不容易有個姚家，姚白峰就給朝廷弄去京城，算是填了宋家倒塌之後留下的窟窿，好似那一個鄉野婆娘常年跟城裡闊綽爺們兒眉來眼去，終於嫁入高門做了小妾。加上春秋亂戰一直被天下士子視為大不義，北涼王被當成了折斷讀書人脊梁的罪魁禍首，更不會有豪閥世族前去投靠你們徐家，生怕在青史上留下汙名，愧對先祖。北涼這畝田地青黃不接，已是燃眉之急。

李義山是當世大才，同樣難就難在無米下鍋。如今陳芝豹出北涼，使得大批將領赴蜀，隱然要自立門戶，就等他獲封蜀王，掣肘北涼，更是讓北涼成了一座四面漏風的飄搖屋子，這時候就需要大量新鮮人物去縫補園牆窗紙。北涼的院門外牆還好，有北涼王麾下三十萬鐵騎，一時半會不論是離陽朝廷還是虎狼北莽，都不敢輕易挑釁。可讓屋子暖和的窗紙，終歸得靠文臣能吏去搭手。武人騎得烈馬提得鐵矛，可要他們去做繡花針的活計，不合時宜！」

徐鳳年平靜道：「青黨執牛耳的陸家，離陽八位上柱國之一的陸費墀，算是貨真價實的兩朝權臣，在兵戶吏三部都曾待過，致仕之前連首輔張巨鹿也要對其執弟子禮，這位老柱國有意讓陸家一名女子嫁入北涼。這趟返回北涼，去上陰學宮是私事，去青州拜見陸費墀，才是正事，我試圖說服老人舉族北遷。」

徐鳳年伸手撥動炭火，笑道：「以前開不了這個口，一來是聯姻之事尚未板上釘釘，就怕北涼這邊到頭來是自作多情，我丟臉沒事，徐驍可丟不起這個臉。再則火候不到，當時青州在朝廷以抱團著稱的青黨，還沒有像今天這樣樹倒猢猻散。如今在張巨鹿一手操控之下，青黨分崩離析，青黨其餘兩家各自攀附張黨、顧黨，想必陸家也是時候為自己謀求退路了。畢竟陸家當年最為勢大，將其餘兩個豪閥擠壓得抬不起頭，澈底分家之後秋後算帳，是怎麼都算不過其餘兩家的，因為這會兒陸家可就是寡婦睡覺了。」

一直沒有插話的黃裳納悶問道：「寡婦睡覺？此話怎講？」

顧大祖大大咧咧笑道：「上邊沒人！」

堂堂正正做人、規規矩矩行事的黃裳悄悄齜牙，趕忙低頭喝酒。

徐鳳年笑道：「勢力盤曲的陸家全族入北涼，是一劑猛藥，而單槍匹馬的黃大人孤身赴北涼，是一帖溫藥，對北涼來說缺一不可。除此之外，北涼也願意大庇天下寒士俱歡顏，很快全天下就會知道陳亮錫和劉文豹。」

黃裳咀嚼片刻，輕聲道：「寒士，好一個大庇天下寒士俱歡顏。」

顧大祖言語向來直白，「讀書人讀的是聖賢書，可少有一門心思去當聖賢人，實則還都是在求名求利。那些久居高位的世家士族可以不在乎北涼，可沒有根基的寒士不同，雖說朝廷這邊在張巨鹿組閣執政後，不遺餘力吸納寒士，可誰也不是傻子，這麼多年，也就那一小撮人出人頭地，更多讀書人就算考取了功名，一樣給世家子弟打壓得灰飛煙滅。如果北涼的懸賞確實拿得出手，少不了鬱鬱不得志的士子如鯽過江入北涼，說不定許多在北莽的春秋遺民都有可能南下。」

顧大祖喃喃自語：「京畿之地自古是四戰之地，西蜀最易生長割據勢力，出了一個韓家滿門忠烈的薊州則可制天下之命，東南諸地，地非偏兵非弱，是那進取不足，才導致自保不足，顧大祖敢斷言當世前後千年，都會是坐北吞南的格局形勢。北涼地域狹長，看似夾縫求生，未必不是一種不幸中的萬幸，北涼養兵，比起南疆養兵，不可同日而語。說實話，我顧大祖就是只知帶兵的莽夫，不去北涼能去哪兒？難道離陽能給我一支十數萬的精兵，還不得天天擔心我顧大祖會不會造反？嘿，我真就想造反！好好跟顧劍棠打上一場！顧劍棠滅南唐，好大的本事！」

不說南唐遺民顧大祖言語中的反諷意味，光是「造反」二字，黃裳就聽得一頭冷汗。

北顧顧劍棠，南顧顧大祖。

李義山曾經在聽潮閣內評點江山，南唐覆滅，非顧之罪。

黃裳瞥了一眼徐鳳年，年輕人神情平淡，對於顧大祖的大不敬謀逆言辭似乎無動於衷。

一行人走入竹樓，趙洪丹、胡景霞夫婦都在其中，為首的老人身材魁梧，老當益壯，毫無暮氣。一物降一物，胡椿芽在誰面前都天不怕、地不怕，在這個外公跟前卻是異常溫順乖巧。老人姓胡名恭烈，南唐遺民，曾是南唐邊境重鎮上的一員驍將，南唐滅國之後，仍是在採石山拉起一支騎軍，似乎一日不聽那戰鼓擂、馬蹄如雷就睡不安穩。

胡恭烈是出了名的暴躁性子，此時進入竹樓，更是龍驤虎步，屋內顧大祖所坐位置背對大門，胡恭烈正要開口，看到顧大祖背影，愣在當場，趙洪丹這些年雖說名義上是採石山的主人，可始終有種寄人籬下的積鬱，從未見到老丈人這般忐忑情形，一時間有些摸不著頭腦。

顧大祖轉過身，沒有說話。

胡恭烈擺了擺手，對女兒女婿下令道：「你們都出去。」

屋內就只剩下他一人站著。

在採石山一言九鼎的胡恭烈沒有坐下，而是猛然跪下，雙拳撐地，沉聲道：「南唐滑台守將胡恭烈參見顧大將軍！」

顧大祖神情淡然，不看那跪在地上的胡恭烈，自嘲笑道：「如何認得我是顧大祖？」

胡恭烈默然無聲。

顧大祖喟嘆道：「起來吧。當年你胡恭烈隨先帝一起出城，跪得還少嗎？南唐就這麼跪沒了。」

胡恭烈泣不成聲，額頭貼地。

顧大祖平淡道：「當時很多人跪出了個高官厚祿，你胡恭烈最不濟也對得起自己的良心。好了，起來說話。」

胡恭烈站起身後，轉頭抹了抹臉龐，一開口便是讓黃裳頭疼的言語，「大將軍，聽說西楚要復國，是不是咱們南唐也要揭竿而起？大將軍你放一百個心，採石山上哪個姓胡的小兔崽子敢皺一下眉頭，怕被砍腦袋，胡恭烈第一個把他腦袋擰下來！」

胡恭烈也算是歷經沉浮的老傢伙，哪怕刀斧加身也未必如何驚懼，可當他知道圍爐而坐的其餘三人的身分後，一樣瞠目結舌。言官黃裳還好，一個春秋白熊袁左宗就足以讓胡恭烈大吃一驚，何況還要加上一個世襲罔替傍身的北涼世子。

跟隨顧大祖去了另外一棟竹樓密談，得知顧大祖即將趕赴北涼之後，毫不猶豫就開口要舉家遷徙，用他的話說就是在採石山也是苟延殘喘，指不定哪天就要被離陽朝廷砍頭祭旗，還不如去北涼給胡家子孫掙得一個博取軍功的機會。顧大祖既沒有異議也沒有給承諾，只是離別前拍了拍胡恭烈的肩膀。

徐鳳年不清楚兩名南唐遺老的敘舊內容，只是把黃裳送回竹樓後，收到一隻青隼捎帶來的密信，密信上簡明扼要闡述了兩樁事。一件是一些類似王麟紮根離陽的隱蔽家族，都開始拔地而起，向北涼靠攏。另一件就有些莫名其妙，說爛陀山走出一個亦佛亦魔的瘋和尚，出山以後便返老還童，連李當心都不曾攔下，讓世子殿下小心北行，最好不要撞上。

徐鳳年寫好顧大祖和黃裳之事，放飛青隼，跟一直沒有離去的袁左宗坐在火爐前，將字跡獨具一格的密信丟入炭火之上，一縷青煙嫋嫋，徐鳳年彎腰撿起火鉗，在火炭上稍微撲了些輕灰，輕聲道：「江湖上也不太平，爛陀山大概是不服氣兩禪寺出了個拎起黃河的白衣僧人，一個出山時還是活了兩、三甲子的腐朽老人，從西域來到中原後，就成了個年輕人，一路上一通濫殺，遠遠稱不上金剛怒目的降妖除魔，不知道他到底想做什麼。

當時在北涼初遇爛陀山的龍守僧人，只說是身具六相的女法王要跟我雙修，我就屁顛屁顛跑回閣翻閱祕錄，除了知道她是個四十來歲的老女人，大失所望，還順便知道了爛陀山在那個六珠菩薩之前，還有三位輩分更高的僧人，其中一位畫地為牢將近四十年，比起吳家劍塚的枯劍還來得驚世駭俗。

我當時還沒練刀，不懂仙人的逍遙，就好奇不吃不喝怎麼活下來，這會兒想來真是自己坐井觀天。我估計這和尚多半是已走火入魔，可話又說回來，孤身一人就把整個江湖殺得半透，能有這般氣概的，我想也就只有百年前的魔教教主劉松濤。一代江湖自有一代風流子，劉松濤那一代也不是沒有同在一個江湖的劍仙和三教聖人，既是交相輝映，也是相互掣肘。

再說了，一直公認武道之上有天道，既然歷經千辛萬苦站在了武道巔峰，更多是羊皮裘老頭和鄧太阿這樣繼往開來的正道人物，哪怕被讚譽為可與呂祖酣暢一戰的王仙芝，也不算邪道中人，劉松濤和瘋和尚膽敢冒天下之大不韙，半點不怕被天譴，真是少之又少。可惜騎牛的不在，否則哪裡輪得到這和尚發瘋，早給開竅後的武當師叔祖一劍送去西天了。」

袁左宗雙手伸向火爐，感受著冬日暖意，微笑道：「如果這個和尚真能跟劉松濤站在一線，就算是替天行道的齊玄幀，一劍估計也不行。」

徐鳳年哈哈笑道：「天底下兩個說法最大，一個是皇帝君王的奉天承運，一個是三教中陸地神仙的替天行道。反正我都不沾邊，也就只能看看熱鬧。對了，袁二哥，知道這個劉松濤到底是怎麼回事嗎？逐鹿山雖說被江湖硬生生套上一個魔教的名頭，可在我看來其實除了行蹤詭譎做事果決之外，比起所謂正道人士的偽君子，可要好上很多，而且歷任教主都以逐鹿天下為己任，不是什麼只知道殺人的大魔頭，這個劉松濤在江湖上的傳聞事蹟也寥寥無幾。」

袁左宗瞇起眼，冰冷道：「年輕時候聽一位世外高人說起過，劉松濤曾經數次行走江湖，交惡無數。在離天人只差一紙之隔時，這位魔教教主在逐鹿山閉關，一名相貌平平的女子不知為何便被說成是他的女人，流落江湖，下場慘烈，讓人悚然，總之不光是正道江湖人士，就是很多帝王卿相也分了一杯羹。

女子最後被吊死在眾目睽睽之下，死前仍是赤身裸體。劉松濤不知為何知曉此事，強行破關而出，為女子背棺回逐鹿。這之後，便是一場誰都無法挽救的浩劫了，當時陸地神仙紛紛避其鋒芒，也非全都示弱於確實無敵於天下的劉松濤，更多是不願出手。我們後人回頭再看，可見那場陰謀的幕後指使者，手筆之大，心機之重，僅是遜色於黃三甲顛覆春秋。」

徐鳳年臉色陰沉，咬牙不語。

袁左宗彎腰從火爐中拈起一塊火燙木炭，輕輕碾碎，淡然道：「跟我提及此事的隱士，說劉松濤死前曾笑言：『料此生不得長生，為甚急急忙忙做幾般惡事；想前世俱已註定，何不乾乾淨淨做一個好人』。雖然我猜多半是後人托詞，不過聽著真不是個滋味，本來這種話，都該是聖賢流傳千古的警世言語，卻假借一個殺人如麻的魔頭說出口，活該那一輩江湖上的陸地神仙都不得證道。我袁左宗若跟劉松濤同處一世，少不得替他多殺幾個。」

徐鳳年冷笑道：「難怪師父曾說陰間閻王笑話陽間人人不像人。」

袁左宗倒了一杯酒，仰頭一飲而盡，這個在北涼清心寡欲甚至還要勝過小人屠陳芝豹的蓋世武將，望著指尖空蕩蕩的酒杯，自言自語道：「義父能夠走到今天，對誰都問心無愧了。袁左宗不過一介武夫，修身、齊家、治國、平天下，都不去想，這些年也在北涼境內見到許多骯髒的人和事，也是袖手旁觀，只想著義父走後，能有一個人站出來，只要站在涼莽邊境上，就能讓北莽百萬鐵騎不敢南下一步。」

徐鳳年搖了搖頭，「我恐怕做不到。」

袁左宗笑了，「此生不負北涼刀，就足夠。」

徐鳳年突然說道：「不知怎麼回事，從北莽回來以後，我經常做同樣一個夢，站在一個高處，看到百萬披甲死人朝我擁來，身後亦是有百萬陰冥雄兵。身邊豎有一杆大旗，寫的不是徐字，而是秦。」

袁左宗無奈道：「戰陣廝殺還成，讓我解夢就算了。」

徐鳳年也懶得庸人自擾，笑道：「袁二哥，咱們聊一聊北涼軍以後的整肅步驟？」

袁左宗爽朗笑道：「那可得多要幾壺酒。」

◆

逐鹿山上，天下新武評排在第九的斷矛鄧茂站在山巔，崖邊罡風凜冽，使勁拍打在這名男子臉頰上。他身邊坐著一個貌不驚人的矮小男子，後者一直是這種脾性，能坐著絕不站著，作為北莽兩大皇姓之一的年輕貴胄，年紀輕輕就跟那個同是皇親國戚的胖女子一起躋身一品高手之列，一起成為北莽皇室繼慕容寶鼎之後的絕頂武夫。

鄧茂之所以跟隨那個女魔頭一起來到離陽中原，是因為輸給了她，世間第九敗給接連跟鄧太阿和拓跋菩薩都打過一架的天下第四，也不奇怪。不過他要是鄧茂，肯定不會認賭服輸，之所以厚著臉皮來南邊，是聽說有個比他還小的年輕人去了趟他們北莽，連第五貉都給宰了，他覺得怎麼都該在離陽殺個指玄境高手才解氣，那個比他胖，更該死的是比他要高出兩個腦袋的臃腫娘們兒，總嘲笑他只有窩裡橫的本事，就想著怎麼要在這邊闖出名堂，回去以後才能讓那婆娘乖乖認輸。

矮小青年雙手抱胸，一本正經問道：「鄧茂，你說洛陽攔得住那瘋和尚嗎？」

鄧茂長呼出一口氣，「五五之間吧。」

年輕人瞥了眼鄧茂，「爛陀山的六珠上師也不過是不算圓滿的大金剛境，距離真正金剛不壞的李當心還差得遠，怎的這個和尚就如此厲害了？洛陽在極北冰原之上，差點就壞了拓跋菩薩醞釀了二十年的好事，顯然比起敦煌城跟鄧太阿一戰，洛陽的實力又上了一個臺階，像她這樣的，別說登上一個臺階，就是一個抬腳的趨勢都難如登天。既然都這麼個境界了，怎麼勝負還只是五五之間？」

鄧茂笑道：「若是攔下，魔教教主就一戰天下知。攔不下，咱們離開離陽之前就可以等著王仙芝出城。」

年輕人嘆氣道：「那還是攔下好些。」

兩人知道北莽魔道第一人洛陽成了魔教第十任教主，卻不知道洛陽所要攔截之人，是那曾經的第九任教主。

這一戰的壯闊，未必就輸給王仙芝與李淳罡決戰在東海之上。

第六章　逐鹿山九十相爭　上陰宮鳳年攬士

渾渾噩噩的年輕瘋和尚除了知道自己姓甚名誰，還知道自己是真的瘋了。他殺人之時並無悔意，只覺得這些人該死便是，再去細想因果，就頭疼欲裂，疼得幾乎要在地上打滾。自知瘋瘋癲癲，讓他一路走得哭哭笑笑，情不自禁。每走過一地見過一人，便迅速忘卻一地一人，次次想要停步回頭，可總是做不到，好似那本該西遊卻東行，佛國在西，卻偏偏背其道而行之，最終越行越遠。僅剩一絲清明，只想知道自己到底在西方放下了什麼，去東方又要拿起什麼，一首〈無用歌〉從開始的四字，演變成了洋洋灑灑一百多字，沒有去死記硬背，卻總能脫口而出。

瘋和尚可能已經忘記，但中原江湖已經是風聲鶴唳，除了舉世聞名的白衣僧人率先試圖阻攔這個年輕僧人的腳步，隨後還有吳家劍塚當代劍冠吳六鼎仗劍攔路，被瘋和尚一撞便撞潰散了劍勢，之後前奔腳步之快，快過了吳家馭劍。

再之後，龍虎山年輕一輩最為驚才絕豔的小天師趙凝神也出手，一僧一道面對面相迎，但是沒有相撞，僧人埋頭前奔，這位傳聞是天師府初代天師轉世的趙姓道人便同步後退，堅持八十里之後，趙凝神便側身讓開，任由瘋和尚繼續大笑前行，而趙凝神則迅速盤膝坐地，七竅流血，服下一顆龍虎祕傳金丹才勉強止住傷勢。

整個江湖都忌憚此僧的氣勢如虹。

在一條大江畔，瘋和尚停下身形，跟當初感知白衣僧人李當心在前路如出一轍，咧嘴一笑，然後蹲下，掬起一捧水，低頭凝視手心渾水，如同尋常人物捧住滾燙沸水，匆忙灑落在地上，站起身茫然四顧。

那一刻，年輕僧人淚流滿面，捫心自問：「我在這裡，你在哪兒？」

這條南北向的大江名青渡江，江水喧騰，江面闊達二十丈，相傳道教上古仙人曾在此乘一葉青葦載人渡江。年輕瘋和尚的直線東行，讓江湖人士摸準了大致路徑，早早就有一堆看客在此等候，原本零散而站，後來不由自主就彙聚在一起，委實是忌憚那僧人的勢如破竹，生怕給無辜撞殺，覺得一夥人紮堆活命的機會要大一些，就算真倒楣到踩在了那條直線上，也是大家一起死，黃泉路上好做伴。

於是五、六十人抱團聚集，魚龍混雜，有成名已久的江湖豪客，有藏頭縮尾的綠林好漢，有才入江湖的無名小卒，有中人之姿便已讓人很是垂涎的年輕女俠，幾對宿怨仇敵，這會兒也顧不得拔刀相向，可都暗中提防；幾位吃香的女俠，要麼是笑臉湊到聲名鼎盛的豪俠那邊獻媚，要麼是冷著臉被多位江湖兒郎殷勤搭訕，在當下這個拎磚頭打過巷戰就敢自稱武林中人的江湖，萬里黃河與泥沙俱下，總不能奢望誰都是李淳罡、鄧太阿那般瀟灑不羈的大才。

前些年就有一位口碑不俗的年輕俊彥，揚言要仿照古人做出近似一葦渡江的壯舉，還真給他做成了，當時贏得無數喝彩，可憐沒幾天就給江湖同行揭穿，說之所以能踩水飄過江，是前一夜在江面幾尺之下懸了一條鐵鍊，只得灰溜溜退隱江湖，這傢伙別說臨近二品的輕功修為，三品都欠奉。而江湖的精彩就在這裡，你永遠猜想不到某位貨真價實的天才會做出何等壯舉，也永遠料不準下一個可以佐酒下菜的大笑話是何等滑稽。

已經闖下滔天凶名的年輕僧人一個驟然停頓，就讓那些以為這個無用和尚會徑直過江的看客心頭一顫，只怕他會像個行人，見著一個礙眼蟻穴，就要伸出一腳踹死他們那一窩螻蟻。不過接下來一幕讓眾人如釋重負之外，更有莫大的意外驚喜。

只見僧人面對的青渡江對岸來了一襲陌生白衣，視線模糊，雌雄莫辨，只見一腳跨江，恰好年輕僧人捧水自照後也回過神，腳尖一點，掠向江面。兩人一觸即散，一直所向披靡的瘋和尚竟然被白衣人一腳斜斜踏在光頭之上。白衣人飄回東岸，每一次踏足泥地都是一聲悶響，瘋和尚也跌盪回西岸，身形既像醉漢踉蹌，又像戲子抖水袖。

一踏之威，洶湧江水頓時一滯，等到兩人落定，才恢復奔勢。

袈裟破敗的年輕僧人毫不猶豫展開第二次渡江，白衣人不約而同跨江攔截，這一次後者一腳狠狠踩在僧人胸口。

兩人身下整條大江便是一晃。

在所有人眼中，好不容易認清面容的白衣人那叫一個英武俊逸，自然是那不出世的仙人，別看瞧著年輕，肯定活了百年歲月，無用和尚則是當之無愧披袈裟的魔頭巨擘，今日註定是要魔高一尺、道高一丈了。

這一次各自在正邪頂點的雙方後撤落腳點，幾乎與先前一模一樣，遠觀旁人根本難以察覺其中差池。白衣天人面無表情，根本不管什麼事不過三的訓語，那個曾經在爛陀山大日如來的僧人亦是大袖招搖，掠向大江之上，這一次腳踩一雙破爛草鞋的年輕僧人一掌推出，按在白衣人鞋底，這一次針鋒相對，兩人身後都出現肉眼可見的一層層氣雲漣漪。

僧人身形墜落，草鞋在江面上倒滑十丈，直直飄回岸上；白衣人倒退速度稍緩，只是僧人站在了臨水岸邊，白衣人的落足點就要超出前兩次。此消彼長的情形，讓看客忍不住一陣揪心，難道是道高一尺、魔高一丈才對？

僧人低頭看了眼隨手編織的草鞋，讓人匪夷所思地開始發呆。

高手生死之爭，往往就在毫釐，這個瘋瘋癲癲成天吟唱〈無用歌〉的傢伙是不是急著投胎去了？還是說根本沒有將那位白衣天人當作死敵？果真如他所唱，天地都不入他眼？好在白衣人沒有讓看客失望，三次後退，沒有半點疲態，這一次不再一步跨江，而是躍到了江心，腳尖一撥，挑出一道水桶粗細的水柱，水劍凌厲前刺，人隨劍後，破草鞋破袈裟的無名僧人輕輕抬頭，抬起一臂，大袖遮手，所掩覆一手結密印，那道水劍凶猛撞擊在僧人一丈之外，便像是以卵擊石，轟然碎爛，綻放出漫天水花。白衣人竟是知難不退，更是以降魔印去破僧人袖覆手印。

雙印僵持不下，白衣人抬腳就是一記鞭腿，僧人灑然一笑，任由其一鞭腿掃中自己脖子，身形在空中顛轉，落地時已是跏趺坐，手指彎曲結環如螢，妙不可言。白衣人似乎動了真火，第一次生冷出聲，一掌拍向僧人那顆光頭，「五字攝大軌！」

僧人再次硬抗一掌，跏趺依舊，身形旋轉，旋入江面坐定，江水滾滾南下，我自浮水巋然不動。白衣人退回年輕僧人坐地處往東一丈，右手往上一提，江水被硬生生拔出一柄水劍，曾經在敦煌城跟鄧太阿以劍對劍的她朝那尊人間不動明王當頭劈下。

水劍折斷，不知是那爛陀山聖僧還是那魔教劉松濤的瘋和尚半身陷入水中，換作面南而臥，右手支頤，越發安詳如意。他得了大自在，可青渡江的江面已是炸濺起水珠萬千。興許是嫌那幫隔岸觀火還要一驚一乍的看客太過聒噪，在北莽一路殺到北莽女帝和拓跋菩薩跟前的洛陽隨手一揮，潑雨如潑箭，五、六十人不出意外就都要無一例外暴斃當場。

一名身穿武當道袍的年輕道人長途奔走，總算堪堪趕上這場殺機重重的潑雨，站在看客與潑水之間，雙手畫圓，將所有水珠都凝聚在雙手之間的大圓之中，變成一個幾乎等人高的水球，然後推入滾滾流逝的江水中。

洛陽皺了皺眉頭。

那年輕道人卻沒有跟這位白衣人言語，而是對那個趁空緩緩起身的瘋和尚說道：「清風有用，為我翻書。崑崙有用，我去就山。青草有用，我知榮枯。參禪有用，但求心安。大江有用，一瓢解渴。日月有用，照我本心。我在此地，我去去處……」

看似胡言亂語，這武當道人終歸是對瘋和尚的〈無用歌〉給出了自己的見解。不承想那僧人站起身後，眼神不再渾濁，清澈如泉，雙手負於身後，一坐一站之間，容貌已是眨眼便有十數年變化，年輕僧人變成了中年僧人，先前的懵懂迷茫，一掃而空，取而代之的是一種睥睨天下的雄渾氣韻，這一刻的劉松濤才是巔峰時的魔教第九任教主。

他站在江面之上，瞥了一眼年輕道士，轉而正視白衣洛陽，輕笑道：「當下的江湖，真是讓人大開眼界。記得當時在天下劍林一枝獨秀的劍仙魏曹，不知死活御劍逐鹿山，刺了我腹部一劍，我就還了他一劍，刺入他嘴中，掛屍山頂。這樣牽連出來的仇家，實在是太多了，可當我最後一次行走江湖，很少碰上勉強稱得上勢均力敵的對手，那樣的江湖，死氣沉沉，現在不一樣了。」

洛陽只是報以一聲冷笑。

劉松濤低頭看了眼袈裟，陷入沉思。

劉松濤復又搖了搖頭，抬頭笑道：「想不通也無妨，既然真真切切記起了是誰，總不能白來一遭。我也不管妳是誰，妳既然要攔我，我又不知道何時會失去清醒，要不然咱們打個賭，賭我能否前去東方三百里。妳輸了，我剛好去逐鹿山；我輸了，妳就是劉松濤之後的魔教教主。」

洛陽平靜說道：「你要是藏藏掖掖，別說三百里，三十里你都走不出去。」

她身後遠處浮現一尾赤色大魚，鯉身龍鬚。

劉松濤哈哈大笑，抬手一招，從一名看客腰間借來一柄劍，橫劍在胸，屈指一彈，聲響不在身前，而是從九霄傳下，「世人只知劉松濤是濫殺無辜的魔頭，向來喜好徒手殺人，只有一人知曉有劍和沒劍的劉松濤，有天壤之別。說來好笑，那一代江湖，連同魏曹在內，好歹出了五位陸地神仙，我出關之後，竟是無一人值得劉松濤出劍。」

劉松濤望向三百里外逐鹿山，眼神溫柔沉醉。

「你說要親眼見一見劍仙的風采，我來了。那一次是晚了六天，這一次是可能晚了整整百年。」

◆

青渡江上偶有一尾碩大錦鯉躍出水面，又墜回江中。五、六十位劫後餘生的江湖人士，哪怕見到白衣人和灰衣僧遠去，長時間都沒有出聲，唯恐飛來橫禍，直到那名年輕道士轉身打了個稽首，眾人這才慌亂紛紛恭敬還禮，當聽到道人自稱武當李玉斧，一行人更是如雷貫耳——繼王重樓和洪洗象之後的武當新任掌教。

王重樓是公認的大器晚成，在天道修行上漸入佳境，直至修成大黃庭。至於仙人洪洗象，騎鶴下江南，劍去龍虎山，長驅直出太安城，俱是神仙也羨的玄乎事蹟。而李玉斧作為武當山歷史上最為年輕的一任掌教，天曉得日後成就會不會像天門那麼高？李玉斧相貌清雅，根器奇高，待人接物卻是平易近人，與龍虎山道士眼高於頂的做派南轅北轍。

正在跟人說話間，李玉斧面露喜慶，致歉一聲，轉身對一位不知何時落足青渡江畔的中年道人打招呼道：「小王師叔怎麼來了？」

劍癡王小屏望向東方，神情凝重說道：「這瘋和尚的殺氣太重，很像宋師兄說過的魔教劉松濤，我就想來確認一下。如果真是此人，王仙芝不願出城，鄧太阿已是出海訪仙，曹長卿忙於西楚復國，顧劍棠、陳芝豹等人身為廟堂忠臣也都不會出手，李當心出手一次，多半不會再攔，前方兩百六十里便是上陰學宮，我不得不來。」

李玉斧愧疚道：「是玉斧不自量力，讓小王師叔擔心了。」

在山上也是拒人千里的王小屏破天荒笑了笑，沿著江畔緩緩行走，對身邊這位年輕掌教語重心長說道：「無妨，這才是武當山的擔當。小師弟當年說過尋常武夫修行，力求孑然一身，但是我輩道門中人修道就如挑擔登山，小師弟這才能一肩挑武當、一肩挑天道。掌教你根骨不俗，跟小師弟相近，性子更是與他天然相親，只是也需多多思量此話真意。如今武當山香火鼎盛，直追數百年前的景象，掌教你不能只抬頭看天上人，畢竟小師弟那般修為確是高深莫測，可修為如何而來，更是重要。」

李玉斧溫聲道：「小王師叔的話記下了。」

江上清風陣陣，古樸道袍扶搖，襯托得負劍王小屏更似劍道仙人。劍癡停下腳步，滿臉笑意感慨道：「要是小師弟聽我嘮叨，肯定要好好溜鬚拍馬幾句，才好有臉皮去我紫竹林偷挖冬筍，要不就是砍竹做魚竿。掌教，你還得多學學你小師叔的憊懶無賴。雖然武當山重擔壓肩，但是不違本心即可，如何自己舒心如何來。我們這些當師叔師伯的，大本事沒有，心有餘而力不足，也就只能讓小師弟跟你多擔待，其實嘴上不說，這麼多年來心裡一直都過意不去。」

李玉斧臉色微變。道教修行本就追求一葉落知天下秋，一芽發而知天地春。

王小屏開門見山道：「可雖然力不足，卻也應當一分氣力擔起一分擔子，這也是順其自然。那白衣人若是攔不下瘋和尚，十有八九就會跟那人撞上，我既然答應小師弟，也當去攔一攔。我一生癡劍，可從未一次覺得出劍，有過酣暢淋漓的意境。上次在神武城外遞出三劍，明悟甚多，之前旁觀徐鳳年在湖底養意，更是他山之石可以攻玉。這個瘋和尚，可為我砥礪劍道，若是技不如人，身死劍折，掌教你無須惦念，王小屏算是死得其所。」

李玉斧顫聲道：「小王師叔能否容玉斧算上一卦？」

王小屏哈哈大笑，一掠而去，「今日解簽，王小屏九死一生。」

李玉斧頹然坐在江岸。

李玉斧即便可以淡看自己生死，也做不到淡看他人生死，這才是大牢籠。爛陀山畫地為牢與吳家劍塚枯劍有異曲同工之妙，無非都是「自得」二字，可武當山從來不是如此。佛門大錘破執著，可執著於破執著，本就著相，墮入下乘。道人修道求道問道，李玉斧以前經常問自己證長生過天門，過了天門之後又是如何？都說人世多苦，仙人長樂。

李玉斧面容淒清，望向水色泛黃的滔滔江面。青史數風流人物，有仙有佛有聖賢；大丈夫立錐之地，可家可國可天下。

江風大起，江水拍岸，輕輕浸透這位武當青年掌教的道袍鞋履。

遠處那一堆江湖看客，其中被瘋和尚劉松濤借取佩劍的劍士，久久沒有回神，驀地喜極而泣，大聲嘶吼，恨不得天下人都知曉那位古怪僧魔跟他借了一劍。劉松濤毫無徵兆的一次借劍，此人的江湖地位驟然水漲船高，幾位江湖前輩大佬都主動向他靠攏，說些客套寒暄的炙熱言語。

李玉斧置若罔聞，一條豔紅江鯉不知怎的躍出江水，撲入年輕道人懷中，果真應了武當山上一座小道觀的對聯：「魚懷天機參活潑，人無俗慮悟清涼」。

李玉斧捧住這尾鯉魚，低頭望向懷中活蹦亂跳的錦鯉，怔怔出神，突然笑了，「貧道李玉斧，你我有大緣，望你莫要貪嘴上鉤，成為那食客盤中餐。若是萬物當真皆可修行，你我共勉，同修大道。」

李玉斧雙手捧住鯉魚，輕輕拋入江中，「希望數百年後有機會再相見。」

青渡江邊微機玄乎，一人一鯉立下數百年之約，三十里外一場碰撞，則只是血腥味十足。

◆

祭出了一尾從大秦帝陵中帶出靈物的洛陽在這三十里路途中，沒有一次阻攔，而是直接飄落青渡江三十里外，完全是想要一擊功成，足見其身為北莽第一魔頭的自負。

瘋和尚搖搖晃晃，一路狂奔，偶然有寥寥行人聽聞那首初聽便倍感荒腔走板的〈無用歌〉，抬頭再看，早已是人去幾里路外。

洛陽傲然而立，那頭長鬚魚龍在她身邊優哉游哉環繞。當年龍壁翻轉，她被那個自以為得逞的王八蛋一劍刺心，落入河槽，殊不知洛陽反身便回到已是八百年不見天日的陵墓。之前徐鳳年僅是看到一層帝陵風貌，就已是覺得壯闊宏偉，哪裡知道洛陽嫻熟地打開機關，往下而行，別有洞天——地面上篆刻有無數道符籙，出自上古方士耗費心血的上乘手筆，當世鍊氣士宗師見之也要嘆服其契合天道，更有兩尾魚龍圍繞一棺近千年。

洛陽離開這座黃河之下的大秦帝陵後，祕密奔赴極北冰原，恰好趕上了北冥大魚由鯤化鵬的時機，拓跋菩薩辛苦等了幾十年，仍是被她硬生生壞了好事大半。

拓跋菩薩曾與女帝密語，當他拿下那件兵器，便是拓跋數十萬親軍鐵蹄南下之日。如此一來，拓跋菩薩震怒不說，連原本對洛陽青眼相加的女帝都天子一怒。李密弼手中那張「蛛網」，出動了一百捉蜓郎和三十撲蝶娘不說，除了一截柳之外的全部六提竿和雙繭，更是傾巢出動，由李密弼親自部署一切捕殺細節，斬殺洛陽，志在必得。

可惜洛陽當年一路殺到北莽都城，那一次更是一路殺到邊境，甚至中途繞了一個圈子，特意去與重重鐵騎鐵甲護駕的李密弼遙遙見上了一面。洛陽所作所為，比起劉松濤百年前的行走江湖，堪稱有過之而無不及。只是這樁祕史，遠在離陽的江湖沒機會聽說而已。

劉松濤並沒有提劍，那柄材質普通的長劍懸空，與他並肩而行。

有朝一日躋身陸地劍仙，號稱天下無一物不可做劍，可真正一劍在手，不論竹劍木劍鐵劍，都是截然不同的氣勢。尤其是同等境界之爭，手中有劍無劍更是不可同日而語。

劍是靈物，否則吳家養劍的精髓便不會是那一枚如意劍胎。高明鑄劍師鑄劍，劍胚都只是第一層，劍胎才是至關重要的關鍵所在。不知哪一位前輩笑言高手過招，就像兩位身著綢緞錦衣的潑婦鬥毆，都想著撕碎對方衣裳，可絲綢衣裳都縝密結實，由千絲萬縷織造而成，劍士之所以能夠成為江湖千年不衰的光鮮行當，就等於潑婦手中提了一把剪子，撕起衣服來可以事半功倍，若是徒手，就得一拳拳先把那緊密緞子給打散了，把絲絲縷縷給弄鬆了。

上代四大宗師之一的符將紅甲不在三教之中，卻身負大金剛境界體魄和天象境感悟，又身披符甲，無異於穿上天地之間最為厚實的一件衣服；人貓韓貂寺的生猛，就在於他的抽絲剝繭，不僅在於可以手撕一副金剛體魄，還可以斷去天象境高手與天地之間的共鳴。

一品四境，對三教之外的武夫來說是毋庸置疑的依次攀升，指玄低於天象，差距之大，遠甚於金剛指玄兩境，後者兩境中人互殺，不乏案例，韓貂寺能夠以指玄殺天象，才讓他媲美鄧太阿的指玄，只可惜隨著人貓死在神武城外，他的修行法門並未有人繼承衣缽，成為一樁絕唱，不論人貓品行如何，都被當成了世間指玄大缺憾。

頂尖高手，尤其是一品高手過招，往往透著股惜命的意味，切磋遠遠多過拚命搏殺。白衣洛陽顯然是個好像從不珍惜境界來之不易的例外，北莽女帝眼皮子底下戰拓跋菩薩，敦煌城外戰鄧太阿，棋劍樂府戰原先的天下第四洪敬岩，極北冰原北冥巨魚背上再戰拓跋菩薩，無一例外都是連累對手都不得不去搏命的手法。

這一次也不例外。

兩兩一撞。

洛陽任由劉松濤一劍穿過手心，一掌拍在他額頭上。

兩人各自後撤數丈。

洛陽那條擋劍的胳膊下垂，滴血不止。

劉松濤七竅流血，也不好受。

長劍碎裂，洛陽身旁一尾魚龍也是靈氣潰散。

洛陽瞥了一眼不再瘋癲的中年僧人，倒退而掠，平淡道：「一百里外再接你一劍。」

劉松濤笑著倒吸一口氣，血跡倒流入竅，如劍歸鞘。

他大踏步前行，散亂滿地的碎劍凝聚成一柄完劍，這一次他握劍在手。

◆

一百里外有一座城，白衣洛陽站在西面城牆之下。

人來劍來。

一道劍氣粗壯如山峰。

等洛陽站定，已是在東牆之外。

這座城池被劍氣和洛陽硬生生撕裂成兩半，城牆割裂，這條東西一線之上，塵埃四起。

一名販賣胭脂水粉的掌櫃瞪大眼睛，癡呆呆看著被劈成兩半的凌亂鋪子。

一位正跟好友在私宅後院附庸風雅圍爐煮酒賞湖景的士子，只見得湖水翻搖，院牆破裂，亭榭後知後覺地轟然倒塌，眾人貂帽都給勁風吹落在地，不由面面相覷。

一個攜帶奴僕正在街上鮮衣怒馬逛蕩的公子哥，連人帶馬墜入那條橫空出世的溝壑，人馬哀號，僕役們都以為白日見鬼，畏畏縮縮，不敢去溝壑救人。

西牆之外的劉松濤放聲大笑，沿著裂牆縫隙向前奔，「一劍摧城哪裡夠，再來一劍摧國吧！」

洛陽撫摸了一下憑空多出的一尾魚龍身軀，微微一笑。

復又入城。

「滾！」

她一腳將一同入城的劉松濤踏回西牆外。

洛陽在城鎮中心站定，白衣飄飄。

劉松濤在西牆之外身形彎曲如弓，直起腰杆緩緩站定，眼神又有些渾濁，如一罈子窖藏多年的白酒，給人使勁一搖，罈底渣滓又浮。

劉松濤晃了晃腦袋，再次火速入城，來到城中一條被東西攔腰斬斷的南北向街道。深不見底的溝壑附近有一名面容平平的女子坐在路旁，心有餘悸，環視一周，尋見了從髮鬢間鬆開落地的小釵，正要彎腰去撿起——她是小戶人家，釵子是她積攢好幾月碎銀才買來的心愛物件，要是丟了少不得心疼多時——突然看到一隻手幫她拾起了小釵，抬頭一看，是位面容溫醇的僧衣男子，袈裟破敗，貧苦到穿不起鞋子。

她性情怯弱含羞，一時間漲紅了臉，手足無措。面貌清逸的僧人一笑，遞還給她釵子，呢喃一聲，「當年她將她的釵子別在我髮髻之間，取笑我小釵承鬢好嬌嬈。」

在女子眼中古裡古怪的僧人站起身，茫然道：「可惜妳不是她，我也不是我了。」

眼神恍惚的劉松濤長呼出一口氣，低頭手中已無劍。

那一年見她見晚了，將她無衣屍體放入懷中，他曾脫衣為她裹上，然後背她回逐鹿。

劉松濤伸手撕下一隻袖子，手腕一抖，一柄衣劍在手。

他對那女子笑道：「替她看一看這一劍如何。」

從未經歷過如此驚心動魄場景的女子被嚇得不輕，癡癡點頭，泫然欲泣。

劉松濤淚流滿面，沙啞哭笑道：「當年三人一起逍遙江湖，趙黃巢負妳不負江山，妳負劉松濤。劉松濤有負逐鹿山，只不負妳。」

劉松濤抬臂提劍，另一手雙指從衣劍輕輕抹過，眼神決然。

城中洛陽從一尾魚龍身上折下一根龍鬚，手指輕旋，龍鬚繞臂，顯然連她也沒有太大信心徒手擋下那一劍。就在此時，一人悍然攪局，出現在劉松濤所站街面盡頭。

他飛奔入城，見到灰衣僧人後緩下身形，慢慢前行，相距十丈外停步，譏笑道：「真是魔教教主劉松濤？怎麼越活越回去了，跟一個娘們兒較勁算什麼英雄好漢？」

原本不想理睬不速之客的劉松濤轉過頭。

年輕公子哥自有一股說不清、道不明的風流韻味，雙手插袖，不減玉樹臨風，身後更遠處有名雄偉男子護駕隨行。

劉松濤笑了一笑，當今江湖是怎的一回事，怎麼江湖大材如同雨後春筍，這般滿大街不值錢了？這名白頭年輕人雖說假借陰物跨過天象門檻，稱不得貨真價實，可若是自身底子不行，一方小塘豈能容下一江洪水？白頭公子身後的男子，更是不容小覷，加上之前江畔出聲的武當道人，劉松濤忍不住感慨唏噓，如果百年前後的江湖各取十人對決死戰，勝負未必懸殊，可若擷取五十人，自己當年所處的那個江湖，恐怕沒有半點勝算。

劉松濤一劍在手，蓄勢待發，劍意滔滔，身形四周氣海翻湧，仍是被他強行壓抑，對那年輕人笑道：「年紀輕輕，有這身本事殊為不易，劉某今日不與你一般見識。觀棋不語真君子，你要觀戰無妨，若是插手，休怪劉某劍尖指你一指。年輕人，勸你一句，藏在暗處的陰物本身修為便已經搖搖欲墜，別意氣用事，此時雪上加霜，恐怕它這輩子，都回不到天象……」

不等把話說完，劉松濤磅礴劍意瞬間煙消雲散，不見劉松濤任何動靜，只是手中衣劍已如大江東去，地動城搖久久不停，讓城中百姓誤以為地底蟄龍作祟，引發了劇烈地震，各自從房屋中逃到平坦處。

二十丈外洛陽被一劍穿心。

劉松濤遞出一劍而已，卻眨眼間衰老十歲。

劉松濤在百年之前不曾出手一劍，興許是江湖上最寂寞的老劍仙，百年後這晚來一劍，勢可摧山。劉松濤不悲不喜，只是望向那位百年後立於江湖鼇頭的白衣女子，然後訝異地「咦」了一聲，「難道妳是心左之人。」

洛陽從廢墟上站起，冷笑道：「該我了。」

劉松濤瞥了眼白頭年輕人，轉而望向兩次震動北莽朝野的女魔頭，搖頭嘆息道：「同病相憐。一個不得不靠旁門左道竊取修為，一個拿外物元氣給自己續命，都是篡改氣數的無奈行徑。妳的陽壽本就不多，跟我一戰再戰，就算妳攔得住我劉松濤三百里，結果到頭來跟一個活了兩個多甲子的老頭子晚死不多久，何苦來哉？」

來者自然是庸人自擾的徐鳳年，他躍上城頭後便止步遠眺旁觀，起先萬萬沒有要橫插一腳的意圖，甚至都顧不上先去上陰學宮，接到青隼傳來的密信，直接就繞路前來，生怕錯過了這場大戰。

不說百年一遇，畢竟有羊皮裘老頭和王仙芝東海一戰珠玉在前，兩任魔教教主內鬥，怎麼也算得上是幾十年難遇的曠世大戰，只是信上所謂的逐鹿山白衣男子，他哪裡料到會是北莽死在龍壁河槽中的洛陽娘們兒！

當他臨近城牆，心意相通的陰物就讓徐鳳年知曉已經給洛陽察覺。伸頭一刀，縮頭也是一刀，徐鳳年乾脆就不跑路了。鬼使神差，當他看到劉松濤一劍起手，就有些怕。一邊火急火燎躍下城頭，一邊給自己壯膽，反正有半吊子天象境傍身，湊個熱鬧，跟老教主說句良心話總不至於就給當場宰了吧？你一個劉松濤堂堂上任魔教教主，忙著跟全天下較勁，何必跟咱們這種不混江湖的過不去，是不是這個理？再說了，老子在北莽過慣了過街老鼠的苦日子，一旦風緊扯呼，咱跑起路來也不慢嘛。

一直前行的洛陽正眼看都不看一下徐鳳年，讓他的媚眼白白拋給瞎子。洛陽若是那個可以用常理揣度的女子，也就不會是洛陽了。饒是飽經風雨的劉松濤，也覺得有些費解，這女子分明無須玉石俱焚，是懶得分出勝負高低，那就直接分出死活嗎？

劉松濤仰頭放聲大笑，竟然有一種百年之後終於得遇知己一人的痛快感覺。他撕下僅剩的袖管，第二把衣劍在手。

不知是否是劍仙魔頭陰物同時存在的緣故，天人感應，引來異象，天空似乎稀稀疏疏飄下了些許雪花。徐鳳年抬頭看去，是一個晚來天欲雪的慘澹黃昏啊。

能飲一劍無？

劉松濤像是十年性命換一劍。

只是比起第一劍，這一次就連徐鳳年都察覺到有一鼓作氣再而衰的嫌疑，下一刻徐鳳年都來不及破口大罵，難怪劉松濤這一劍有所鬆懈，劍尖初時所指是洛陽，才離手數丈便掉轉劍尖，朝自己急掠而刺。

袁左宗比起劍尖最終所指的徐鳳年還要更早動身，隨手從街邊抓取了一根木棍做槍矛，大踏步前奔。只是飛劍之快迅於驚雷，徐鳳年十二柄贈劍被韓貂寺毀去數柄，不過打造一座劍陣雷池不在話下，身前三丈之內劍氣森嚴，在袁左宗趕到之前，劉松濤那柄快至無形的衣劍已是破去寓意不可逾越的雷池，飛劍一時間叮叮咚咚胡亂飛竄。

徐鳳年心如止水，抬手撼崑崙，這摧山一劍，讓守勢近乎圓滿的徐鳳年不斷滑步後退，凌亂劍氣如同無數根冰錐子，狠狠砸在臉面上。飛劍不斷撞擊那柄始終不見真身的衣劍，徐鳳年仍是一退再退，那位劍仙以十年壽命換來的一劍，可謂是讓徐鳳年吃足了苦頭。

好在袁左宗雙手持棒，一棒簡簡單單揮下。

袁左宗眼前地面炸出一個大坑，有木屑，有衣屑。

衣劍被毀，徐鳳年站定後伸出手指，擦去一抹被狠辣劍氣擦出的血跡。

臨時起意換人去殺的劉松濤也不好受，跟洛陽互換一腳，洛陽身形不曾後撤，劉松濤已經跌落十餘丈外，重重落地，幾個翻滾才一掌拍在地上，搖搖晃晃飄拂起身。

洛陽如同附骨之疽，劉松濤才穩住就給她一臂橫掃，身體離地數尺，不等他橫向飛出，洛陽對著他腹部又一腳踩踏，直接斷線風箏又是七、八丈外。

這一次劉松濤沒有跌落，腳尖懸空幾下蜻蜓點水，在那條溝壑邊緣輕輕落足。一步錯、步步錯，大有一著不慎滿盤皆輸的趨勢。

洛陽在長掠中一掌推出，劉松濤神情一凝，往後一仰，躲過洛陽那柄不知何時落在手心的飛劍之釘殺。洛陽換掌變肘，往下一敲，將劉松濤砸向地面，復又一腳踹出，將劉松濤直接撞到遠處一面牆壁上。

當他從塵埃中站起，便見嘴角滲出觸目驚心的黑色瘀血。劉松濤灑然一笑，兩根手指把自己腹部劃破，拈住劍尖，提出一柄從背後插入他身軀的陰險飛劍。

劉松濤望向那個心機深沉的白頭年輕人，嘖嘖道：「好手段，當得『靈犀』二字，生死存亡之際還不忘借劍一次，停劍一次，俱是妙至巔峰。果然沒有白費劉某對你的那一劍。」

劉松濤臉上非但沒有半點怒氣，反而有些欣喜，輕輕將透體飛劍拋還給徐鳳年，「養出劍胎大不易。魏曹當不得『劍仙』二字，當時還跟你一般年輕的隋斜谷倒是不俗氣，可惜劉某也不知道姓隋的是死是活，否則你可以跟他學劍。一般武林中人，信奉武無第二，生怕被人踩在頭上，晚節不保。可劍道大家，必不懼後輩趕超，唯獨怕那劍道傳承一輩不如一輩。小子，你叫什麼名字？」

徐鳳年小心翼翼反問道：「隋斜谷，是不是喜歡吃劍？」

劉松濤笑著點頭，「這小子當年便揚言要問盡天下最強手，吃盡天下最好劍。我閉關轉去練劍時，正是這個越挫越勇的手下敗將替我守關。」

徐鳳年深呼吸一口，「隋老頭跟我有大仇，但恩怨得分明，對我也有一劍之恩。」

劉松濤擺擺手，「那是你倆的事，跟我沒關係。」

洛陽瞥了眼徐鳳年，後者立即噤聲。

洛陽輕輕彈指，一物掠向劉松濤，後者接過物件，神情複雜，輕聲問道：「是妳？怎麼可能？」

洛陽面無表情。

本來已經打算誓死一戰的劉松濤哀嘆一聲，彈回物件，眼神古怪，「就算見到了又如何，都不會是那個人了。」

洛陽神情冷漠依舊，「沒別的事情，你就趕緊滾。」

劉松濤捧腹大笑，然後一閃而逝。出城東行時，這位百年前掀起一場腥風血雨的魔頭自言自語道：「原來還有比我更癡之人。」

洛陽皮笑肉不笑，死死盯住徐鳳年，「娘們兒？」

真是記仇啊，怎麼不說老子為了妳平白無故攤上了劉松濤一劍？

徐鳳年正想著怎麼跑路，洛陽已經開口笑道：「黃河一劍，小女子銘記在心。」

徐鳳年聽到「小女子」三字，立馬毛骨悚然。

不料北莽女魔頭低頭一看，伸手摀住心口，自嘲道：「哪來的心？」

◆

可能是臨近上陰學宮的緣故，城中茶樓酒肆取名都頗為風雅，據說任意一家年老客棧的牆壁上，都能留下各朝各代文豪儒士所寫的斷篇詩句。

尖雪酒樓在城中地處僻靜，下雪時分，少有人出門遭罪，加上城中那場不知是天災還是人禍的變故，生意也就自然慘澹。掌櫃的正鬱鬱寡歡，惦念著何時才能攢足銀錢去買下那棟早就相中的小宅。

這個年月歲歲太平，沒了春秋時的兵荒馬亂，多買些房宅總是不差。家裡婆娘總埋怨給閨女準備的嫁妝肯定少了，撐不起臉面，比起鄰里宋家差得太大。掌櫃的作為一家之主，雖說一年到頭做牛做馬艱辛營生，可到底還是不好多說什麼，倒是每天辛苦勞作，回家能喝上一杯閨女親手煮的茶也就沒了怨氣，猶豫著是不是把珍藏多年的一幅字畫乾脆賣了。當初從一個流落他鄉的南唐遺民手中重金購得，如今確是能賣出高價，可拗不過打心眼裡喜歡。

掌櫃的嘆息一聲，人到中年萬事休哪。他抬頭看了一眼樓外暮色中飛雪的小街，摟了摟袖口，看到兩人走入茶樓，趕忙迎客，生怕錯過了這單無中生有的生意，也顧不得名聲，熱絡笑道：「咱這樓裡除了上等雨前好茶，好酒也不缺，兩位客官要喝什麼？」

等到掌櫃的認清了兩人容貌，就有些愕然。那位俊逸的年輕公子哥還好，笑臉溫煦，大冬天瞧著很暖心，一看就是朱門高牆裡走出來的溫良世家子，可那個面帶寒霜的女子就嚇人了。

掌櫃的下意識縮了縮脖子，好在不知為何白頭的公子哥十分善解人意，拍去肩頭雪花後柔聲笑道：「勞煩掌櫃的去溫一罈子酒，怎麼濃烈怎麼來，要是有火爐就端個過來，放在桌下，咱們可以加些銀錢。」

掌櫃的趕緊搓手笑道：「不要錢、不要錢，應當的。」

徐鳳年和洛陽坐在臨窗的位置。先前劉松濤莫名其妙就離城，看架勢洛陽馬上就要騰出手收拾自己，可當他和袁左宗都準備拚死一戰，她又說喝酒去。

徐鳳年沒有讓袁左宗跟上，她說喝酒，那就大大方方地喝酒，捨命陪君子多半真是要沒命，可跟洛陽喝酒多半可以活得好好的。

酒上桌，火爐也架起，兩人對飲，徐鳳年舉杯喝了一小口，吱溜一聲，懶洋洋靠在椅背上，輕聲問道：「拓跋菩薩等了二十年的好事，被妳倒亂了？到底怎麼一回事？」

洛陽沒有舉杯飲酒，默然無語。

徐鳳年又問道：「妳去逐鹿山當了教主？是妳派遣陸靈龜那夥人讓我入山封侯？曹長卿願意給你們魔教當客卿，逐鹿山願意為西楚復國出力？不過說實話，我對西楚復國一點都不看好，當初徐驍滅掉西楚，之所以沒有去南北劃江而治，也是看出了大勢所趨，沒有稱帝不過是讓人心灰意冷，可一旦自立為帝，更會讓那幫百戰老卒為了他屁股下那把龍椅死得一乾二淨。徐驍的小算盤向來打得劈里啪啦，不做虧本買賣。

如今離陽王朝的趙家天子也不是什麼昏君，勤政自律到了令人髮指的地步，就算曹長卿入聖，也無關大局。說不定離陽恨不得西楚大張旗鼓復國，一把大火燒掉一座糧倉，比起燒死散亂不堪的一叢叢雜草，可要省心省力太多了。如果我沒有猜錯，西楚復國，初期一定會萬事如意，到頭來難逃被朝廷起網撈魚一鍋端。這種缺德事情，元本溪謀劃得出來，趙家天子也點得下頭，黨爭都已經無敵手的張巨鹿更是可以運籌帷幄得盡善盡美。」

洛陽仍是閉目養神，伸出一指輕敲桌面，輕微的叩指聲響，聽不出什麼韻律。

片刻之後，徐鳳年驟然感到一股窒息，喉嚨湧出一股鮮血，趕緊斷開跟朱袍陰物的神意牽連，這才逐漸恢復清明，不由苦笑道：「很像是人貓韓生宣的指玄。妳真是什麼都拿手啊。」

洛陽伸出手指在盛酒的茶杯中蘸了蘸，用小篆在桌面上寫下「洛陽」兩字。

徐鳳年笑道：「我知道，大秦王朝一統天下後國都改名洛陽。」

洛陽嘴角翹起，一臉不加掩飾的譏諷，開口問道：「你真的知道？」

徐鳳年被這個白癡問題給問得無言以對，可眼前這個女魔頭跟新武評天下第二的拓跋菩薩鬥過，跟第三的新劍神鄧太阿鬥過，把原先的第四洪敬岩硬生生拖拽下去，今天又跟劉松濤硬碰硬鬥過，以後估計少不了還要跟武帝城那隻老王八也鬥上一鬥。當今武評上的十人，難不成都要被她揍一遍才甘休？這得是多霸氣的瘋子？徐鳳年心中哀嘆一聲，怎麼偏偏在北莽就遇上了她，想當年城頭上那個純真的黃寶妝到哪兒去了？

徐鳳年說出了最近猜想最多的一個疑惑，「逐鹿山出現在秦末，古語秦失其鹿，天下共逐之。難道這個後世演化成魔教的逐鹿山，跟北莽公主墳一樣都是大秦的餘孽？」

洛陽放肆大笑，「餘孽，這個點評真是一針見血！」

徐鳳年很沒有誠意地賠著笑出聲，洛陽懶得理睬，一語道破天機，「劉松濤當初並沒有被龍虎山借用數代祖師爺之天力讖語釘殺於龍池，而是去了爛陀山削髮為僧，一躲就是將近百年，當年慘事都該放下才對。照理說早已可以放下屠刀，即身證佛，去西天佛國占據一席之地，不知為何會走火入魔，這一路東行，半佛半魔，完全是脫韁野馬，不合情理。以戒律嚴苛著稱於世的爛陀山放之任之，中原佛頭李當心也沒有全力阻攔，更是有悖常理。不是僧人的劉松濤所求，或者說爛陀山所謀，可能會殊途同歸。」

徐鳳年試探性問道：「妳跟我說這個，是還想著拉我去逐鹿山？」

洛陽不置可否，打啞謎。

徐鳳年坦誠相對，「只要妳不急著殺我就行。」

洛陽端起酒杯抿了一口，眼神玩味道：「你連春秋三大魔頭之一的韓貂寺都能殺，會缺我這麼一個？有一就有二，以你的涼薄性情，既然在黃河上結仇，不殺了我，接下來多半睡不好覺。」

徐鳳年一邊倒酒一邊笑道：「殺人貓那是僥倖，沒有吃劍老祖宗隋斜谷的借劍，就是我反過來被韓貂寺宰掉。殺妳這種全天下坐四望三的神仙，我吃飽了撐的啊！只要妳別跟我算舊帳。說實話，我就算去逐鹿山當個掛名的王侯也無所謂，但是事先說好，我絕不會摻和西楚復國之事。我對曹長卿是真心佩服，可一事歸一事，我在北涼一畝三分地上都沒拿捏妥當，沒那野心和本事去逐鹿天下……」

洛陽露出不耐煩的表情，雙指旋轉瓷杯，冷笑道：「劉松濤有句話說得對。」

酒尚溫熱，氣氛則已是冷得不能再冷。

徐鳳年見她不願多說，悄悄喝過了幾杯酒後，跟掌櫃的付過銀錢就離開尖雪茶樓。

洛陽沒有阻攔，又伸手蘸了蘸酒水，在桌面上寫下兩個字。

秦。

徐。

洛陽平靜說道：「原來都是『三人禾』啊。他什麼都不知道，她什麼都知道，本來不是這樣的。」

這個魔頭做出了一個誰都猜想不到的動作——將下巴擱在桌面上，閉上眼睛，彷彿一個疲倦至極的尋常女子，久久沒能等到心儀之人歸鄉。

◆

風雪夜歸人。

徐鳳年站在門口，鋪滿青石板的小街上不見行人，捧手呵了一口氣，都是酒氣。看到徐鳳年安然無恙從尖雪茶樓走出，已是北涼騎軍統領的袁左宗如釋重負，兩人相視一笑。

少年戊駕車駛來，徐鳳年跟袁左宗坐入馬車，還得趕在夜禁閉門之前出城。

這次匆匆忙忙趕來觀戰，沒有後顧之憂，顧大祖、黃裳等人已經在褚祿山安排下祕密趕赴北涼，據說那座採石山幾乎拔地而起，只留下一些關係不深的清客散人，這幫人算是有幸鳩占鵲巢，至於徐瞻、周親澔等人的去留，徐鳳年沒有上心，倒是那個少年李懷耳，聽說執意要跟黃裳一起北奔，要去北涼瞧一瞧邊塞風光，家有雙親才不遠遊，既然雙親已不在人世，這個少年就是一人吃飽全家不愁了，徐鳳年也不攔著。

馬車中，袁左宗欲言又止，徐鳳年如今不跟袁二哥見外，竹筒倒豆子，將大致狀況說了一遍，袁左宗聽完以後嘖嘖稱奇，沒想到劉松濤的身分如此驚世駭俗，不光是魔教上任教主，還是爛陀山上本該成就佛陀境界的高僧，魔佛一念生滅之間，在劉松濤身上得到淋漓盡致的佐證。不過更讓袁左宗詫異的還是白衣洛陽，北莽第一的大魔頭，跑來離陽江湖當了逐鹿山第十任教主，結果鬧出一場九、十之爭，真是世事難料。

徐鳳年掀起簾子，遠遠望了一眼風雪中的茶樓，苦笑道：「妳怎麼天天被人一劍穿心。換了別人，哪能坐下來與人喝酒，早就痛不欲生地躲起來療傷了。也就是妳，無愧『洛陽』二字。」

徐鳳年重複了「洛陽」二字，呢喃道：「大秦王朝在鼎盛時，那位被譽為千古一帝的男人不顧非議，硬是將國都改名洛陽，後世都說有違天理，此舉埋下了大秦三世而亡的伏筆。

此後更是為了一個名字沒有載入史冊的狐媚女子，點燃了一千八百座烽燧狼煙，更是被視為昏聵至極，真不知道怎樣傾國傾城的女子，才能讓大秦皇帝如此行事。一個女子陪著他打下天下，另一個女子葬送了天下，如果我生在八百年前，真想當面問一問那個秦帝，新歡舊愛，到底更鍾情哪個一些。」

袁左宗一笑置之，沒有搭腔。與盧升象這類春秋名將並肩齊名的袁白熊，此生不曾傳出有任何一個被他思慕的女子，似乎從未為情所困。

窗外有隼撲簾，徐鳳年笑著掀起簾子，從隼爪上解下細狹竹節，讓這頭涼隼展翅離去。看完密信，憂心忡忡皺眉道：「王小屏不知怎麼回事，跟劉松濤對上了，互換了一劍，這位道門符劍第一人好像受傷不輕，不過好在劉松濤沒有下死手，反而擄走王小屏一起東行。我不覺得這是惺惺相惜，就算暫時是如此，劉松濤瘋瘋癲癲，武當山好不容易在騎牛的之後出了個王小屏，說不定就斷在劉松濤手上。可我怎麼攔？」

袁左宗搖頭道：「攔不住，也不用攔。劍癡王小屏是生是死，自有天數。一個瘋、一個癡，說不定就是一場命裡有時終須有的際遇。李淳罡老前輩有鄧太阿接過劍，百年前便悄然躋身陸地劍仙的劉松濤，說不定也想有一位江湖新人接過他的劍。

說實話，袁某人當年也就是因為軍陣廝殺適宜用刀不宜用劍，否則說不定如今也會是一名三腳貓功夫的劍客了。劍道之所以能屹立江湖千年而不倒，獨樹一幟，可以自立門戶去跟三教聖人爭高低，確實有它自身的獨到魅力。殿下，你不練劍，可惜了。」

徐鳳年自嘲道：「練劍最是不能分心，我是根本不敢練啊，萬一半途而廢，還不得被人罵死和笑死。」

袁左宗不再言語，這類涉及情感的私事，他不願摻和。北涼英才武將層出不窮，恐怕就數他袁白熊最為不懂結黨營私，這一點別說鍾洪武、燕文鸞兩位多年培植嫡系的功勳老將，就算是北涼四牙都不敢跟袁左宗比拚誰更孑然一身。但越是如此，袁左宗當初隻身一人去接手鍾洪武的騎軍，竟然沒有一人膽敢造次生亂，徐北枳和陳亮錫兩人給鍾洪武設的套，無形中就落了空，解甲歸田的鍾洪武出乎尋常的安分守己，這讓徐鳳年哭笑不得，只能暗嘆一句袁二哥實在太過陽謀霸氣。

褚祿山擔任整個北涼道僅在節度使和經略使之下的北涼都護，大權在握，據說私底下不少人開始蠢蠢欲動，這大概能算是無心插柳柳成蔭了。清涼山隱約成為李義山之後首席幕僚的陳亮錫，最近跟褚祿山就有幾場不深不淺的應酬，而豪閥出身落魄異鄉的徐北枳則截然相反，跟許多寒士交好。一尾家鯉，一尾野鯉，暗中較勁誰更率先跳過龍門嗎？

徐鳳年摸了摸額頭，清官難斷家務事，頭疼。抬手時，袁左宗瞥見幾縷紅繩如鮮活赤蛇縈繞殿下手臂，緩緩遊移，袁左宗會心一笑。

落雪亂如絮，簾子外頭少年戊在哼唱那首早已傳遍大江南北的〈無用歌〉，就是跑調得厲害。

◆

上陰學宮蔚然深秀，但是許多人可能都不知道綿延千年的學宮竟然始終是私學。歷代掌控上陰學宮轄境的君王，不論雄才大略的明主還是不思進取的昏君，都不曾試圖插手上陰學宮，也許有過一些小動作，到底都沒有成功。

上陰學宮一直游離廟堂之外，被譽為學宮只要尚存一樓一書一人，便是中原文脈不斷。哪怕大秦之後唯一統一中原的離陽王朝，對於上陰學宮一樣以禮相待，雖說都是虛禮，不耽誤背後扶植國子監和姚家家學與上陰學宮抗衡，希冀打造出三足鼎立的士林格局，但明面上，還是給了上陰學宮許多特賜恩典。像那位不幸暴斃的皇子趙楷就曾在學宮內拜師求學，當世學宮大祭酒也貴為半個帝師，如今哪怕朝廷開科舉取士，國子監分流去不少讀書種子，上陰學宮仍然是當之無愧的文壇執牛耳者。

這兩年學宮新來了個女祭酒，講學音律，學子們都喜歡尊稱她為魚先生，為其趨之若鶩。學宮祭酒多達數百人，但一半都在閉門造車鑽研家學私學，只有大約一百六十位稷上先生配得上「先生」一詞。

開壇講學，術業有專攻，這期間又有許多先生授課門可羅雀，被眾多稷下學子偷偷取笑不過貓狗兩、三隻，只是對牛彈琴的勾當。魚先生卻不一樣，精於音律，傳道授業深入淺出，並非是那沽名釣譽的兩腳書櫃。相傳她爹便是上陰學宮出身的棟梁之材，娘親更是西楚先帝推崇備至的女子劍侍，西楚覆滅，身世淒涼的女子托庇於學宮，情理之中，加上她又是這般清水芙蓉的才貌俱佳，自然而然讓人敬佩其學識，愛慕其姿容，憐憫其家世，這兩年不知多少學子為她朝思暮想，如癡如醉。

一場婉婉約約的新雪不約而至，雪花不大，怯怯柔柔，比起初冬那場氣勢磅礴的鵝毛大雪就顯得可人許多。今天魚先生說是要賞雪，停課一天，這讓慕名而往的學子們大失所望。

學宮依山而建，有三座湖，各自獨立，不曾相通。大先生徐渭熊那棟小樓毗鄰的蓮湖向來如同禁地，人去樓空之後，更是無人問津。仗膽湖湖畔繫滿小舟，密密麻麻，以供士子學生乘舟泛湖，在小舟上架爐煮酒賞雪，自是一樁不亦快哉的樂事，只是小舟一多，如同棋盤下至收官，棋子繁多星羅密布，美事就沒預想中那般妙不可言了。

另外一座小巧玲瓏的佛掌湖，冷清寥寥，緣於此湖為私人擁有，就算錢囊鼓脹的世家學子，也是有銀子買豬頭，沒本事進廟燒香，只能遙遙望湖興嘆。佛掌湖離岸百丈內，閒雜人等都不可擅入，這會兒湖邊涼亭內坐著個捧白貓的腴豔女子，姿容生得狐媚妖嬈，氣質卻是冷漠疏離，越發讓人心生征服的念頭。女子裹了一件價值千金的白狐裘，略顯臃腫的白貓懶洋洋窩在她胸前狐裘內，打了個哈欠，惹人喜愛。

亭子內外有七、八個稚子孩童在嬉戲打鬧，都是在學宮定居授業多年的稷上先生們的孩子，佛掌湖的主人對於這些天真爛漫的孩子網開一面，從不拒絕他們臨湖玩樂。對於這個被設為私人禁地的佛掌湖，世人有過諸多揣測，有說是被南唐皇室遺老重金購置，有說是西楚老太師孫希濟的祖業，更有說是大秦後人的私產，眾說紛紜，至於為何取名古怪的佛掌湖，也有許多讓人津津有味的考據，五花八門，幾乎自成一學。

抱貓的白狐裘女子眉目冷淡，驀然嫣然一笑，她看到一個紮羊角丫兒的小女孩，似乎打雪仗時給一個手勁大的男孩打中了臉，一怒之下，就衝上前去，對著那個原本得意大笑的同齡人就是一腿掃去，青梅竹馬長大的男孩給直接掀翻在地上，羊角丫兒女孩猶不解氣，見他掙扎著起身，一巴掌又給打翻在地，男孩兒一愣之後，坐在地上號啕大哭，女孩叉腰而立，氣勢洶洶環顧四周，大有本女俠天下無敵好寂寞的氣概。

亭中女子眼神迷離，輕聲笑道：「真是寂寞啊。」

涼亭外響起一個天生能給女子溫暖感覺的舒服嗓音，「魚先生也會寂寞？」

女子揉著白貓腦袋，皺了皺眉頭，轉頭時已斂去笑意，看到一張並不陌生的俊雅臉龐。

齊神策，是一個父輩給名字取得極大的年輕男子，舊西楚人氏，爺爺齊渡海是西楚國師孫希濟的得意門生。齊神策的父親在妃子墳一戰中，幾乎讓袁左宗全軍覆沒，可惜那一戰有勝之不武的嫌疑，在整個棋局全盤上仍是拖累了西楚大勢，之後在西壘壁一戰，這名武將陷陣戰死，馬死下馬戰，身受十數北涼刀，算是將功補過，雖死猶榮。

在上陰學宮，西楚遺孤本就高人一等，齊神策如此顯赫又悲壯的家世，本身又不負家學，年少時便被孫希濟親口稱讚為神童，上陰學宮都知道他對同出西楚的魚大家是志在必得，大多也都樂見其成。

狐裘女子禮節性一笑，便不作聲。齊神策笑著走入涼亭，沒有擅自坐下，斜靠亭柱，嘴角噙笑，非禮勿視，視線沒有停留在女子身上，而是舉目望湖，落在尋常大家閨秀眼中，十成十的風流不羈。

佛掌湖邊上豎有一塊古碑，是那大秦小篆，一名悄悄進入上陰學宮的白頭年輕人就蹲在碑前，伸手擦去積雪，露出歲月斑駁的十個字：「如來佛手掌，五指是五嶽」。

孩子們大多性子活潑跳脫，手腳和眼光都閒不住，一下子就發現這個陌生人，那個拳打腳踢了男童的女俠羊角丫兒一馬當先就跑過去，身後跟著幾個玩伴給她搖旗吶喊，白頭白衣的年輕人恰好站起身伸懶腰，兩兩對視，大眼瞪小眼，小丫頭片子眼神警惕，惡狠狠問道：「你是誰，憑什麼來佛掌湖？」

涼亭這邊，也看到那幅場景，齊神策無奈搖頭，覺得那個身材修長的陌生男子實在是無賴了，不知說了什麼，竟然讓身前小女孩氣惱得拳打腳踢，而那人便彎腰伸出一手抵住羊角丫兒的腦袋。

這般孩子氣的年輕人，就算白了頭，能成什麼大事？

結果那王八蛋的大聲喊話讓溫文爾雅的齊神策幾乎氣得七竅生煙。

「魚幼薇，咱們孩子怎麼一眨眼就這麼大了？這孩子問我我是誰，我說是她爹，她就打我。妳怎麼教的孩子！」

齊神策若是那種一氣之下自毀斯文的人物，也就沒辦法在上陰學宮享譽盛名了。齊家子弟在西楚做武將，衝鋒陷陣悍不畏死，為文臣，運轉如意，搖身一變，就成了唾面自乾的好好先生，這恐怕也是齊家當年能在西楚皇朝長盛不衰的祕訣。

齊神策面如冠玉，腰間懸一柄長劍。書生挎劍是學宮常態，更有甚者，還有分明手無縛雞之力還要背一柄大斧的滑稽學子，上陰學宮對此素來寬鬆，只要別拎兵器傷人，哪怕一口氣攜帶十八般兵器也不阻攔，但大體而言，稷下學士仍是以佩劍居多。

齊神策眼見那名男子緩緩走來，一路上羊角丫兒小姑娘懷恨在心，不停捏雪球砸在他身上，這傢伙也不惱火，任由一顆顆結實雪球在身上碎開，臨近涼亭，伸手拍去滿身積雪碎屑晃了晃腦袋，靴子在臺階稜角上刮了刮，好似生怕別人不知道他是個不學無術的無賴貨色。

羊角丫兒猶自碎碎念，亭外積雪漸厚，被她賣力滾出一個得雙手捧住的碩大雪球，想要給這個可惡的浪蕩子致命一擊，可跑得太急，雪球太沉，臺階積雪滑腳，一個踉蹌就要摔在臺階上，背對小姑娘的白頭年輕人向後輕巧伸出一腳，墊在她額頭，止住她的前撲勢頭。

小姑娘自覺在玩伴眼前失了臉面，捧住這傢伙的腿就狠狠一口咬下去，他跳著轉身，彎腰擰住她的耳朵，一大一小僵持不下，比拚耐力，兩人用眼神討價還價是他先鬆手還是她先鬆嘴，羊角丫兒畢竟是個吃不住生疼的小姑娘，眼淚汪汪，先投降，仍是給那光長歲數不長品德的無賴在紅撲撲的臉蛋上擰了一把，小丫頭傷心欲絕，哭得好似給採花賊汙了清白，給天然媚意的狐裘女子放下白貓，站起身摟在懷中才好受幾分。

齊神策心中哀嘆，自己跟這類鄉野村夫般的貨色爭風吃醋，也太可笑了。只是心中還是有些氣憤此人的言語無禮，齊神策平靜問道：「滿口胡謅汙人名節，大丈夫所為？」

不料那混帳笑咪咪開口就傷人，「我一隻手就能打你這種文雅君子五百個，你說我是不是大丈夫？」

魚幼薇懷中羊角丫兒雖然把這傢伙當作今天的生死大敵，可有仇報仇，她對齊神策這個長得人模狗樣的傢伙也沒好印象，家裡雙雙是稷上先生的爹娘就時常私下腹誹，看不慣他一味崇古故作清高的做派，耳濡目染之下，小姑娘就把齊神策劃入娘娘腔一列，聽到那個陌生人讓齊神策吃癟，立即就捧場地嘿嘿笑出聲，偷偷豎起大拇指，不言而喻，咱們仇家歸仇家，可你如果真敢動手教訓姓齊的，本女俠肯定幫你拍手叫好。

齊神策灑然一笑，「匹夫一怒，也無非是敵我一方血濺當場，這種快意恩仇，對國事天下事皆是於事無補。」

那人仍是潑皮無賴的粗俗言語，「亭中就咱們兩個爺們兒，老子一巴掌拍斷你三條腿，還談什麼運籌帷幄、千里之外。」

羊角丫兒抬起頭輕聲問道：「魚姐姐，三條腿蛤蟆我倒是聽說過，怎麼還有三條腿的男人？」

魚幼薇揉了揉她的小腦袋，搖頭不語。

齊神策一根手指悄悄抹過劍柄，溫顏笑道：「這位公子果真能一隻手打我五百個齊神策？」

那人面露凝重，沉聲問道：「你就是齊神策？」

不與魚幼薇對視的齊神策嘴角翹起，終於展露出豪閥王孫那股子與生俱來的倨傲。在外人面前要保持聖人教誨的君子風度，在眼前這個草包面前要是只有溫良恭儉讓，說不定還要被繼續挑釁下去。齊神策一向擅長對症下藥，知道這種根基飄搖的半桶水子弟，有些小錢小權就目中無人，只知道欺軟怕硬，不吃過疼就不長記性。齊神策能夠在上陰學宮如魚得水，跟許多稷上先生都成為忘年交，除了他自身才學深厚之外，齊家在西楚大廈傾覆後仍然「野草」叢生茂盛如故，更是關鍵所在。

世族之根本，在於迎風不倒，任你王朝興亡榮衰，我自做我自家學問，皇帝君王們還得每每禮賢下士。春秋十大豪閥大半凋零，在於太過樹大招風，在於徐驍那個瘸子人屠太過狠辣，齊家這類離頂尖豪閥恰巧還差一兩線的華腴世族，就要得天獨厚許多，既當不成出林鳥，也不會被新王朝忽視小覷。齊神策有自知之明，你們心底可以不當我一回事，嫉妒一句我齊神策裝腔作勢，可萬萬不敢不把我背後的齊家當一根蔥。

不承想那傢伙才一本正經說話，就立即破功，「叫齊神策啊？第一次聽說。名字挺好，人不行。」

羊角丫兒原本以為又是一個趨炎附勢的，正大失所望呢，聽到這話，忍不住捧腹大笑，唯恐天下不亂，嬌小身軀在魚幼薇懷裡歡快打滾。

泥菩薩還有三分火氣，齊神策在心儀女子眼皮子底下三番五次被羞辱，書生下廚、斯文掃地，當下手指彈劍，冷笑道：「有沒有聽說過齊神策不重要，腰間佩劍名玲瓏，出自東越劍池，薄有名聲，不知這位公子有沒有聽說？」

那人破天荒斂去玩世不恭的神態，輕聲笑道：「李淳罡的木馬牛、黃陣圖的黃廬、吳家劍塚的素王、盧白頡的霸秀，都聽說過。玲瓏？身段玲瓏的女子，見過很多，摸過不少。」

齊神策氣極反笑，不再做口舌之爭，打算直接玲瓏出鞘拾掇這個不知天高地厚的傢伙。

就在此時，被稷下學士尊稱魚先生的狐裘女子嘆氣道：「別玩了。」

齊神策一頭霧水之時，始終對他不冷不熱的魚幼薇輕聲說道：「齊公子，勸你別出劍，省得自取其辱。」

這回輪到居高臨下的齊神策如臨大敵。家世薰陶，察言觀色只是入門功夫，早就修練得比一身不俗劍術還來得爐火純青，身後魚先生明明知道他齊神策的劍法，在上陰學宮年輕一輩中無疑是佼佼者，仍是用了自取其辱四字，猶如大槌撞鐘，讓齊神策暈暈乎乎，爭強鬥勝之心散去大半，當務之急是找個臺階離開涼亭，人情世故裡的臺階，可比腳邊不遠處實打實的涼亭臺階難找百倍。好在那白頭年輕人微笑道：「人和劍都不咋的，但眼光不錯，不過奉勸一句，以後離魚幼薇遠點，我就不跟齊家計較了。」

說完這句話，這人就擦肩而過，兩根手指拎起那隻在上陰學宮比玲瓏劍還來得出名的武媚娘，惡作劇地丟出涼亭，白貓滾白雪，這一幕看得人目瞪口呆，偏偏對心愛白貓極為寵溺的魚幼薇只是幽怨一瞪眼，沒有出聲斥責。

齊神策不得不自己給自己找了臺階，撂下一句不鹹不淡的話，「公子既然連齊家都不放在眼裡，那我拭目以待。」

羊角丫兒愣愣看向這個無法無天的登徒子，徑直坐在了魚姐姐身邊，朝自己笑道：「這位拳法凌厲、腿法無雙的女俠，懇請讓我跟妳姐姐說幾句話，行不行？」

小姑娘歪著腦袋想了想，離開魚幼薇溫暖懷抱，小手使勁一揮，如同將軍揮斥方遒，蹦蹦跳跳離開涼亭，「准了。」

離了亭子，一堆小腦袋湊在一起竊竊私語，便是那個被小女俠一腿掃地的孩童也不記仇，屁顛屁顛跑來蹲在一起，看到她生氣，裝傻呵呵一笑，羊角丫兒一臉凶相冷哼一聲撇過頭，嘴角翹起微微笑。

一個把齊神策視作長大後非他不嫁的小女孩怯生生打抱不平：「那個傢伙是誰呀，怎麼那般無禮，齊公子肯定是不願跟他一般見識，否則以齊公子的劍術，一劍就將他挑落到佛掌湖啦。」

羊角丫兒白眼教訓道：「沒聽魚姐姐說齊神策出劍是自取其辱嗎？妳這個小花癡，早跟妳說齊神策是繡花枕頭，妳喜歡他作甚？他那些詩詞也就是狐朋狗友鼓吹出來的玩意兒，當初蓮湖邊上的徐大家都評點過一文不值了。」

小女孩氣鼓鼓，卻也不敢反駁。

似乎早早老於世故的羊角丫兒嘖嘖道：「雖說那個白頭跟我結下大仇，遲早有一天要被我一頓痛打，可我這會兒還是很服氣的，他可是放話說不跟齊家計較，而不是跟齊神策不計較，你們聽聽，多爺們兒！」

一個憨憨的小胖墩兒納悶道：「不都一樣嗎？」

「你爹學問忒大，怎生了你這麼個一天到晚就知道貪嘴偷食的呆頭鵝？」老氣橫秋的羊角丫兒一拳砸過去，小胖墩一屁股坐在雪地裡，眼眶濕潤，想哭又不敢哭。

悶了半天，小胖墩哭腔道：「我今年也作過詩了！」

在古風古意的上陰學宮，這些個大儒文豪的孩子，要是十歲之前都沒能作詩幾首，那可是要被笑話的。

羊角丫兒撇嘴道：「狗屁不通，那也叫詩？」

小胖墩擦著眼淚小跑回家，去跟爹娘哭訴。

羊角丫兒譏笑道：「看吧、看吧，跟那個齊神策是一路貨色，鬥嘴不過，也打不過，就喜歡找長輩搬救兵。」

其餘孩子都面面相覷，無話可說。

◆

亭中。

魚幼薇看著他，不說話。

春神湖離別後相逢，徐鳳年從袖中掏出一張紙，遞給在上陰學宮為人師的魚大家，正兒八經開口第一句話就極其大煞風景，「上陰學宮有個叫劉文豹的老儒生，給了我一些名字，妳看有沒有熟識的，我不是很信得過劉文豹的點評，如果有，妳給說說看，如果跟劉文豹說得八九不離十，那這些人我都要按圖索驥地來一次先禮後兵，甭管是千里馬還是百里驢、十里犬，先弄去北涼再說。不過既然劉文豹點了他們將，估計都是有些墨水學識的鬱鬱不得志之輩，也樂得去北涼撈個官當當。大祭酒那邊，妳去說一聲，要是拉不下臉面，也沒關係，我稍後自己找上門去。」

魚幼薇平淡問道：「說完了？」

徐鳳年點了點頭。

她轉過頭，冷冷清清說道：「那世子殿下可以走了。」

徐鳳年沉默了一炷香工夫，說了一個「好」字，輕輕起身走出涼亭。

飛雪壓肩，白不過白頭。

◆

上陰學宮有座記載先賢功德的碑林，非禮勿視、非禮勿往，唯有稷上先生可以進入，徐鳳年鑽研過學宮的地理輿圖，駕輕就熟，本以為一路上會受到阻攔，少不得一番波折，可當他進入碑林，天地孤寂只剩飛雪，他的足跡在雪地上留下一串小坑，隨即被連綿雪花覆蓋。之前他去了趟二姐求學居住的蓮湖小樓，小坐片刻，亦沒有人出面指手畫腳。

徐鳳年走入記載先人聖賢功德的碑林，石碑大小不一，碑上銘文多為墓誌銘，只是墳卻往往不在碑後，碑林就像一部另類的青史，一座座安靜豎立在上陰學宮後山。

徐鳳年在一座格外纖小的石碑前面蹲下，拿袖子擦去積雪，碑上墓誌銘字跡有大秦之前玉箸體的丰韻。徐鳳年抬頭看了眼簌簌而落的雪絮，挑了身邊一座相對雄偉的石碑背靠而坐。

不知過了多久，睜眼望去，一個披蓑衣的嬌小身影蹣跚而來，手臂挽了一只覆有棉布的竹籃，走得艱辛吃力，途經徐鳳年身邊，才要蹲下，好似瞧見一雙黑眼珠子懸在空中，嚇得一屁股坐在地上。

徐鳳年站起身抖去滿身積雪，一臉歉意，伸手去把不打不相識的羊角丫兒拉起身，他本以為小姑娘會這麼徑直走過去，不承想她恰巧就在這座石碑前停下。

讓她受了一場虛驚，羊角丫兒拍了拍胸脯，瞪了一眼神出鬼沒的白頭仇家。

徐鳳年一經詢問，才知道無巧不成書，小姑娘姓歐陽，祖籍瀧岡，身後碑銘是她爹所作的一篇祭文，徐渭熊每每讀之都為之淚下，徐鳳年本以為是文辭如何超然脫俗，讀後才知道有如一封家書，有如家長里短的嘮叨瑣碎，初時並無感觸，只覺得質樸平白，讀過一遍便拋之腦後。如今及冠之後，遭逢變故，這會兒幫小姑娘擦去雪屑，回頭再讀祭文，竟是抿起嘴角，不敢讓那個小姑娘看到臉龐。

她還是天真爛漫的歲月，祖輩逝世，她還未出生，自然沒有太多切身感受的痛感，在學宮長大，又是無憂無慮。她放下籃子後，就自顧自碎碎念，徐鳳年才知道今天是她爺爺的忌日，此地確是一座墳墓，只是爹娘遠行，就叮囑交代了她今日來上墳，不料一場不期而至的降雪，讓小姑娘吃了大苦頭，這一路上罵了老天爺無數遍。

小姑娘好不容易逮住一個能說話的傢伙，對著墓碑輕聲道：「我最佩服的徐先生曾說過我爹的祭文通篇出自肺腑，沒有一個字刻意諛墓，是頂好的祭文，我也不太懂這些，只覺得爹寫得簡致恬淡，就跟他教書授業一般，總是說不出大道理，這麼多年在學宮裡也沒教出幾個拿得出手的得意門生，要不是徐大家替他說了句好話，前些年家裡都要揭不開鍋啦。我娘裝嫁妝的那個盒子，也越來越空，我小時候還能趁爹娘不在，偷偷在頭上別滿簪子玉釵，這會兒不行啦。」

徐鳳年柔聲笑道：「妳這會兒也還是小時候。」

姓歐陽的羊角丫兒白了他一眼，「你這人有些時候嘴毒，跟吃了青蛇蜈蚣蠍子似的，能把咱們學宮的齊大公子都氣得七竅生煙，但也嘴笨，哪能這麼跟女子說話，我看呀，你肯定在魚姐姐那邊沒討到好，是不是？」

蹲著的徐鳳年雙手插袖橫在胸口，微笑道：「我吃了青蛇蜈蚣，妳吃了烏鴉？」

小姑娘聰慧，揚起拳頭，故作凶神惡煞模樣，「你才烏鴉嘴！」

徐鳳年笑瞇起眼，這一瞬，便顯得眼眸狹長而靈性，整張俊美臉龐都洋溢著暖意，很難想像這就是當年那個陰柔戾氣十足的北涼頭號紈褲。公門修行最是能夠歷練一個人的眼力道行，當別人削尖腦袋想要跳進官場染缸，徐鳳年早已在缸子裡看遍了光怪陸離的好戲。

身旁羊角丫兒雖然行事如同女俠，像個孩子王，可衣衫單薄，此時身上所披過於寬鬆的蓑衣更是破敗，家境顯然比不得佛掌湖邊上的同齡人，再過個五、六年，孩子們知曉了世上那些軟刀子的厲害，恐怕就要反過來被當初兩小無猜的玩伴所欺負。

上陰學宮雖自古便是做學問的聖地，可既然百家爭鳴，必有紛爭，例如春秋大亂時兵家尤為鼎盛，哪怕是濫竽充數之輩，都能紛紛被春秋諸國當成可以挽狂瀾於既倒的雄才搶走，不過當時這撥盲目哄搶，倒也還真被幾國給撿漏幾次。如今天下大定，書生救國的場景，早已不復當年盛況，稷上先生和稷下學子大多蟄伏，難免糾纏於柴米油鹽和蠅營狗苟，劉文豹舉薦十數人，勢單力薄，大多如此，抑鬱不得志，蹉跎復蹉跎而已。

羊角丫兒提起籃子問道：「你跟不跟我走？」

徐鳳年搖了搖頭，「就要離開學宮了。」

她皺了皺已經有一對柳葉雛形的精緻眉頭，低頭看了眼竹籃。窮孩子早當家，籃子裡的祭祖食物不能浪費了，可她胃口小，雖說冬天不易壞，畢竟餐餐溫熱，也就壞了味道，當然主要是她覺得一個人反身走這一、兩里路，委實無趣，歸程有個說話的伴兒，總好過一個人淒淒涼涼的。

徐鳳年笑了笑，「妳要是不介意我蹭頓白食，我就跟妳走。」

羊角丫兒大將風度地打了個響指，還是那句俏皮口頭禪：「准了。」

風雪歸路，羊角丫兒腳上踩了一雙質地織工俱是不錯的蠻錦靴子，只是多年不換，緞面綢子就磨損得經不起風雨，從家中走到這座道德林，已是幾乎浸透。小姑娘正懊惱方才下廚匆忙，出門時忘了換鞋，既心疼又自責，不過想到即將過年，娘親允諾正月裡會給她買一雙新鞋子，就有些期待。

徐鳳年接過了竹籃子，讓她走在自己身後，在碑林冷不丁撿到一個大活人，小姑娘興致頗高，也沒有交淺言深的忌諱，自報家門之餘，都說了些陳芝麻爛穀子的舊事，說她爺爺是兩袖清風的舊北漢大文豪，做得一手錦繡文章，只是在國滅前夕，在廟堂上給一個姓徐的大將軍說了幾句公道話，就被罷官，還差點砍了頭，到了學宮，講授王霸義利，也被排擠，她爹接過家學衣缽，亦是家徒四壁。

小姑娘不怕自揭其短，徐鳳年跟她到了與幾位稷上先生共居的兩進小院，其餘幾位學宮祭酒大多窗紙也透著股喜慶，唯獨她家門前只搭了一架葡萄，入冬之後不見綠意，只留藤枝，更顯慘澹。

小姑娘倒是安貧樂道，估計是隨了爹娘的性子，走過葡萄架時抬頭笑道：「你來得不是時候，夏天才好，摘下兩、三串，去佛掌湖裡擱上一個時辰，好吃得連天上仙桃也比不了。就是晚上招蚊子，一家人乘涼的時候，我爹總讓我給他搖扇子趕蚊子，我不大樂意的。」

裡屋兩間，外頭狹廊辟出一座小灶房，羊角丫兒換了雙靴子，架起火爐，把濕透的靴子放在火爐邊上，然後就去揭籃子裡的溫熱食物，讓徐鳳年自便。他拎了條小板凳坐在門口，眼角餘光可以看到小姑娘的「閨房」一角，小桌小櫃，簡陋潔淨。

天漸暮色，只是雪地映照，比往常要明亮幾分，院子裡其餘幾家都房門緊閉遮擋風雪。

徐鳳年正在打量，吱呀一聲，對門打開，跑出那個先前在湖邊被羊角丫兒摞翻在地的稚童，唇紅齒白，長大以後多半會是個風骨清雅的俊俏書生。

小男孩兒不記仇，本來想著吃過飯，就跑去對門找青梅竹馬的女孩，哪怕不說話，甚至要冒著被她揍的風險，只要看幾眼也好。可當孩子看到那個在亭子裡惹惱了齊公子的陌生人，就有些怯意，站在門口，進退失據。

一位手捧古卷輕聲默念的中年男子不知怎麼來到門口，順著兒子的視線看見了坐在小板凳上的徐鳳年，略作思量，握書一手負後，瀟灑跨過門檻，臨近歐陽家的房門，笑道：「小木魚，家裡來客人了？」

文雅男子客氣說話間，跟徐鳳年笑著點了點頭，徐鳳年也站起身，不失禮節稱呼道：「見過稷上先生。」

這個說法中規中矩，好處在於怎麼都不會出差錯，朝野上下都笑言學宮裡掃地打雜的，到了外邊，都能被尊稱為先生。

綽號「小木魚」的羊角丫兒從灶房探出小腦袋，笑呵呵道：「秦叔叔好。」

客套寒暄幾句，姓秦的先生就轉身離去，關門時聲響略大了一些。

羊角丫兒這才哼哼道：「這傢伙幾乎算是齊神策的御用幫閒，隔三岔五就互贈詩詞，學識是有幾分，風骨是沒有半點的。這些年掙到不少潤筆，三天兩頭跑我家來說要搬走了，嘴上說是遠親不如近鄰，如何如何不捨得，可每次說來說去，都會說到住的私宅跟王大祭酒離得不遠，嘿，是跟我爹娘炫耀他的家底厚實哩。」

徐鳳年拿過飯碗，細嚼慢嚥，抬頭跟站著吃飯的小閨女笑道：「要見得別人好。」

小姑娘白眼道：「就你大道理多。」

徐鳳年一個驀然轉折，壞笑說道：「不過詩詞相和一事，如今除了離別贈友，作得最多的也就是文人騷客跟青樓名妓了，也不知道妳這個秦叔叔跟齊大公子是誰嫖誰。」

羊角丫兒聽得小臉蛋一紅，不過眼眸子泛著由衷歡喜，笑道：「你真損。」

吃過了飯食，小姑娘很不淑女地拍拍圓滾肚子打了個飽嗝，徐鳳年接過碗筷就要去灶房，羊角丫兒一臉看神仙鬼怪的震驚表情，雙手端碗拿筷的徐鳳年笑道：「君子才遠庖廚，妳覺得我像嗎？」

小丫頭一臉沉痛道：「魚姐姐遇見你，真是遇人不淑。」

徐鳳年笑道：「是啊。」

慢悠悠洗過了碗筷，徐鳳年拿袖子當抹布擦乾手，小姑娘坐在火爐邊上托著腮幫發呆，徐鳳年還是坐在那條小板凳上。小姑娘瞥了一眼門外的飛雪綿密，無奈嘆氣道：「要是沒下雪，晚上就能數星星了。我能數到一千多，厲害不厲害？」

徐鳳年笑著點頭道：「厲害。」

羊角丫兒撇嘴道：「沒誠意。」

徐鳳年跟著她一起望向門外，一起沉默不語，許久後輕聲道：「小時候聽大人說，晚上的星空，就是一只停滿螢火蟲的大燈籠。」

小姑娘嘿嘿笑道：「我夏天見著螢火蟲都是見一隻撲殺一隻的。」

徐鳳年瞥了一眼壞笑的羊角丫兒，「以後誰娶妳誰倒楣。」

小姑娘托著腮幫，傷春悲秋道：「誰說不是呢。」

◆

黃昏中，一位清臒老者緩緩步入院中，青衫麻鞋，腰間懸了一枚羊脂玉佩。

學宮數千人，羊角丫兒自認過目不忘，但還是不認得這個老爺爺。徐鳳年倒是認識，一只自以為頂尖國手的大臭棋簍子，當年在清涼山頂跟徐驍廝殺得旗鼓相當，擅長悔棋，徐鳳年觀戰得頭大如斗。不過這位老人卻是二姐的師父，天下精於王霸之爭的當之無愧第一人。

在羊角丫兒的側目中，老人大大咧咧坐下，厚顏無恥問道：「小丫頭，還有吃食否？」

小姑娘雖然潑辣，家教其實極好極嚴，起身笑道：「老先生，我家有的。」

徐鳳年伸手一探，將這位曾經差點成為上陰學宮大祭酒的老人腰間玉佩悄悄奪在手中遞給小姑娘，「不值錢的白玉邊角料，就當我跟老先生的飯錢了。」

老人臉色如常，笑著點頭，不給小姑娘拒絕的機會，「不收下，我可就不吃了。」

小姑娘使勁搖頭，一本正經說道：「咱們都別這麼俗氣行不行？」

徐鳳年和王祭酒相視一笑。

徐鳳年沒有把玉佩還給王祭酒，後者等小姑娘去灶房搗鼓飯食，平靜問道：「我有六百人，北涼敢吃？」

徐鳳年想了想，「只有餓死的，沒聽過有撐死的。」

老先生搖頭沉聲道：「未必啊。」

徐鳳年笑道：「這些人最後能到北涼的，有沒有一半都兩說，撐不死北涼。」

老先生「嗯」了一聲，點頭道：「那倒也是。」

羊角丫兒善解人意，也不在乎兩個客人喧賓奪主，見他們擺出一副挑燈夜談的架勢，就在廳堂裡點燃兩根半截粗壯紅燭，自己去閨房翻書，房門半掩，透出一絲縫隙，她捨不得點燈，就偷偷蹲在門口，藉著那點兒微光昏暈吃力讀書。

上陰學宮的祭酒和先生多如牛毛，真正當得「大家」二字評語的寥寥無幾，王祭酒當年贏了名實之辯輸了天人之爭，敗給當今學宮大祭酒，論分量，在學宮裡仍是穩居前三，若說縱橫機辯之才，更是無人能出其右。此時王祭酒彎腰伸手，在火爐上烤火，映照得他那張滄桑臉龐熠熠生輝，偶爾從碗碟裡拈一顆花生丟入嘴中。

徐鳳年坐在小板凳上，拎著小姑娘那雙最心愛的蠻錦靴，掌握火候，離了爐中燒炭有一些高度，慢慢烘烤。如此一來，兩個人不管身分如何顯赫，都有了一股子活生生的鄉土氣，不像是高高在上被人供奉的泥塑菩薩。

兩人都沒有急於開口，哪怕當下局勢已經迫在眉睫，稱得上是燃眉之急，可畢竟世事不如手談，悔棋不得。王老祭酒這一次鄭重其事，心情並不輕鬆。書生紙上談兵，經常眼高手低，王祭酒終其一生鑽研縱橫捭闔術，可再好的謀劃，也得靠人去做，棋盤上落子生根，不能再變，可大活人哪裡如此簡單，有誰真心願意當個牽線傀儡或是過河卒子，這也是王祭酒對對弈一事從來湊合馬虎的根源所在。棋盤棋子都是死物，否則揀選治國良才，隨便從棋待詔拎出幾個久負盛名的大國手不就行了？

躲在門後借光讀書的小姑娘翻頁時，瞥了眼門外的白頭男子，對他討厭肯定是討厭不起來的，可要說是情竇初開的喜歡，也不會，一來她還小，二來男女之事，不是另外一人如何之好，就一定會喜歡，情不知所起，情不知所終，緣分誰能說得清。

羊角丫兒被自家的書香門第耳濡目染，覺得自己以後還是會找一個像她爹的讀書人，屋外大堂裡溫暖俊哥兒，好是好，可惜不是她的菜呀。小姑娘本就沒有偷聽的意圖，收回淺薄如篾的思緒，下意識伸指蘸了蘸口水，輕輕翻書，含在嘴裡，然後咂巴咂巴，滿嘴墨香，又自顧自嘿嘿一笑。爹娘總說她這個習慣不好，藏書不易，毀書可憎，可小丫頭片子哪裡管得著這些，屢教不改，久而久之，她爹也就故作眼不見、心不煩。

廳堂中，王祭酒終於緩緩開口，「不慮勝，先慮敗，咱們先往壞了說。六百人，先生學士大概是二八分，其中稷下學士這兩年有小半被我用各種藉口丟到了舊蜀、薊州和襄樊等地遊學講學，稷上先生有一半都在北涼八百里以內開設私學書院，或是依附當地權貴。

這些人進入北涼，相對輕鬆，可也不排除朝廷暗中盯梢的可能，一有風吹草動就痛下殺手，斬草除根。這些人尚且如此，更別談還逗留學宮的，都是刀俎下的魚肉。徐趙兩家情分用盡，如此大規模的遷徙，不說沿途道州府縣的刁難，恐怕連趙勾都要出動，這幫比起嬌弱女子好不到哪裡去的先生士子，可經不起鐵蹄幾下踩踏，說難聽一點，稍微精銳的離陽甲士一矛戳來，都能挑出一串糖葫蘆。殿下說不足半數到達北涼，並非危言聳聽。」

徐鳳年笑道：「兵來將擋、水來土掩，離陽鐵騎和精於暗殺的趙勾是吃慣了葷的，可咱們北涼的密探諜子就是吃素的了？咱們當年大碗吃肉的時候，他們還不得眼巴巴在旁邊等著喝湯？我師父曾經針對此事專門留下一個錦囊，如今已經開始展開對策。地利在離陽那邊，但天時人和兩事，不說盡在北涼，但比起前些年那般捉襟見肘的窘況，還是要好上一些。

先是當初北涼出動襲掠北莽邊境數鎮，二姐更是帶兵一路殺到了南朝都城，讓北莽疲於應付；再有魔頭洛陽在去年用了一年時間悍然南下，誘殺了無數鐵騎精兵。北涼豢養大批江湖鷹犬，以前都用作提防針對北莽江湖勢力南下滲透，生怕這群亡命之徒不去殺戒備森嚴的權臣功勳，專門揀選僅在流品門檻徘徊的軟柿子下黑刀子，這會兒就可以抽調到離陽境內。

北莽那邊要是敢趁火打劫，試圖跟趙家形成默契，那就讓徐驍再打一次，恰好新任北涼都護的褚祿山和騎軍統領袁左宗都正愁著新官上任三把火如何個燒法，要是燒到北莽身上，就算鍾洪武、燕文鸞都要樂見其成。

再者離陽的趙勾，當初曹長卿迎接公主，也狠狠殺了一通趙勾內的頂尖諜子，如今還沒有恢復元氣。北涼的鷹犬死士，戰陣廝殺不行，但這種少則一伍、多則一標的隱蔽行動，還是擅長的，跟趙勾對上，勉強可以不落下風。還有一點，以前花費了太多精力氣力保護我這個無良紈褲的那撥精銳死士，也大可以派遣去策應北涼早就成制的軍旅諜子。

別忘了，北涼鐵騎甲天下，很大原因是甲在斥候，萬一趙家朝廷撕破臉皮，不惜動用千人以上的甲士健卒，那也別怪他們到時候踢上鐵板。」

老先生感慨道：「到時候這張棋盤上，可就是犬牙交錯的場景了。」

老先生縮回被爐火燙熱的雙手，揉了揉消瘦臉頰，「說不定屆時處處是血啊。」

徐鳳年平淡道：「你總不能既要馬拉車，卻不給馬吃草，天底下沒這樣的好事。我徐家不謀逆，不篡位稱帝，給你們趙家鎮守西北門戶，尋常老百姓家裡養了條看家護院的狗，還知道給些飯食。趙家倒好，成天想著這條唯一缺點就是不會搖尾乞憐的狗趕緊餓得剩皮包骨頭，然後找個好時候燉一鍋狗肉吃個痛快。狗急了還知道跳牆，何況是血水裡滾出來的北涼鐵騎。」

徐鳳年突然笑了笑，放下小姑娘那一雙已經被他烤好的老舊靴子，拿鐵鉗撥了撥炭火，「不過換成我是趙家天子或是太子，也會對徐家提心吊膽，臥榻之側豈容他人鼾睡嘛，只是理解歸理解，要我接受是萬萬不能的。」

老先生會心一笑，不再稱呼徐鳳年為殿下，親暱幾分，「你這小子，講話挺有道理，做事就歪理了。」

徐鳳年苦笑道：「當家不易啊。會嚷嚷的孩子有糖吃，你不撒潑打滾幾回，別人哪裡會把你當回事。」

王祭酒哈哈一笑，「那再往好了說去？」

徐鳳年跟著一起眉目疏朗幾分，開懷笑道：「說起這個就舒心。」

不料老先生搖頭道：「還得先給你潑潑冷水，咱們姑且計算六百人中能有大半活著到了北涼，你有沒有想過到時廟小菩薩大，僧多粥少該如何？全天下讀書人都在盯著北涼如何安置這些人。北涼地狹民貧，官帽子雖說不少，可終歸不是可以隨便送人的，送多了，官帽子不值錢，安逸之後，也沒誰樂意繼續給你效命賣力。何況北涼本土地頭蛇盤根交錯，又大都是從春秋戰事裡冒尖的將種家族，到時候起了紛爭，你幫誰？一味偏袒誰，註定裡外不是人，被偏袒的胃口越來越大，被冷落的心懷嫉恨。

此事最難在於，不光是一些動輒染血的軍務大事煩人，更多是雞毛蒜皮的家務事來噁心人。我知曉你如今擠掉陳芝豹後，在北涼開始刻意扭轉紈褲印象，尤其是那批百戰老卒對你改觀不少，殊為不易，你就不怕這次自成一脈的學宮進入北涼朋黨而據，讓你功虧一簣？罵你是個大手大腳敗家的繡花枕頭？」

徐鳳年微笑道：「嫁為人婦，最幸福的事情除了跟丈夫對眼，還有兩點極為重要：公公一心公道，婆婆一片婆心。北涼求賢若渴，可千里馬常有，伯樂不常有，沒有上陰學宮這幾百人，徐家不一樣在北涼站穩腳跟了，不一樣說打北莽就打得北莽抬不起頭了？至於北涼地頭蛇，徐驍很多事情不好做，我倒是一點不介意當惡人。

你們跟徐驍有交情，仗著這份香火情在北涼魚肉百姓，刮地三尺，可跟我徐鳳年還沒到那個情分上，徐鳳年這些年走到今天，本來就沒靠他們。我誰都不偏袒，就跟地頭蛇和過江龍兩邊都客客氣氣講道理，在北涼以外，可能我的道理講不通，但是在北涼，你敢不跟我講理，我還真就能讓你吃不了兜著走。

是地頭蛇，那你們憑恃軍功當富甲一方的田舍翁，或是把持各個州郡軍務，沒關係，這些都是你們應得的，可吃相太差，壞了徐家牆根，這裡一鋤頭、那裡一錘子挖狗洞，讓好好一個結實門牆八面漏風，就別怪我拿你們的屍體去填洞。

如果是一條過江龍，只要別假清高，踏踏實實做事，官帽子有，黃金白銀有，女人更不缺。北涼地狹也有地狹的好處，那就是哪兒都在徐家的眼皮子底下，做了什麼都瞧得見。徐家所做之事，無非是『公道』二字。至於苦口婆心，恐怕還得勞累老先生你了，我想先生一樣少不得被人背後罵娘。」

王祭酒點頭道：「有公道、有婆心雙管齊下，這幫沒了娘家的可憐新嫁小媳婦，只要勤儉持家，就不怕沒有出頭之日，磕磕碰碰肯定會有，但起碼不至於慘到要上吊投井去，這就夠了。本就不是什麼嬌氣的大家閨秀，只要有個將心比心的好婆家，那就吃得住苦。」

徐鳳年笑著打趣道：「第一次在清涼山頂見到老先生跟徐驍對局，言談文雅，大概是跟我這麼個大俗人相處，說話也俗氣了。」

老先生搖頭自嘲道：「這叫看人下碟，對症下藥。跟北涼王這麼一個離陽頭一號莽夫相處，若是故意跟他大大咧咧套近乎，少不得故意勾肩搭背大碗喝酒、大塊吃肉，那還不得為難死我這個老頭子。再說了，縱橫術之所以又被稱作長短術，無外乎以己之長對敵之短。說到這裡，我倒要斗膽考校考校世子殿下，北涼和離陽各自長短在哪裡？」

徐鳳年一臉無奈道：「這個老先生得問徐北枳或者陳亮錫去，我可不樂意自揭其短。這算不算抓到了長短術的皮毛？」

王祭酒輕輕「嗯」了一聲。

徐鳳年小聲問道：「這家小姑娘姓歐陽，她爺爺姓歐陽，瀧岡人士，老先生可有聽說？」

王祭酒平淡道：「小姑娘的爹是我的半個學生，他對北涼並不看好，不會跟去北涼。」

徐鳳年點了點頭。也好，上陰學宮遭此跌宕變故，學宮和朝廷為了安穩人心，以羊角丫兒她爹的學識，以後日子最不濟肯定會寬裕許多。

徐鳳年站起身，「那就動身？」

王祭酒站起身，笑道：「不道一聲別？」

徐鳳年微笑道：「那丫頭討厭俗氣。」

兩人輕輕走出屋子，徐鳳年關上房門後，將那枚順手牽羊來的玉佩掛在葡萄架上。

第二日，風雪停歇，上陰學宮佛掌湖邊上矗立起一個數人高的巨大雪人。

羊角丫兒一路跑到魚幼薇院中，尖叫雀躍道：「魚姐姐，湖邊有個大雪人，可像妳啦！」

第七章　快雪山群雄盛集　武林會鳳年逞凶

驛路上出現一支古怪旅人，八人抬著一張似床非床、似榻非榻的坐具，類似舊南唐皇室宗親青眼相加的八杠輿，上頭加了一個寬敞的紗罩帳子，依稀可見平肩高的輿上紗帳內有女子身形曼妙，是位僅憑身材便極其勾人的婀娜尤物。

前有一名身著青綠衣裳、手捧象牙白笏的秀美禮官，腰繫一袋確實是南唐舊制的黃金帛魚，看似姍姍而行，卻是滑步而行，頗為迅捷。八名挑輿奴僕異常魁梧，健步如飛，大冬天也是袒胸露背，與那年輕嬌柔的青綠禮官對比，更是引人注目。

八杠輿旁一名中年刀客頭頂黑紗翹腳襆頭，虯髯之茂幾乎可掛角弓。在官家驛道之上，敢如此招搖，多半是達官顯貴，若是武林中人，那可就了不得。如今江湖所謂的群雄割據，比起春秋之中武夫恃力亂禁，動輒匹夫一怒敢叫權貴血濺三尺，不可同日而語，哪怕與天子同姓的江湖第一等宗門龍虎山，羽衣卿相在野，青詞宰相在朝，南北交相呼應，亦是不敢如何恃寵而驕。

這一行人如此特立獨行，驛路上多有側目，其中就有一對新近相識結伴而行的年輕遊俠各自騎馬而行，年紀稍長者胯下一匹劣馬，勒馬在路邊避讓，一臉豔羨地對身邊同伴低聲說道：「瞧瞧，肯定是跟咱們一樣，去快雪山莊參加武林大會的豪客，若是沒有猜錯，應該就是舊南唐時首屈一指的龍宮，也就他們出行時敢擺出這般僭越違禮的陣仗，沒辦法，龍宮的宮主是燕剌王年幼庶子的乳母，有這等在王朝內數一數二的權勢藩王撐腰，別說州郡長官，便是南唐道上執掌虎符的節度使大人，見到了也不會多說什麼。聽說龍宮這一輩出了個天資卓絕的奇女子，嘿，要是不小心瞧上我，我黃筌這輩子也就值了。不說是她，換成任何一位龍宮裡的仙子都成啊。」

黃筌的同伴是個年輕卻白頭的無名小卒，黃筌窮也不大方，今年沒混到什麼掙錢營生，日子過得格外窮酸落魄，先前在一座小鎮上遇到這位獨自飲酒的年輕人，厚顏蹭了頓酒後，聊得還算投機，自稱徐奇的男子興許是個初出茅廬的雛兒，聽說快雪山莊要舉辦武林大會，就懇請前輩黃筌捎上他一起，這一路上黃筌吃喝不愁，還有幸住上幾次豪奢客棧的頭等甲字房，不由對徐奇另眼相看。確切說來是對徐奇的腰包刮目相看，心底更多還是把這個出手闊綽的哥們兒當作冤大頭，黃筌也樂得以老江湖自居，給他抖摟顯擺一些道聽塗說來的江湖傳聞事蹟。

此時見徐奇聽到龍宮和燕剌王兩個說法後一臉不知所謂，更證實了心中這小子初生牛犢的看法，他從腰間摘下酒水都是用徐奇銀錢購得的酒囊，仰頭豪飲一口，袖子一抹，笑道：「龍宮都沒聽說，那老哥兒可就得好好給你說道說道了。咱們離陽武林，不說龍虎山、吳家劍塚、兩禪寺這幾家出世入世隨心所欲的豪宗高門，離江湖太遠，真正稱得上是武林大峰的一流門派，還得是東越劍池、軒轅家的牯牛大崗、薊州邊境上的雁堡、西蜀的春帖草堂，接下來便是包括龍宮在內的八、九個門派，快雪山莊也足以位列其中。

至於三流宗門幫派，大多能一州之內都是一言九鼎的角色，說是三流，不怎麼好聽，可不能小覷，一般都會有一、兩位小宗師做定海神針。四流和末流，就不用多說了，老兄我當初被郡內名列前茅的澄心樓一位大人物器重，見我根骨不俗，原本有望成為嫡傳弟子，可惜給一名吃飽了撐的要習武的衙內搶去，那兔崽子哪裡是真心練武，就是個蹲茅坑不拉屎的貨色，除了禍害了幾個師姐、師妹，一年到頭都不去幫派裡露面幾次，委實可恨。」

身邊才入江湖不知險惡的雛兒果然一臉憤懣，好似要給黃筌打抱不平，這讓臉色沉重的黃筌一陣暗笑。事是真事，澄心樓自然也是江湖上小有名氣的宗派，可那人就不是黃筌了，只是他聽城裡人茶餘飯後閒聊聽說，那名被調包的年輕俊彥下場淒涼，僅是說了幾句氣頭上的言語，當天就被衙內指使一幫扈從打斷了手腳，也是這般嚴冬時日，給丟在了路旁，像條死狗。徐奇，或者說是徐鳳年舉目望去，那架八杠輿如同飛鴻踏雪而去。

徐鳳年離開上陰學宮後，沒有跟王祭酒隨行，不過明處有袁左宗，暗處有褚祿山，應該出不了紕漏，如果不出意外，這恐怕是自己最後一次有閒情逸致逛蕩江湖了。徐鳳年想一個人反身回北涼，就連死士戊都沒有捎上，離別時讓這少年很是惆悵。

按照黃筌的說法，當下江湖總算被惹惱了，不再死氣沉沉，緣於一流門派裡以地位超然的東越劍池牽頭，西蜀春帖草堂附和，讓快雪山莊做東，打算選出一位服眾的人物，坐上那個空懸幾十年的武林盟主寶座。魔教重出江湖，徒子徒孫們紛紛浮出水面，以及瘋和尚一路東行，已經開始讓整個江湖漸有波瀾壯闊的跡象。

徐鳳年不看這些水面上的漣漪，心中想著是不是東越劍池和春帖草堂得到朝廷授意，想要模仿北莽開始整頓江湖勢力？東越劍池這些年一直是朝廷的打狗棍，誰不服氣就敲誰，春帖草堂在陳芝豹入蜀之後，眉來眼去得並不隱蔽，如今陳芝豹貴為兵部尚書，兩年後封王指日可待，蠢蠢欲動也在情理之中。

在徐鳳年神遊萬里時，那名執笏的龍宮禮官竟是反身迎面行來，腳步輕靈，踩地無痕，落在尋常江湖人士眼中那就要忌憚畏懼了。行走江湖，老僧老道老尼姑，向來是能不招惹就不招惹，再就是眼前青綠女子這般姿容出挑的，既然敢入江湖，尤其是那些個單槍匹馬的女俠，肯定就會有稀奇古怪的武藝傍身。

婉約動人的女子雙手捧素白象笏，彎腰朝徐鳳年行了一禮，並不像士族寒門女子施了個萬福，果真符合她的禮官裝束，形同朝臣互見，抬頭時嘴角微翹，秋波流溢望向騎在馬上的徐鳳年，嗓音悅耳：「我家小姐請公子去輿上一敘。」

黃筌驚訝張嘴，心生嫉妒，頓時心情就有些陰沉。沒有家世背景的江湖兒郎入贅豪宗大派，抱得美人歸，更有不計其數的祕笈在手，大多不以為恥，而是視為一樁天大美事。醉劍趙洪丹入贅採石山，好似一株無根浮萍植入肥沃園地，劍道修行一日千里，便是極佳例子。

徐鳳年沒有猶豫，翻身下馬，牽馬而行。黃筌本想像往常蹭酒一般蹭出一個雞犬升天，不料那清麗禮官橫行一步，搖了搖頭，這讓才堪堪下馬的黃筌恨不得挖個地洞鑽下去，好在那踩到狗屎的徐奇沒有轉頭，青綠可人的佳人也沒有嘲諷意思，僅是轉身領路。

八杠輿安靜停在路旁，青綠禮官蹲在輿前，伸出一手，抬頭眼神示意徐鳳年腳踏素手之上，她自會托掌幫他入帳乘輿。徐鳳年笑著搖頭，只是將馬匹韁繩遞交給她，問道：「鞋底板有些髒，汙了妳家小姐的輿帳，不打緊？」

一手牽馬、一手執笏的貌美禮官溫婉一笑，「無妨，公子入帳以後，奴婢再幫妳脫靴便是。」

那名虯髯客皺了皺眉頭，手握橫刀，對徐鳳年虎視眈眈。

徐鳳年面朝紗帳抱拳道：「徐奇叨擾仙子了。」

然後腳尖一點，鑽入紗帳。

女子僅是中人之姿，三十來歲，面容端莊，不過哪怕雙膝跪地而坐，也能依稀瞧出她雙腿修長，跪姿擠壓而出的滾圓臀瓣側面，更是誘人，上了歲數的花叢行家老手，才會知道女子身材的獨到妙處。

見到徐鳳年入帳，女子禮節性淡雅一笑，安安靜靜往身邊一座釉色肥厚如脂似玉的豆青釉瓷爐裡添了一塊香料。徐鳳年沒有勞駕那名禮官脫靴，自己就動手脫掉靴子，禮官已經收起白笏，將徐鳳年的坐騎交給虯髯客，雙手接過陌生男子的靴子，不見她俏臉上有絲毫異樣。

香爐微熏，本就是熏衣避穢的用場。徐鳳年摘下掛鉤，紗帳垂落，跟這位龍宮仙子盤膝對坐，她沒有開口。

徐鳳年眼角餘光瞥見香爐古意盎然，但稀奇的地方不在於此，香爐瓷面上繪有一幅幅仗劍圖，香霧彌漫之下，瓷面如湖水流動，如同一幅栩栩如生的劍俠行劍圖，這座香爐隱約就是一部上乘劍譜。徐鳳年會心一笑，江湖上都說龍宮占盡物華天寶，富可敵國，曾經是舊南唐的一大蛀蟲，還真沒有冤枉人。

不知是否已為人婦的女子笑問道：「公子也練劍？」

徐鳳年點頭道：「算是練過。不知仙子為何讓徐某乘輿？」

女子凝視徐鳳年，平淡道：「公子可知龍宮初代祖師曾經留下一句讖語？」

徐鳳年笑道：「徐某見識淺陋，不知。」

女子也不介意，直說道：「畫皮難畫骨，知面不知心。本宗龍宮素來以畫虎畫龍著稱於世，再以擅長觀人根骨為本。」

徐鳳年滿口胡謅道：「小時候算命先生說我以後不是當大俠就是給大俠砍死，估摸著根骨是不錯的，仙子那麼遠都能瞧出來？那龍宮仙子妳確是有仙家本事了！」

那女子顯然是不食人間煙火，不適應這般粗鄙言語，不知如何應對，一時間除去香霧嫋嫋，落針可聞。

徐鳳年也沒打算裝聾作啞一路到快雪山莊為止，笑道：「沒聽說過龍宮祖師爺的醒世明言，倒是聽說龍宮有一樣重器，叫作黑花雲龍紋香爐，寓意南唐江山永固，外壁黑紫小斑凝聚，一旦投入香餅燃起，霧靄升騰，就浮現出九龍出海的畫面。」

那女子聞言一笑，生得不惹眼的中人之姿，反倒是襯托出她的古典氣質越發出彩，只聽她柔聲道：「徐公子果然是官家子弟，尋常士族可不知曉這只南唐重器。」

徐鳳年一笑置之，問道：「龍宮這趟是要爭一爭武林盟主？」

女子反問道：「公子以為龍宮可有資格問鼎江湖？」

徐鳳年擺手自嘲道：「哪裡敢指手畫腳。」

女子原本彎腰用銅制香箸去夾取香餅，聞言略作停頓，瞥了一眼徐鳳年，放入爐中後，似乎牛頭不對馬嘴，再次無話可談。

當徐鳳年搖搖晃晃，癱軟在地上，一直悄然屏氣凝神的她這才揮手微微撲淡些許香味，變跪姿為蹲姿，兩根手指停在徐鳳年鼻尖，自言自語道：「連黑花爐從南唐皇宮祕密流入龍宮都曉得，怎會不清楚本宗擅長將根骨適宜的男子製成人皮傀儡？要知道當初四大宗師之一的符將紅甲出身龍宮啊。」

女子凝視徐鳳年的臉龐，冷笑道：「真沉得住氣。」

說話間，雙指如劍鋒，指尖如劍尖，狠狠戳向徐鳳年一目，指尖離他眼皮不過分毫，不承想這名男子仍是紋絲不動，女子「咦」了一聲，「真暈了？」

沒有縮回手指的女子眼中閃過一抹狠戾，就在殺機流瀉時，徐鳳年依舊躺著，可是一隻手卻驀地握住女子雙指，另外一隻手掐住了她的脖子。

女子一臉錯愕，先前兩次試探虛虛假假，不過鋪墊而已，第三次才是真正起了殺心。對龍宮而言，一具上佳皮囊千金難買，不管地上男子真暈假暈，都不耽擱她痛下殺手，只是這場貓抓老鼠的嬉戲，貓鼠互換得太突兀了。

徐鳳年睜開眼睛，盯著這位仙子面皮蛇蠍心腸的龍宮女子，輕聲笑道：「還真殺我啊，我可是給過妳一次做慈悲觀音的機會了，萍水相逢，相親相愛多好。」

女子說不出話來，目露驚駭，滿頭白霜的男子手臂有幾尾小巧赤蛇緩緩遊走，然後猛然紮入她手臂，如同老饕大快朵頤，而原本如同沾滿江南水氣的溫潤女子迅速枯涸。徐鳳年鬆開她時，她已經無聲無息徹底斷氣。

徐鳳年一手扶住前傾身軀，一手伸指在她雙鬢附近輕敲，緩慢撕下一張精巧面皮，覆面之下，竟是行走在八杠輿前青綠禮官的容貌。

久病成醫，北莽之行用多了跟巫蠱沾邊的面皮，對於易容術也不算是門外漢。

徐鳳年丟掉那張等同於舒羞生根水準的面皮，將屍體平放後，越俎代庖地拾起香鏟，頗為嫺熟地刨去一些香灰，若論附庸風雅，他這個北涼世子什麼不精通？

徐鳳年轉過頭，目光閒淡瞥了眼腰懸南唐樣式帛魚的「禮官」，後者對那具屍體無動於衷，笑容不減，眼神玩味。

徐鳳年問道：「她是誰，妳又是誰？」

青綠女子伸出一根手指撫摸鬢角，瞇眼柔聲道：「她啊，就是現在的我唄。我的真容，長得比你揭下的面皮還寒磣，不敢見人。」

徐鳳年放回香鏟，神神祕祕的女子開門見山說道：「本來無非是覺著這趟去快雪山莊，路途無趣，想順便做個嶄新傀儡解解悶，現在覺得那也太暴殄天物了，要不你來龍宮當只鼎爐？江湖上不知多少男子夢寐以求，雖說用不了三、五年就會陽元乾涸被丟棄，可比起被製成人皮傀儡終歸還是要福氣太多。龍宮女子大多如花似玉，夜夜笙歌，享福數年，哪怕你是銀樣鑞槍頭，也能跟二、三十位仙子魚水相歡，強過對著一、兩個黃臉婆無聊一生。」

徐鳳年無奈道：「我說這位姑娘，妳哪來的信心？」

不知真實面容如何的女子歪了歪腦袋，問道：「你是咱們離陽天子人家？」

徐鳳年搖頭。

女子又問：「你躋身一品金剛境界了，還是一步登天領悟指玄之玄了？」

徐鳳年還是搖頭。

女子追問道：「那你是首輔張巨鹿還是顧劍棠的女婿？」

徐鳳年被逗樂，笑道：「問完了？」

八杠輿瞬間下沉數尺高度，八名孔武有力的魁梧扈從幾乎同時屈膝跪地。徐鳳年左手五指如鉤，抓握住青綠女子的整張臉，女子臉龐滲出血絲，右手慢悠悠旋轉，數柄飛劍釘入她幾大致命竅穴，只要她敢運氣抵抗，就得被釘殺當場。

徐鳳年五指微微加重力道，興許在龍宮內高高在上的女子滿臉鮮血流淌，大口喘氣，不用看都知道她此時一定眼神怨毒至極。

徐鳳年微笑道：「仗著龍宮蛇纏龜的偽金剛祕術，就真當自己是佛陀金剛不壞啦？龍宮之所以能屹立不倒，除了脫胎於符將紅甲的蛇纏龜，不過就是幾手走捷徑的指玄手法，到頭來還不是非驢非馬，貽笑大方，有幾個貨真價實的一品高手會把你們這幫娘們兒放在眼中？想做王仙芝那種集大成者，哪裡是你們龍宮這種旁門左道的路數能做成的。當年你們宮主試圖獻身王仙芝，採陽補陰，結果還沒脫光衣服，就被王老怪一掌拍成爛泥。要我說啊，女子長得太醜，就不要混江湖了嘛。」

女子咬牙切齒道：「你到底是誰？為何知道如此之多的龍宮隱私！」

徐鳳年鬆開五指，笑而不語。

確有幾分殺伐果決的女子朝紗帳外厲聲道：「繼續前行！」

正想伺機賞賜給白頭年輕人一記指玄祕術的女子，毫無徵兆地噴出一口鮮血，原來是被一柄飛劍透體而出，碧綠飛劍邀功一般迴旋至主人指間，徐鳳年譏諷道：「還不死心？」

女子伸出舌頭舔去血跡，和口水一起強行咽下，眼神冰冷，聲調嫵媚道：「好一手吳家劍塚馭劍術。」

徐鳳年指了指自己的白頭，笑道：「憑藉這個，以及太安城那場動盪，妳其實已經猜出我身分了，就是不敢說出口？怕我殺人滅口？」

女子默不作聲。

徐鳳年直截了當問道：「龍宮這次去快雪山莊湊熱鬧，燕刺王趙炳和納蘭右慈有沒有要你們做什麼？」

女子面無表情，貌似認命了，束手待斃。

兩人相距不過數尺，徐鳳年翻臉比翻書快多了，一掌就拍在她額頭上。

女子身軀詭異靜止，僅是一顆腦袋晃蕩了許久，七竅流血，好不容易才聚攏起來的隱蔽氣機頓時如洪水決堤，她摀住嘴，猩紅鮮血從指縫中滲出，滴落在毯子上。

徐鳳年復又右手一掌搧在女子臉頰上。她的腦袋往左晃去，她竭力右移，因為清晰感知到右耳附近懸停了一柄不掩飾森寒劍氣的飛劍，她可不想莫名其妙就被一劍穿透頭顱。可徐鳳年偏偏落井下石，一巴掌後，就貼住她的紅腫臉頰，往飛劍劍尖上推去，這讓心性堅韌的女子也在那一瞬心如死灰，命懸一線，咫尺陰陽，這種滋味可不好受。

女子閉上眼睛，那男子手心溫暖，耳畔的飛劍卻陰寒刺骨，劍尖恰好抵住她的太陽穴，一滴血珠緩緩流過那張俏麗臉頰。她睜眼之後，冷笑道：「怎麼，擔心龍宮壓箱底的祕術，我一旦碾碎驪珠，會跟我同歸於盡？」

徐鳳年在她臉頰上屈指一彈，飛劍靈犀歸袖，漫不經心道：「龍宮女子以身作蚌，修為有高低，養出的珠子也大小不一，小則小如米粒，跟隨氣機流淌游弋不定，大則幾近嶺南龍眼，化為道門罡氣，盤踞丹田。」

女子吐出一口瘀血，徐鳳年伸出手掌輕鬆遮擋，瞥見手心一攤黑紫滲入肌膚，轉瞬即逝，皺了皺眉頭。

女子瘋癲大笑。

徐鳳年跟著笑起來，「有些絕技太過出名也不好，猶如出自頂尖國手的圍棋定式，初次現世大多石破天驚，久而久之也會有破解之法。南唐以南，天氣郁蒸，陽多宣洩，草木水泉，皆蘊惡氣。而人身之氣通於天地，自然多發瘴氣。龍宮久在南疆紮根，就以毒攻毒，採擷三月青草瘴、五月黃梅瘴、九月桂花瘴，非煙非霧，融入血脈，一口吐出，是謂龍涎，尤其以精血最毒，任你是頂尖高手，只要沒有金剛境體魄，沾染一滴，都要炷香之後全身腐爛。」

女子收斂笑意，抬袖掩面，擦拭嘴角血跡，竟還有幾分欲語還嬌羞的媚意，凝視這個對龍宮諸多祕密爛熟於心的勳貴王孫，「你要執意殺我，那就是玉石俱焚，如果好好談，說不定還能皆大歡喜。」

徐鳳年豎起手掌，龍涎蠱血悉數被逼出手心。女子沒有慌亂，陷入沉思。

徐鳳年坐在香爐附近，嘆氣道：「真是有一副玲瓏心竅，我如果是一般人，就算壓抑得住排在南疆蠱術前五的龍涎，可配合香爐裡那幾塊需要藥引的香餅，恐怕我跟妳討價還價的時候，就要死得不能再死。而且八杠輿外邊的虯髯客不過是障眼法，怎麼都沒到一品境界，撐死了僅是二品小宗師裡的老手，先前八名扛輿僕役壓膝跪地，其中有一人分明可以不跪，可仍是稍加猶豫就掩飾過去。跟你們打交道，真累。」

處處設下陷阱，處處被壓制，被黃雀在後，女子不管何等堅毅的心境，也終於有一絲崩潰跡象。

她只聽到那個心思難測的年輕魔頭清淡說了一句言語，讓人摸不著頭腦，「妳想不想嘗一嘗當年符將紅甲被人貓剝皮的滋味？我手法稚嫩，還在摸門路，要不妳將就一下？」

徐鳳年伸手拂過紗帳，抽出幾根浮游縈繞指間的紅絲。

她顫聲道：「我認輸！」

徐鳳年笑了笑，眼神陰毒得讓她覺得自己都是大慈大悲的觀世音了。

然後她一張臉皮被紅絲生生撕下。

她低頭捧住血肉模糊的臉龐，沙啞哽咽道：「楊茂亮、趙維萍，都退下。」

行走江湖，既然有福緣，就會有孽緣。可能會無緣無故就得到一本祕笈，可能被世外高人收為高徒。也可能沒做什麼惡事，就給脾氣古怪的隱士高手玩個半殘，或者陰溝裡翻船，一世英名毀於一旦。這就是江湖的誘人之處，你永遠不知道明天會遇到何種變故機緣。

一般而言，境界越高，變數越小，可只要遇上，越是不易化解。不說大海撈針的一品高手，就是分攤到各個州郡就要屈指可數的二品小宗師，原本也是極少陌路相逢，井水不犯河水。可一旦結下死仇，一方下場往往淒慘無比。

徐鳳年雙手拉伸一根紅絲，低頭凝視，不去看那個毫無氣焰的女子，平靜說道：「希望妳能知無不言、言無不盡。」

◆

臨近快雪山莊，八杠輿由官道折入山莊私人鋪就的路途，反而越發寬敞，積雪清掃得七七八八，可見一路綿延，將近百個眉清目秀的童子童女手持絲綢裹柄的掃帚，更有山莊大小管事在路口恭迎大駕，每逢江湖上有頭有臉的人物遞出帖子，山莊這邊必有洪亮吆喝捧場。

八杠輿跟一輛牛車同時折入，駕車童子神情倨傲，分明是個才入學識字光景的稚童，卻背了一柄劍氣森森的長劍，身後坐著一位衣著樸素的老儒生，仙風道骨，手挽一柄名士清談必執的風流雅物，凡夫俗子望而生敬，當真是一手麈尾、兩肩清風的出塵氣度，牛蹄陣陣，一路上許多擁入山莊私家路徑的江湖人士，多數趕緊避讓，對於一些壯膽湊近打招呼的成名豪客，乘坐牛車的老儒生始終閉目養神，一律不加理睬，熱臉貼冷屁股的江湖豪俠對此沒有半點不滿，只覺得天經地義。

快雪山莊這次主動攬過重任，耗費財力籌辦這檔子江湖盛事，說到底還得看其餘兩家的臉色，一家是曾經強勢到能跟吳家劍塚爭奪天下劍林魁首的東越劍池，另外一家便是偏居一隅的西蜀春帖草堂。前者派出了有望成為劍池下一代宗主的李懿白，還有一十八位劍僕。後者來的人不多，寥寥兩人，只是分量無疑更重，手捧麈尾的老儒生便是春帖草堂的當代家主謝靈箴，修為高深莫測，一生不曾與人為敵過招，但是相傳可跟西蜀劍皇切磋劍道的儒士，當真只會對人口誅筆伐？

道路上，一陣譁然，龍宮八杠輿與草堂牛車才進入眾人視野，又有一隊扎眼人馬闖入眼簾，十八名披同一樣式狐裘的女劍客，同騎白馬，裘下白袖如雪，飄忽如仙，便是劍鞘也是那雪白顏色，讓人大開眼界。

東越劍池歷代都會揀選富有靈氣劍胎的幼女精心栽培為劍奴，這些女子終身必須保持處子之身，為劍，亦是為劍池守貞。只是快雪山莊翹首以盼，都沒能看到那東越劍池自詡不世出的劍道天才李懿白。

有三騎並肩瀟灑而至，居中一名年輕男子豐神玉朗，顧盼生姿。左首一騎黑衣勁裝，腰佩一柄橫刀，神情冷漠，高大健壯，頭髮微捲，氣概豪邁。右邊一騎相比兩名同伴，就要遜色太多，挎了一把短劍，其貌不揚，肌膚黝黑，五短身材。

居中男子出現在快雪山莊私道之上，守株待兔已久的一大撥女子頓時尖叫起來，高呼著「青白」二字，眼神癡迷，狀若瘋癲。

黑衣年輕騎士低聲笑道：「錢兄，還是這麼緊俏啊，我瞅瞅，呦，還真有幾名美人兒，要不你轉贈兄弟幾個？」

英俊公子羞赧靦腆，黑衣劍客哈哈大笑，探臂伸手在他臉上揉了揉，「錢兄啊錢兄，臉皮比女子還薄。」

女子們見到這個場景，更是走火入魔。

被呼作青白的錢姓公子硬著頭皮，故意視而不見，跟路邊傾慕於他的女子們擦身而過。他姓錢名來福，錢姓是大姓，來福二字更是遠遠稱不上陽春白雪，這麼一個翩翩佳公子，被爹娘取了這麼個俗氣名字，實在是有趣。

其實錢來福出身兩淮世族大家，往上推個兩百年，那可是連皇帝女兒都恨嫁不得的大族，如今也算家門興盛的豪族，尤其是錢來福，擅制青白學士箋，仿蜀中琅琊堂，青出於藍而勝於藍，遠勝京城如意館工師手筆，便是蘇吳織造局，也難以媲美。

起先為皇宮大內殿堂中書寫宜春帖子詩詞，填補牆壁廊柱空白，被譽為鋪殿花，後來演變成以至於凡朝廷將相告身，都用此箋；更寫得一手婉約詞，極盡情思纏綿。士林之中，將他與如今已經落魄的宋家雛鳳、春神湖上寫出《頭場雪》的王初冬，以及北涼徐渭熊，並稱「文壇四小家」，各有擅長，又以徐渭熊奪魁。不說離陽王朝眾多大家閨秀對美譽「青白」的錢來福仰慕得一塌糊塗，便是江湖上的女俠也不乏揚言非他不嫁的。

八杠輿上，徐鳳年在整理頭緒。身邊女子林紅猿竟是龍宮的下任宮主，她承認這次到快雪山莊確實有燕剌王授意，主要是幫東越劍池李懿白鼓吹造勢，坐上武林盟主的交椅，為此東越劍池祕密贈予龍宮古珍名劍六柄，事成之後，還有一筆豐盛報酬。

徐鳳年沒有全盤相信，林紅猿的言辭差不多是九真一假，也足夠了。這次爭奪武林盟主這個註定會有朝廷做後臺的香餑餑，春帖草堂謝靈箴呼聲最高，一流門派裡，快雪山莊便傾向於這座世代交好的西蜀草堂，離陽西南一帶的幫派宗門，也樂意抱團錦上添花。

不過似乎薊州雁堡的少堡主也摻和了進來，這名年輕校尉有著誰都不敢小覷的官家身分，又有小道消息說雁堡少堡主在京城很是吃香，跟上任兵部尚書顧劍棠的兩位公子都稱兄道弟，甚至和大皇子趙武都一起多次遊獵邊境。除此之外，還有一些散兵游勇，只是比起這三方，都不值一提，但如今的武林盟主不像以往跟朝廷可以老死不相往來，只要當上了，幾乎就等於跟朝廷牽上線，一躍進入了天子視線，招安之後，替皇帝治理江湖，這不是一張天大的保命符是什麼？

中原文脈尚能藕斷絲連，可惜江湖武膽已破。

徐鳳年輕聲道：「春帖草堂、東越劍池、薊州雁堡，可都是守不住寡的俏寡婦，上邊偷偷有人了。」

◆

快雪山莊位於八百里春神湖南畔，臨湖北望，江面遼闊，氣勢雄偉，大雪過後，江天暮雪的奇景更是瑰麗無雙。莊子建造得獨具匠心，有大半挑出湖去，龍宮在江湖上與快雪山莊齊名，住處偏北，便於欣賞湖景，那棟幽靜院落更是典雅素淨得讓人心動，粉牆青瓦，還請畫工在房宅內外牆壁上作寫意壁畫。

穿廊過棟時，林紅猿還瞧見院廊頂部有幅小巧諧趣的蝶戀花，讓她有幾分意外驚喜。

主樓廳堂地面鋪以剔透琉璃，依稀可見湖魚或形單影隻或成群結隊搖尾游弋，饒是徐鳳年見多識廣，也佩服快雪山莊一擲千金得物有所值，許多春秋以後崛起興盛的士族，金銀不缺，可萬萬沒有這份底蘊，許多建築拼接，驢唇不對馬嘴，行家一眼就可以看穿士族與世族之差。

被撕去臉皮的林紅猿去做了一番梳理，換上一身潔淨衣裳，姍姍而來，蹲在琉璃地板上無聊數魚的徐鳳年抬頭一看，愣了一愣，竟是個濃眉大眼的年輕女子，長得不驚豔，可由於眉眼珍稀，不容易讓人忘記。

徐鳳年對龍宮沒有什麼好感，「江左第一」納蘭右慈豢養的一房丫鬟而已，這也是兩個娘們兒在八杠輿上敢搏命的根源，「誤殺」了北涼世子，回去以後還不得好好跟那位主子撒嬌邀功。

離陽藩王中，燕刺王趙炳是唯一入了徐驍法眼的趙室宗親，不論騎軍還是步軍，戰力都最為接近北涼。自古蠻夷之地的南疆，當下書院數目竟是王朝第一，趙炳口碑比廣陵王趙毅要好出太多，哪怕天高皇帝遠，也沒有傳出什麼僭越舉止。朝廷採納荀平遺策，對削藩不遺餘力，但是對燕刺王拘束極少，朝廷上包括張、顧在內幾大黨派對南疆政務不約而同持讚賞態度，這恐怕都要歸功於納蘭右慈的八面玲瓏。

黃三甲曾經評點天下謀士，說江左納蘭治小國深諳烹小鮮之旨趣，這個說法毀譽參半，言下之意是納蘭右慈不足以擔當大任，但除了黃龍士這種傢伙敢調侃這位江左第一人，沒誰敢心懷輕視。

林紅猿看著那個瞥了眼自己後就又低頭去伸指輕敲琉璃的白頭男子，要是可以，她絕不會有絲毫猶豫，一定會將他砍去四肢、剜去眼珠、熏聾雙耳，再灌下啞藥，做成人彘擺在大缸中，讓他生不如死好幾十年，可問題在於林紅猿根本沒有半分勝算。她師承於娘親，自幼便工於心計，心思陰毒，但有一點卻是從她那個窩囊老爹身上傳下——願賭服輸。

徐鳳年突然說道：「等妳回到龍宮，要麼是納蘭右慈旁敲側擊，要麼是燕剌王親自詢問妳我朝夕相處的點點滴滴，妳要是想以後日子過得滋潤一些，現在就多長個心。」

林紅猿搬了張椅子，坐在琉璃地板邊緣，抬起手臂，併攏雙指，慢慢在眉頭上抹過，笑道：「徐公子真是以德報怨的大好人。」

徐鳳年平淡道：「草堂的謝靈箴我還知道一些情況，東越劍池的李懿白，以及薊州雁堡的李火黎，這兩個年輕俊彥，我聽說得不多，妳給說說。」

林紅猿脫去靴子盤膝坐在椅子上，雙手大大咧咧揉捏腳底板，思量了片刻，字斟句酌道：「李懿白我比較清楚。當初他佩劍遊蕩萬里路，就到過龍宮，我還曾陪他去了一趟南疆，幾乎到達南海。劍法超群，對於劍道領悟，因為出身劍林聖地，眼光自然也就高屋建瓴，一次次砥礪劍術也都直指要害，提綱挈領，漸漸有一股子上古劍仙地地道道的隱逸氣。若非他相貌實在平平，我說不定就要喜歡上他了。不過李懿白有個弱點，修的是出世劍道，練的卻是入世劍法，因為東越劍池連同東越皇室一同依附朝廷，急需有人站出來為劍池和離陽穩固聯姻，這讓李懿白心結難解。

當年從嶺南深山返回，李懿白偶得一部大秦劍譜，這些年也不知練得如何。徐公子應該也心知肚明，江湖武夫除了怕三教中人獨占天時，經常廝殺得憋屈，還怕新人劍客踩在劍道前輩肩上，百尺竿頭、更進一步，創出不拘一格的『新劍』，一旦撞上，指不定就要吃虧。徐公子，就算你身具大神通，幾個林紅猿都不是你對手，那也是林紅猿恰巧被一物降一物。李懿白則不同，可別不小心就成了他一鳴驚人的試劍石。」

說到這裡，林紅猿故意停頓了一下，本以為那傢伙會倨傲怠慢，不承想還真點了點頭，朝自己嘴角一勾，約莫是說他心領神會了。林紅猿壓下心頭陰鬱，繼續說道：「至於那李火黎，薊州雁堡跟龍宮歷來沒有任何淵源，我只知道當年薊州韓家滿門忠烈被朝廷卸磨殺驢，雁堡作為薊州邊關重鎮之一，曾是韓家的心腹嫡系，堡主李瑾轀有反水嫌疑，故而雁堡的名聲在江湖上一直不算好。這個在邊境上撈取不少軍功的李火黎，倒是沒有任何劣跡傳到武林中，不過十四、五入伍，去年才及冠就能當上統領六千人的實權校尉，十個雜號將軍都望塵莫及，想必李火黎自有過人之處，不是一個雁堡少堡主就能解釋一切的。」

林紅猿好似被自己逗樂，笑咪咪道：「在徐公子面前稱讚李火黎城府深沉，年少成名，林紅猿真是覺得自己好笑。」

徐鳳年搖頭道：「想要在邊境上功成名就，就算是恩蔭庇護的將種子孫一樣來之不易，相對孤芳自賞的李懿白，我更在意李火黎一些。」

林紅猿心中嘆息，她反感甚至說是憎惡這樣的對手，徐鳳年越是跟朝野上下風傳的紈褲子弟背道而馳，她就越心驚膽戰。林紅猿的玄妙祕術層出不窮，本身就精於陰謀，就算對手是個一品金剛境界高手，她也敢捉對廝殺。

一品四境，門檻個個高如龍門，漸次登高，拋開三教中人不說，金剛境界已算極致，指玄大多可望而不可即，武夫如果一步一個腳印躋身天象，那可是面對三教聖人都敢叫板，通俗一點說，就是捨得一身剮，敢將皇帝拉下馬。

徐鳳年站起身，問道：「快雪山莊定在大後天推選武林盟主，按照你的估計，會有多少人來湊熱鬧？」

林紅猿不假思索脫口而出：「少說也有四、五千人，不過莊子本身只能容納兩百多人，好在春神湖南畔原本就有眾多連綿成片的私人莊子和客棧酒肆，大概可以消化掉一千多人，其餘武林中人這兩天就得住在五十里外的大小城鎮。魚龍混雜，真正說得上話的其實也就住進快雪山莊的那兩、三百位客人，想必山莊也是既痛快又痛苦。

痛快的是，快雪山莊從未如此被世人矚目，廣迎八方來客，對莊子拔高在江湖的地位有莫大好處。痛苦則在於這兩、三百個三教九流的高手，都不易伺候，萬一出了差池，恐怕就得紅事變白事。誰住的院子好了、誰住的差了，誰家院子裡的丫鬟更水靈一些，誰被莊主親自出府接待了，這些人肚子裡都有小算盤在算帳。像龍宮這樣的還好說，怎麼重視怎麼來，一些不上不下的幫派大佬，大本事沒有，小講究、小算計可謂無窮無盡，就十分考究快雪山莊待人接物的能耐了。」

徐鳳年瞥了一眼信手拈來的林紅猿，無形中將她跟那個徽山紫衣做了對比，真是天壤之別，溫顏笑道：「看不出來，妳還懂些人情世故，難道這些年龍宮都是妳在打點事務？」

林紅猿自嘲道：「若非如此耽擱，天天給人賠笑，我早就是實打實的一品高手了。」

廳門敞開，虯髯客趙維萍站在門口仍是象徵性敲了敲門，林紅猿淡然道：「說。」

這名替龍宮賣命多年的刀客沉聲道：「外頭都說龍虎山來了位小天師，就是先前攔阻過西域瘋和尚的趙凝神。青城王獨子吳士幀也跟裘棉連袂造訪快雪山莊。」

徐鳳年對這個曾經擋下鄧太阿上山一劍的趙凝神不陌生，吳士幀更不用多說，當年馬踏青羊宮，跟這對父子打過交道，吳士幀被拾掇得毫無脾氣，吳靈素名義上同為離陽異姓王，只會用些偏門房中術取媚帝王公卿的青城王，比起徐驍這位藩王實在是不值一提，再者覆甲姑姑和青城山裡的數千甲士，本就是師父李義山的一手錦囊暗棋。反倒是那個裘棉，徐鳳年沒有聽說過。

林紅猿揮手示意趙維萍退下，纖手在腳底板白襪抹過，主動說道：「裘棉可是最近幾年在江湖上鼎鼎有名的女俠，在她裙下稱臣者不計其數，生得沉魚落雁，她穿戴過的衣物首飾在大江南北都會迅速風靡一時，裘棉的名聲，可想而知。只是這位仙子的劍術造詣嘛，給徐公子提鞋都不配。」

徐鳳年笑道：「劍術配不配給我提鞋兩說，說不定我肯拜倒在她石榴裙下，跟那些江湖俊彥一起排隊俯首稱臣，裘仙子都不樂意正眼瞧一眼啊。」

林紅猿掩嘴嬌笑。

徐鳳年取笑道：「才捏過腳底板，妳也不嫌髒？」

林紅猿笑起來後，眼眸彎成一雙月牙兒，伸出一手，「你聞聞？」

見徐鳳年如此不解風情，她將手指伸入嘴中舔了舔，眼神挑釁，仍是無動於衷的徐鳳年笑道：「妳和一個經常與滿是石灰頭顱說話的人比噁心？也太自取其辱了。」

林紅猿突然眼眸一亮，伸直了那纖細到一手可握的腰肢，雙手撐在大腿上，好奇問道：

「聽說你跟武當掌教洪洗象熟識多年，還跟一杆梅子酒天下無敵的兵聖打過架？給說道說道，只要你肯，我什麼都答應你，以身相許就算了，估計還覺得你是虧了的那個。我這輩子就只仰慕這兩個奇男子，要是同時跟他們其中一人相濡以沫，另一人攜遊江湖，嘖嘖，就算給我林紅猿當神仙也不樂意。」

徐鳳年一笑置之，沒有搭腔。只是離開廳堂來到臨水外廊，湖上霧氣彌漫，越發濃郁，天地間白茫茫，徐鳳年趴在欄杆上，林紅猿匆忙穿上鞋子，跟在他身後，猶然不肯死心。

外人瞧見這一幕，多半誤以為他們是如何溫情溫馨的一對江湖兒女。

徐鳳年輕聲道：「妳說要是一口氣殺了謝靈箴、李懿白、李火黎，會不會很有趣？」

林紅猿神情複雜，低聲問道：「殺得掉？」

徐鳳年笑道：「試一試才知道。」

湖面霧靄蒸浮，恍惚猶如仙境，此時霧中傳來一陣悠揚清越的滌蕩之音，林紅猿豎起耳朵靜聽笛聲，消散了徐鳳年驚人言語帶來的血腥氣。

林紅猿陶醉其中，乾脆閉起眼睛，貌似也是個吹笛名家，呢喃道：「徽山牯牛大崗下的鹿腰嶺，為多數紫竹圍困之下，不知為何獨出青竹，竹腳有青苔攀附，筍極苦不能食用，又名苦竹，卻最宜做笛。這支小謠曲兒，倒是從未聽說過，聽著滿耳朵都是苦澀味道，也不知道吹笛人心思該有多苦。青苦青苦，說的就是這人這笛了。」

徐鳳年沒有林紅猿那麼多感觸，大煞風景道：「照妳這麼吹捧，如果吹笛人長得玉樹臨風，試想他一臉苦相臨江橫吹，那就很能勾搭路過的女俠了，估計都忍不住想要摟在懷裡好好憐愛。」

果然，被徐鳳年這麼一番牛嚼牡丹地注解，林紅猿背靠欄杆，撫摸了一下額頭，有些無奈。

徐鳳年手指纏繞一縷鬢角垂髮，問道：「妳說天底下有幾個人可以一口氣殺光快雪山莊所有來客？」

林紅猿眉頭一顫，認真思量後說道：「王仙芝、拓跋菩薩和鄧太阿，不可能再多了。納蘭先生都說五百年來，除了王仙芝可以跟呂祖一較高下，再沒有其他人可以做到這個壯舉。北莽軍神在武評上緊隨其後，卻是要超出之後八人一大截，當然，準確說來是桃花劍神之後七人。其他人就算三教成聖，像大官子曹長卿、白衣僧人李當心也做不到。因為有違本心，他們的入聖，天象意味太重，一旦有悖天理，就要狠狠跌境。

像李當心截斷黃河，掛了數百丈河水在道德宗頭頂，就萬萬不會砸在無辜人身上，挾泰山以超北海，不願也不能。尤其是佛道中的隱世高人，從沒聽說過誰出現在戰陣上。龍虎山的道士，就只會領敕去開壇設醮，建吉祥道場，積攢陰德陰功，哪裡敢濫殺無辜。到了鄧太阿這種逍遙天地的地仙境界，多半也不會跟凡夫俗子一般見識，就像一個壯漢看到路旁小雞啄米，不會找棍子敲死那小雞，如果真有，那也只能說明這傢伙腦子有病，吟唱〈無用歌〉的瘋和尚就在此列，遲早要遭天譴。」

徐鳳年低聲唏噓道：「劍是好劍，人非良人。」

林紅猿生了一副玲瓏心肝，一下子咀嚼出味道，小心翼翼問道：「那僧人莫非剃度前是極高明的劍客？」

徐鳳年手肘抵在欄杆上，另外一手輕輕拍欄，笑道：「送妳一句話，不收銀子。機關算盡太聰明，反誤了卿卿性命。」

林紅猿笑道：「受教了。不過公子你這是慷他人之慨，要知道我也買過《頭場雪》。真說起來，說這句話的才女好像家住春神湖上，要是我有幸沒死在你手上，肯定要去一睹芳容，好好問她一些百思不得其解的問題。到時候出現在她面前，我肯定要裝得賢良淑德一些，免得驚嚇到小女子傾慕已久的文壇大家。」

林紅猿言語活潑，像是一位相熟可親的鄰家姑娘，不料徐鳳年徐徐輕拍欄杆後猛然一記沉重拍欄，林紅猿一個踉蹌，頹然滑落在地，雙手摀住心口，面無血色，眼神陰鷙望向這個前一刻還言笑晏晏的男子，既委屈又憤怒。

徐鳳年依舊托腮，俯視這個看似遭受無妄之災的龍宮貴人，說道：「吹笛人是趙凝神，笛聲通透，外行聽著也就是悅耳好聽而已，可妳我皆知許多聽者無意，吹者有心，是在憑藉笛音觸及各地氣機漣漪後用來判別湖上眾人的境界高低。妳故作一番吹捧，無非是想讓我放開氣機去凝聽笛聲，即便身分暫時不會露餡，也會讓龍虎山那個年輕道士惦念上。我好心贈妳一句不要自作聰明的處事箴言，妳嘴上說受教，可好像沒有真正受教啊。」

體內氣機紊亂如沸水的林紅猿忍住刺骨疼痛，苦澀問道：「你這是什麼古怪手法？竟能靠著簡單的拍子就鳩占鵲巢，牽引我的氣機？」

徐鳳年笑道：「告訴妳也無妨，偷師於北莽一位目盲女琴師的胡笳十八拍，本來不得其法，徒有形似，後來一場死戰，算是登高望遠，恰好妳不識趣，就拿妳耍耍了。」

林紅猿癲狂厲聲道：「徐鳳年，你到底跟那人貓韓貂寺有何瓜葛？先前那撕我臉皮抽絲剝繭的指玄手法，是韓貂寺的獨門絕學，如今這奪人心律的伎倆，分明跟韓貂寺剜人剝魄也有幾分相似！」

徐鳳年沒有理睬憤怒至極的女子，轉頭望向滿湖白霧，自言自語道：「那顆貓頭真是好東西啊，比第五貉的腦袋要強太多了。」

一抹朱紅在水霧中躍起落下，無聲無息，歡快肆意。

始終托著腮幫的徐鳳年眼神溫暖，林紅猿此時抬頭望去，恰好盯住他的那雙丹鳳眸子，怔怔出神。

駿馬秋風塞北，杏花煙雨江南，怎能兼得？

這個讓她忌憚的魔頭也會有如此溫情一面？林紅猿不知他看到了什麼，還是想到什麼，那一刻，只是覺得此生如果能夠將他做成人彘的話，一定要留下他的眼眸。

徐鳳年站起身，慵懶閒逸地扭了扭脖子，彎下腰，跟林紅猿對視，「龍宮有數種偽指玄手法，我教了妳一手，妳得還我一手。」

林紅猿倍感氣急淒苦，心想那你倒是站著不動讓我折騰得氣海沸騰啊，讓我打得你半死不活啊！她只能緊抿起嘴。

徐鳳年指尖觸碰林紅猿的眉心，完全都沒有討價還價的架勢，微笑道：「我見識過不少指玄祕技，可這玩意兒多多益善。妳林紅猿將來是要做龍宮主人的女子，大好的錦繡前程，平白無故死在快雪山莊，除了供人茶餘飯後當祕聞笑談，還能做什麼？我胃口不大，又不是讓妳都說出來，只要一種，咱倆就扯平，如何？接下來妳完成納蘭先生交付妳的任務，我殺我的人。」

林紅猿冷笑道：「你不殺我，就是想要這個？」

徐鳳年可沒工夫跟她憐香惜玉，手指輕輕一點，眉心被重重撞擊的林紅猿就撞破欄杆，墜入湖中，然後似乎被水鬼一腳踹回外廊，成了一隻大冬天裡的落湯雞。

徐鳳年蹲在她身邊，雙手環胸。

林紅猿嘔出一口鮮血，顯然再沒有先前的精氣神，頹然道：「你若是反悔，知道了你想要知道的東西，到頭來還是殺我，又如何？」

徐鳳年眼神清澈，搖頭道：「這個妳大可放心，我還有一句話讓妳捎給你們的恩主納蘭先生。趙維萍也好，那個鬼鬼祟祟的楊茂亮也罷，都沒這個資格。」

林紅猿平穩下呼吸，扯了扯嘴角譏笑道：「要悟得指玄之妙，輕鬆得像是背幾句詩詞？徐公子，難不成你是王仙芝那般五百年罕見的天縱之才？」

徐鳳年捧腹大笑。

林紅猿一頭霧水。

徐鳳年伸出手指點了點林紅猿，厚顏無恥道：「我以為自己已經很烏鴉嘴，沒想到妳比我還厲害。被妳說中了！」

林紅猿滿腹哀嘆，真想一拳頭砸斷這個王八蛋三條腿啊。

徐鳳年收斂笑意說道：「說正經的。妳先說一說龍宮所藏指玄祕術的意旨，要是光說不練用處不大，我不介意給妳當練功樁，妳剛好可以正大光明地伺機報復。」

林紅猿猶豫了一下，顯然是在天人交戰。

徐鳳年嘲笑道：「林紅猿，妳知不知道正因為妳機關術數懂得太多，反而很容易被自己一葉障目？女人沒有魄力，只會耍小聰明，可成不了大事。慧極必傷，此慧是小慧，不是慧根之慧。真正的聰明人，都裝得糊塗，樂意吃虧。這會兒要是換成徽山那個娘們兒，早就憑藉直覺二話不說跟我做起買賣，她那才是身具慧根。妳這種，太小家子氣。我一直認為女人的直覺，很接近指玄根底所在的未卜先知。」

林紅猿沒有讓徐鳳年失望，直奔主題，淡然問道：「你可曾親手拓碑？」

徐鳳年搖了搖頭。

林紅猿皺了皺眉頭，眉頭舒展之後才說道：「龍宮在三百年前曾經救下一名道門大真人，傳給那一代祖師一種獨到指玄，近似摹刻。」

徐鳳年原本聚精會神，突然笑了笑，說道：「妳先換身衣裳。」

◆

玲瓏體態畢露的林紅猿沒有拒絕，站起身就去換乾爽衣服。女子愛美之心，與武力高下向來無關。龍宮斂財無數，如果想要珠光寶氣，林紅猿可以穿戴得讓人只見珠寶不見人，便是南唐皇后當年來不及從織造局取走的鳳冠霞帔，龍宮也一樣藏有幾套。

林紅猿才換好一身相對素雅的服飾，虯髯刀客趙維萍就在門口畢恭畢敬稟告：「尉遲莊主來了。」

林紅猿沒有馬上出門，而是去跟徐鳳年知會一聲，他讓林紅猿先忙她的正事，自己就趴在內廳不可見到的外廊欄杆邊上。

快雪山莊莊主尉遲良輔忙碌得像一根竹蜻蜓，一刻不得閒。

龍虎山天師府趙凝神的突兀到來讓山莊大為蓬蓽生輝，以至於青羊宮吳士幀和蝴蝶劍裘棉都成了錦上添花，倒不是說在離陽朝野上下都聲名鵲起的趙凝神就已經比春帖草堂謝靈箴等人更重要，只不過後者已在意料之中，也就顯得不如前者那麼讓人驚喜。

尉遲良輔這兩天親自接見了三十幾位武林巨擘，大多都到了耳順之年，古稀老人也不在少數。年輕一輩中，看來看去，東越劍池李懿白像一柄還不曾開鋒的鈍劍，極好相處；雁堡李火黎眼高於頂，連他這個莊主都不放在眼裡。唯有小天師趙凝神，身著龍虎山道袍，腳踏麻鞋，腰繫一支青苦竹笛，與人說話時總是始終盯住對方的眼睛，異常專注，給旁人的感覺就像是在跟他聊天，一點都不像無聊的寒暄客套，更像久別重逢，這個眼神蘊含溫暖誠意的年輕道人，反而讓人望而生敬。

尉遲良輔先前才被李火黎那年輕人給傷到幾分自尊，恰好在趙凝神這邊補償回來，貨比貨、人比人，正值壯年的莊主心底對趙凝神的好感又增添幾分。親自帶趙凝神去了住處以後，相談甚歡，差點不捨得出屋，若非大管事不停在一旁使眼色，提醒他還有龍宮那尊大菩薩在湖邊小院杵著，尉遲良輔還真希望跟趙凝神促膝長談到天昏地暗。論起修道，趙凝神字字珠璣，毫不藏私，使得尉遲良輔打定主意非要借此機會跟龍虎山交好，莊內藏有幾本讓他開卷有益的珍貴孤本道經，不妨忍痛割愛。

由於龍宮來訪快雪山莊的人物只是一名御櫝官，在等級森嚴的龍宮裡並不算拔尖角色，尉遲良輔當時不樂意也不適宜開儀門迎接，只是他可以刻意怠慢御櫝官，卻不好真的就把龍宮晾在一邊不聞不問。面子一事，是相互給的，御櫝官沒提出開儀門的過分要求，那是給他快雪山莊顏面，那麼尉遲良輔此時急匆匆親自登門，就是還給龍宮一個不小的面子。

尉遲良輔在院中稍等片刻，就看到一名姿色平平的年輕女子跨過門檻，朝他笑顏招呼道：「龍宮林紅猿見過尉遲莊主。」

只聽說御櫝官蒞臨山莊的尉遲良輔愣了一下，迅速回神便快步上前，笑意更濃，抱拳道：「不承想是林小宮主親臨，快雪山莊有失遠迎的大罪可是板上釘釘嘍。」

林紅猿走下臺階，跟尉遲良輔一起踩上臺階，柔聲道：「侄女知曉尉遲叔叔今天肯定要忙得焦頭爛額，就自作主張沒有說實話，省得尉遲叔叔為了侄女多此一舉。」

侄女叔叔一說，讓尉遲良輔心裡熨貼得很哪，更別提兩人跨過門檻時，那林小宮主有意無意落後半步，主客分明。

衣著樸素的尉遲良輔爽朗笑道：「要是所有人都跟侄女妳這般，叔叔可就輕鬆了，哪像現在這般恨不得掰成兩半用。就說那個自稱南疆第一大宗的雀墩山，來了個姓岳的年輕人，叔叔聽都沒聽過，不光要莊子給他開儀門，還得把莊子裡春神樓騰出來給他們，真是不知所謂！讓這麼個無知小兒替宗門參加這等百年一遇的盛事，雀墩山實在是所托非人啊！」

林紅猿笑而不語。雀墩山在嶺南的確是當之無愧的大宗大派，而且跟龍宮已經明爭暗鬥了整整兩百年。雀墩山占據一座南唐臨海邊境上的古老神廟，當初南唐皇帝即位祈雨止疫乃至於求嗣等重大國事，都要派遣重臣或是當地要員去祭祀廟中供奉的海神，每次都會立碑紀事，迄今為止已有唐碑二十九塊。

離陽統一春秋後，因為北涼雄踞西北門戶，貶謫仕宦就只有兩個選擇，使得流寓官員要麼去兩遼、要麼去嶺南，又以後者居多，朝廷對燕剌王趙炳顯然比膠東王趙睢更加信賴，這些謫宦大多落籍當地。

雀墩山文氣頗重，兩者經常詩詞唱和，為雀墩山增輝許多。如果說龍宮是納蘭右慈的偏房丫鬟，那雀墩山就是納蘭右慈的捕魚翁，兩者這些年不過是在爭風吃醋。

尉遲良輔這般姿態，不過是並不稀奇的一抑一揚手法，不過嫻熟的人情世故，歸根結底還是需要讓人知道，不要過於直白就行，否則一味含蓄得雲遮霧繞，別人都不知道你到底是說好說壞，那算怎麼回事。林紅猿也沒有附和，故意朝雀墩山踩上幾腳，這只會讓尉遲良輔這隻老狐狸看低了她身後的龍宮。

兩人落座在黃梨木太師椅上，尉遲良輔雙手搭在圓滑扶手上，林紅猿則正襟危坐，後背絲毫不貼椅背，做足了晚輩禮儀。落在尉遲良輔眼中，這位在快雪山莊坐第一把太師椅的中年男子雙手不動聲色地從扶手上縮回，溫聲問道：「侄女可住得習慣？春神湖這邊不比龍宮，冬天總是陰冷到骨子裡，這會兒又是大雪才歇，莊子裡還有個鋪設地龍的雅靜院子，算是我閨女的閨房，侄女要是不嫌棄，就搬去那兒休息。叔叔家這個丫頭對龍宮也神往已久，總跟我埋怨投錯了胎，去做龍宮裡的仙子就好了。」

林紅猿笑道：「要是尉遲姐姐去了龍宮，侄女一定讓賢。」

尉遲良輔大笑著擺手道：「她那半吊子劍術，井底之蛙而已，我就眼巴巴希冀著她能趕緊找個好人家嫁了。」

林紅猿眼眸眯成月牙，「尉遲姐姐還會愁嫁？要我看啊，以後肯定給叔叔拎回家一個一品境界的女婿。」

尉遲良輔樂呵呵道：「借侄女吉言啊。」

隨即快雪山莊的莊主浮現一臉惆悵，「一說起來這死丫頭，叔叔就頭大，也不知道她從哪裡道聽塗說了一些荒誕不經的傳聞，就對那個素未謀面的北涼世子死心塌地，說他才是世間最有英雄氣概的男人，說起那位世子殿下的事情如數家珍，魔怔了一般。叔叔這白頭髮，有一半都是給她禍害的。侄女啊，在叔叔看來，妳讀泉姐姐雖然年長妳幾歲，可比妳差了十萬八千里，叔叔還是想妳搬去那邊，替叔叔好好勸勸她，我跟她講道理，她左耳進、右耳出，不管用，妳跟她說，她肯定樂意聽。要是她真能從牛角尖裡鑽出來，叔叔到時候親自帶她去龍宮拜訪一趟，一定要當面拜謝！」

林紅猿眼眸閃過一抹不易察覺的古怪，很快就滴水不漏說道：「那我一個人去尉遲姐姐那邊住下，只要尉遲姐姐不趕人，我一定死皮賴臉不走。叔叔就隨便給這些下人安排個偏僻院子，能住人就行，叔叔可別跟侄女客氣了。」

尉遲良輔笑聲愉悅，大聲道：「別人不好說，萬萬沒有讓侄女委屈的道理，這棟院子只管放心繼續住著，快雪山莊雖說比不得龍宮金玉滿堂，卻也沒有寒酸到一棟院子都拿不出手。叔叔今天就把話撂在這裡，以後這棟院子都留給侄女了，任何時候來玩都行，不住時除了讓丫鬟們勤快清掃，不准外人入院。走走走，叔叔這就帶妳去你尉遲姐姐那邊。」

林紅猿站起身搖頭道：「叔叔你先忙，我還有些零散物件要收拾，我自個兒問路去叨擾尉遲姐姐，順便慢悠悠沿路賞景。」

尉遲良輔起身後略加思索，點頭道：「這樣也行，我先讓人去跟那閨女說一聲，叔叔肯定妳倆能一見如故。」

林紅猿玩笑道：「叔叔趕緊忙你的，侄女這邊還得發愁怎麼送尉遲姐姐一份不掉價的見面禮呢。」

尉遲良輔客氣幾句，一臉不加掩飾的舒暢神情，跟一直沉默寡言的大管事快步走出院子。走出去十幾丈，尉遲良輔回望院落一眼，感慨道：「讀泉要是有林紅猿一半的城府，我這個當爹的就省心了。」

年近古稀的老邁管事輕聲安慰道：「莊主，大小姐的赤子之心才可貴啊。古話說，惜福之人福自來。」

尉遲良輔笑罵道：「什麼古話，十有八九又是你杜撰的，讀泉那丫頭說得對，就該給你出版一部醒世警言，一定不比《頭場雪》差太多。」

老管事如同喝了一壺醇酒，拈鬚微笑道：「舉念要明白不自欺。莊主，我這半桶水，就不要丟人現眼了。」

尉遲良輔伸出手指點了點老管事，「你啊你啊。」

兩人趕赴下一座院子，那裡住著一個用毒在江湖上前三的門派，屬於做不做朋友都無所謂，卻萬萬不能做仇敵的貨色，尉遲良輔必須打起精神應對。聽說性情古怪的老頭兒喜好男色，為此快雪山莊特地從襄樊城一家大青樓重金聘請了兩名俊美小相公住入院中，不露痕跡地夾雜在丫鬟之間，就是以備不時之需。

尉遲良輔行走時感慨萬分，莊子這次為了爭取武林盟主從這裡推舉而出，不光是在春帖草堂和東越劍池兩邊付出了不小代價，僅是不起眼的食材一項，每日就要耗費足足三千多兩白銀，更別提從青樓租賃身價不菲的小相公這類狗屁倒灶的額外開銷。

◆

院內，林紅猿走到外廊，看到徐鳳年就坐靠門外牆壁上，正低頭搗鼓著什麼，她笑道：

「聽說了？那位尉遲小姐對公子你可是死心眼得很。」

徐鳳年抬起頭後，露出一張陌生的臉龐，戴了一張自北莽反身後就沒怎麼派上用場的生根面皮，笑咪咪道：「這位尉遲姑娘的眼光硬是要得啊，堪稱舉世無雙。」

林紅猿嘴角悄悄抽搐了一下。

徐鳳年起身笑道：「妳去幫我弄來一頂普通的貂帽，咱們再打一個賭。」

林紅猿問道：「賭什麼？」

徐鳳年十指交叉，伸向頭頂，懶洋洋晃了晃腦袋，「賭我今晚殺不殺得掉謝靈箴，要是殺掉，妳在拓碑之外，再多說一種指玄。要是殺人不成反被殺，妳就更沒有損失。」

林紅猿冷笑道：「無利不起早，你殺不殺謝靈箴跟我有什麼關係。」

徐鳳年笑望向林紅猿。

後者嘻嘻一笑，「要是你接連殺掉謝靈箴、李火黎和李懿白三人，我就跟你賭。」

徐鳳年嘖嘖道：「終於學聰明了。不過事先說好，李懿白我不殺，妳有沒有仇家，替換一個。」

林紅猿毫不猶豫道：「沒問題，換作殺了雀墩山嶽溪蠻。貂帽和他們在快雪山莊所住院落，天黑之前我就能一起給你。」

徐鳳年瞥了眼言語乾淨俐落的林紅猿，嘖嘖稱奇道：「深藏不露啊。早就對那個姓嶽的圖謀不軌了吧？這次不光是妳這個小宮主藏頭露尾，還帶來了不惜混入扛輿隊伍的楊茂亮，就是為了針對雀墩山？借我的刀殺人，手上根本不沾血，到時候有尉遲讀泉給妳做證，龍宮就撇得一清二白。」

林紅猿憨憨傻笑不說話。

徐鳳年看向春神湖遠方霧靄，林紅猿目力不俗，順著視線望去，卻不見一物。片刻之後，傳來一陣女子嗓音的喂喂喂，未見其面便聞其語，「是南疆龍宮住在這裡嗎？應一聲，如果不是，我就不登岸了。」

林紅猿來到欄杆附近，見到一位容顏僅算秀美，身段則尤為妖嬈的年輕女子，獨自撐舟而來，她身上的裘子是上等狐裘，就是年月久了，難免有些灰暗老舊。這麼一個女子以這種新鮮方式出現，林紅猿吃驚不小，嘴上平靜反問道：「妳是尉遲讀泉？」

那女子點了點頭，「那妳是？」

林紅猿察覺徐鳳年早已不知所終，對他的認知便更深一層，面對快雪山莊的大小姐尉遲讀泉，笑道：「我是龍宮林紅猿，見過尉遲姐姐。」

尉遲讀泉放下竹竿，快速躍上外廊，雀躍道：「妳是小宮主林仙子？」

若是平時，林紅猿多半不以為意，只是聽說過了那年輕魔頭對江湖上女俠的刻薄挖苦，就略微有些不自在。

尉遲讀泉根本不在乎什麼初次見面，熱絡地拉住林紅猿的雙手，滿臉驚喜問道：「林仙子，你們龍宮是不是真如傳言所說建在海底？」

林紅猿心想那廝被這麼一個傻姑娘傾慕，似乎也不是一件太值得驕傲的事情啊。

不承想橫生枝節，尉遲讀泉驀然臉色一冷，狠聲道：「躲什麼，一個大老爺們，出來！喂喂，屋裡那位，說你呢，剛才還在外廊的，如今離我不過三丈，別以為隔著一堵牆就不知道你在那兒。」

林紅猿震驚得無以復加，難道這姑娘跟姓徐的是一路狠辣貨色，都喜裝傻扮癡？

屋內徐鳳年也是吃驚不小，猶豫了一下，還是坦然走到屋外，跟尉遲讀泉並肩而立的林紅猿悄然抬手，做了一個橫刀一抹的凌厲手勢，無聲詢問徐鳳年是不是宰了這個隱患。

徐鳳年視而不見，正在打腹稿醞釀措辭，不承想那姑娘死死盯住徐鳳年的白頭，然後一個蹦跳，衝到徐鳳年跟前，幾乎鼻尖對鼻尖，語不驚人死不休的架勢：「哈哈，我就知道是你，徐鳳年，北涼……」

徐鳳年不等她說出「世子殿下」這四字，直截了當一記手刀就砍暈了這個口無遮攔的姑娘。

本以為還會有波折，不承想這記試探意味多過殺機的手刀十分順利，她毫無反抗地一翻白眼，當下就嬌軀癱軟撲在他懷中。

這就完事了？

林紅猿真是受不了這種無趣的轉折，本想這個尉遲姐姐能跟姓徐的來一場鷸蚌相爭的好戲，鬥上幾百回合，鬥出個天昏地暗，從外廊廝殺到湖面上才好。

林紅猿被徐鳳年一瞥，有些心虛，小聲問道：「那我還去不去尉遲讀泉的小樓？要是快雪山莊這邊找不到她的人，似乎不好收尾。」

徐鳳年不假思索道：「喝酒。去找一壺，先把自己喝得滿口酒氣，假裝醺醉，再往她嘴裡灌幾大口。路上有人問起，就說相見恨晚，妳攙扶她回小樓。貂帽和三人住處兩事，照辦不誤。一個晚上，足夠了。」

林紅猿默不作聲。

還抱著尉遲讀泉的徐鳳年皺眉道：「聾了？」

林紅猿嘆氣一聲，「難怪納蘭先生私下對你讚賞有加。」

徐鳳年把尉遲讀泉扛在肩上，反身走回屋內，譏笑道：「妳以為那是誇我？還沒有過招之前，真正的聰明人，是不會被對手重視的。」

林紅猿跟在他身後，自顧自笑了笑，要是還有機會做成人彘，就不給他灌啞藥了，畢竟聽他說話，不管有沒有道理，都挺有意思，可以解乏。

徐鳳年隨手將暈厥過去的尉遲讀泉丟在太師椅上，開始閉目凝神。

不到半個時辰，黃昏將至，趙維萍就走入屋內遞給林紅猿一頂貂帽和一份手卷，林紅猿攤開仔細流覽後，藏入袖中，走到大廳角落從花瓶抽出一枝需要每日一換的蠟梅，蠟黃花色，折枝插瓶不久，仍是嬌豔欲滴，沾著幾分水氣。

林紅猿拎著蠟梅花枝蹲在徐鳳年腳下，一邊講述快雪山莊地形，一邊在地上縱橫劃分。春帖草堂謝靈箴和雁堡李火黎的小院因為身分差得不算太遠，關鍵是背後靠山在同一個層級，故而相距較近，只有嶽溪鑾，直線上隔了小半里路，算上繞路，估計足有一里。別看半里之差，指不定就蘊藏巨大變數。指路期間林紅猿也沒有多嘴廢話，知道這位魔頭沒蠢到去快雪山莊屋簷之上掠空夜行。

手指旋轉貂帽的徐鳳年閉上眼睛複記一遍，睜眼後點頭說道：「行了。」

林紅猿忐忑問道：「能跟我說說大致方案嗎？」

徐鳳年平淡道：「怎麼簡單怎麼來。」

說了也是白說，林紅猿實在沒有刨根問底的勇氣。

尉遲讀泉發出一陣細細碎碎的痛苦呻吟聲，聽在花叢老手耳中，說不定是別有韻味了。

徐鳳年本想一指敲暈，讓她一覺到天明，想了想，還是罷手，在她臉上輕輕一拍。

尉遲讀泉好似費了九牛二虎之力才睜開眼皮子，一臉茫然失神。

徐鳳年跟她一人一張太師椅相對而坐，平靜說道：「我問什麼妳就回答什麼。」

她渾噩地點了點頭。

徐鳳年問道：「妳怎麼知道我的存在？」

尉遲讀泉終於稍稍回過神，仍是感到全身乏力，想要大聲些跟他說話，卻又心有餘而力不足，皺了皺鼻子，眼神幽怨道：「我聞到的啊，我打小就鼻子很靈，小時候我娘親經常笑話我像小狗。你怎麼見面就打人？就算你是徐……」

徐鳳年神情冷漠地直接一指彈在她額頭，疼得她渾身冒冷氣，雙手竭力環住肩頭，泫然欲泣。徐鳳年盯住她的秋水長眸，繼續問道：「妳怎麼一口咬定我就是徐鳳年？」

她試圖擠出一個笑臉，看他抬手就要收拾自己，趕緊慌亂說道：「我第一次聽說你是前年去龍虎山燒香，有位常去山上的香客，說起大雪坪上的借劍，還有你那句還那個啥……」

林紅猿知道尉遲讀泉臉皮薄沒好意思說出口「還個屁」三字。

眼角餘光瞥見徐鳳年面無表情，不敢跟他正視的尉遲讀泉小心翼翼說道：「我們快雪山莊在廣陵江那邊有些田產，別人都不信你跟廣陵王撕破臉皮，我知道是真有其事，否則也打不起來。是一個管事在八月十八觀潮親眼相見，他跟我拍胸口說絕對沒騙人。再後來，一些從北涼那邊待過的說書人開始說你白馬走北莽的故事，年初那會兒，我幾乎每隔幾天都要去聽上一遍的，說你不僅宰了北院大王徐淮南，還一招就做掉了不可一世的提兵山山主，我那會兒才知道世上還有人姓第五，更有說書先生講是你彈鞘出劍借給了桃花劍神鄧太阿。而且你看鄧劍神只是跟拓跋菩薩打平手後，就親自上陣，與那個天下第二的拓跋菩薩一口氣打了三天三夜，打得他不得不承諾此生不敢南下……」

林紅猿強忍笑意。

徐鳳年聽著天花亂墜的胡說八道，臉皮厚到不去言語反駁，只是瞇眼微笑，不停點頭。

尉遲讀泉越說越起勁，兩眼放光，雙手捧在胸口，癡癡望向這個心目中頂天立地的天字號英雄好漢，「後來又聽說藩王入京，你在太安城一刀就掀翻了整條中軸御道，殺掉了好幾百個擋在你路前的國子監學子！還有還有，觀禮之日，要不是你一人獨自攔下勢如破竹的曹長卿，他就要把皇帝陛下跟文武百官都給殺了，什麼顧大將軍啊、兵部侍郎盧升象啊，都不頂用。」

便是徐鳳年厚如城牆的臉皮也有點扛不住，林紅猿已經轉過頭去，實在是不忍直視，假意擺弄那枝可憐的蠟梅。

徐鳳年不得不打斷這女子，好奇問道：「妳都相信了？」

尉遲讀泉瞪大眼眸，反問道：「難道不是？」

徐鳳年一臉沉重，緩緩點頭，很勉為其難承認了，「是真的。」

蹲在一旁的林紅猿笑出聲來，結果被徐鳳年一腳踹在屁股上，摔了個狗吃屎。

徐鳳年不理睬林紅猿的怒目而視，對眼前這個多半是真傻的姑娘微笑道：「我是徐鳳年的事情，連妳爹都不能告訴。」

尉遲讀泉使勁點頭道：「知道的，你肯定是有大事要做，否則也不會戴上一張面皮。」

她突然沉默下來。

原來這姑娘也不是傻到無藥可救，徐鳳年笑著解釋道：「我跟你們快雪山莊無冤無仇，不會對妳爹做什麼。」

好不容易靈光一現的尉遲讀泉故態復萌，又開始犯傻，問道：「當真？」

徐鳳年點頭道：「當真。」

這傻娘們兒估計又相信了。

屋內就三個人，兩個勾搭互利的外來男女老於世故，一個比一個老奸巨猾，唯獨這個撐舟而來的她，好像怎麼用心用力，都只會是被玩弄於股掌的下場。但不知為何，自幼在染缸裡摸爬滾打的林紅猿望著這個一臉純澈笑容的女子，有些羨慕。

徐鳳年不說話，尉遲讀泉尤為侷促不安，手指狠狠擰著舊裘下的一片袖口衣角，這讓她有些後悔為何今天沒有換上一件新裘。

徐鳳年終於開口問道：「妳可知入夜後具體何時點燃燈籠？」

尉遲讀泉神遊萬里，聞言後嚇了一跳，趕緊坐直身體，咬著嘴唇說道：「天晴時，大概是餘暉散盡就掛起燈籠，雪天時分，以往也沒在意，我說不準。」

徐鳳年「嗯」了一聲，笑道：「妳去院子找壺酒。」

她如釋重負去找酒。

林紅猿好像臨時記起一事，亡羊補牢低聲道：「趙凝神後邊進入快雪山莊，估計尉遲良輔都沒有料到，安排的院落離得跟謝靈箴、李火黎等人都有些遠。」

徐鳳年玩味笑道：「可算記起來了？還以為我出院之前妳都會記不得。我回來之後，龍宮沒有什麼小宮主來快雪山莊，也沒有什麼林紅猿離開快雪山莊。」

林紅猿如遭雷擊，臉色慘白。

尉遲讀泉在自家當然熟門熟路，很快捧來了一罈酒。徐鳳年沒有陪著飲酒，拎了一張黃梨木椅出屋，坐在外廊獨自欣賞湖景，直至暮色降臨。屋內不知林紅猿說了什麼，尉遲讀泉都沒有壯膽湊到外廊。

徐鳳年站起身，深呼吸一口，腳尖重重一點，欄杆外湖水劇烈一蕩，徐徐歸於平靜。

暮色漸濃，山莊中錯落有致的大紅燈籠依次亮起，越發喜慶熱鬧。

◆

一棟寂靜別院中，燈火通明，大廳內紅燭粗如嬰兒手臂，只是空無一人。

一名英氣勃發的年輕人閒來無事，站在書房中，從戟囊中抽出一支短戟，握在手中輕輕旋轉。他帶著四騎精銳扈從從薊州一路南下，遭遇兩場大雪，第一場降雪時他們還在江北，鵝毛大雪，氣勢磅礡；第二場就到了江南，纖柔無力。這讓自幼生活在險惡邊關的他對江南印象更糟，沿途見識了不少文士的風雅行徑，這些只懂咬文嚼字的蛀蟲在他眼中，就跟當時那場雪一樣孱弱，根本經不起他一支短戟的擲殺。

他這次南下之行，自然有人會不斷放出風聲，使得他冷不丁由一個邊鎮校尉，有望成為風馬牛不相及的武林盟主，他自己都覺得荒唐可笑，只是想起父親的叮囑，不得不按部就班行事。

到了山莊以後，一撥接一撥的訪客來趨炎附勢，他勉強跟頭三撥根本沒聽說過的江湖人士聊了下，實在不堪其擾，就乾脆閉門謝客。他走到沒有掩上的窗口，這座院子別看只有四名休憩的薊州李家扈從，可暗中角落卻聚集了不下十位趙勾。

他自嘲一笑，拿短戟敲了敲肩膀，「我李火黎這次算不算奉天承運？」

地面微顫。

李火黎沒有深思，牆壁轟然裂開，等他提戟轉身，一隻手掌按住他額頭，整個人瞬間雙腳離地，被倒推向靠大廳一側的牆壁，腦袋比後背更早撞在牆上。

一名趙勾率先破窗而入，目瞪口呆，雁堡少堡主李火黎癱靠在牆根，死不瞑目，壁上留下一攤下滑的猩紅血跡，李火黎屍體所面朝那一壁，有個大窟窿。

十幾名趙勾聚集後，面面相覷。

◆

隔了三棟院子之外，先前乘牛車而來的老儒士正挑燈翻書，猛然抬頭，雙手掐訣，擺放在隔壁書童桌上的一柄古劍，穿過牆壁飛到手上。

春帖草堂謝靈箴浸淫劍道大半生，不過極少用劍，此生試劍人寥寥無幾，西蜀劍皇是其中之一。這柄劍是贈給小徒兒當初的拜師回禮，謝靈箴本來是打算快雪山莊事了，就跟閉關弟子借來一用，去跟東越劍池宗主決出勝負，也好讓天下人知道春帖草堂不光做得武林盟主，他一人一柄劍就足以讓草堂跟劍塚劍池在江湖上並駕齊驅。

劍破壁而來，膽大包天的刺客也是隨後破壁而至。

「任你是金剛境體魄又當如何？」

依然大大方方坐在椅上的謝靈箴冷哼一聲，抖腕一劍，劍氣如一幅潑墨山水，畫盡大好河山。

那惡獠竟是硬抗劍氣，無視劍尖指向心口，仍是一撞而來，謝靈箴震怒之下，劍尖劍氣驟然激盪，氣貫長虹。

不知何方神聖的殺手再度讓草堂老人驚駭，心口抵住古劍劍尖，不但沒有刺破肌膚、通透心臟，反而將長劍壓出一個如同魚背的弧度。

薑是老的辣，謝靈箴一式崩劍，斂回劍勢，連人帶椅往牆面滑去，椅子撞得支離破碎，老人已經一手拍在牆上，一手持劍不退反進，撲向那個頭戴貂帽容貌年輕的陌生男子。

那個不知為何要以命相搏的年輕殺手一手推出，謝靈箴心中冷笑，一劍窮盡畢生劍意，酣暢淋漓。

貂帽殺手任由一劍透掌，欺身而進，形成一個好似肩膀扛劍的古怪姿勢，用頭撞在謝靈箴的頭上。

砰然一聲。

謝靈箴腦袋敲在牆上。

但他同時一劍橫掃，就要削去這年輕人的頭顱。

劍鋒離那人脖子還有一寸，凌厲劍氣就已經先發而至，在他脖頸劃出一條血槽。

一襲朱紅袍子出現在兩人身側，四臂握住劍鋒，不讓謝靈箴古劍側移絲毫。

貂帽殺手一掌向下斜切。

然後身形急速後撤，被刺出一個洞的手掌滑出長劍，殺手從牆壁大坑中後掠出去。

寒風猛躥入屋，桌上那盞燈火飄搖不定。燈滅。

只留下一具被攔腰斬斷的屍體。

第八章　快雪莊真武臨世　春神湖神人大戰

廳內光線輝煌，照耀得那塊琉璃地板絢爛多彩，林紅猿置身其中，彷彿道教典籍上記載的淨琉璃世界，她想著是不是返回龍宮後也依樣畫葫蘆。

尉遲讀泉喝酒喝得心不在焉，眼角一直瞥向外廊。天色昏暗，那邊還沒有掛起燈籠，她猶豫著是不是藉口去見他一面，舉起酒杯時，嗅了嗅，急忙轉身望向外廊，就想要站起。

林紅猿輕輕扯住尉遲讀泉的衣袖，後者滿臉焦急，說是聞到了血腥味，林紅猿聞言後心思急轉，以那個年輕魔頭深不見底的身手修為，快雪山莊就算臥虎藏龍，能讓他受傷的高手也屈指可數，謝靈箴算一個，李懿白算半個，但外廊除了兩次地板顫動，再無其他動靜，難道是有人潛伏湖底，陰險偷襲了徐鳳年，一擊得手便後撤？否則總不可能是那傢伙閒來無事，駕馭飛劍刺殺湖中游魚帶出的血腥氣味。林紅猿也被勾起了好奇心思，猶豫了一下，就對尉遲讀泉使了個眼色，二人一同站起往外廊走去。

夜色漸沉，如同天上仙人朝大地丟下一塊黑布，好在廳堂外廊相通，燭光和琉光好似肥水外流，外廊景象隨著湖面寒風撲來致使燭光飄搖而明晦交錯，依稀可見徐鳳年端坐在椅子上，輕輕扭動手腕。

林紅猿眼尖，瞅見他手上綁紮有一塊棉布，尉遲讀泉火急火燎問道：「怎麼受傷了？」

徐鳳年輕描淡寫道：「地滑，不留神摔了一跤。」

尉遲讀泉驚訝「啊」了一聲，一臉愧疚。林紅猿心中感慨，這姐姐要是被丟到江湖上，還不得給那些披人皮的豺狼虎豹吃得骨頭不剩。

徐鳳年站起身，笑道：「我送一送妳們，這會兒莊子什麼人物都有，不放心兩位姑娘。林仙子先前講她們龍宮祖師爺有說過知人知面不知心的話，別看進入快雪山莊的大多都是正道人士，說不定就有偽君子，更別提那些亦正亦邪的江湖散人。咱們順便逛一逛莊子，賞景送人兩不誤。對了，我得先易容，妳們稍等片刻。」

林紅猿心中冷笑，偽君子得過你？徐鳳年轉過身，將一張生根面皮覆面，轉頭後已經變成一個相貌清雅的讀書人，尉遲讀泉微微張大嘴巴。

這時候屋內傳來一陣匆忙腳步聲，莊主尉遲良輔看到女兒安然無恙後，明顯如釋重負，只是眉宇間積鬱深重，仍是假裝漫不經心笑道：「要是爹沒猜錯，是撐舟而來？讀泉，哪有妳這麼見貴客的，也就是小林宮主見多識廣，不跟妳這個當姐姐的一般見識。」

尉遲讀泉赧顏一笑，跑到尉遲良輔身邊，親暱地喊了一聲爹。

尉遲良輔低頭瞪了她一眼，然後迅速抬起眼簾，笑望向年輕白頭的書生，哪怕有一張熱情笑臉，可眼神也跟看待女兒時有天壤之別。

徐鳳年雙手插袖，低頭彎腰恭敬行禮，「龍宮采驪官有幸拜見莊主。」

林紅猿笑著解釋道：「左景算是納蘭先生的得意門生，南唐道以外興許都不太熟悉左公子。當初進入龍宮，咱們的意思是隨他挑選位置，左公子眼光奇特，偏偏挑了個還不如御櫝官的采驪官，說是採擷驪珠的說法更討喜，對他們這些志在科舉奪魁的士子文人來說更喜氣。我與尉遲姐姐喝酒約莫有一個時辰，左公子光顧著給咱們當門神了，還是尉遲姐姐的面子大。」

尉遲良輔眼神冰雪消融，頓時溫熱幾分，委實是「納蘭先生」這四個字對離陽朝野來說都太過高不可攀，南唐道名副其實第一人，說是納蘭右慈而非燕剌王趙炳，都不為過，即便在南疆那邊的趙炳眼皮子底下，納蘭先生堂而皇之的僭越之事何曾少了？否則藩王入京之時，也不會是納蘭右慈乘坐馬車，而燕剌王擔當起護駕騎士。如果說這個左景真是納蘭先生的高徒，那麼尉遲良輔對他的重視甚至就得要超出林紅猿這個位置尷尬的小林宮主。

尉遲良輔抱拳輕聲道：「莊子上出了些意外，不過既然有左公子在小女身邊，良輔也就安枕無憂了。等處理完手頭事務，良輔再來與左公子賠罪，好好痛飲一番。」

徐鳳年點頭道：「不敢不從。」

尉遲良輔離開院子，對門口靜候的老管事搖頭說道：「讀泉沒事。遇上個叫左景的年輕人，林紅猿說是納蘭右慈的門生。不過龍宮這次就算有所動靜，也只是針對雀墩山，況且龍宮也絕對沒那份實力連殺李火黎和謝靈箴兩人，這兩位背後勢力豈是偏居南疆一隅的龍宮可以撼動的？如果真是納蘭先生的驚天謀算，哪怕真是龍宮所為，也不是快雪山莊可以插手，咱們這些朝中無人依附的江湖人，動輒覆滅啊。」

老管事憂心忡忡，「實在想不出誰有這般手腕和膽魄。謝靈箴雖未在武評上露面，卻也是一等一的頂尖高手，春帖草堂更是與新任兵部尚書牽線搭橋；李火黎估計身手平平，可既然有朝廷這張保命符，誰敢在太歲頭上動土？莊子這次恐怕處理不當，難免要被各方勢力遷怒，少不了一些趁機渾水摸魚和落井下石，莊主得想好退路，靖安王一直有意讓快雪山莊投靠王府，莊主是不是……」

尉遲良輔神情複雜，舉棋不定。他停下腳步，望著掛在樹枝上的一盞大紅燈籠，全無喜氣可言，重重吐出一口濁氣，無奈道：「如同做生意，本想藉著這次推選武林盟主給莊子帶來聲勢，到時候就可以自己尋找買家，價高者得。靖安王迫切想買，咱們不愁下家，大可以依著自己的脾性眼光不賣。如今要是落難，再轉去看靖安王府的臉色，就怕快雪山莊得賤賣了啊。若是一買一賣皆大歡喜，也就罷了。我如今就怕就算賣給靖安王府，那位年輕藩王若是記得當初山莊的不識趣，給莊子穿小鞋，我可知道這位藩王有高人在幕後運籌帷幄，執政清明，有口皆碑，比起老藩王絲毫不差，可觀其言行，心眼心胸似乎不大。人無遠慮，必有近憂，我這個當家做主的，就怕以後拜圖祭祖的時候根本無顏面對列祖列宗啊。」

老管事輕聲寬慰道：「雁堡那邊已經派人動身去靖安王府調兵遣將，希望能一錘定音。襄樊數千鐵騎一來，只要殺手露出蛛絲馬跡，插翅難逃。怕只怕十步殺一人，千里不留行，此時已經逃之夭夭。」

一名莊上心腹管家匆匆捎來口信，「莊主，雁堡這邊才出莊子不到十里路，就被靖安王麾下斥候截下，原來靖安王早已調用兵符讓青州水師傾巢出動，戰船在二十里外湖面上一字排開，只是湖上大霧，才沒有被人察覺，更有四千餘輕騎掐住各個路口，和數十支斥候分散各地，一有風吹草動，就可以收網！」

尉遲良輔驚喜之後，苦笑道：「這位靖安王真是神機妙算啊！原來快雪山莊成了一座魚塘，只等大魚上鉤，就會給拖到岸上。」

老管事感慨道：「如此看來朝廷那邊對這次選舉武林盟主，並不是聽之任之，可能我們都低估了朝廷要讓李火黎成為江湖發號施令者的決心。謝靈箴和李懿白說不定都是陪太子讀書的角色，掩人耳目而已，不過是讓朝廷染指武林的吃相更好看一點。莊主，有一句話我還是得說，福禍相依，快雪山莊要想否極泰來，遠水解不了近渴，只能趕緊選擇靖安王府這座毗鄰靠山了。畢竟這位春秋以後第一位世襲罔替的新藩王，在京城那邊頗為得寵。」

尉遲良輔揮手讓那名後至管家退下，猶豫不決道：「我再想想。」

老管事焦急道：「莊主，須知時不我待啊！」

尉遲良輔浮現怒容，口不擇言道：「難道真要讓讀泉給那個始終對母妃念念不忘的年輕藩王做妾？這樣靠賣女得來的榮華富貴，尉遲良輔做不出來！」

老管事噤若寒蟬，喟嘆一聲，「出此下策，雖說保全了山莊，確是苦了小姐。」

尉遲良輔拍了拍老人肩膀，歉意道：「老劉，知道你對莊子忠心耿耿，可我就讀泉這麼一個閨女，她又是隨她那早逝娘親的執拗性子，我這當爹的，怎麼都要讓她幸福些，嫁個真心喜歡她的窮小子，也好過嫁入萬事不由己的將相侯門。女子做浮萍，有幾個能開開心心過日子的？」

老管事點點頭。

尉遲良輔狠狠揉了揉臉頰，沉聲道：「再等等！」

◆

外廊這邊，相比尉遲良輔和老管事的深陷泥潭，明面上就要輕鬆許多。尉遲讀泉毛遂自薦，說是撐舟就可以到達她的住處，可當她走近欄杆一瞧，立馬傻眼，當時興匆匆登岸，忘了繫上那條江南水鄉的烏篷小舟，大概是湖風吹拂，這會兒哪裡有小舟的蹤跡。這讓弄巧成拙的尉遲讀泉俏臉漲紅，不敢跟徐鳳年、林紅猿兩人對視。

就在此時，霧靄中一抹烏黑影跡緩緩穿過霧氣，出現在眾人視野，一名年輕俊逸的道人玉樹臨風站在船頭，腰繫一根精緻竹笛，有幾分縹緲出塵的仙人丰姿。天下道統以祖庭龍虎山為尊，天下道士自然以披紫戴黃的龍虎山天師為貴，眼前年輕道人雖未穿著象徵天師府真人高貴身分的黃紫道袍，可那份氣度，即便只著龍虎山尋常道人的潔淨裝束，也能讓人一眼忘俗。

林紅猿微微瞇起眼，以便遮掩她的幸災樂禍。

正主來了。

而且這位在朝廷上平步青雲在江湖上名聲大震的年輕道士，開口就沒有讓林紅猿失望，相反，一語道破天機，「貧道龍虎山趙凝神見過林小宮主，見過尉遲小姐。還有這位公子，袖中左手被一劍穿掌，是否容貧道多此一舉，厚顏贈送一瓶山上祕制金瘡藥？」

徐鳳年沒有任何動靜，一直雙手插袖站在欄杆旁邊。

趙凝神溫醇笑道：「貧道除了還船給尉遲小姐，還有一份還禮，記得當初大雪坪上有人口出惡言，欠劍不還。」

徐鳳年的答話簡直是讓尉遲讀泉心神搖曳。

她當然不在乎什麼龍虎山道士大雪坪欠劍，這傻姑娘的屁股是一直堅定不移歪向身邊那傢伙的。

只聽他出聲問道：「你找死？」

林紅猿的眼力見兒不用多說，不管這娘們兒如何想要看一場大戲，仍是趕緊拉起尉遲讀泉離開外廊，直奔後者閨樓。

湖上趙凝神，廊下徐鳳年，默然相對而立，看似雲淡風輕，卻不知道兩人恩怨從父輩就開始結下，徐驍馬踏江湖末尾，差一點就按下龍虎頭。

徐鳳年凝視眼前的年輕道人，嘴角冷笑，雙手在胸交錯，十指爬滿紅繩。都說這位小天師曾攔下鄧太阿登山一劍，起先還有人以為是龍虎山的自誇之詞，後來趙凝神阻截西域瘋和尚，並肩數十里路程才停腳，終於沒人懷疑，甚至已經開始有人將其視為指玄高手。

站在船頭的趙凝神笑臉溫煦，「小道算到了世子殿下今日會來快雪山莊賞雪，算到了要去春神湖上見王東廂，再去見陸費墀，唯獨沒有算到殿下竟然會連殺雁堡李火黎和草堂謝靈箴，就不怕一旦洩露，尚未世襲封王，就已淪為江湖公敵嗎？」

徐鳳年走近兩步，靠近欄杆，「李火黎有趙勾護駕，有朝廷撐腰，還有謝靈箴的春帖草堂替他造勢，武林盟主的座椅非他莫屬，還需要你們龍虎山錦上添花？記起來了，你們龍虎山也就只會做這些給帝王續命寫青詞的勾當，一脈相承。傳聞你是龍虎山初代祖師爺轉世，你可曾開竅？想必沒有，否則龍池早就滿池怒放氣運蓮了，以你們天師府的德行，恨不得把死人都挖出棺材知會他們一聲這等好事。獨樂樂，好事獨占，眾樂樂，卻只是讓人知曉了你們的喜事壯舉，反正兩不誤。」

趙凝神搖頭笑道：「世子殿下對龍虎山成見太深。道不同，不相為謀。」

徐鳳年交纏十指才略微錯開寸許，就聽趙凝神說道：「且慢。」

趙凝神笑道：「小道這次造訪快雪山莊，本就沒有要摻和武林盟主一事，春帖草堂和雁堡的動盪，也不在小道眼中，更不在心上。此次僅是想見世子殿下一面，既然見過了，乘興而來，乘興而歸。大雪坪欠劍，龍虎山的還禮，便是無須北涼償還。只希望北涼不與龍虎山為難，井水不犯河水。」

徐鳳年笑道：「怎麼，你竟然算到我在返回北涼之前，要殺光所有你們膽敢離開龍虎山一步的道士？算到了我要懸賞江湖殺天師府一人黃金百兩、祕笈一本，北涼承諾為其遮風擋雨，以此讓你們往日不可一世的龍虎山道士人人自危？所以你就用快雪山莊血案一事要脅，大家各退一步，和和氣氣過大年？」

趙凝神眼神清澈，平靜道：「殿下願為中原百姓鎮守西北，小道亦是心誠敬佩，若小道是閒雲野鶴，定當為之浮一大白。可惜在其位、謀其事，小道既然生來姓趙，就不得不做些違背清淨本心的事，還希望殿下體諒。殺敵一千、自損八百，對龍虎山對北涼都無裨益。當初龍虎山不許大郡主登山燒香，是天師府的不是，故而洪掌教一劍摧敗氣運蓮整整九朵，天師府始終不發一語。老祖宗趙宣素出關下山，東海武帝城外有意為難殿下，最終也是因果循環，身死道消，苦苦修道雙杖朝，足足一百四十年，到頭來仍是不得證長生，一報還一報，龍虎山更是無話可說。」

徐鳳年朝雙手十指赤色遊蛇點了點下巴，「以你的見識，肯定瞧出門道了，是人貓韓貂寺遺落在神武城外的活器，本來斬落之後，人貓一死，也就迅速凋零，可韓生宣忘了我身邊陰物的能耐，他那顆頭顱，可是天底下罕見的好東西，教會了我不少玩意兒。」

韓生宣有一句話很有意思，『人敬我一尺，我定會敬人一丈；人欺我一時，我恨不得欺人生生世世』。北涼跟龍虎山的恩怨，是怨徐驍還是怨老皇帝，你我心知肚明。龍虎山之後的羽衣卿相和青詞宰相是怎麼來的，還不是得知老王八趙黃巢不小心養出了惡龍，禍及地肺山，鎮壓不住，才臨時改變主意，對你們這個還有些用處的龍虎山由彈壓變成了安撫？趙黃巢神遊萬里去京城，跟那個都該喊他一聲三爺爺的老皇帝要來了那份旨意，最後一路八百里加急，交到他手上，這才有了仙人手托聖旨入龍虎的傳說。大雪坪借劍，飛劍鎮龍虎，你們敢放個屁試試看？怎麼，到了我這裡，覺著不過是個沽名釣譽的藩王世子，就可以盡顯高人風範地坐而論道，跟我好好論道論道了？」

趙凝神微笑道：「以前聽白蓮先生說世子殿下擅長做買賣談生意，今日一見，才知所言非虛。試問世子殿下，湖底始終游弋於三十丈外的陰物可曾蓄勢妥當？難道真要以死相搏，世子殿下的命，似乎比起小道要值錢太多了。萬一，小道是說萬一玉石俱焚，這筆買賣，精於謀劃的殿下說是美玉虧了，還是石子虧了？」

徐鳳年臉色平常，答覆道：「倒也不一定要拚命，真想殺你，也未必能殺得掉，畢竟先前謝靈箴的境界實在是空中樓閣。儒生紙上談兵，也就只能嘴上切磋切磋，到底跟死人堆裡站起來的武夫差了太多，空有境界修為，動起手來就露餡了。再者謝靈箴一開始就誤以為我僅是憑仗著金剛體魄就跟他胡攪蠻纏，死得憋屈。龍虎山對我早就提防，差不多算是洞若觀火，估計得硬碰硬，好好領教一下道人一步入指玄。終歸要打得你笑不出來為止，怎麼都要你半死才行。」

趙凝神笑問道：「世子殿下鐵了心要與小道過不去？」

徐鳳年一句話揭穿老底，冷笑道：「難道等到讓龍虎山畢其功於一役，助你開竅？」

趙凝神閉上眼睛凝神屏氣，以便竭力隱藏眼中隱約浮現出的一絲怒氣。

徐鳳年嘲諷道：「泥塑像都生出火氣了？」

趙凝神睜開眼睛，不言語，只是向前攤出一手。

既然說我找死，那你便來殺。

這份底氣，不是什麼趙家老祖宗轉世，而是這位經常走神迷路的年輕道士，初出茅廬便實實在在地擋下了鄧太阿的劍，不久前更是擋過亦佛亦魔的劉松濤。

徐鳳年一手撐在欄杆上，身形躍起，作勢要一鼓作氣撲殺這位承擔龍虎山莫大期望的掛笛道人。只是以徐鳳年假借陰物修為的境界，本該一氣呵成掠向趙凝神，可後者明顯感知到徐鳳年在手撐欄杆時，身形出現一瞬凝滯，這讓暫時未曾盡得未卜先知意旨的趙凝神也跟隨一頓，小舟原先需要後滑一丈，他才有完全的把握卸掉徐鳳年一擊之勢，此時略顯生硬地截斷一半距離，在半丈外靜止。

徐鳳年毫無徵兆一靜之後驟然一動，急掠向前，鬆開欄杆後，身後欄杆成片碎裂。

趙凝神皺了皺眉頭，身形紋絲不動，小舟無風後滑一丈半，在徐鳳年探臂推來時，趙凝神一手負後，一手在胸前拂過。洪鐘未嘗有聲，一扣才撞雷。看似輕輕一拂，竟是自有雲雷繞膝生，紫氣縈繞，襯托得趙凝神更像神仙中人。

徐鳳年沒有殺李火黎、殺謝靈箴時那樣憑恃假借外力鑄造而出的金剛體魄，一味蠻橫前衝，雙手眼花繚亂地撕去趙凝神布局的紫氣雲雷。

趙凝神輕輕抬腳踢中徐鳳年腹部，徐鳳年也一掌按在趙凝神額頭，幾乎同時猛然發力，小舟如一根箭矢後撤入霧，徐鳳年迅速飄回外廊，雙腳屈膝踏在外壁上，再度奔雷前飛，牆壁被一踏倒塌。身處霧靄中的趙凝神摘下那根烏青竹笛，雙指一旋，竹笛如同一根竹蜻蜓攪亂湖上大霧，一起潑水似的砸向徐鳳年。

徐鳳年五指成鉤試圖捏碎那根青苦竹笛，但仍是小覷了笛子蘊藏的磅礴氣機，觸碰之下就鬆手，身體被彈飛到側面湖水上，雙腳濺起水花無數，才在湖上落腳。

趙凝神輕喝一聲，「起！」

小舟拔水而起數丈，堪堪躲過了一襲朱紅大袍的水底偷襲，後者一閃而逝。

徐鳳年在烏篷小船下墜時，腳尖一點，一記手刀朝趙凝神當空劈下，身後刺來的苦竹青笛宛如一頭困獸，被飛劍雷池劍陣針鋒相對地絞殺，變成同是徒手而戰的趙凝神一腳猛踩船頭，身形千斤墜入湖水，整條船在水面上翻轉，反過來砸向徐鳳年。

徐鳳年手刀轉為仙人撫大頂，當場將小舟拍得稀巴爛，手心向下壓頂趨勢絲毫不減。半截身軀還在湖中的趙凝神竟然不躲不避，任由徐鳳年一掌拍在頭頂。

湖水劇烈晃蕩，掀起巨浪，拍擊外廊，不知有幾千斤湖水湧入兩人身後那座院落。

徐鳳年緩緩飄落在一塊小舟碎裂後的湖面木板上，那一掌其實根本沒有碰到趙凝神的頭顱，這年輕道人氣機鼎盛，出乎意料。

趙凝神浮出水面，終於見到徐鳳年身後那頭陰物的真面目，朱袍五臂，面容悲憫。

趙凝神沉聲道：「穢物自古出世即禍亂太平，小道容得殿下跋扈，卻容不得陰物逞凶，小道今日就算拚卻一身修為，也要替天行道！」

這次輪到臉色陰鷙的徐鳳年伸出一掌，眼中恨意滔天，示意趙凝神儘管放心替天行道。

好一個替天行道。

匡廬山巔，有天人出竅神遊，有天王張鬚怒目，口吐紫氣。

說的便是要替天行道。

趙凝神不敢分心深思，重重吐納，由手心覆左手背，面朝東面道教祖庭龍虎山，「請！」

一字有三請。

請龍虎山恩准。

請天人下天庭。

請祖師爺降世。

天師府上一幅初代祖師爺畫像跌落在地。

一道粗如廊柱的紫雷從雲霄直直轟下。

眨眼過後，趙凝神面容模糊不清，渾身紫金。

◆

龍虎山祭廳太師壁懸有歷代祖師爺掛像，初代老祖宗的掛像無風而墜，一位原本有些瞌睡的守廳道童嚇得面無人色，也不敢擅作主張去拾起那卷畫軸，匆忙跟天師府稟告狀況。

總領天下道教事務的羽衣卿相趙丹霞快步而行，步入祭廳，驚喜交加，但心底仍有一抹憂慮，雙膝跪地在太師壁下，小心翼翼捧起卷軸。

天師府上的外姓人白煜緩緩跨過門檻，自比書蠹的白蓮先生讀書傷了眼睛，走路行事都慢人一拍，蹲在一身黃紫的趙丹霞身邊，出神思考。

離陽道首趙丹霞輕聲問道：「福禍相依是必然，不過在白蓮先生看來，福禍各占幾成？」

白煜搖頭道：「卦象亂如麻，不過凝神既然能請下龍虎山初代祖師爺，比起百年前請出三位近代祖師以萬里天雷釘殺魔教劉松濤，有過之而無不及。凝神的性子大可放心，既然是替天行道，多半是用大福氣消弭禍事，白煜實在想不出世間還有誰能力壓初代祖師爺一頭，王仙芝寥寥數人可以一戰，可在春神湖上，凝神應該必勝無疑。經此一役，對龍虎山而言是莫大好事。」

趙丹霞畢恭畢敬將祖師爺圖像掛在太師壁正中間，掛好之後跪地行叩拜禮，站起身，後撤幾步，望著這面掛滿歷朝歷代仙人的太師壁，便是他這般修身養性的真人，也有些意氣風發。

這些大多得道飛升的祖師爺才是龍虎山最大的護身符，整整近千年屹立不倒，離陽王朝才兩百年國祚而已。若非道教第一福地地肺山出了一條惡龍，與龍虎山有牽連，導致龍池氣運蓮受到影響，這裡原本幾乎自成一根可與天門齊平的氣運柱，那就可保證下一個五百年滔天福澤。

趙丹霞壓下心頭陣陣陰霾，想起天師府嫡系子孫趙凝神因為擋下鄧太阿登山問禮一劍，從而一鳴驚人，心情無疑就要舒暢幾分，撚鬚笑道：「有凝神這根好苗子，如此之快便請下老祖宗，比我們預料早了二、三十年，就不用擔心青黃不接，再有白蓮先生傾心傾力輔佐，龍虎山無憂了。」

白煜突然使勁揉了揉眼睛，凝視太師壁上數十幅掛像，面露驚駭，白蓮先生視線疲弱，心眼卻靈透，模模糊糊察覺到異象橫生。趙丹霞道行高深，只比白煜慢了一步就發現掛像異樣，竟出現豎壁掛像以後從未遇到的氣竭景象！

幾乎所有祖師爺掛像都出現氣數潰散的跡象，僅僅是形似神似齊仙俠那一幅得以逃過一劫，其餘無一倖免！

白煜失神呢喃道：「不可能，不可能的。」

這位羽衣卿相心神不定，撲通一聲重重下跪，亦是右手手心覆蓋左手手背，泣不成聲，「不肖子孫趙丹霞跪請各位祖師爺開恩！」

◆

夜幕中，龍虎山看似安詳，實則暗流洶湧。

而武當山在封山一年後，大多道觀都重新迎納八方香客，只是豎立有一尊真武大帝雕像的主觀仍是閉門謝客。包括陳繇、宋知命在內幾位輩分最高的年邁道士深居簡出，僅是在這座主觀內偶有進出，好在武當山習慣了這些慈祥老真人神龍見首不見尾，不像其他道教名山洞天福地，略微有些輩分的道人都要忙於應酬達官顯貴，哪裡有一刻清閒光景去潛心修道。

武當山在老掌教王重樓之後，連出了兩位年輕的新掌教，只是武當山香火非但沒有江河日下，反而越加鼎盛，這讓山上道人道童都帶了幾分喜氣。不過有前輩真人表率，也從沒覺得香火一旺，就該對香客居高臨下，便是武當歷史上最年輕的掌教李玉斧，也是跟小師叔洪洗象一般，跟尋常道士一般無二，除了每日親授課業，經常擺攤給尋常香客算卦解籤，一些不識字的香客解簽之餘還要請他代寫家書，李玉斧也是來者不拒，楷書寫就，一絲不苟，香客都說寄信以後，家門興旺了幾分，一開始有書香門第的香客勸解百姓，說如此叨擾掌教，會耽誤了大真人的修道證長生，不過李玉斧親口寬慰眾人，說修道就是修個平常人，何時修出了平常心，修不成仙人亦無妨，吃也修道、睡也修道、讀書修道、寫字也修道，大事小事皆修道，也就等於是時時刻刻修道了。於是江湖上都開始流傳著一句箴言：「世人修道修長生，武當修道修平常。」

觀內，掌管戒律的武當輩分第一人陳繇在殿外門檻肅穆而立，望向殿內真武大帝塑像。身旁有一百四十多歲歷經四位掌教的宋知命，還有當今武當掌教李玉斧的師父俞興瑞。

三位真人神情都極其凝重，俞興瑞是藏不住話的性子，輕聲跟兩位師兄問道：「世子殿下第二次遊歷江湖返回北涼，就一直跟我們請教武當和龍虎山請神之法的不同，依照這座周天大醮的規模，想要請下哪位跟咱們武當大有淵源的神仙？原本小師弟若是願意飛升，到時候請呂祖降世，倒是不算太難，起碼比起證得長生的難如登天要略微輕鬆。可話說回來，即便不算難如登天，以世子殿下如今的修為，關鍵又從來不是修道，就算有武當以八十一峰做大醮，也未必能請下依照天理就不該沾染凡塵的證道仙人啊。陳師兄、宋師兄，說實話，我一直不願武當山摻和到俗世爭鼎之中，有違呂祖遺訓！」

宋知命微笑道：「龍虎山急眼嘍，恨不得把整個龍池氣運都轉嫁到那位小天師身上，才好讓他開竅，可修道如登山，就得腳踏實地拾級而上，哪有我不就山，讓山來就我的道理。龍虎山是出了不少趙姓神仙，可……」

不等老道士說完，陳繇猛然轉身，天地間有一根紫雷砸下，陳繇皺眉道：「那位小天師確是不俗氣，如此年輕就強行開竅了。若是能循序漸進，該有多好。世間多一位當之無愧的真人，就算壓武當一頭又何妨？」

三位武當老前輩此時都不知身後真武大帝雕像上「發配三千里」五字逐漸消散不見。

春神湖上，水師戰船多如麻，靖安王趙珣親臨一艘黃龍樓艦，明黃蟒袍的藩王身邊有一位女子面遮白紗，身段婀娜。那個在襄樊一直如影隨形的幕後謀士今日沒有跟隨，緣於趙珣存了私心。

老靖安王趙衡暴斃後，年輕藩王的心腹屈指可數，屈指可數中又只有一男一女兩人為他信賴倚重，那個瞎子陸詡無須多說，新老兩位藩王都以國士待之，趙珣也心知肚明，父王除了交給他一個搖搖欲墜的藩王頭銜，最為珍稀可貴的還是那名韜略不凡的謀士。

趙珣對陸詡是真心器重，甚至到了敬畏的地步，可正是如此，當陸詡有意無意表露出對身旁女子的疏淡冷落後，就讓趙珣很為難，生怕陸詡不悅，更是貴為青州襄樊之主，始終都沒有將那名女子帶入靖安王府，而是在城內金屋藏嬌，為了她，連王妃一事都給數次推託，足見她在年輕藩王心中的地位。

趙珣悄悄伸手，想要牽住她的手，被她輕輕瞪眼，年輕藩王悻悻然抽回手，非但沒有被她的不識趣而惱火，反而滿心欣喜。

這樣的她，才最像那個此生註定不可求的女子——名義上已經殉情的上任靖安王妃裴南葦。若是召之即來，揮之即去，對自己百依百順，就算身邊女子面容酷似裴南葦，趙珣也不會恩寵綿綿，早就視同雞肋。

趙珣環視一周，青州水師在他眼中氣勢雄壯，他有信心將青州水師打造得比廣陵水師還要威武無敵，此時心中雄心勃勃，伸出一隻手指向江面，頗有指點江山意味：「南葦，父王當年根本掌控不住青州水師，更別提讓青黨俯首，可我做到了，只用了一年時間！」

女子柔聲道：「陸先生是張首輔、孫太師都交口讚譽的棟梁之材，在襄樊本就委屈了，你萬萬不能因為陸先生對我不喜，就對陸先生有絲毫怨言。若是陸先生只以你的喜好而低眉附和，那才會讓人小看了。」

趙珣聞聲心中更喜，點頭道：「這個妳放心，有我趙珣一日富貴，必不讓陸先生一日貧寒。燕剌王趙炳能給納蘭右慈的，我給陸先生只會更多。」

女子冷清訓斥道：「說這些花言巧語有何意義？你明知陸先生豈會在意那些虛名虛利？你的性子，太浮了！」

趙珣哈哈大笑道：「也對。是該靜下心來。」

一陣沉默。

趙珣望向八百里春神湖，低聲道：「總有一日，我要將春神湖送妳，趙珣立誓，此言非虛！」

女子嘴角一翹。

◆

襄樊城外來了一隊旅人、兩輛車，過城而不入，有富家翁，有雄奇男子，有一頭臃腫肥豬，還有幾名都是讓人望而生畏的扈從。

臨近蘆葦蕩岔口，兩輛馬車同時停下，老人走下馬車，走路微瘸，雙手叉腰，也難以掩飾駝背，自言自語道：「就是在這裡殺了天下第十一的王明寅？還一矛挑死了趙衡那老婦人的心腹騎將？」

肥豬屁顛屁顛湊近，笑道：「義父，殿下殺人前說『抽刀』，殺人後說『歸鞘』，加在一起也就四個字，寧峨眉和一百鳳字營就是那時候澈底心服口服了。」

手上與臉上已有枯黃斑點的老人笑了笑，蹲下身抓起一把泥土，握在手心，望向蘆葦叢，怔怔出神。

老人呢喃道：「黃陣圖帶著他回到北涼後，跟我說這孩子嘴上天天罵我，一肚子怨氣，可總找藉口去一些我當年打過仗的地方，走一走、看一看。」

肥豬蹲下身，覺得憋得難受，乾脆就一屁股坐在地上，笑道：「義父，殿下刀子嘴、豆腐心，就是嘴上死撐著，心底其實佩服義父得很。做兒子的，多半都是這樣。」

老人一笑置之，傾斜手掌，看著泥土滑落，輕聲道：「這麼一個有劍神、有死士拚死護駕還膽小到睡覺都不敢脫下軟甲的孩子，怎麼就自己去了北莽，怎麼就敢跟第五貉拚命？去北莽前一夜，跟我喝酒，醉死過去前，哭著跟我說他做了個不是夢的夢：在匡廬山頂，有個叫趙黃巢的天人出竅，殺了他娘親的魂魄。他說遲早有一天，要宰了那個傢伙。

這孩子一開始練刀，我其實不怎麼看好，可我知道報仇一事，想報仇是理所應當，行不行是另一回事，但想報仇了，去不去做，會不會吃苦了就放棄，又是一回事。論身分，離陽、北莽加起來，或者再往上推到春秋中原，比他好的，幾雙手也數不過來，不過能在他這個歲數，敢殺徐淮南、殺第五貉，敢殺洛陽、殺天人，一步一步堅持他想做的事情，真的不算多。」

老人抓泥土那隻手擦了擦袖子，這才從另一袖中摸出一只剩幾縷殘綠的翡翠鐲子。掉綠掉得實在太厲害，何況種嫩，水頭更差，值不了幾個錢，老人笑道：「我年輕的時候，看女人的眼光天下第一，挑選這些玩意兒可就一塌糊塗了，一門心思想要掙錢給還沒過門的媳婦買樣拿得出手的物件，可一直攢不下銀子，就厚臉皮跟荀平借了五十兩銀子，結果就他娘的買了這麼一只鐲子，送出手沒幾天就開始掉綠，才知道給坑慘了，不過孩子他娘倒是不介意，一直戴著。」

老人把鐲子貼在枯瘦臉頰上，沁涼沁涼，輕聲道：「那晚楊禿驢找我喝酒，她說出去多買些酒，順手摘下鐲子放在了房間，當時我沒多想。」

老人沉默片刻，放回鐲子，緩緩站起身，平靜道：「誰敢阻攔士子北遷入北涼，殺。」

北涼虎兕出柙人不知！

◆

快雪山莊春神湖南畔。

不知該說是天師府趙凝神還是龍虎山初代祖師爺的道人滿身紫金，一張面容模糊不清，仙氣磅礴。

匹夫一怒血濺三尺，天子一怒伏屍百萬。

仙人一怒又當如何？

氣勢猶勝那匡廬山乘龍趙黃巢一籌的道士喝聲道：「大膽凡子徐鳳年，憑藉陰物禍亂人間，殊不知天網恢恢，疏而不漏！巍巍天道之下，還不束手就擒！」

春神湖洶湧蕩漾，湖水大浪拔高十數丈，幾乎竟是要與山莊屋簷等高，道人升浮，而湖水竟是一滴都不曾湧入快雪山莊。

徐鳳年倡狂大笑，笑聲傳遍山莊。

仙人勃然大怒，眼前這隻作惡螻蟻膽敢放肆至此！

徐鳳年斂去笑意、笑聲，面目莊嚴，「你與那趙黃巢都睜開狗眼看一看，誰才是凡夫俗子！」

春神湖上，天地之間驟放光明如白晝。

只見徐鳳年閉上眼睛，雙手橫放在腹前，猶如拄劍而立。

春神湖有魁竈，竈背有無字天碑。

大如小山的竈背緩緩現世。

徐鳳年獨立鼇頭。

身後一隻仙人金足驟然腳踏龜背。

有一尾巨蟒翻滾出湖，纏繞大竈。

金足之後，是依次浮現世間的輝煌金身。

身高百丈，俯瞰天下。

真武大帝，敕鎮北方，統攝玄武之位。

梵音仙樂陣陣不絕於耳。

有天女當空散花，一閃而現，復又一閃而逝。

面無表情的徐鳳年緩緩開口言語，聲勢壯如洪鍾大呂，「真武身前，何來天人？」

先前還有仙人威嚴勝過人間帝王的「趙凝神」的面容一下子模糊，一下子清晰，飄搖不定，滿身紫金之氣頓時就維持不住，顯露一絲猶豫，百丈金身真武大帝抬手就是一柄並無實質形態的大劍當頭劈下。

直接破了龍虎山初代祖師爺的所謂天人之身。

千里之外，天師府龍池沸騰，池中先前圓滿綻放的氣運蓮一朵不剩，盡數枯萎凋零，只剩一朵小花苞無助飄零。

在龍虎山結廬而居的一位中年道人，氣急敗壞，身軀如同被無上天道禁錮，雙膝硬生生跪下，在地上壓出兩個坑，這還不止，頭顱亦是被按下。

道人面朝真武，五體投地。

不修天道只修隱孤的道人艱難淒厲道：「龍虎山誤我趙家！」

被打回原形的趙凝神神情呆滯站在春神湖上，是真正的失魂落魄，一襲朱袍在他四周瘋狂飛旋，好似老饕在下嘴一盤美食。

徐鳳年沒有理睬這個興師動眾請下初代天師的年輕道人，腳踩魁黿，背負無字石碑的大黿往春神湖水師劃水而去，真武大帝的百丈金身隨之轉身，面朝青州水師，瞬間相距不過幾里路。

徐鳳年抬起一腳，真武大帝如影隨形，金足抬起，作勢就要一腳踏下。

水師戰艦呈弧形裹住春神湖南畔，靖安王趙珣所在黃龍樓船首當其衝，就要被百丈金身一腳壓頂，大難臨頭，大多水師都已是匍匐在地，束手待斃，貼身護駕的王府扈從則要果決許多，顧不得心中肝膽欲裂，紛紛躍起，試圖替年輕藩王擋下這仙人一踏。

一時間刀光劍影，二十餘人各自亮出兵器直撲真武大帝，可是悉數被勢如破竹的一踏之威碾壓回船。

趙珣臉色蒼白，握住身邊女子冰涼纖手，癡癡望向天空。

就在趙珣自以為必死無疑之際，一襲素潔道袍橫掠而來，蜻蜓點水，踩過一條條樓船戰艦的旗幟，高高撞向真武大帝腳底，以肩扛山，硬是讓那一踏出現一絲凝滯。

徐鳳年猶豫了一下，仍是緩緩踏下，真武大帝隨之繼續踩下。

年輕道人肩頭血肉模糊，咬牙道：『殿下，萬萬不可依仗天勢殺世人，天理昭昭，玄武法身即便為你驅使片刻，天庭與真身與你亦會……』

徐鳳年面無表情，繼續下踏，年輕道人已經被迫落足黃龍樓船，整條戰艦都開始沉入湖水，只剩靖安王趙珣這一層尚在湖面之上。

道士喘息過後，單膝跪地，死死扛住真武大帝金身金足，斷斷續續以密語艱辛告知徐鳳年：『有淮北遊俠賀鑄拚死按約送信物給殿下，不可耽擱，此時他已是策馬趕至快雪山莊，命懸一線，玉斧只知與一位賈姓姑娘有關……』

徐鳳年皺了皺眉頭，收回一腳，真武大帝終於維持不住百丈金身，緩緩消散，大黿背上無字碑寸寸龜裂，徐鳳年回望一眼，神情複雜。

這趟比試，看似是趙凝神跟徐鳳年這兩位江湖年輕一輩的技擊，一個請來在龍虎山開山定居的老祖宗，一個請下真武大帝的無上法身，龍虎山和武當山都可謂傾盡全山之力，孰高孰低，就算瞎子也知曉了。

原本以趙凝神的道行和龍虎山的底蘊，初代祖師爺可以在人間「逍遙」三炷香光景，而徐鳳年請來的真武大帝最長不過一炷香，關鍵是過了這村就沒了這店。不過徐鳳年也沒如何後悔，當初記下碑上古篆，給師父李義山抄寫了一份，後者趁著徐鳳年去北莽，閉門潛心考究訓詁整整一年，也才解出大半，一邊著手在武當山八十一峰設立周天大醮，李義山留下錦囊之一，便是針對日後龍虎山的請神一事。

徐鳳年的初衷是有朝一日引誘天人趙黃巢到春神湖上一戰，以此將天人天龍一併斬，趙凝神不過是誤打誤撞，讓徐鳳年不得已早早洩露了天機和壓箱後手。不過徐鳳年對此也談不上有多遺憾，龍虎山和京城天子兩個趙家，早已融為一體，氣數共用，榮辱與共，這次就當打狗給主人看了。

徐鳳年瞥了一眼跪地恭送真武大帝百丈金身消散離去的武當年輕掌教，他對這個年輕道士沒有什麼惡感，攔阻自己腳踏春神湖，長遠來看，也是好意。深呼吸一口氣，徐鳳年一手摀住額頭，劇痛過後，恍惚片刻，頭腦中空白如紙，似乎忘記了什麼極為重要的事情，可偏偏就是記不起來，不由搖了搖頭。

李玉斧踉蹌起身，嘴唇微動，傳來密語：『那賀鑄為人重傷，體內劍氣已是成蔭，僅憑小道幫忙吊住一口氣，命不久矣，殿下速速去莊外見上一面……』

徐鳳年掠回山莊，站在院子屋頂俯瞰，見到有一騎趁著山莊動盪，快馬加鞭直闖大門，年輕遊俠似乎在嘶聲竭力說什麼，只是此時快雪山莊都被來去匆匆的百丈金身給震懾得心神不定，無暇顧及這麼一個行事無禮的無名小卒。

縱馬狂奔的遊俠兒像一隻無頭蒼蠅，胸前都是血跡，臉色慘白，搖搖欲墜，眼前一黑，就要跌落馬背。視野模糊中，遊俠只見一道身形從牆頭掠至，將他從馬背扶下，他貼著牆根席地而坐，鮮血不斷從摀嘴手指中滲出，身前白頭公子哥叩指輕敲幾處竅穴，硬生生止住他體內肆意亂竄攪爛心肺的狠毒劍氣，那公子哥沉聲問道：「我就是徐鳳年，你有何物要交付於我？」

原本天生青面如鬼的醜陋遊俠兒從懷中掏出一根釵子，顫顫巍巍遞給徐鳳年，沙啞道：「在下賀鑄，遇上一位年輕魔頭當街胡亂殺人，身受重傷，被一位賈姑娘相救，她要我將這枚釵子送往北涼，說是跟徐公子兩不相欠……」

由於死前的迴光返照，恢復了幾分神采的賀鑄擠出一個難看至極的笑臉，緩緩說道：「賀鑄被人劍氣所傷，一路趕往北涼，聽說上陰學宮有士子趕赴北涼，就想去順路同行，只怪自己本事不濟，半途暈厥過去，所幸為武當掌教李真人救下，才知徐公子身在快雪山莊。若早前知道公子便是北涼世子殿下，賀鑄當時也就不答應這事了，畢竟淮北賀家當年就是被徐大將軍滿門抄斬，可既然答應了賈姑娘，男兒一諾千金，不得不為……」

徐鳳年緊緊握住那枚沾血的釵子，柔聲問道：「賈姑娘如何了？」

初看面目可憎的醜陋遊俠兒憂心忡忡道：「只知賈姑娘跟三名身手高深的魔頭相互絞殺了好久，其中一人劍氣驚人，沿路殺人如麻，自稱一截柳，其餘兩人亦是北莽口音，武當李真人道破天機，多半皆是北莽那邊的一品高手。賈姑娘交給我釵子時，距此兩百餘里的慶湖城，在城南一條叫梅子巷的巷弄，受傷頗重，希望徐公子趕緊前去救援……」

徐鳳年點了點頭，握住他的手，緩緩注入真氣，為其續命，「知道了。」

賀鑄搖頭道：「徐公子不用管我賀鑄生死。」

李玉斧飄然而來，徐鳳年站起身，朝賀鑄深深作揖。

李玉斧輕聲道：「殿下放心北行便是，由玉斧在此送賀兄弟最後一程。」

徐鳳年雙手往下輕輕一壓，地面一震，只見他身形拔地而起，如同一抹長虹貫空，徑直跨過了快雪山莊。

李玉斧蹲在賀鑄身前，雙手握住青面再次轉慘白的賀鑄。那匹與主人多年相依為命的劣馬輕踩馬蹄，來到賀鑄身邊，低下頭顱，碰了碰賀鑄，然後屈膝跪地，依偎在牆腳根，為主人遮擋風寒。

賀鑄笑問道：「李真人，有酒喝嗎？」

肩頭血跡斑斑的李玉斧陷入兩難境地，賀鑄搖頭豁然笑道：「算了，身上也沒酒錢了。都說窮得叮噹響，可賀鑄這會囊中都無半點叮噹聲響了。賀鑄只做過不入流的小城酒稅吏，不會察言觀色，稀里糊塗混了幾年，掙下銀錢也就只夠牽走這匹軍營不要的劣馬。本想在江湖上走一走看一看……要是可以用詩詞買酒該多好……少年俠氣，交結五都雄。肝膽洞，毛髮聳。立談中，死生同，一諾千金重，一諾千金重……」

年輕遊俠呢喃聲漸漸小去，李玉斧久久不願鬆手。

不知過了多久，耳邊只聽劣馬嗚咽，李玉斧站起身，將賀鑄背到馬背之上，牽馬緩緩走出快雪山莊。

第九章 徐鳳年奔援呵呵 貓與鼠一路嬉逐

田家莊大小村子星羅棋布，長短堰渠羅織，有一大片橘園植樹六千餘株，所產洞庭黃柑是皇宮乙等貢品，只是入冬以後，不見果實累累的盛景，不過橘園有每一棵橘樹留一橘過冬的風俗，寓意年尾有餘迎新年，莊子裡嘴饞的頑劣兒童，膽子再大，也不敢去爬樹偷採，每次在橘園附近嬉戲，也只敢眼饞遠觀。

此時橘園便是依稀點點掛豔紅的景象，一名青衫儒生模樣的年輕人闖入橘園輕輕彈指，彈落有些飽經風霜的乾癟紅橘，一股腦兜在懷裡，也不剝皮，一口就是半個，大口咀嚼。俊雅儒生身邊跟著個面目尋常的枯瘦老人，如同守園的橘農，不甚起眼。

年輕人抓起一顆橘子朝老人咧嘴一笑，後者搖頭，示意對橘子沒有下嘴的興趣。年輕人嚼著橘肉和橘皮，用北莽言語含混說道：「離陽江南這邊真是餓不死人的好地方，以後要是一路殺到了這邊，我非要跟李密弼要到手一個良田萬畝，當官就不用了。」

老人瞥了眼年輕人的後背，有三個好似結痂的窟窿，硬生生堵住了傷勢，兩劍一刀，都穿透了身軀，虧得還能活蹦亂跳。

身負重傷的年輕人渾然不在意，兩口一顆橘子，很快就解決掉一整兜，伸手拍了拍衣衫塵土，不想牽動了傷口，頓時忍不住齜牙咧嘴，一根手指輕輕拂過胸前一處結痂傷口，身上其餘兩個劍坑倒還好說，此時手指下的刀口子就陰險了，是一記手刀造就，不比他拿手好戲的插柳成蔭遜色幾分。

想到那個扛一根枯敗向日葵的姑娘，年輕人頭大如斗，早知道當初就繼續跟黑衣少年纏鬥出城，而不是跟劍氣近互換對手。當時只以為不知名小姑娘再生猛，也厲害不過生而金剛的徐龍象，他在神武城內用巧勁一劍換徐龍象只有蠻力的兩劍，也沒覺得怎麼吃虧，其實略有盈餘，不過實在扛不住那少年面無表情拔出體內柳蔭一劍的眼神，可惜了那柄常年隨身的短劍，給少年愣是擰成了一塊廢鐵。

儒生裝束的一截柳轉頭幸災樂禍笑道：「老蛾，聽說黃青跟那小子打得天昏地暗，光是劍就換了七、八柄？」

稱呼古怪的老人點了點頭，看到一截柳身上結痂有滲血跡象，加快腳步，貼住他後背，有白絮絲絲縷縷透出指尖，在一截柳傷口緩緩織痂。

老人眼角餘光處，有一名高大魁梧的人物站在小土坡上，像是在登高遠眺。

一截柳彈下一顆橘子，落在手心，然後拋向那名比他足足高出一個腦袋的結伴人物。那人頭也不回，接住橘子後，雙手手心搓滾著橘子，怔怔出神。

竟是一名女子，身形在肥壯之間，她身上那套衣服對七尺男兒來說都算太過寬鬆，在她身上仍是顯得緊促拘束，頭上沿襲北莽女子五兵佩，面部點搽額黃靨子，可惜相貌中下的緣故，非但增添不了幾分姿色，反而有些不倫不類。她腰間繫了一根玉帶，懸掛小刀小囊小火石等諸多小巧實用物件，琳琅滿目，瞧著倒挺像是個會過日子的女子。

一截柳瞥了她一眼，蹲在地上，狠狠揉了揉臉頰，重重嘆氣一聲。

自己再加上兩個貨真價實的一品高手，竟然還是被那小姑娘不停追殺，天理何在啊！要知道他跟老蛾不但是一品，還是朱魍裡極為精通暗殺的拔尖人物，傳出去別說他一截柳顏面盡失，朱魍的臉也一起給丟光了。

論單打獨鬥硬碰硬，隨便拎出一個對敵，那個不苟言笑的小姑娘勝算都不到四成，可那姑娘襲殺的手段層出不窮，讓他們三人吃足了苦頭，連朱魍兩繭之一的老蛾都說這丫頭天生就是吃這碗飯的。不過那丫頭日子也慘澹，吃了老蛾一記繭縛和慕容娘們兒的一掌，更被他廢去一條胳膊，差不多算是離死不遠，可仍不願甘休，一直糾纏到今日。一截柳心想下一次露面，也該是她澈底離開江湖的一天了。

老蛾環視四周，自言自語道：「那少女擅長奇門遁甲，土遁、水遁都是行家老手，上次咱們就在河邊吃過虧。慕容郡主特地挑選了這座土地鬆軟而且溝渠繁多的莊子，大概是想大大方方給她一次機會，來了結這趟長途奔襲，省得大夥兒都勞心。」

一截柳嗤笑道：「那姑娘伶俐得很，不會上鉤的。」

綽號老蛾的北莽朱魍元老搖頭笑道：「小姑娘手段巧妙，可惜體魄跟不上，接連負傷，撐不了多久的，郡主若是心狠一些，連眼下這個機會都不給，三人犄角相依，說不定那姑娘就要無聲無息死在路途中了，委實可惜。郡主到底跟咱們這些刀口舔血的糙老爺們兒不同，心胸要更廣一些。」

一截柳瞅了一眼身架子奇大的女子壯實背影，會心笑道：「不光是心眼，胸脯什麼的，都要略大一些。」

老蛾稱不上什麼官油子，不過還是沒有附和搭腔下去，畢竟那年輕女子是為女帝器重青睞的同族後輩，北莽兩大皇姓，既有慕容寶鼎這樣成名已久的天縱雄才，年輕一輩中也有耶律東床和慕容龍水這樣的武道新秀，這兩位的修為境界還要在新入金剛境的拓跋春隼之上。

慕容郡主雖說長得確實是出格了點，可在北莽口碑不錯，對離陽風土人情熟稔得像是中原士子，尤其難得的是她雖然身為天潢貴冑，又身負絕學，性情卻也半點都不乖戾，換成其他皇室宗親女子，親耳聽到一截柳如此非議，還不得惱羞成怒到當場翻臉。

與耶律東床齊名的女子掌心翻轉橘子，不知為何想起一事：姑姑笑問她若是北莽吞併了離陽，難免沾染上中原風俗，北莽兒郎能夠繼續尚武多久？若是連一百年都撐不下，對北莽而言，鐵蹄南下意義何在？

當時在場的還有一位喜好貂覆額的郡主，她給出的答案是死上百萬人，換來大秦之後的百年大一統，就算賺到了，更別提還能讓姑姑的名字被後世牢記千年，再蹩腳的掌櫃，再蹩腳的算計也都不虧。

姑姑聞言龍顏大悅，慕容龍水清晰記得同為郡主的女子說出這話時，眼神凌厲，挑釁一般望向自己。慕容龍水心情陰鬱了幾分，這一路跟一截柳和朱魍前輩同行，被那個小姑娘糾纏不休，一截柳顯然大為惱火，凶險廝殺中，光是無辜婦孺就殺了不下三十人，她對此就算心中不喜，可終究不能多說什麼。

北莽離陽如今表面上的相安無事，是拿數十萬條甲士性命填出來的，離陽幾次北征，陣亡將士來不及裹屍南下，就地挖墳掩埋，這些年不知被北莽人翻來覆去挖了多少遍。禍不及妻女，死者為大，冤家宜解不宜結等諸多放之四海而皆準的道理，在國仇家恨面前，往往不值一提，與人提起就只能是個笑話。

慕容龍水數次獨身遊歷北莽，見過許多北地稚童，分明祖祖輩輩遠離戰亂，可提起離陽都咬牙切齒、面目猙獰，沒有半點天真無邪可言，其中一個部落重金購得一名擄掠到北莽的中原女子，已是懷胎數月，被剖腹而死，一群馬術尚未嫻熟的少年就恣意縱馬踩踏屍身。

猛然回神的慕容龍水看到視野之中的景象，明顯愣了一下。

一位身形消瘦的姑娘扛了柄枯敗向日葵，輕輕走來。

差不多一旬光景的互殺，總計交手六次，有四次都是被對方設下圈套卻無功而返，一擊不中便各自撤退再尋機會，有兩次卻實打實耗上了，銜尾追殺了不下百里路程，一截柳挨了一記狠辣手刀就是其一，而小姑娘左手胳膊被植滿柳蔭劍氣也是如此。

慕容龍水離她最近一次是護送一截柳遠遁，在一條小巷弄裡被橫掛在屋簷下隱蔽氣機的小姑娘手刀斜斜削在脖頸，即便雙手交錯格擋，仍是整個人被打飛出去幾丈遠。不過那姑娘也不好受，被朱魍雙繭之一的蛾繭趁機以繭絲束縛，慕容龍水也顧不得以多欺少，翻滾之後彈起，一掌結實打在那姑娘身上，年紀輕輕的殺手撞爛了巷壁後，一閃而逝。

慕容龍水對她並無太多惡感，只是這個小姑娘的攪局，延誤了太多出自太平令之手的既定謀劃，不得不死。

一截柳死死盯住那個少女殺手，納悶道：「就她目前的淒慘狀況，襲殺還有丁點兒得手機會，這麼光明正大走出來，當咱們被嚇大的？」

老蛾猶豫了一下，「多半還有同歸於盡的手段。」

一截柳搖頭道：「以她流露出來的紊亂氣機，沒這份能耐了。」

老蛾沉聲道：「記得主人有說過，氣機之上有氣數。」

一截柳立馬嬉笑道：「慕容郡主，這閨女已經是強弩之末，就交給你了。」

說是這麼說，三名一品高手仍是開始迅速散開，走下山坡的慕容龍水居中，一截柳和老蛾一左一右，準備包圍這個撞入必死之地的小姑娘。

扛了一柄枯枝的小姑娘嘴唇微動。

似乎在計算間距步數。

驀地四人幾乎同時抬頭。

在小姑娘和三人之間，從天空中轟然砸下一名不速之客。

塵煙四起之中，白頭年輕人雙手插袖，背對殺手姑娘，面朝慕容龍水三人。

身材魁梧的慕容龍水目不轉睛盯住這個橫空出世的傢伙。

◆

離陽這邊朝廷鉗制言論，只有一些小道消息僥倖成為漏網之魚，故而對北涼世子的議論紛紛，大多流於表面，無非是說他在太安城那邊如何跋扈，如何跟國子監太學生交惡。可北莽截然不同，正是因為這個傢伙的北莽之行，攪動出了一個天翻地覆，慕容龍水跟姓耶律的宿敵都是因他而對離陽江湖產生興趣，這才親自南下走一遭。甭管此人用什麼不光彩的歪門邪道殺掉了第五貉，慕容龍水都心生佩服，設身處地，她自認單槍匹馬對上有彩蟒、雷矛兩尊大魔頭護駕的拓跋春隼，也都是九死一生。

慕容龍水猶豫了一下，凝望眼前這個疲於趕路而嘴唇乾裂的同齡男子，一場註定你死我活的酣戰之前，她笑著將手心那顆橘子拋出，心想若是這男子大大方方接下橘子，吃過以後再戰，也是一樁活下之人將來可以佐酒痛飲的美事，自有一種生死置之度外的豪俠風度。

不承想橘子才拋入空中，就炸裂開來，汁水濺了慕容龍水一身。

慕容龍水皺了皺粗厚眉頭，這北涼世子也太小家子氣了。

男子的江湖，大抵僅有黑白灰三色，女子身入江湖，心中所想卻是大多旖旎多彩，慕容龍水也不能免俗。

一截柳看到慕容龍水吃癟，心中一樂，滿腦子都是一個俊哥兒被一位兩百斤女壯士壓在身下痛毆成豬頭的滑稽場景。

老蛾沒有一截柳這麼多閒情逸致，步伐沉穩，不急不躁。眼下局勢對三人而言無異於天賜良機，那世子被身負重傷的小姑娘拖累，甚至還不如以一敵三來得輕巧。

一截柳躍上身旁一株橘樹枝頭，舉目遠眺，確保視野之中沒有大隊騎卒參與圍剿——在別人家地盤上撒歡，小心駛得萬年船。

徐鳳年落地以後，長呼吸一口氣，便朝最近的慕容龍水奔殺而去，一路繞過幾株寒冬蕭索僅剩一點慘紅的橘樹。

慕容龍水身形看似臃腫不堪，好似換了性別的褚祿山，可當徐鳳年展開衝殺時，亦是對撞而去。與徐鳳年的繞行不同，身形矯健的她遇上橘樹就直接撞斷，兩人瞬間碰撞在一起。

徐鳳年一手按下慕容龍水的凌厲膝撞，五指如鉤，在她臉上一劃。慕容龍水身體後仰，一腳踹出。渾身氣機厚積薄發的徐鳳年衣袖飄搖，對著慕容龍水的大腿就是一掌猛拍。她硬抗過這一掌，身軀竟是趁勢旋轉，一掌推在徐鳳年胸口。

徐鳳年被一掌推出，倒滑向一株橘樹，在後背貼靠橘樹一瞬間，鼓漲雙袖頓時一凝滯，硬生生停下腳步，小腿一勾，斬斷橘樹，挑向空中，一手握住，對那個大踏步震地前奔的女子就是橘樹做大劍，一劍當頭劈下。

慕容龍水雙手交錯，護住臉頰。橘樹寸寸碎裂，漫天殘枝斷葉。慕容龍水無視密密麻麻的刮骨疼痛，一衝而過，在他胸口砰然砸出兩拳。不料徐鳳年不躲不避，任由女子拳罡在胸前如同層層疊疊的驚濤拍岸，就在慕容龍水察覺不妙想要後撤時，發現雙拳如陷泥濘，一丈之內飛劍如飛蝗，一股腦絞殺咬齨著慕容龍水的雙拳。

她在眨眼間就做出等同於兩敗俱傷的決斷，非但沒有收回拳勢，反而雙腳生根，雙膝沒入泥地，雙拳一氣呵成在徐鳳年身上重捶數十下。

就在飛劍悉數釘入慕容龍水身軀的前一刻，一直蹲在遠方橘樹上優哉游哉採集樹枝的一截柳，終於悍然出手，朝酣戰中的徐鳳年和慕容龍水這對男女不斷丟擲出枝椏，精準阻截一柄柄飛劍的攻勢，無心插柳柳成蔭。劍胎圓滿與劍主神意相通的飛劍，亂中有序，竟是仍然沒有一柄成功釘傷慕容龍水。

徐鳳年額頭向下一點，敲在糾纏不休的慕容龍水腦門上，後者堪稱雄壯的罕見身軀向後一蕩，可是雙臂被徐鳳年扯住，不給她乘機逃脫的機會。慕容龍水怒喝一聲，手臂一抖，漣漪大震，抖落束縛，徐鳳年十指在她手臂上劃出十條深可見骨的猩紅血槽。

她低下頭去，粗如尋常女子大腿的雙臂迅速環住徐鳳年肩膀，外人瞧見，還誤以為是情人溫情依偎，很難分辨出其中的殺機四伏。

慕容龍水身軀向後倒去，將徐鳳年的整個人都拔到空中，試圖一記倒栽蔥，把徐鳳年的頭顱送入泥地。徐鳳年雙手輕輕在濕漉漉的泥地上一拍，剎那好似霧氣嫋嫋升騰。

慕容龍水既想拉開距離又想讓一截柳布下柳蔭的企圖落空，轟然躺在霜雪泥濘中的她鬆開雙手，正想一個鯉魚打挺起身，比那人更早占據主動。

原本腦袋朝下的徐鳳年在一拍之後身體瞬間顛倒恢復常態，雙手按住慕容龍水的臉頰，兩人眉目相對，又是脈脈溫情假象下孕育血腥的一幕。先前慕容龍水接過一截柳拋來的橘子在掌心翻滾，此時如出一轍，徐鳳年像是要將她的頭顱當作一顆橘子。

慕容龍水神情劇變，一時間拳打膝撞如暴雨、如鼓點，出道以來便以擅長近身肉搏著稱的北莽奇女子此刻竟然只想著趕緊拉開距離，可不管她的攻勢如何凶悍，徐鳳年只是撐住她的腦袋，雙手掌心一寸一寸縮短間隙，身形始終巋然不動，全盤接納慕容龍水的驚雷攻擊，衣袖以肉眼不可見的速度震盪顫動。

蹲在遠處枝頭的一截柳神情陰晴不定，手中還剩餘一把橘枝，似乎在權衡利弊，沒有第一時間幫那陷入險境的女子解圍。

先前老蛾趁著間隙在橘林伸臂遊走，也不知是鬼畫符些什麼，朱魍老人顯然比隔岸觀火的一截柳做人要講究許多，一腳踢斷一株橘枝，刺向徐鳳年後背。不敢藏拙的慕容龍水傾盡全力一拳砸在此人心口上，恰好橘枝刺在後背心口，一拳一枝相互牽引，以常理揣度，任你是金剛體魄也要被砸爛心臟，當場死絕。

老蛾在一腳踢出之後，便轉頭對一截柳怒目相視，後者翻了個白眼，掠向徐鳳年和慕容龍水側面。

可是徐鳳年出乎意料地安然無恙，不過總算退讓了一步，願意鬆開慕容龍水的那顆大好頭顱，雙手下滑，將她的臉頰往上一托，遍體氣機翻江倒海的慕容龍水雙腳離地，徐鳳年

「慢悠悠」走到她身側，一腿橫掃在北莽郡主腹部，她的魁梧身軀在空中彎曲出一個畸形弧度，然後轟然射向趕來營救的一截柳那邊。

一截柳對千金之軀的郡主視而不見，身形急急下墜。與此同時，殺手老蛾雙手皆是拇指食指併攏，在身前抹過一條莫名其妙的直線，不下百株橘樹連根拔起，一起潑向形單影隻的徐鳳年，然後當空炸開。

一截柳嘴角翹起，十指彈弦。

滿隴皆劍氣。

天地之間紊亂劍氣流溢，如銀河倒瀉，構成一座無處可躲的牢籠。

徐鳳年一腳踏出，雙膝微曲壓下，形同雙肩扛鼎，雙手虛空往上一提。

以他為圓心，數十丈地面全部掀起，一塊上揚泥幕跟傾瀉而下的磅礡劍氣針鋒相對。

如傘遮雨。

一截柳雙手緊握一截樹枝，恰巧在徐鳳年頭頂的雨傘空心處插下。

見縫插針，一樹柳蔭。

徐鳳年仰起頭，無動於衷，直直望向這個名動北莽的殺手。

一截柳驀覺異樣，攻勢立即一頓，寧肯放棄千載難逢的大好時機也不願以身涉險。

可就在一截柳收回劍勢時，分明看到那廝嘴角浮起一抹陰謀得逞的笑意，瞬息萬變，時不待人，一截柳憑藉直覺再度刺下。

當手中樹枝真真切切觸及徐鳳年眉心，一截柳心中大定。

樹枝已然刺入此人眉心足足小半指甲深度，一截柳眼神陰鷙，心中狂喜。

兩人相距不過幾尺距離，可樹枝驟然間不得推進絲毫，一截柳沒有任何恍惚，就要撤枝退避。

可身後一襲朱袍在他後背狠狠一腳踩下。

徐鳳年雙手十指相對，刺入一截柳胸口，然後「輕輕」往外一撕。

就給一截柳在空中分了屍。

一大攤血水灑在徐鳳年臉上。

徐鳳年依舊還是面無表情、不言不語，只是抖了抖手腕，無聲無息抖落雙手鮮血，望向橘園中剩餘的兩個北莽高手。

老蛾眼見一截柳被生撕，瞠目結舌。

朱魍大當家李密弼親自發話，讓他們三人結伴行事，是有學問的。郡主慕容龍水身具金剛體魄，擅長近身肉搏，配合精通刺殺的一截柳，幾近天衣無縫，再有兩藕之一的老蛾從旁協助，經驗老到，做些錦上添花或是查漏補缺的勾當，就算對上兩名離陽指玄境高手也是大可一戰。就算一截柳身中兩劍一刀，戰力折損嚴重，可老蛾怎麼也不相信會在一炷香內就給破局。

高手死鬥，既鬥力更鬥智，老蛾其實也看出幾分端倪，當時一截柳與自己搭檔，造就漫天磅礴劍氣驟雨般潑灑而下，徐鳳年掀起地面做傘，故意露出空白傘柄處的致命破綻，一截柳起先也曾懷疑是個陷阱，中途也做出收手撤劍姿態，可不知如何一環扣一環，以擅長捕捉殺機名動北莽的一截柳又改變了主意，果斷一劍刺眉心，事實上也差點就得手，一劍透顱，若是被一截柳功成身退，別說朱魍立下大功，就算想要讓女帝賞賜幾個公主、郡主都不難，再者恐怕北莽、離陽、北涼的三足鼎立之勢都要鬆動，那就真是無心插柳柳成蔭了。

可老蛾怎麼想得到堂堂一個世襲罔替北涼王的年輕人，不惜置自己於死地，放任一截柳一劍刺入眉心，在陰陽一線之隔時痛下殺手？老蛾想不到還沒事，被李密弼極其器重的一截柳就只能死在了異鄉。

老蛾不是沒有蹚過束手束腳的泥塘困局，前些年還跟另外一藕圍剿過一名不願被北莽招安的指玄高手，那也是一場幾乎換命的死鬥。初生牛犢不怕虎，人到中年始懼死，何況是老蛾這種刀口舔血大半輩子的花甲老人。此刻越發想念起北莽私宅小院裡豢養的金絲雀兒了，能做他孫女的柔媚小娘，細皮嫩肉，老蛾總喜歡每次在她身上掐出一串串瘀青。

早知會碰到憑藉陰物躋身偽境天象的北涼世子，要是想有個萬全之策，那就該拉上精通多種指玄祕術的蠶繭一起，要不就該將原名孫少樸的劍氣近請來。

慕容龍水盤膝坐地，看不出傷勢輕重，對徐鳳年笑道：「以前聽說你在草原上遇到拓跋春隼，被他和雷矛端孛爾紇紇加上彩蟒錦袖郎圍殺，那會兒你估計最多才入金剛沒多久，竟然還被你宰掉一個。信倒是信，就是一直好奇你怎麼做成的。這會兒有些明白了，我這趟離陽之行沒白來。」

徐鳳年不急不緩走向老蛾，卻跟慕容龍水搭腔：「那次我被攆得像條狗，身上還給端孛爾紇紇的雷矛紮出一個窟窿，慘是慘了點。不過說實話，在鴨頭綠客棧殺掉魔頭謝靈以後，對所謂的一品高手，也沒太多忌憚，畢竟跟洛陽、第五貉都打過，所以這會兒別管我是不是狐假虎威的偽境。我不奢望一口氣做掉你們，但要說誰付出的代價更大，拖久了，肯定是人生地不熟的你們。」

慕容龍水站起身，玩味道：「關於修為反哺一事，好像有個井水不犯河水的說法。事關第五貉的身死，我有次曾詢問過麒麟真人，國師說你體內井水乾涸，一滴不剩，自然能容納公主墳陰物的河水倒灌，換成別人恐怕就要經脈炸碎。不過不知是我眼拙誤會了，還是世子殿下又開始算計我們，故意使了一個障眼法，似乎你的那口枯井已經不枯，再讓朱袍陰物灌輸修為，恐怕就要留下不可挽回的後遺症，一而再、再而三兵行險著，總歸有失兵法上奇正相合的正途，今天是一截柳馬失前蹄，明天說不定就要輪到囊中有個大好北涼王頭銜的世子殿下了。」

徐鳳年停下腳步，笑道：「這也能瞧得出來？」

慕容龍水微微愕然，似乎有些惱火，指了指徐鳳年的頭髮，「殿下是不是太過明知故問了。霜髮有了漸次轉黑的跡象，冬枯入春容，不是瞎子都看得到。」

徐鳳年點頭又搖頭，用嫻熟的北莽腔調說道：「妳沒猜錯。我失去大黃庭後，如今好不容易開始恢復生機，按常理來說，是不該在這種時候橫生枝節，可妳，慕容龍水，堂堂北莽郡主，持節令慕容寶鼎的寶貝閨女，都來離陽行刺，又有劍氣近黃青、一截柳和眼前這位朱魍老前輩，我不知道你們為何在太安城和神武城兩次都沒有動手，不過多半不願無功而返，十有八九要死皮賴臉繼續跟我不對付，既然今天我好不容易占據上風，就算殺敵一千、自損八百，那也有兩百的賺頭。我返回北涼以後，日後世襲罔替，到底是二品武夫還是一品境界，意義都不大了，何不乾淨俐落一鼓作氣解決掉你們？」

慕容龍水眼神真誠笑道：「實話實說，這趟南下朱魍出動了兩繭和數根提竿，初衷都是要刺殺殿下，只是在太安城被人阻撓，不敢輕舉妄動。不過我一開始就沒有打算摻和這潭渾水，我南下是想探尋魔頭洛陽的行蹤，以便確定斷矛鄧茂和耶律東床是否跟隨洛陽一起叛出北莽。神武城外韓貂寺被殿下所殺，朱魍就徹底打消了煽風點火的念頭，轉為刺探咱們北莽心腹大患洛陽的布局。只是徐龍象和殿下身後的小姑娘從中作梗，我們也很焦頭爛額，這兩場架，讓北莽確實哭笑不得。此刻洛陽應該已經察覺，朱魍如何收場，全身而退回到北莽，李爺爺少不得要發愁得撚斷數根鬚。殿下只要樂意袖手旁觀，坐山觀虎鬥，慕容龍水就當欠殿下一個人情，如何？」

徐鳳年訝異道：「耶律東床不是你們北莽的皇室宗親嗎？怎麼跟洛陽攪和在一起了？斷矛鄧茂更是武評上排名還在人貓之前的高手，豈會給洛陽當馬前卒？怎麼就沒有一點世間頂尖高手的傲氣了？」

慕容龍水苦笑道：「殿下詢問的，正是我祕密滲入離陽想要知道的。」

徐鳳年瞇眼打趣道：「慕容龍水，妳我身分大致相當，差得不遠，妳看我去北莽都宰了兩個高居魔道前十的魔頭，還有一個提兵山山主，妳就不眼饞？」

身材魁梧的慕容龍水嫣然笑道：「你是男人，我是女子，有什麼好爭的，遲早有一天我就會嫁為人婦相夫教子，要爭這口氣，那也是耶律東床那只悶葫蘆、矮冬瓜的分內事。」

徐鳳年笑道：「直爽，我中意。那妳走吧，別忘了，妳欠我一個人情。」

慕容龍水笑問道：「當真？」

徐鳳年揮揮手。

被晾在一邊許久的老蛾心中大石終於放下，他是真不願跟一個不要命的偽天象魔頭搏命廝殺。在北莽，可沒有人會買北涼王徐驍什麼面子，這白頭年輕人能活著走一遭，還拎了兩顆頭顱回家，老蛾也有些不願承認的佩服，也越發感嘆江湖代有人才出，北莽就算有已然成就大勢的洪敬岩，有越挫越勇逐漸厚積薄發的拓跋春隼，有慕容郡主和耶律小王爺，可真的到了離陽江湖親耳聞親眼見，才知道離陽江湖的底蘊之深厚。

棋劍樂府劍氣近本名孫少樸，太平令當年笑言北莽劍道如貧瘠田間的稻穀，青黃不接，孫少樸這才改名黃青，可到了離陽這邊，劍道大才那就跟不值錢的野草一般，割了一茬又一茬，離陽自家人渾不在意，但是讓鄰居北莽膽戰心驚得很。

氣數鼎盛，水土便好，水土好，便出人傑，這是歷朝歷代都遵循的常理。女帝陛下已經按捺不住，不想再讓離陽趙家慢慢坐大，好整以暇消化掉春秋八國的國力，可惜人算不如天算，軍神拓跋菩薩在極北冰原被洛陽擺了一道，牽一發動全身，已為帝師的太平令也措手不及，女帝勃然大怒，可一年之內，數萬精騎仍是被白衣洛陽牽著鼻子走，損失慘重，最後還被她流竄到了離陽，要是洛陽轉為依附離陽趙家，這絕對可以讓北莽被北涼鐵騎突襲邊關重鎮的低落士氣降入谷底。

慕容龍水大大咧咧轉身離去，老蛾要謹慎許多，緩緩後退。

徐鳳年盯住老蛾，輕聲笑道：「我說郡主可以走，可沒說你可以走。上次北莽一大撥江湖出身的殺手想要滲透邊關，入境刺殺北涼官員，如果沒記錯的話，就是你們李密弼謀劃的局，朱魍六位大小提竿親自牽的頭，這筆帳得算清楚。」

慕容龍水憤而轉身，「殿下這麼說就沒意思了吧？」

徐鳳年笑咪咪道：「郡主有誠意，可那朱魍老頭兒就不怎麼地道了，袖出小蜂，估計是給朱魍發出了密信，明擺著賊心不死，要趁我落單的機會，去做成在太安城、神武城都沒做成的大事。」

徐鳳年一抹袖，八柄飛劍整齊懸浮身前——既然你袖飛小蜂傳遞消息，那就別怪我用最稱手的劍塚飛劍斬蝶殺蛛了。

慕容龍水和老蛾相視一眼，不約而同飛掠撤退，與此同時，徐鳳年毫不猶豫地不依不饒跟上，死死咬住距離，不讓兩人脫身。

扛了柄枯敗向日葵的小姑娘一言不發跟在徐鳳年身後。

遠處慕容龍水不易察覺地放慢腳步，悄悄查探氣機，徐鳳年驟然加速，雙方間距瞬間由四十丈縮短到三十丈，本意是以此試探徐鳳年是否色厲內荏的慕容龍水嘆息一聲，這才開始真正撤退。

她並不相信徐鳳年會為了一個嘴上的人情而放過自己，徐鳳年在撕殺一截柳後沒有立即乘勝追擊，不外乎兩種可能：一種是力有不逮，以一敵三屬於竭力而為，他的境況其實並不好受，如果是這樣，慕容龍水不介意以重傷換取徐鳳年的殞命；還有一種情況則是這個熟諳死戰的奸詐世子故技重演，再次故意示弱，以便更輕鬆擊殺實力並不差的她和老蛾。老蛾可以牽扯朱魍隱蔽勢力，徐鳳年未必就不能搬救兵，到時候勝負照樣還是五五之間。

徐鳳年掠空追殺兩人，被他綽號呵呵姑娘的少女殺手始終跟在他身後。

徐鳳年拿手抹了一把臉，手心盡是鮮血，他猶豫了一下，開誠布公低聲說道：「那個郡主心眼很多，不得不打腫臉充胖子，要不是這個郡主殺我之心不死，我早拉上妳跑路了。我在春神湖上跟趙凝神打了一架，已經不能繼續毫無顧忌地讓它灌輸修為，這對我自己來說是好事，體內氣機瘋長，可對於當下局勢沒有裨益不說，只有拖累，一、兩天工夫我的內力就算再如何一日千里，也達不到一品境界。而且它在神武城跟人貓一戰，受傷很重，這次殺一截柳，差不多就是虛張聲勢了，如果不是一截柳傻乎乎撞上來，多耗一段時間，我跟它就要露餡。不過妳放心，他們想殺妳，萬萬做不到，想殺我，我就算站著不逃讓他們殺，也一樣不容易。咱們大抵可以說是立於不敗之地，這筆買賣，也就是賺多賺少的差別。」

少女「呵」了一聲。

徐鳳年望向遠方，「最好是能活捉了那郡主和老頭，那老子就賺大發了。回頭咱倆坐地分贓，以咱們的交情，保證不坑妳。」

少女一腳踹在徐鳳年屁股上，身手矯捷的世子殿下在空中輕巧翻滾，繼續安穩前掠，輕聲笑道：「朱魍就算暗處有救兵，也不敢肆無忌憚一股腦兒擁過來，再說了，我也不是沒有後手，咱們就跟這兩位北莽大人物貓抓老鼠慢慢玩，我也好趁機以戰養戰，恢復一下修為，把失而復得的境界給弄結實了。妳擅長找準襲殺時機地點，我身邊的徐嬰精通捕捉氣機，有的他們好受！」

◆

整整一天貓鼠捕殺的凶險「嬉戲」，讓慕容龍水和老蛾憋屈得不行。

徐鳳年始終跟他們保持在半里路之內，他們休憩，徐鳳年就跟著慢悠悠停下，在一定距離外騷擾挑釁；他們前行，徐鳳年就繼續尾隨，甚至有兩次都主動展開截殺，一擊不成就當機立斷火速撤退。

慕容龍水不是沒有想過反過頭去占據主動，可徐鳳年完全不給她這個機會，追殺嫺熟，逃路更是那叫一個腳底抹油，風緊扯呼起來比誰都沒高手架子。若是有一截柳在場，參與這場雙方都有一定勝算的捕殺，慕容龍水和老蛾還不至於如此被動，可世上沒有那麼多如果。

夜幕中，慕容龍水在深山野林一條溪水邊掬水洗臉，徐鳳年在十幾丈外的大石頭上蹲著，還有閒情逸致跟這位北莽金枝玉葉套近乎，勸她別當什麼郡主了，乾脆在北涼找個書卷氣的讀書人嫁了，讓她氣得牙癢癢。老蛾當時想要繞道出手偷襲，就給一襲朱袍擋下。

◆

三天後，雙方一前一後進入一座城鎮。慕容龍水還好，有金剛體魄支撐，氣色尚佳，提心吊膽的老蛾就難免有些神情萎靡。

徐鳳年在集市上順手牽羊了兩頂大小不一的貂帽，一頂自己戴上，一頂不由分說按在小姑娘的腦袋上。

毛茸茸的小貂帽子遮住她的眉額，如果拋開肩上那柄向日葵不談，就有幾分像是尋常人家的少女了。

慕容龍水已經三天兩夜滴水未進，既然甩不掉身後那一對附骨之疽，乾脆就在城中通衢鬧市揀選了一家酒樓，從腰間小囊掏出一錠黃金拋給酒樓夥計，說不用找了，要了一桌子豐盛酒菜，在臨窗位置落座，不論是闊綽敗家的出手，還是她那小山墩般的稀罕身段，都很是惹眼。

慕容龍水沒有在窗外瞧見那個王八蛋，也樂得眼不見、心不煩，只管大塊吃肉，反倒是老蛾細嚼慢嚥，附近幾桌食客都竊竊私語，對慕容龍水評頭論足，嬉笑言語也談不上有多客氣含蓄。

朱魍老蛾這三天積攢下不小的火氣，就想不動聲色地給這幫無禮之徒一點教訓，慕容龍水輕輕搖頭，喝了一大口不曾嘗過的燒酒，含在嘴裡，也不急著下嚥，慢慢回味。

眼角餘光中，鬧市川流不息，小門小戶人家，也是綢紗絹緞，慕容龍水有些入神，離陽結束春秋動盪後，從西蜀、南唐、東越三地得到的錦緞彩帛就多達數百萬匹，這些年離陽趙室對市井百姓的服飾定制也要比前朝各地寬鬆許多。

慕容龍水咽下酒水，抿了抿嘴唇，輕輕呢喃一句：「好一幅太平盛世畫卷。」

不足五丈外的一堵青牆後，行人寥寥，頭頂貂帽的徐鳳年蹲在牆腳根下，一邊嚼著一張蔥餅一邊含混碎碎念，不耽誤抬起袖口，好似一名小伍長故作沙場點兵的豪邁做派，對著懸浮眼前的幾柄飛劍發號施令，手指一旋，其中三柄劍貼著牆面急急飛掠而去，拐彎出巷弄，一瞬間就透過酒樓窗戶直刺慕容龍水。

老蛾手指輕叩桌面，飛劍與郡主之間出現絲絲縷縷的白霧，三柄頑劣調皮的飛劍無法得逞便原路折返。一撥才去，第二撥又來，這一次三劍角度刁鑽，穿窗以後就迅速分散，老蛾頓時敲桌急驟。三劍來也匆匆、去也匆匆，第三撥轉瞬即至，樂此不疲，讓一心隱蔽手段的老蛾越來越疲於應付。幾個眼尖酒客都瞧見臨窗那邊白霧濛濛，依稀有亮光流螢。

慕容龍水重重放下酒碗，才勸過老蛾不要大張旗鼓，她自己就猛然起身，整個人直接撞爛窗欄，大步狂奔而去，看得酒樓眾人目瞪口呆，敢情這婆娘還是個深藏不露的江湖女俠？

青色牆腳下的徐鳳年趕忙把小半張蔥餅叼在嘴上，撒開腳丫子溜之大吉。慕容龍水站在巷弄中，五指鉤入牆面，捏碎手心磚石，臉色變得鐵青。老蛾也是被徐鳳年這種沒有盡頭的下作手腕折騰得不厭其煩，只是不知如何勸慰那位年輕郡主。之所以不追，委實是這小子馭劍的手法太高超，十丈以內飛劍懸停得恰到好處，安安靜靜在他們前頭守株待兔，八柄飛劍，那就是八座陷阱起步。

老蛾忍不住嘀咕道：「真是追趕一條胡亂拉屎的狗，走哪兒都得擔心鞋子沾上狗屎。你不追吧，他就在你屁股後頭吠幾聲，真是難纏！」

慕容龍水被這個粗鄙比喻給逗笑，心頭陰霾消散幾分。

小巷盡頭，那傢伙似乎察覺到兩人沒有窮追猛打的念頭，又嬉皮笑臉現身，斜靠牆頭，啃完了蔥餅，油漬手指在貂帽上隨意一擦，好心提醒道：「你們這一雙老少配的神仙俠侶還沒下定決心啊？等到我喊來成千上萬的北涼鐵騎，一人一口唾沫都淹死你們了，小心變成一對亡命鴛鴦，在口水裡游啊游，游啊遊……」

慕容龍水死死盯著那個做出劃水姿勢的王八蛋，冷笑道：「你也別瞎扯了，這會兒朱魍跟北涼諜子都成了趙勾的眼中釘，誰都不敢輕舉妄動，你要是能從北涼調動一千鐵騎來到這裡，我慕容龍水不光乖乖束手就擒，給你徐鳳年當丫鬟都可以。」

徐鳳年朗聲笑道：「這可是妳說的啊，有本事妳就等著。聽潮閣有本道教典籍記載了撒豆成兵的通玄本事，敢不敢給我三天時間，等我修成了這門神通，到時候妳給我當丫鬟。巧了，梧桐院還少了一個捧劍婢女，我瞅著妳牛高馬大的，雖然相貌不咋的，不過氣勢很足，咋樣？」

慕容龍水咬牙切齒擠出一個笑臉道：「好商量。別說捧劍，以後給你捧靈牌都行。」

徐鳳年佯怒道：「咒我啊？喂，那個養蠶的老頭，你也不管教管教你媳婦，你怎麼當家的，那麼大歲數都活到狗身上去了？你先前說我是狗拉屎，你跟郡主行那魚水之歡的時候，狗舌頭瞎舔，就是風花雪月了？聽說你這老兒在朱魍裡頭風評極差，被你糟蹋虐殺的女子一雙手都數不過來，這次跟正值妙齡的郡主一起逍遙江湖，可千萬別起了歹心，好好過日子，比什麼都強。」

還是黃花閨女的北莽郡主一笑置之，老蛾可就有些急眼了，雖然朱魍一向只效忠於女帝陛下，準確來說是陛下身後的影子宰相李密弼，可慕容龍水身分尤為顯赫，主辱臣死，何況那世子殿下滿嘴髒字的混帳話，盡往他跟郡主身上一塊兒潑髒水，萬一郡主返回北莽後哪天惦念起這個，老蛾怎能不心驚肉跳？

徐鳳年本來還想繼續逗弄這只蛾繭，不過小姑娘的到來讓他收斂許多。毛茸茸貂帽歪斜在腦袋上，她蹲在一旁慢悠悠啃咬一張夾有牛肉片的蔥餅，顯然比起徐鳳年的蔥餅要富貴氣太多——幾張蔥餅錢都出自徐鳳年在大街上順來的錢囊。小姑娘嚼完蔥餅，舔了舔手指，然後似乎覺著不習慣暖和的貂帽，扯了扯，不過是由東倒變成西歪罷了。

老蛾將這對臨時搭檔看在眼中，一點都沒有感到滑稽可笑，只覺忌憚和棘手。這幾天都只有徐鳳年出手，老蛾相信等那小姑娘緩過神，傷勢痊癒幾分，下一記手刀吃不準就要落在他和郡主身上。

老蛾揉了揉酒糟鼻子，陰沉笑道：「世子殿下，聽說北涼王妃本是女子劍仙，因為懷上你，才有了京城白衣案，落下不治之症，早早離世。又聽說你大姐徐脂虎遠嫁江南，鬱鬱寡歡，二姐徐渭熊也好不到哪裡去，差點死在陳芝豹手上。再過幾年，新王換舊王，好不容易當上了藩王，小心到頭來就只是孤家寡人一個，有福不能同享，還要一邊擔心北莽鐵騎南下一邊防著離陽使絆子，換成我是你，早就瘋了。隨便掰手指頭算一算，不說北莽在臥榻之側厲兵秣馬，還有記恨在心的趙家天子，有張巨鹿、顧劍棠一大幫骨鯁忠臣冷眼旁觀，有幾大藩王虎視眈眈，你說你活著不是遭罪嗎？」

徐鳳年依舊斜靠牆頭，雙手抱胸，重重嘆息一聲，「誰說不是呢。」

慕容龍水語不驚人死不休，神情平淡道：「趙勾裡有我們北莽安插多年的死士，位居高位。京城那邊稱得上一個屁響如雷的大人物，很多都清楚這次是你最後逗留江湖，神武城外一戰未必就是你的江湖收官，你要是繼續跟我們貓抓老鼠，小心得不償失，被趙家天子反過來漁翁得利。到時候我肯定不介意跟趙勾聯手，把你的屍體留在江湖上。

總之現在你我都身陷賭局，去賭趙家天子和離陽重臣有沒有這份魄力，我輸了，不過是維持眼下的僵局，你輸了，你們父子和北涼整整二十多年的隱忍不發，就竹籃打水一場空。之所以跟你打開天窗說亮話，是因為我始終沒有把你當成不共戴天的死敵。相反，徐鳳年，我對你有幾分發自肺腑的欽佩，能讓我慕容龍水心服口服的男子，北莽只有拓跋菩薩和董卓兩人而已。」

徐鳳年吊兒郎當說道：「心服口服不算服，女子的身體服氣了，才是真服氣。」

慕容龍水忽略他的輕佻言辭，平靜問道：「你鐵了心要跟我賭一把？」

徐鳳年伸出一手握了握，搖頭笑道：「談不上賭不賭。就像北涼只相信鐵騎和北涼刀，我也只相信自己掙到手的斤兩。」

慕容龍水嘴角翹起，冷笑道：「那就拭目以待。」

她轉身離開巷弄，老蛾正要轉身，徐鳳年笑道：「兩百四十字，我都記下了。」

老蛾喉嚨微動，憋出一口濃痰狠狠吐在地上，朝徐鳳年譏諷一笑，揚長而去。

少女呵了一字。

徐鳳年沒有在意她的拆臺，好奇問道：「妳那隻大貓上哪兒了？」

呵呵姑娘蹲在地上，默不作聲。

這幾天她始終沉默寡言，不管徐鳳年詢問什麼都不理不睬。

徐鳳年蹲下去，幫她擺正貂帽。她瞪了一眼，又伸手歪斜回去。

徐鳳年白了一眼，站起身，兩人繼續尾隨「如花似玉」和「豐神玉朗」，這是徐鳳年前天給慕容龍水和老蠶繭取的綽號，用徐鳳年的話說這叫以德報怨。

經過路邊一座攤子，一名老儒生在那兒擺攤販賣舊書，豎放了一幅字，書有「典故魚」三字，被一方青綠蛤蟆銅鎮紙壓著。

老儒生見到徐鳳年和小姑娘經過，笑問道：「這位公子，不挑挑書？要是買書錢不夠，有老舊釵子也可當銀錢用。」

徐鳳年停下腳步，彎腰凝視那幅字，問道：「老先生，這『典故魚』，可是獺祭魚的意思？」

老儒生笑咪咪點頭道：「正解。公子確實博聞強識。」

徐鳳年仍是低頭，繼續問道：「賈家嘉，諧音都是甲，三個甲，三甲，黃三甲。」

老儒生嘖嘖道：「公子可是說那黃龍士？這名字晦氣，少說為妙。」

徐鳳年看了眼面無表情的小姑娘，又瞧了眼裝神弄鬼的老儒生，掏出一根釵子，輕輕放在鎮紙旁邊，「老先生，帶她走吧。再晦氣，也沒在我身邊更晦氣。」

老儒生伸手要去拿起釵子，被小姑娘拿向日葵拍在手背上，一臉悻悻然。

老人笑道：「不是白白收你釵子的，有個叫柳蒿師的老不死出了京城，還捎上了東越劍池的狗腿子，不用半個時辰就可以入城。」

徐鳳年點了點頭，問道：「隋斜谷怎麼樣了？」

老人竟是知無不言、言無不盡，「還在等，兩個歲數加在一起兩百多歲的糟老頭子，王八瞪綠豆，慢慢耗著。不過要我看啊，他那一劍火候再足，也還是不行。你還有什麼想問的，一起問了。縮頭烏龜趙黃巢？走火入魔的劉松濤？還是倒騎毛驢看江山的鄧太阿？要不就是替人尋鹿的洛陽？」

徐鳳年猶豫了一下，笑道：「算了。你們爺兒倆還是早點收攤子走人吧。」

老人笑意玩味道：「你真不怕死？」

徐鳳年無奈道：「等你們一走，我也好趕緊跑路啊。」

老人哈哈大笑，「理是這個理。」

他站起身，收斂笑意，輕輕拿起鎮紙夾在腋下，抖了抖那幅字，斜視徐鳳年，「她替你接下龍虎山趙宣素的氣運，解鈴還須繫鈴人，你小子趕緊恢復大黃庭，要不然三年後……她要是死了，我就算破例違背本意，也要讓你和北涼吃不了兜著走。你今天當然不能死，要死也只能是三年後，所以我給你喊了個幫手。」

小姑娘走得一點都不拖泥帶水，頭也不回。

並肩而行的老人嘆氣道：「真狠心，就別要回釵子。」

小姑娘抽了抽鼻子。

老人突然笑道：「貂帽不錯，瞧著就喜慶。」

小姑娘拉下原本才遮住額頭的毛茸茸貂帽，遮住了整張臉。

第十章 宋念卿問劍洛陽 小城鎮風雲慘澹

徐鳳年站在原地安靜目送兩人遠去，沒過多久轉頭望去，跟一老一小相反的大街盡頭，白衣洛陽緩緩行來。

徐鳳年神情古怪，洛陽的出現是意料之外，卻在情理之中，偌大一個離陽朝野，除了她還有誰敢跟柳蒿師這隻太安城看門犬較勁，就算有人敢，也沒這份本事。

洛陽見到徐鳳年後沒有出聲，徑直挑了一家大酒樓走入二樓，點了一份不算時令菜肴的醉蝦，加一罈枸杞地黃酒。酒樓豪奢，裝蝦的物件竟是琉璃盞，不算上乘質地，可也絕非尋常酒樓的手筆。

洛陽掀開盞扣，醉蝦猶自活蹦亂跳。

徐鳳年滿肚子狐疑，也只能安靜地看她慢慢吃蝦下酒。沒打算給徐鳳年點菜的洛陽蓋上盞扣，開門見山道：「黃龍士前些時候去了趟逐鹿山，相談甚歡，各取所需。朱魍這次幾乎傾巢出動，除了想要你在太安城死在趙家天子眼皮子底下，也想趁著推舉武林盟主一事，從中牟利，好將我困在逐鹿山。朱魍跟趙勾既有衝突，也有默契，考究雙方火候拿捏，李密弼身在萬里之外，顯然不易掌握。離陽不希望逐鹿山攪和西楚復國一事，對逐鹿山十分戒備……」

徐鳳年忍不住打斷洛陽問道：「黃三甲到底圖什麼？中原已經迎來大秦之後的八百年大一統，歸功於他的三寸舌，他這時候勾搭逐鹿山，幫你們跟曹長卿那幫西楚遺老孤臣牽線搭橋，不是等於自毀功業？我師父曾經說過，黃三甲看似瘋癲，實則當時謀士都不曾達到此人的格局。春秋亂戰，縱橫捭闔又波瀾壯闊，得利者封侯拜相魚貫入趙家，失利者國破家亡不計其數，唯獨黃龍士超然世外。小謀謀一城，中謀謀一國，大謀謀天下，黃三甲已經把天下攪動得天翻地覆，好不容易按照他的意願中原安定，難不成還覺得不過癮，非要折騰出一個分久必合之後的合短便分？玩弄全天下人於股掌，這才能讓他覺得沒有遺憾？」

大概是不滿徐鳳年的插話，洛陽自顧自說道：「齊玄幀之流的真人開竅，西域密宗的活佛轉世，你知道根底在什麼地方？」

徐鳳年在這方面有著得天獨厚的優勢，略懂皮毛，說道：「不曾飛升的道門真人投胎後開竅，積攢福德，也得看機緣，這才有根骨一說，也不是每次轉世都可以開竅，具體緣由，我就不敢妄言了。至於西域密宗，倒是在聽潮閣一本典籍上見到實實在在的文字記載，在佛法劫難時就有伏藏一說。伏藏分三種，書藏是開闢經閣、挖掘洞窟以便藏匿經書，物藏是指佛門法器和高德大僧的遺物，但第三種最為妙不可言，取名識藏，許多活佛轉世，即便尚自年幼或者不識文字，在某個時刻也能出口誦經，跟道教真人突然開竅，我想是差不多的道理。」

洛陽點頭道：「無用和尚劉松濤離開西域，墮入瘋魔，為何爛陀山沒有一個和尚出面收拾爛攤子？為何兩禪寺李當心僅是攔手一次就退讓？」

徐鳳年笑道：「看來這位逐鹿山第九任教主在神識清明時，就已經料到自己會走火入魔了，爛陀山自然也有這份認知。以前我覺得我不入地獄、誰入地獄的說法，只是聽著誓願宏大，也沒有深思，這會兒才知道這中間危機四伏，不是誰都做得到的。」

洛陽深深看了徐鳳年一眼，沒有作聲。

徐鳳年感到莫名其妙，也不好多問。這娘們兒的到來，讓原本想要跑路的徐鳳年徹底沒了退路，反正柳蒿師跟東越劍池的宗主既然現世，就萬萬沒有空手而歸的可能，與其被他們攆著打，還不如主動拚命。

徐鳳年不理解洛陽所謂的黃三甲、逐鹿山各取所需是什麼，但他跟這位魔教新教主各取所需是實打實的，他要反過來截殺號稱待在天象境時間最久的柳蒿師，她則要剷除朱魍的眼線，跟北莽有一個清清爽爽的了斷。

徐鳳年懶洋洋靠在椅背上，竟然有些不合時宜的倦意和睡意。自打練刀以後，就少了以往冬眠不覺曉的惰性，記得趙希摶傳授黃蠻兒功法，似乎有個不覓仙方覓睡方的說法，看來有機會一定要學一學。

洛陽掀開盞扣，醉蝦都已澈底醉死，也就沒有了下筷的念頭。酒不醉人人自醉，官場和江湖就是天底下最大的兩只酒缸，官員就是那彎腰的蝦，江湖人也好不到哪裡去，誰不是酩酊大醉，一死方休？

洛陽雙指拎盞扣，輕輕清脆敲擊琉璃盞，破天荒主動問了個跟徐鳳年切身相關的問題，「黃龍士對徐驍尚可，談不上恩怨，可這些年以往謀劃，對你可是沒安什麼好心，這次他找我幫你解圍，你就不怕是挖坑讓你跳？」

徐鳳年笑道：「我跟黃三甲不是一路人，師父還能猜到這老頭幾分用意，我不行，反正抱著怎麼渡過眼前難關怎麼來的宗旨。人無遠慮、必有近憂，反過來說，就是人有遠慮更有近憂，我既然想不透黃三甲的伎倆，那就別庸人自擾。我只認一個理，就算妳是黃三甲，敢算計到我頭上，妳在北涼以外的地，我不管，離陽朝廷和元本溪這些大人物都宰不掉妳這隻老狐狸，我當然也沒這份本事，但是被我知道到了北涼境內，那我就算赤膊上陣，也得跟黃三甲計較計較。」

洛陽譏諷道：「怎麼不當面跟黃龍士發狠話？」

徐鳳年嬉皮笑臉道：「大話，說大話而已。哪裡敢跟黃三甲當面如此說，這裡又不是北涼。」

洛陽冷冷瞥了他一眼，「你忘了北莽黃河龍壁那一劍？」

徐鳳年這才記起洛陽怎麼武功蓋世都還是女子，是女子就格外記仇，何況是一劍穿心的死仇，眼睛下意識就往洛陽心口那邊偷瞄，然後一瞬間就連人帶椅子一起倒撞向牆壁。

酒樓夥計見狀就要發火，徐鳳年趕緊賠笑臉說我照價賠銀子，一顆銅錢都不少酒樓，這才讓養出店大欺客脾性的店夥計沒有冒出髒話，嘀嘀咕咕也沒好臉色就是了。

徐鳳年原本不至於毫無還手之力，只是對面坐著的是洛陽，又理虧在先，就順水推舟一次假裝丟人現眼。徐鳳年皮糙肉厚，臉皮更是刀槍不入，完全不怕這種小打小鬧，就怕哪一天她徹底起了殺心，到時候才棘手。上次「久別重逢」，在尖雪茶樓喝酒，大冬天的仍是汗流浹背，足見徐鳳年對她的忌憚至深。

徐鳳年猶豫了一下，重新挑了一張椅子坐下，問道：「慕容龍水說朱魍有死士在趙勾裡頭，地位還不低，因此這趟他們雙方就算撞上了，也是同仇敵愾先想著解決掉我們。到時候那邊拿得上檯面的就有柳蒿師、東越劍池宋念卿，以及北莽郡主跟朱魍蛾繭，都是貨真價實的一品境界。柳蒿師在天象境界趴窩趴了幾十年，天曉得有沒有走到陸地神仙的門檻。我看就算是爬，也快爬到了。」

洛陽平淡道：「你最後壓箱底的本事就是在春神湖請下真武法相，沒有其他了？」

徐鳳年一臉坦誠笑道：「真沒了。」

洛陽冷笑道：「要死不死在這個時候恢復氣機，既然明知如此，為何要主動招惹朱魍，真以為自己天下無敵了？那行啊，柳蒿師交給你，其餘三人我來對付。」

徐鳳年認真點頭道：「我就是這麼想的。」

洛陽大笑道：「就這麼離開江湖，真能死而無憾？」

徐鳳年只是靜靜望向窗外。

街上人頭攢動，可在他眼中，只留一人。

青衫老者牽馬而行，馬背上掛滿了長劍。不知其身分的路人，都以為是個賣劍的老頭，猜測一柄劍也就只值個幾兩銀子。

傳聞天底下有個古怪劍客，每一柄劍只遞出一招，一招過後，此生不再用此招，更不碰此劍。

徐鳳年眼尖，數了數，馬背上有十四柄劍。

那就是十四指玄劍了。

徐鳳年指了指當街牽馬前行的青衫劍客，笑道：「沒猜錯的話，應該是東越劍池的宋念卿了。」

洛陽平淡道：「又如何？」

徐鳳年生怕她不當回事，小覷了天下江湖好漢，捺著性子微笑解釋道：「這傢伙可不是沽名釣譽的劍客，他在劍術上的指玄境界，比牛鼻子道士們的指玄要實在很多，是咱們離陽有數的劍道大宗師，而且宋念卿術道相和，精通三教義理，不是只懂蠻力的莽夫，打起來肯定難纏。不算偷偷摸摸的切磋，宋念卿年紀輕輕便成為劍池家主後，這大半甲子中已知的出手有十九次，每次都會換劍換招，其中一次就帶了十二劍，還是去武帝城跟王仙芝比試，當然沒贏，不過聽說那場架打得聲勢浩大。

當今江湖，武當王小屏、龍虎山齊仙俠和吳家劍冠吳六鼎，三人比之恐怕暫時都要略遜一籌，妳別不當一回事。這次好歹老前輩一口氣帶了足足十四柄劍，一看就是要拚老命的樣子。當初輸給王仙芝後，他這些年閉關潛修，境界肯定提升不少，妳上點心，別把人家當成什麼阿貓阿狗。」

結果洛陽一句話就噎死了徐鳳年，「比得上鄧太阿？」

有心有靈犀的朱袍陰物在附近游弋，徐鳳年耳目格外清明，不知為何，沒有察覺到柳蒿師的存在。難不成這條趙家老狗覺得一個宋念卿就足以殺掉自己？

吳家劍塚和東越劍池一直不被視作武林勢力，除了雙方罕有人物來到江湖遊歷，再就是這兩株劍林巨木實在太過高聳入雲，任你是快雪山莊這般在州郡內首屈一指的幫派宗門，對上這兩頭龐然大物，也只有俯首稱臣的份。

吳家劍塚在九劍破萬騎之後，從巔峰江河日下，東越劍池就一直想要壓下被譽為家學便是天下劍學的吳家一頭，甚至不惜主動跟離陽朝廷眉來眼去，劍池年輕一輩翹楚李懿白攜帶十八劍婢出現在快雪山莊為雁堡鼓吹造勢，就是一個明證。

徐鳳年對劍池的觀感一直不佳，不過對李懿白還算不錯，當年第一次闖蕩江湖，曾親眼遠觀一名敦厚男子行俠仗義，出手樸實，毫不花哨，當時徐鳳年也沒覺得是何等高明劍術，只覺得這哥們兒身手不俗，架子也不大，事後才知道他竟然是有望坐上劍池頭把交椅的劍道俊彥，故而這次在快雪山莊行凶，只是找了春帖草堂和雁堡的麻煩。

李懿白的師父，即東越劍池的當代宗主宋念卿，近三十年首次離開劍池，就捎上了十四柄名劍，看來不帶走徐鳳年的腦袋是絕不會甘休了。

徐鳳年輕聲問道：「要不妳別忙著出手，我去試一試深淺？」

洛陽譏笑道：「怕我輕輕鬆鬆殺了宋念卿打草驚蛇，柳蒿師做了縮頭烏龜，壞了你黃雀在後的算計？我就奇怪了，以你目前的身手，對上柳蒿師就是以卵擊石，怎麼，到時候被人打得半死，希望我再幫你一把？事先說好，我就算幫，那也是等柳蒿師把你宰掉以後，幫你收屍。」

徐鳳年咧了咧嘴，燦爛笑道：「沒這麼多心思講究，就是覺得既然要幹架，我沒理由躲在後面。」

洛陽嘖嘖道：「想起來了，敦煌城外某人一劍守城門，擋下數百騎，然後大搖大擺入城，真是好大的威風！」

徐鳳年厚顏無恥道：「好漢不提當年勇，說這個做什麼。」

◆

窗外，街上出現一隊隊疾馳而過的披甲騎卒，不由分說驅散百姓，一股腦往城外趕，起先還有家境殷實的豪紳士子罵罵咧咧，結果就被騎將直接拿鐵矛尾端砸趴下，然後拖死狗一般拖走。

許多窩在家宅裡的百姓也都難逃一劫，在天氣酷寒的大冬天成群結隊被驅逐向城門，一些街坊鄰居的大族士族成員也沒能僥倖逃過，合流之後，本想著合夥鬧上一鬧，當他們見到府衙縣衙的老爺們都一樣在逃難隊伍裡，也就沒了觸霉頭的膽量。

沒多時，酒樓附近差不多就成了一座空城。酒樓食客早已奔跑出去，掌櫃的也顧不得那幫無賴欠下的酒水錢，拖家帶口匆忙離去。一些個青皮地痞想要渾水摸魚，趁著人去城空去富裕人家順手牽羊一些古董玩物金銀細軟，結果被從外地抽調入城的巡城騎卒撞見後，當場格殺，有幾個腿腳伶俐的痞子見機不妙，試圖翻牆逃竄，直接就被箭矢射成刺蝟。一時間更是人心惶惶，不知曉發生了什麼禍事，一個個心想難不成又要打仗了？那些個經歷過春秋戰事的老人，風聲鶴唳，更是愴然淚下，跟祖輩同行的婦孺也是哭泣不止。

街上行人鳥獸散，身邊馬背上扛一大堆劍的青衫老人就越發惹眼，當徐鳳年站起身望向街道，老人也抬頭望來，對視之後，宋念卿做事也爽利，二話不說，鬆開馬韁，從馬背拎出一柄長劍，朝酒樓二樓方向輕輕劃出一道半弧。

徐鳳年在宋念卿遞出第一劍時就高高躍起，單手握住房梁，坐在椅子上的洛陽就要比他更高手風度地超出幾條大街，紋絲不動，那道半弧形劍罡劃過酒樓外壁如同切割豆腐，直撲洛陽。

洛陽一根手指輕輕推移那只琉璃盞，在桌面上向前滑出短短一寸距離。

一人一桌一椅如同一尾魚劃破了漣漪，逼迫凌厲劍罡向兩邊側滑出去。

這一抹劍氣割裂酒樓後邊牆壁後仍是直刺雲霄十餘丈，才慢慢消散。

半棟酒樓斜斜滑墜，一些瓦片碎木都在洛陽身外數丈彈開。

徐鳳年當然不會跟隨坍塌酒樓一起下墜，鬆開橫梁落在洛陽身邊，瞥了眼這個讓人無言以對的娘們兒，實在不知道該說什麼。

徐鳳年硬扛也扛得下宋念卿這試探一劍，當然絕對沒有洛陽這般輕而易舉。再者宋念卿第一劍，問禮意味多過廝殺，頗有劍池迎客向來先禮後兵的味道，躋身指玄之後，對氣機的掌控比起金剛境要高出一大截，春神湖邊趙凝神臨湖吹笛，憑藉笛聲在各處強弱不一的激盪程度，就可以感知到眾人境界高低，便是這個竅門，宋念卿這一劍，也就洛陽膽敢正大光明去接下。

宋念卿一劍過後，只要對手硬拚，當然不是就可以準確推斷出敵手境界深淺，而是可以清晰知道對手大致在什麼修為之上，那麼之後遞出第二劍、第三劍，就必定不會在此之下，更有益於他的劍心通明。

酒樓成了好似沒有遮蔽的簡陋酒肆，顯露出二樓一站一坐的男女。

宋念卿果然如同傳聞，一劍遞出後馬上就一劍歸鞘，一手搭在另外一柄劍鞘上，朗聲問道：「老夫東越劍池宋念卿，敢問樓上何人？」

老宗師鄭重其事開口詢問的對象，自然不會是天下皆知的世子殿下，江湖上不論高手還是低手技擊過招，大多都有詢問底細的習慣，綽號是啥，師出何門，身世如何。這可不是多此一舉，除去那些初出茅廬的無名小卒喜好給自己取個響噹噹的綽號，可以忽略不計，其餘江湖人士能有個不俗氣綽號就相當難得，都是靠本事靠金銀辛辛苦苦堆出來的。

大家一起身在江湖，就是同行，混口飯吃也好，混口氣也罷，與人為善總歸不是錯事，對上成名已久的人物，大多不願往死裡得罪，所以許多武林中一語不合、拔刀相向的摩擦啟釁，在互報名號後往往就可以化干戈為玉帛，其實打都沒打，但還是美其名曰不打不相識，江湖上吃香的肯定是擅長左右逢源的老油條們，愣頭青們哪怕修為不錯，不懂得不看僧面看佛面的道理，往往也要吃上許多沒必要的悶虧。

許多大好前途的江湖兒郎就是一根筋，惹上了財大氣粗宗門雄厚的仇家還不知道進退，結果怎麼死的都不知道。在天下劍林中名列前茅的劍道鉅子宋念卿亦是不能免俗，那瞧著年紀不大的白衣女子實在是讓他心驚，離陽何時多出這麼一個深藏不露的女子？

徐鳳年冷哼道：「是我朋友，咋了？」

洛陽斜眼徐鳳年，她豈會不知這傢伙肚子裡那點算盤，要是直截了當報出她的身分，恐怕宋念卿不管如何恃力自負，也要好好掂量一番，那眼前這傢伙的如意算盤就不一定能打得響了。

徐鳳年猶自在那裡唱獨角戲，「姓宋的，有本事就試著登樓，別跟我們套近乎。當年你扛著十二柄劍去武帝城，還不是灰溜溜空手返回，今天多了兩把劍又能如何，有本事十四劍都使出來，我把話撂在這裡，咱們一柄不差都接下了！」

洛陽平靜問道：「你不無聊，不嫌丟人？」

徐鳳年轉頭低聲笑道：「好不容易抱上魔道第一人的大腿，讓我好好抖摟抖摟威風。」

宋念卿倒是沒有被徐鳳年的輕佻言語所激怒，心境古井無波，也不跟徐鳳年搭腔，僅是輕輕一拍劍鞘，這一次手不握劍，而是離手馭劍二十丈，劍氣比第一劍大漲幾分，劍尖微抬，斜著掠向二樓徐鳳年。

洛陽站起身，她顯然沒心情耗下去坐等那十幾劍，躍下酒樓，跟那柄飛劍錯身而過，然後一手握住劍柄。長劍顫鳴不止，滿城可聞。

宋念卿握住懸掛馬背上的第三柄劍，非但沒有因為出鞘長劍被洛陽抓住而慌張，反而會心一笑。

此劍名白首，世人白首難逃相離命，劍與劍氣出鞘時便已分離，只破其一都無關大局。宋念卿這第二劍原本劍尖本身所指是徐鳳年，但劍氣卻是牽引向那手姿英武的白衣女子，而且白首相離心不分，只要徐鳳年倉促出手，對長劍施加任何擊打和氣機，都可以轉嫁到劍氣上，這才是白首一劍精妙所在。若是率先察覺到劍氣的存在，對劍氣展開阻擋，也是同理。

洛陽五指猛然一握，手中長劍頓時中斷哀鳴，圓滿劍胎盡碎，可她是手段凌厲了，對潛伏暗處的劍氣無異於火上澆油。

徐鳳年等到劍氣驀然逼近才醒悟其中玄妙，咒罵一聲，也不知是罵宋念卿奸詐，還是埋怨洛陽故意坑人，八柄飛劍出袖做雷池。

陰了徐鳳年一把的女子嘴角悄悄翹起，倒提那柄澈底喪失精氣神的長劍，輕靈落地，奔向宋念卿。

只見她手中劍氣暴漲橫生十餘丈，粗如碗口，如彗星拖尾，氣勢凌人。

宋念卿心頭一震，原本右手握劍而已，立即添加一劍入手。

倒握長劍的洛陽鬆開劍柄，長劍和劍氣一併丟向宋念卿，其實更像是砸。

劍與劍氣好像畫師以大寫意潑墨灑下。

劍氣之盛，以至於宋念卿第二劍不等臨近，就已經碾作齏粉。宋念卿不退反進，腳底離地不過幾寸，碎碎前行一丈有餘，停下身形後雙腳腳尖一擰，那雙嶄新青素布鞋腳底板在地面上滑帶起一陣煙塵，左手一劍負後，右手先是抱劍於胸前，然後朝下一點，劍尖再由向下變作撩起，這一撩劍抵在了那團劍氣底部。

宋念卿手中長劍逐漸彎曲，一點一點強硬轉為崩劍式，劍尖高不過頭，輕喝一聲，竟是將這團凝聚成形的劍罡越過頭頂往後挑落，落在街上，砸出一個深不見底的大坑。而劍池宗主的那柄劍並未伸直，始終保持略微彎曲的崩劍姿態，鬆手棄劍，不等長劍下墜，左手劍劍尖撞在懸停空中的長劍中段，鏗鏘作響，如同一記驟然響起的寺廟晨鐘，悠揚洪亮。

洛陽不急不緩前行，伸臂隨手一揮，攔去劍劍相敲激射而來的一縷劍氣。

宋念卿迅速變直撞為橫敲，第二聲響如暮鼓，沉悶至極。朝來撞鐘夜去擊鼓，鼓聲殺人鐘攝魂，這兩手劍，便是宋念卿二十年前悄然踏足江湖，遊歷四方時借宿一座無名古寺，聽聞晨鐘暮鼓而悟。宋念卿重複枯燥乏味的撞敲，不停歇，瞬間就是一百零八下。

洛陽始終徑直前行，到後來連抬手都吝嗇，在她身前傳來不斷的砰然炸裂聲，所過之處被鐘鼓劍鳴毀壞得滿目瘡痍。原本寓意發鼓聽聲，當速歸，不得犯禁。可洛陽既然可以兩次孤身殺穿北莽，小小嘈雜鐘鼓劍氣聲算得了什麼？

宋念卿雙劍終於熬不住劍氣反彈力達千鈞的敲撞，雙劍折斷落地，宋念卿沒有反身從馬背上取劍，而是掐劍訣，手印劍訣似佛似道，馭劍出鞘，三柄長劍依次出鞘，從馬背那邊紛紛躍起，如一掛長虹落在洛陽頭頂。

宋念卿鬚髮皆張，青衫大袖劇烈飄蕩，雙腳陷入地面一尺。

洛陽簡直是目中無人到了不可理喻的地步，雙手負後，一腳踩下，踏碎青石板，碎石激揚，跟敦煌城鄧太阿一戰第一手如出一轍，不過當時是腳踏地面，震起雨水水珠千萬滴做千百劍，每當一劍迎面刺來，就在她數尺之外被一顆石子彈射偏移，洛陽三十步之間，三劍已經無功而返六十餘次，劍尖早已崩斷，她與宋念卿的距離已經縮短到不足十丈。

宋念卿雙手往下一按，三柄長度僅剩原本一半的利劍同時刺向洛陽，做那垂死掙扎。洛陽一手拂過，輕描淡寫把強弩之末的三柄飛劍都握在手心，繼續向前緩行，只是不同於被她當場捏碎劍胎的第一劍，三劍在她手心非但沒有斷絕生氣，反而劍氣猶如雨後春筍，茁壯成長。洛陽緩行時低頭望去，即便察覺到手心蛇吞象的景象，也沒有任何應對，三劍劍氣就在她手掌發芽生根。

宋念卿瞇起眼，打了個響指，那匹老馬熟諳主人習性，輕踩馬蹄，來到年邁老人身邊。

宋念卿取下十四劍中唯一一柄掛有劍穗的長劍，劍身清亮如明鏡，故而命名照膽。

當年攜十二劍登樓武帝城，宋念卿不過是初入江湖的劍林新秀，而王仙芝已是公認的天下第一人，可宋念卿卻是何曾後退了半步？手上照膽一劍，是宋念卿閉關以後親自鑄造的第一柄劍，每一名劍士都是鑄劍師，都要自己在劍爐鑄劍做佩劍，雖然劍池堆積千萬劍，但那只是用作緬懷先輩追思前人，劍池自宋念卿開始，就不許宗門任何後輩崇古貶今，這才有了眾多劍道訪客不約而同發出「劍池如今無古劍」的感慨。

宋念卿照膽在手，豪氣橫生，劍心越發清澈。那白衣女子步步前行，看上去不曾主動出手，是迫於形勢，可宋念卿心中並不輕鬆，她的步步不停，走得越是閒庭信步，給宋念卿造成的心境侵擾就越大，宋念卿不取他劍，獨獨取下照膽，何嘗不是對那女子無聲的重視。

宋念卿蓄勢之時，望向那來歷不明的女子，先前當空掛虹三劍分別命名天時、地利、人和，是專門用作針對指玄甚至是天象境高手的，可以強行汲取氣機，遇強則強，越挫越勇。

宋念卿每悟一招便鑄一劍，這些年鑄劍養劍勤耕不懈，十四把劍，每一柄劍都傾注大量心血，輔以獨創劍招，都是當之無愧新鮮出爐的「新劍」，真正可謂是前無古人，若是同境敵手掉以輕心，肯定要吃大虧。宋念卿原本希望此生養足二十劍，再將最後一戰留給鄧太阿或是王仙芝，只是皇命難違，只得破關而出，青衫攜劍走江湖，不過起先不覺得那北涼世子擔當得起十四劍，有五、六劍就差不多大局已定。

宋念卿突然間瞪大眼睛。

「天時地利人和，都給你又何妨？」白衣女子冷笑一聲，氣機如洪倒灌三劍，手掌間粗如手臂的紫黃白三色劍氣瘋狂縈繞，三劍酣暢長鳴頓時變成了哀鳴，餓漢飽食是快事一樁，可一旦活活撐死就是樂極生悲了。

三條驚世駭俗的紊亂劍氣頓時煙消雲散。

宋念卿驚嘆道：「好一個天象境界，好好好！」

兩人相距僅剩七、八丈，劍池宗主不怒反笑，閉上眼睛，併攏雙指在橫放胸前的照膽劍上輕輕抹過，喃喃自語道：「老兄弟，走在你前頭的七劍死得不算冤枉啊。」

洛陽拍了拍手，笑道：「東越劍池數百年底蘊，就這點道行？」

宋念卿沒有睜眼，灑然笑道：「且看老朽提燈照膽看江山。」

青衫老人遞劍而出，接下來一幕談不上驚天地、泣鬼神，落在門外漢眼中，只會認為滑稽可笑，就像一個才剛開始練劍的稚童，不怎麼拎得起手中重劍，勉強提劍踉蹌亂走，步伐混亂，劍勢扭曲。身形與劍招亂雖亂，速度卻極快，七、八丈路程眨眼便縮小到短短兩劍距離。

世人練劍，前輩名師都會苦口婆心叮囑切不可被劍駕馭，那樣的劍術成不了氣候。已算劍道屈指可數大宗師的宋念卿則反其道行之，人隨劍走，沒有氣沖斗牛的恢宏劍罡，沒有浩然正大的劍意，就這樣歪歪斜斜來到了洛陽身前。

洛陽皺了皺眉頭，一手拍出。

宋念卿在照膽劍牽扯之下，竟然躲過了洛陽這一拍，劍鋒挑向她肩頭。洛陽首次離開那條街道中軸直線，橫向踏出一步，雙指捏住照膽劍尖。不等洛陽疊力，劍尖一擰，宋念卿隨之身形一旋，綻出一朵絢爛劍花，洛陽屈指一彈，宋念卿卻又撤劍，顛顛倒倒繞了半個圈，朝洛陽後背就是一劍。

洛陽這一次不再出手，雙腳不動，身體向後倒下，那一劍分明已經落空，可劍氣卻在洛陽倒下之處如爆竹炸開，洛陽雙腳始終落地生根，可身體向左一轉，堪堪躲過那羚羊掛角的一團劍氣。可宋念卿得勢不饒人，長劍照膽胡攪蠻纏，一時間兩人四周劍氣縱橫，像是雲蒸霞蔚，讓人目不暇接。

洛陽終於挪出一步，宋念卿手中照膽劍氣也開始崢嶸畢露，大街地面和街邊兩側樓房被攪爛無數，塵煙四起。

洛陽走走停停，任由磅礡劍氣肆虐，笑道：「看似無跡可尋，實則依循天下龍脈蜿蜒，也算是摸著天象境的門檻了。」

兩人重新恢復洛陽據北、宋念卿在南的位置。

這個擾亂北莽、離陽兩個江湖的白衣女魔頭一手攥緊刺脖一劍，宋念卿猛然睜眼瞪目，怒喝一聲，一步踏出，劍尖向前推進三尺，洛陽神情平靜往後退一小步，劍尖離她脖子不過兩尺。

透劍而出的充沛罡氣吹亂她雙鬢兩縷青絲向後飄拂，握劍袖口獵獵作響。

沒有半點慌張的洛陽不去理睬手心鮮血流淌，直視宋念卿，笑著出聲：「哪來那麼多的指玄殺天象，滾！」

洛陽攥緊劍鋒，往後一推，不肯棄劍的宋念卿被劍柄砸在心口，洛陽似乎惱怒他的不識趣，一腳狠狠踢在青衫老人的胸口。

布鞋被地面磨損得薄了一層，雙腳離地的宋念卿人劍幾乎持平，又將劍尖往白衣女子的脖子推到兩尺距離。

「讓你得寸進尺好了。」

洛陽竟然拎住劍尖往自己脖子移近一尺，嘴角冷笑，然後一掌揚起拍下，直接用手掌砍斷長劍照膽。

既然劍斷，宋念卿不得不退。

洛陽根本不屑痛打落水狗，隨手丟掉半截劍，讓宋念卿掠回那匹掛劍老馬附近。

宋念卿被劍柄敲在心口，加上被一腳踹中，嘴角滲出血絲，竭力平穩氣機。

老人一臉匪夷所思。

若是對陣天下第一的王仙芝，自己如此狼狽也就罷了，一個在江湖上名不見經傳的年輕女子，怎的如此霸道？

還是說自己太過孤陋寡聞？

接下來那白衣女子一句話才真正讓宋念卿忍不住氣急敗壞，在整個天下劍道都占據一席之地的老人再好的養氣功夫，也做不到心平氣和。

「我教你用劍。」

◆

酒樓二樓那邊，與劍身同氣連枝的劍氣被洛陽火上澆油，劍罡剎那漲潮，讓徐鳳年大吃一驚，連忙馭出八劍構造一座雷池，以此抵禦，飛劍與劍氣彷彿同室操戈，劍氣敲擊飛劍，叮叮咚咚不絕於耳。

徐鳳年的舉止也出人意料，沒有急於摧毀劍氣，就這麼且戰且退，在二樓輾轉騰挪，一點一點削去劍氣，直至那一劍罡氣完全消弭。此後洛陽下樓前行，步步緊逼，宋念卿顧不得樓上正主，除去剛開始的兩劍，接下來晨鐘、暮鼓兩劍，繼而天時、地利、人和三劍，再是照膽一劍，總計八劍，都是當之無愧的新劍，猶如一棵棵劍林新木，讓人眼前一亮，尤其是竊取天象境界的三劍和隨後「走劍」踉蹌的照膽一劍，都讓徐鳳年大開眼界。

拋開劍走偏鋒的飛劍術不說，徐鳳年的劍道勉強算是登堂入室，可眼光奇佳，劍池宋念卿按部就班一劍遞一劍，徐鳳年哪怕一直小心翼翼提防潛藏暗處的柳蒿師，也目不轉睛，不敢漏過一絲一毫。

看劍就像賞字，門外漢興許只是覺得一幅字寫得筆走龍蛇，可換成自己提筆，不知筋骨緣由、不懂勾畫法度，也就不得其門而入，這就是江湖上大多數人都想要求個師父領進門的原因。

徐鳳年就像一個經常看書法大家寫字的看客，入眼書法有的秀媚豐腴，有的清遠雄渾，有的氣象森嚴，但不約而同都是自得其樂，徐鳳年心底有個不為人知的狂妄念頭，那就是希冀將來某日可以熔鑄一爐，自成劍壇一座大峰，峰上林木不多，但務必株株參天。

徐鳳年望了一眼街上背劍老馬，十四去八，不知道宋念卿剩餘六招能否跨過指玄，直達天象，若是一直滯留指玄，想要對洛陽造成傷害，無異於癡人說夢。洛陽不是三教中人，她的境界是實打實的武夫證道，跟王仙芝是一個路數，跋扈至極。

當初新武評天下前五的高手，拓跋菩薩、鄧太阿、洪敬岩，她都打過，洪敬岩更是被他從第四寶座拉下，取而代之。遇上這樣幾乎沒有破綻的女魔頭，別說指玄劍，恐怕天象劍也沒有五五分的勝算。

宋念卿短暫驚怒之後，喟然長嘆道：「老夫眼拙，常年閉關不出，不承想成了井底之蛙，直到此時才記起青渡江畔，有白衣女子阻攔無用和尚，總算猜出了妳的身分。也不知是不是太晚了。」

洛陽說要教宋念卿一劍，可沒有見她從何處取劍，也不曾假借外物做劍，只是伸出左手橫胸，掌心朝上，右手緩緩往下按下。

站在那匹馬身邊的宋念卿抬頭望向灰濛濛的天空，餘光在馬背上懸掛的六柄劍上一起抹過，劍不出鞘，三劍點地，三劍懸空，隨意落在四面八方，看似雜亂無章。

宋念卿自言自語道：「老夫一生持劍，娶妻生子，也只視為香火傳承的麻煩事，生怕耽誤劍道精進。四十年前，曾有一絲明悟，幾乎成就劍仙一劍。二十年前機緣巧合，在一處洞天福地觀雲海起伏，一輪赤日東升，彷彿猛然跳入天地間，又生感觸，可仍是被老夫放棄了那一劍。

自此開始閉關，只想循序漸進，先入天象，再入陸地神仙。漸有所得，才知老夫這一生出身劍池，生平第一次選劍便是那絕世名劍，第一次拿到的劍譜便是上乘祕笈，第一次修習內功也是絕世心法，教我練劍的恩師更是那一代劍道宗師，一帆風順，劍道修為，卻仍是被一些出自市井山野的逸人遙遙拋在身後，才知道大凡物有不平則鳴，老夫心中既無不平事，如何跟天地共鳴？」

洛陽沒有理會宋念卿的感悟，更沒有理睬那豎立於天地之間的六柄劍，雙手手掌看似貼合著，卻仍是留下一絲縫隙。

天地異象。

徐鳳年倒抽一口冷氣。城中最高處是一棟道觀鐘樓，樓尖翹簷如同被無形的天人出手壓迫，折斷，緊接下來便是鐘樓異常平整地往下倒塌，城中高度僅次於道觀鐘樓的一座千年古塔也開始被壓斷，整座城池，所有較高建築都開始往下齊齊坍塌，出現一刀切平的景象。偌大一座城池竟像是砧板豆腐，被人一刀輕鬆橫切，越切越薄。

眨眼之後，以至於徐鳳年都不敢在二樓逗留，飄落到地面，耳中僅是萬鈞重力碾壓木石的刺耳嘈雜聲音。徐鳳年輕輕跺了一腳，然後苦笑一聲，不光是老天向下推移，地面以下也不安分，如同俯瞰天地的一尊大佛雙掌合十，讓人無處可躲。

天地相合，僅餘一線，這一線便是洛陽的劍。

宋念卿臉色凝重，懸空三劍往上刺去，地面三劍往下滲透，顯然是要竭力擺出頂天立地的威武架勢。

天地之間這一線，還有三丈高。不用說，城頭高牆早已被摧毀得一乾二淨。先前從外地調入負責清空城池的精銳騎卒還真是歪打正著，要是沒有他們的「先見之明」在前，在洛陽這浩浩蕩蕩一劍之威下，那就是板上釘釘近萬人的屍骨無存。

◆

徐鳳年越是在大局已定的時刻，越是沒有忘記城內還隱藏有柳蒿師、慕容龍水和朱魍老蛾三位高手。

慕容龍水和老傢伙的確身在城中，而且離此不遠，隔了三條街。

慕容龍水坐在一座低矮巷弄牆頭上，不知從哪里弄來一壺酒，盤膝而坐，用袍子兜了一兜碎嘴吃食。

老蛾站在巷弄中，跟徐鳳年做了一個相同動作，狠狠一跺，整座巷弄青石板都裂開，老傢伙感嘆道：「怎麼都沒想到洛陽這魔頭跟拓跋菩薩在極北冰原一戰後，手腕越發歹毒艱深了。郡主，有她在，咱們還要不要插手？就怕火中取栗，沒吃著烤栗，反而惹禍上身哪。」

慕容龍水屈指彈了幾顆花生米，一遠一近，眼睜睜看著它們炸碎，說道：「這般駕馭天地的仙人手段，跟大雪坪借劍是一般道理，畢竟還是不能處處無懈可擊。劍劍仙、劍無敵，你我的行蹤註定要被察覺，但要是爭取一線生機不是沒有可能。我現在就怕太安城那隻趙家看門狗耍無賴，非要等洛陽收拾咱們以後才出手，不過到時候他再想殺徐鳳年也會更難，就看這柳蒿師如何取捨了。想必徐鳳年的人頭，比你我二人相加應該還要值錢一些，再說聽聞這老頭跟北涼有私怨宿仇。總之咱們離遠點看戲，洛陽性情不定，萬一惹惱了她，我可不想就這麼死在離陽。」

慕容龍水輕輕落到巷弄，老蛾已經快步離去。高壯郡主瞥了眼老蛾有些匆忙的背影，笑了笑。

◆

街上，宋念卿的浮空三劍開始下墜，入地三劍則開始上升，六劍俱是顫顫巍巍，搖擺不定。

宋念卿閉目凝神。

人有七竅，每當一劍砰然折斷，劍主宋念卿便一竅淌血。

六劍全斷之時，宋念卿雙目雙耳雙鼻都已是流血不止，這位劍道大家的淒慘模樣實在驚恐駭人。

只是宋念卿神情依舊平靜。

既然七竅才六竅流血，那就說明除了明面上的馬背十四劍，劍池第一人宋念卿極有可能還藏了一劍。

等宋念卿最後開口出劍，多半亦是留下遺言。徐鳳年其實只猜對了一半，郡主和老蛾是在城內沒有錯，但柳蒿師並不是在城中伺機潛伏。

◆

離城十里路外。

一名面容古板的老者站在原地，等到洛陽雙手開始併攏天地，他才開始極慢極慢地挪動腳步。

第一步踏出，還不足常人一步的一半。

第二步步子稍快，與常人無異。

第三步已是尋常百姓腳力的兩步間距。

以此類推。

天地一道橫雷，奔向城池。

◆

沈家坊在田源裡是數一數二的大莊子，人多勢眾，山深水僻，勤耕讀而避兵刀，風水不俗。

一老一小行走在田間阡陌，寒冬霜凍，田土硬實，田垛上還有些霜打蔫了的乾癟茄子，老頭子彎腰摘下幾只兜在懷裡，身後小姑娘戴了頂廉價貂帽，時不時回頭遠望。

老人猶自念叨：「別看這會兒茄子不光鮮，可被霜打了以後，偏偏入嘴就甜，味道不比冬天的鯽魚差，跟冬筍都能有一拚。回頭找戶人家，我給妳親自炒一鍋。沈家坊以前欠我一個大人情，當年這塊風水寶地還是我給他們挑的，別說幾只不值錢的茄子，就是幾條人命，也是說拿走就拿走。

妳呀，別瞧了，我既然給那小子找了洛陽做幫手，生死就在五五之間。別瞪我，對，是我讓他掉進這個圈套的，可他讓我閨女吃了這麼大一個虧，我不算計他算計誰。我呢，一般而言，誰都不幫，東越皇帝聲色犬馬，我照樣保全了大半東越皇室，要說按照當世人喜歡講的道理來說，我做的那些勾當，是全然沒有道理的。當初要妳刺殺那小子，跟妳說那小子命薄，遲早夭折，與其死在女人肚皮上，或是別人手上，還不如死在妳手上來得乾淨，起碼還有全屍，有下葬處，相比春秋千萬孤魂野鬼，何曾差了。」

老人不說話還好，一說這些比茄子還乾癟的大道理，小姑娘就乾脆駐足不前，扛著向日葵望向那座幾十里外的城池。

老人訕訕然，伸手想要抓一把葵花子下來，小姑娘賭氣地扭了扭身軀，帶著枯敗向日葵旋轉，不讓他得逞。

老人訝異「咦」了一聲，瞇眼望去，只見遠方城池那邊風雨飄搖，氣海轟隆隆下墜，彷彿天地擠壓一線，他嘆息一聲，揉了揉閨女的貂帽，輕聲道：「偏是無心之人最癡心。」

老人得不到任何言語回應，好在早已習慣，掂量了一下懷兜裡茄子的分量，還不夠一頓午餐，就又摘了幾只，這才自言自語道：「若是城裡兩、三萬人來不及驅散，洛陽這一手，天怨人怒，三教中人，龍虎山自顧不暇，可依照兩禪寺李當心的性子，肯定要出手。

世間武夫拾級而上，境界攀升，在入一品之前，尤其是二品以下，都有個簡單明瞭的法子，就是破甲幾許，一拳拳罡破幾甲，一劍劍氣穿幾甲，一目了然。可躋身二品尤其是一品以後，就沒這個說法了，因為這個法子太死板。

人是活的，鄧太阿的一劍堪稱劍術極致，一劍破去千百件甲冑，輕而易舉，可若是披甲之人身負武學，就要大打折扣，若是王仙芝披甲，饒是鄧太阿也無法輕鬆破甲，難道鄧太阿就是劍術雛兒了？三教聖人得天獨厚，李當心攔河送禮道德宗，若是河水拋下，一招淹死數千北莽百姓並不難，可能淹死幾個二品武夫？

這便是三教聖人不入武評的根源，借勢天地，就要看老天爺的眼色行事，王仙芝、拓跋菩薩之流則不用。這兩、三百年來，最實在的以少殺多，其實就只有三場，一場是吳家九劍破萬騎，一場是李淳罡一劍破甲兩千六，一場是前不久的洛陽南下，因為對方都是披甲不說還身負精湛武藝的鐵騎。尤其是後兩者，已身到達天象境後，即便不如三教聖人那樣明顯，可或多或少也要受到氣數浸染，有些時候殺一名分明籍籍無名的小卒子，比起斬殺一名戰陣大將還來得後患無窮。

由趙勾牽頭，派遣精銳鐵騎驅逐城中百姓，多半是柳蒿師的意思。老而不死是為賊，是賊就膽小，柳蒿師這是怕洛陽出手無所顧忌，到時候被殃及池魚，天劫紫雷滾滾落下，就算洛陽承擔十之七八，他被殃及池魚十之二三，可由於他在天象境逗留太多年月，又有在天子身側依附天時的附龍嫌疑，一樣要遭受大罪，須知不知者不罪的說法，用在天象境高手身上最為合適。三教中人，正因為知道不可洩露的天機太多了，反而束手束腳，洛陽入境時間相對短暫，又不是三教中人，更能徹底放開手腳。」

呵呵姑娘蹲在地上默默捏泥巴，獨占春秋三甲的黃龍士呼出一口霧氣，輕聲道：「不知我者謂我何求。哪有知我之人？太安城半截舌荀平知道，可惜志不同道不合；北涼毒士李義山知道，可惜一山不容二虎，離陽已經沒有他的位置；納蘭右慈也知道，可惜天生跟我背道而馳。書生治國，書生平世，書生禍國，這三人各有所求，恐怕是謀士最後的璀璨時光，以後再也見不到我輩讀書人如此意氣風發、顛倒乾坤的場景了，以後啊，書生盡是帝王家的戲子伶人啦。」

兜著滿懷茄子的老頭子微笑道：「春秋讀書人的脊梁歪了，我要將其扳正。春秋武夫恃力亂禁，我則要銷毀成千上萬的祕笈，給他們套上韁繩，野狗變家犬。我要叫以後數百年的天下，再不見江湖青衫仗劍風流，再不見地仙朝遊北海暮蒼梧，再不見真人騎鶴飛升過天門。」

小姑娘呵呵一笑。

黃龍士突然自嘲一笑，「當年李當心罵我放個屁都自以為是浩然正氣，罵得真好。」

小姑娘餓腸轆轆，肚子咕嚕響。老人哈哈大笑，帶著她去了村子，沈家坊不知黃龍士真實身分，只當是神龍見首不見尾的神仙方士。

當年黃龍士指點迷津，才讓南唐沈家逃過一劫，留下此脈香火，連家族命根子的譜牒都是黃龍士親筆撰寫。村子裡的幾個宗室大房長輩聽說恩人造訪，都執意要興師動眾擺下一大桌盛宴，不過黃龍士沒有答應，只是借了一處灶房和一罈子酒，跟閨女獨處。

老人親自下廚，炒了一尾鯉魚和一盤茄子，老人沒有怎麼吃，只是喝了幾杯酒竟然便醺醉了。

陋室昏暗，燭光飄搖，老人醉眼惺忪枕在桌面上，合眼時淚光依稀，輕輕呢喃：「千年世事同蕉鹿，我夢蝴蝶蝶夢我？」

小姑娘摘下溫暖貂帽，輕柔戴在老人頭上，下巴抵在桌面上，望著昏昏睡去的老人，怔怔出神。

城內，敵對雙方皆是聲勢大振。

天地只留一線成劍，天下第一魔頭洛陽以天象境使出前無古人的劍仙一劍。

宋念卿雙耳雙目雙鼻六竅淌血不止，始終閉嘴不言語。

城內街面翻裂，六柄斷劍劍折氣猶存，在圓潤劍胎支撐之下，六股粗如成年男子大腿的劍氣屹立天地間，隱約有鐘鼓齊鳴之聲，悠揚激盪。

天地一線縫隙如同磨盤研磨，縫隙已經僅存一人高度，飛沙走石，昏暗無光，仍是沒有能夠當場毀去六劍劍胎。

◆

這趟出關來到久違的江湖，並沒有太多高手架子的劍池宗主僅是換上一雙嶄新素青布鞋，此時以白布裱成袼褙、多層疊起納而成的鞋底已經磨損大半，這讓宋念卿浮起一絲遺憾。

此生專注於劍道，從未有過兒女情長，與那嫁入劍池的嫻靜女子也止步於相敬如賓，只是不知為何，大敵當前，生死一線，卻記起了年輕時那一夜掀起她的蓋頭，燭光映照之下她的羞赧容顏，這麼多年發乎情、止乎禮，竟然不知她何時慢慢成了一位霜髮老嫗，也不知她何時親手製成了這雙鞋子。

兩人離別，接過視為累贅的行囊，他只當作女子持家的天經地義，此時才知當時若是能接過行囊，念一聲她的小名，道一聲謝，該有多好。

宋念卿記起了許多往事，正值壯年，攜帶十二劍，意氣風發去武帝城挑戰天下第一人。

她在他離家時，亦是沒有多言，只是婉約笑臉，幫著他仔細理了理衣裳，送至門口，獨獨站在那兒，沒有等到他的回頭。後來宋念卿返家，冷著臉與她在家門口擦肩而過，她欲言又止，只是擠出乾淨的笑臉，一點都沒有委屈幽怨。

宋念卿以往總是在不關心之餘，難免有些陰鬱，怎麼找了這麼個悶葫蘆無趣的女子，如何配得上自己的劍？

這一抹要不得的致命恍惚，本該讓宋念卿的蓄勢受挫，不承想恍惚之間，生平第一次心起愧疚，宋念卿只覺得劍心在剎那之間淨如琉璃。

城外原本有如出一轍背負碩大劍匣的劍池劍客百餘騎，在洛陽出手之前便開始繞城疾馳，凡所過之處，飛劍出匣，懸浮牆外空中，停而不墜。城池之外，已是懸劍近千柄，劍陣威嚴，劍勢浩蕩。

勒馬停步的劍池劍客都面面相覷，因為牆外懸劍不約而同紛紛墜地，失去了氣機牽引，宗主好似根本就放棄了動用劍陣的念頭，可這套劍陣應該才是宗主宋念卿深藏不露的第十四劍啊？以宗主的性情，根本不可能面對強敵選擇束手待斃。宗主既然一直將武帝城王仙芝視作此生最後敵手，就算城內遇上了罕見的強手，也不至於如此收場，一時間停馬劍客都不知所措，感到了一種強烈危機。可當劍池劍客按照境界高低，陸續感知到城內不斷攀升的濃郁劍意時，不由面露驚喜。

宋念卿低頭深深看了眼鞋面，微微一笑，任由六縷劍氣在磨盤中煙消雲散，任由飛木滾石撲面，輕輕踩了踩腳下僅存完整的街面，重重吐出一口濁氣，終於壓抑不住喉嚨翻湧的鮮血吐在身前，很快被塵埃遮掩得消失不見。

宋念卿輕聲道：「是時候為妳走一趟江湖了。」

宋念卿一踩地面，開始狂奔。

最後一劍，亦是最後一次走江湖。

宋念卿本人即是劍。

宋念卿一線劍對撞洛陽一線劍。

宋念卿的衣衫肌膚如同身受千刀萬剮，開始血肉模糊，可這位劍道大宗師渾然不覺，笑聲豪邁，一掠如虹。

捨去聲勢浩大的劍陣千劍，換來在外人看來莫名其妙拿命換來的劍仙一劍。

這一劍堪稱舉世無敵，生生撕開了洛陽併攏的天地。天地昏暗雲遮霧繞，宋念卿劍氣如一幅仙人駕龍圖，不見宋念卿本人，只見劍氣橫生蜿蜒，雷電森森，雲雨沛然。

沒有預料到宋念卿會有這一劍的洛陽屏氣凝神，氣機剎那流轉八百里，金剛、指玄、天象三種神妙，熔鑄一爐，擺明瞭要強勢證明宋念卿這必死一劍也重傷不了她。

其實兩人還相距數丈，宋念卿就已幾乎氣絕身死。

可臨死之氣沖九天，劍氣仍然在壯大磅礴。

洛陽雙手推出，袖口盡碎，滿頭青絲吹拂飄亂，如同與一條蛟龍角力，腳步不斷往後滑去。

第十一章　真武帝法身再現　王仙芝一退千丈

千鈞一髮之間。

城外，一道奔雷炸入城中。

速度之快，以至於奔雷入城之處有劍池兩騎都被裹挾得馬匹離地騰空，一起飛向城內。

奔雷破牆而入，兩名劍客連人帶馬直接撞在等人高的牆頭上，砰砰兩聲化作兩攤血跡，根本就沒有還手之力，就當場死絕。

洛陽艱辛轉頭望向東方，眼中露出一絲不甘的惱怒。

那道深諳天地共鳴故而隱蔽極佳的奔雷眨眼便至。

洛陽沒有預料到宋念卿會拚死使出劍仙一劍，也沒有預料到那柳蒿師會一開始就將矛頭指向自己，而不是那個離陽朝廷一心殺之而後快的傢伙。

洛陽咬牙，兩尾青赤大魚竭力露出小半截縹緲身軀，試圖以此去抵擋柳蒿師恰到好處的偷襲。

一抹白影幾乎跟柳蒿師不約而同奔至洛陽身側，硬生生扛下天象祕技的全力一擊。

哪怕這個不知死活的傢伙僅僅爭取到了一個眨眼的工夫，柳蒿師也已經跟洛陽以及劍氣擦身而過。

柳蒿師勃然大怒，心中權衡之下，沒有追擊失去最好時機重創的白衣魔頭，而是奔向那個壞他好事的小王八蛋。

從城中到城西整整四、五里路，那道背影不知撞爛了多少面牆壁，在最後一扇城牆前，柳蒿師一手五指成鉤，好像從那人體內抓出了一樣物件，另一手一拳推出，將這個傢伙從城內砸到了城外。

柳蒿師冷著臉捏碎手上絲絲縷縷依稀可見的氣機，如同一株風中搖曳的蓮花，譏諷道：「不自量力！敢壞了老夫一箭雙雕的打算，老夫不光要你死，還要你在死前就一無所有！」

城中傳來一聲震天刺耳的女子哀叫，淒婉至極，讓柳蒿師沒來由一陣心悸。

一人突兀破牆出城，在牆外才拾回一把把劍池藏劍的劍客都嚇了一跳，認清那年輕人半生不熟的面容後才如釋重負，起先還以為是心目中當世劍道前三的宗主被人打出了城外。

這趟傾巢出動離開劍池，一小撥跟隨李懿白去快雪山莊，他們這一大撥精銳則跟隨宗主祕密行事，臨近此城才輪流傳遞一幅畫像，宗主言簡意賅，見到畫中人殺無赦。附近幾騎乘馬劍客也都迅速圍上來，隨著響起劍宗獨有的彈劍祕術，不斷有劍客聞訊往這邊策馬疾馳。

那名近在咫尺的畫上人物似乎身受重創，掙扎了一下，還是沒能站起身，席地而坐，容貌枯槁，氣色晦澀，分明陷入了魂魄精氣神都在劇烈浮動的淒慘跡象。

他沒有理睬縮小包圍圈的劍池劍客，雙手握拳撐地，盯住城牆窟窿另一面的錦衣老人。

常年在天下首善之城內養尊處優，位居高位，讓年邁老者積威深重，城內城外兩人氣象厚薄，立判高下。光線陰暗中，身材雄偉不輸北地青壯男子的柳蒿師緩緩走出，讓劍池諸人都感到透不過氣的窒息錯覺，劍術修為最是拔尖的幾人，才止住胯下坐騎後撤趨勢，大多數劍客都不由自主跟隨馬匹往後退去。

柳蒿師心中冷笑，這小子精明鬼祟了二十幾年，甚至上次在太安城都活著離開，沒想到得意忘形，昏著不斷，結果只能自尋死路。方才要不是他擋在那女魔頭身側，柳蒿師就可以跟宋念卿靈犀而至的地仙一劍配合，給予逐鹿山新任教主重傷，如果這小子聰明一點，早些乾脆俐落地出城逃亡，任由洛陽拖住他與宋念卿，雖說九死一生，畢竟還有一線生機，既然這小子自己求死，柳蒿師也就不跟他客氣了。

四、五里路程，身為天象境高手的柳蒿師不光打散了那小子拚命護住體魄的充沛氣機，還順勢斬草除根，憑藉敏銳的天象感知直接將他體內半開的那株大黃庭金蓮給扯出了丹田，這簡直就是天大的意外之喜，連見慣風雨的柳蒿師都忍不住要仰天長笑，踏破鐵鞋無覓處，得來全不費工夫！

當年京城圍殺那名女子劍仙功虧一簣，這麼多年他一直寢食難安，如今不但徐瘸子十有八九大限將至，如果還能宰掉這個當年本就該胎死腹中的年輕人，那才是真正沒了後顧之憂，奉他為老祖宗的南陽柳氏未必不能後來者居上，成為春秋硝煙之後新崛起的一座高門豪閥。

柳蒿師從城內走到城外，從剝離大黃庭根基的金蓮那一刻，暗中就沒有片刻停手，出袖雙手不斷隱祕叩指，將年輕人四周潰堤奔走的氣機完全撕碎，不再能夠成就新氣候。

太安城兩大高手，韓貂寺在明，柳蒿師在暗，兩人身分迥異，手段大不相同，可有一點極為相似，那就是都懶得講究江湖道義，很務實，一如碧眼兒張巨鹿的治政手腕。

柳蒿師不因什麼前輩身分就優柔寡斷，不因勝券在握就掉以輕心，眼睜睜看著那白頭年輕人的氣數在自己曲指下逐漸淡去，眼神炙熱，如啟封一罈窖藏二十多年的醇酒，一口悉數飲盡，那是何等的酣暢淋漓。

徐鳳年掙扎著要站起身，被冷眼旁觀的柳蒿師虛空一腳好似踢中臉面，往後墜去數丈。

柳蒿師繼續前行，每一腳踩下，看似輕描淡寫，其實都會牽動天地氣象，重重踩在徐鳳年的身體和紊亂氣機之上，他平靜地說道：「幫你在太安城逞凶的陰物，春神湖上吞食掉龍虎山初代天師紫金氣運，此時飽腹難平，尚未消化完畢，正值它陰陽交替的衰弱關頭，既然存心想靠它做對付老夫的撒手鐧，那就乖乖避讓鋒芒，老老實實裝你的孫子，為何還要幫逐鹿山女子扛下老夫那一擊？

哪怕再熬過幾炷香，也好過現在這般讓它眼睜睜看你遭罪，卻只能躲在一旁束手無策，不停灌輸修為為你去徒勞續命，任由老夫一腳一腳，既踩在你身上，也踩在它這頭陰物的魂魄上。老夫此生雖說殺人無數，成名高手不計其數，跟那隻人貓聯手硬生生壓下離陽江湖一頭，仍是頭一回如此隨意虐殺同為天象的高手，真是有意思。」

柳蒿師一步一步前行，每走一步，徐鳳年四周就傳出一聲悶響，揚起一陣塵土。

柳蒿師停下腳步，重重一踏，徐鳳年身軀頓時陷入一座大坑，已經主動遠離的劍池劍客只見到一隻手在土坑邊緣，沾滿鮮血，猶自不甘心地往外一寸寸遞出。

生性謹慎的柳蒿師以密語傳音，微笑道：『聽說你這個北涼世子孑然一身趕赴北莽，還被你一路殺人，連謝靈和第五貉都被你陰死，回到離陽，鐵門關那場牽動京城局勢的截殺，更是連楊太歲都死在你手上，想必你腦子靈光得很，怎麼算計來、算計去，這麼一顆聰明腦袋，反而自己主動去讓驢踢上幾腳了？為了一個無親無故的北莽女魔頭，連世襲罔替北涼王都不顧了？連北涼三十萬鐵騎都不要了？』

柳蒿師腳尖一擰，伸出土坑的那隻手鮮血濺射，年邁天象境高手一臉獰笑，用陰毒語氣反問出第三個問題：『連你娘親的仇也不報了？』

一口口呼吸，帶來一次次痛徹骨髓，徐鳳年幾乎只能聽到自己的沉重呼吸聲，柳蒿師的三問，讓他耳膜震盪，更如撞鐘一般轟然撞在心口。

徐鳳年一直不敢斷開與朱袍陰物的心意相通，不是怕死，而是怕徐嬰失去控制後，一意孤行，那只會死在他前頭。

破牆墜地後，他暗藏了一份心思，希望假借他山之石攻玉，藉機錘鍊徐嬰體內的紫金氣運，既能拖延時間，也能讓徐嬰提前恢復境界，不料柳蒿師老奸巨猾，每一次踏腳都玄機重重，只傷內裡，根本不傷表皮，不愧是在天象境龜縮時間最長的一隻老王八。

徐鳳年翻了個身，平躺在土坑內，強行扯斷跟徐嬰的神意牽掛，望向灰濛濛的天空，視線模糊。

自打重新提刀起，只要認定想要什麼，那就一定會步步為營，怕死惜命，故而無所不用其極，練刀、養劍兩不誤，一線金剛後偶得大金剛、偽指玄，拚卻全部氣運強入偽天象，跌跌撞撞一路攀登，又一次次跌境，有得有失，連沾沾自喜都來不及，此時再驀然回想這幾年做成的許多練刀之前想都不敢想的壯舉，徐鳳年緩緩閉上眼睛，想起徐驍說過的一句話——沒有誰一開始就該死，也沒有誰不可以死。

徐鳳年腦中猛然閃過一幅春神湖大戰之後拚命想要記起卻始終沒能記起的圖畫。

意識模糊的徐鳳年瞬間沉浸其中，彷彿置身畫面之中。那是一個視野所及盡是金黃麥穗的豐收秋季，一望無垠，清風習習，小徑之上，有一名女子走在前方，伸出纖手在成片麥穗上輕輕拂過，留下一個刻骨銘心的背影。

徐鳳年所在的軀殼，不知為何生出一股大秦國祚定當綿延萬世的豪情。「徐鳳年」低頭望去，手中拎了一株沉甸甸麥穗，猛然抬頭，女子恰好轉頭，就在即將看清她容顏的時刻，那幅畫面瞬間支離破碎，一切都隨風而逝。

他伸手想要去抓住她，可越是用力，越是徒勞無功，耳邊只聽到兩個口音腔調似乎十分陌生卻又矛盾到彷彿聽過千萬遍的字。

◆

分明已經醉死過去的黃龍士緩緩睜開眼睛，燭火灼燒，偶爾發出類似黃豆崩裂的細微聲響，早已不見閨女的蹤影。

老人心中嘆息，在他被趕出上陰學宮後，這輩子跟春秋諸國的帝王卿相說了無數其心可誅的言論，偏偏他們都愛聽，如癡如醉，他好不容易找到一個自己願意說些真心話的閨女，卻又不愛聽他嘮叨。

黃龍士給自己倒了一碗酒，小酌一口，夾了一筷子十分入味的紅燒鯉魚。他這次給逐鹿山和西楚做了一次媒，在中間牽線搭橋，曹長卿擔當逐鹿山客卿，逐鹿山則為西楚復國出錢出人出力，忙忙碌碌，不過是拖延趙家取得一統天下的時機。黃龍士自知這輩子所作所為，不過是「順勢」二字。

黃陣圖、王明寅、軒轅大磐、李淳罡、楊太歲、韓生宣、宋念卿……算上接下來多半無法善終的柳蒿師、趙黃巢、顧劍棠等等，屈指算來，離陽江湖老一輩好像一夜之間就死得七零八落了。

他黃龍士在中原海晏清平之後，將天下氣運轉入江湖，沸水滾滾，看似熱鬧，不過是揠苗助長和竭澤而漁罷了。

大興科舉、獨尊儒術的廟堂越來越講規矩，而苟延殘喘的江湖越來越歸於死寂。

百姓得太平。

黃龍士從頭上抓下貂帽，瞥了眼橫放在桌上的那杆向日葵，苦笑道：「閨女妳去湊什麼熱鬧？我還想著剩下個人，將來能給我清明上墳。」

一名少女奔出沈家坊，鴉鬢斜釵。

◆

在離陽廣袤版圖根本不值一提的小城外，洛陽比柳蒿師預料之中要快了些許光陰擺脫宋念卿。

這點在往常可以忽略不計的時分，在這裡就足以翻天覆地。

天下歷朝歷代所謂躋身陸地神仙的劍仙，仙人之劍寥寥無幾，許多劍仙一生中僅有一劍一招達到地仙境界，前朝百年前被劉松濤掛屍山頂的劍仙魏曹，便是如此。

宋念卿這一劍遞出，一往無前，在柳蒿師看來哪怕是王仙芝和拓跋菩薩對上也要頭疼。

撼大摧堅必定只能緩緩破之，宋念卿那一劍已是臻於劍道巔峰，柳蒿師久在天象境界耳濡目染，若是他自己遇上，就只能一退再退，當年在太安城，那名女子強入陸地神仙境界，硬是憑藉那半遞半收的一劍全身而退，足見地仙一劍的無上威嚴。

宋念卿這毫無徵兆直破兩境的一劍無疑讓柳蒿師收穫頗豐，也讓徐鳳年和白衣女子吃盡苦頭。原本在柳蒿師計畫中，既然察覺到洛陽的存在，那就只能渾水摸魚，入城後不論是擊殺還是重傷徐鳳年，只能一擊便退，絕不戀戰，柳蒿師自認遇上能夠合攏天地做一線劍的洛陽沒有任何勝算。

之前遇上她是如此，可她不管不顧，全盤扛下宋念卿一劍之後，柳蒿師就不覺得勝負會如何懸殊了。

白衣女子放棄併攏天地的一劍威勢，掠至徐鳳年身邊，眼神晦澀不明。

縮袖十指偷偷勾畫的柳蒿師嗤笑道：「堂堂天下武評第四的魔頭洛陽，竟然也會如此魯莽行事？」

背對柳蒿師的洛陽默不作聲。

牆頭有一襲終於現世的鮮豔朱紅袍子，陰物五臂捧住腦袋，抓住雙面，尖銳指甲鉤帶出鮮血，痛苦得發不出聲音。

城中，全身血肉模糊的宋念卿踉蹌坐地，顫顫巍巍伸手，艱辛脫下那一雙破損嚴重的布鞋，輕輕捧在懷中，就此死在江湖。

與洛陽相依為命的一尾青魚已經在城內劍氣中消散，另一尾同是從大秦帝陵帶出的長鬚赤魚憑空浮現，洛陽折斷所有龍鬚，龍鬚迅速融入手心血脈。

柳蒿師雙手猛然抖袖。

白衣洛陽背後如遭重擊，劇烈震盪搖晃之後仍是不倒，她悠悠吐出一口不絕於縷的金黃霧氣，輕聲道：「不等了。八百年前你留給我的，我今日一併還你。從今往後，世間再無大秦皇后洛陽。你與她以後如何……」

洛陽咬了咬纖薄嘴唇，不再說話，任由後背次次被柳蒿師牽動的氣機傾力撞擊，口吐數百年積澱下來的渾厚修為，化作一團金黃霧氣，彌漫徐鳳年全身。

柳蒿師臉色劇變，不假思索就開始回掠後撤。

「徐鳳年」緩緩起身，雙眸金黃，向天地示威一般伸了個懶腰，然後安靜望向眼前的白衣女子，嗓音醇厚，「洛陽？」

女子的身影逐漸飄搖不定，開始消散在風中，她淚流滿面，卻是笑著彎腰斂袖，猶如八百年前那一場初見，他尚未稱帝，她在田野之間還不曾入宮，用魔頭洛陽絕對不可能說出口的嬌柔嗓音，百轉千回輕呼一聲，「大王！」

◆

襄樊城，銀裝素裹下如披裘的雍容婦人，很難想像二十年前就是一座陰氣森森的鬼城，頗像一位嫁入豪族的寒門寡婦，驟然改頭換面，不見任何寒酸氣，只有珠光寶氣。

一架馬車緩行在一條幽靜深邃的窄巷，馬蹄碎碎踏，在青石板上踩出一串清脆的聲響。

駕車馬夫是位秀美女子，在靖安王府被喚作杏花，都知道是陸公子的貼身丫鬟，隨著那位眼瞎的陸公子在襄樊的地位越發穩固，她的身分也隨之水漲船高，便是王府的大管事瞧見了她也要擠出笑臉，生怕她可能會在陸公子那邊吹枕頭陰風，至於她到底是否真的跟陸公子有肌膚之親，天曉得，靖安王府上誰不知道陸公子是年輕藩王跟前的頭號紅人，誰敢胡亂碎嘴，還不得被亂棍打死。

本名柳靈寶的死士杏花小心翼翼挽起簾子，陸詡走下馬車，推門步入這棟私宅小院，杏花只能待在院外恭候，都不敢多瞧一眼院門。

兩進的小院子，院中原本移植了兩株海棠，可海棠向陽不耐陰，院落光線偏暗，不納陽光，一株已經死去。陸詡徑直走向正房，登上臺階之前，停下腳步。

一位守在門口的女子原本愁眉不展，見到陸詡後，先驚後喜，連忙走下臺階，離了一段拿捏好分寸的距離，畢恭畢敬柔聲道：「見過陸公子。」

陸詡面露清淡笑容，微微低頭拱手，不缺禮數。他雖然心底反感這個來路不明的尤物女子，也從不在年輕藩王那邊掩飾，可真避不了要與她打交道，還是不會在面子上交惡。

屋內傳來一陣瓷器砸地摔碎聲，陸詡抬頭「望」向正房，皺了皺眉頭。自從春神湖真武大帝法相一腳踏船後，靖安王失魂落魄返回襄樊城，已經多日不曾露面，許多需要藩王朱筆批註的緊要政事都給耽擱，他雖然是靖安王府當之無愧的頭號智囊，但僭越之舉歷來是謀士大忌。

女子抿嘴嘆息一聲，「懇請陸公子入屋勸一勸，王爺回來之後，就只是飲酒，不曾用餐。」

陸詡點了點頭，走上臺階，這位女子緊隨其後，容貌端莊眉眼卻嫵媚的她跟那位跟隨暴斃老靖安王殉情的王妃既形似又神似，她幫陸詡輕輕推開房門。

房內趙珣披頭散髮，背靠牆壁坐在角落，身邊滾落十數個酒壺，滿身酒氣，哪裡還有半點藩王風采，見到陸詡之後，先是愧疚難安，繼而惱羞成怒，手指顫抖提起酒壺，酒壺空蕩，在襄樊聲名直追父王的年輕藩王仰頭等了半天都沒等到幾滴酒水，不由惱怒丟出酒壺，將櫃架上僅剩的一只瓷瓶砸得粉碎。

陸詡眼瞎心不瞎，對於趙珣的一蹶不振並不奇怪。這位世子殿下這輩子沒有經歷太大波折，僥倖成為新靖安王之後更是順風順水，卻在逐步走向巔峰時，被心底最仇視的敵人以近乎舉世無敵的姿態狠狠踐踏尊嚴。

陸詡沒有出聲安慰，而是轉身伸手，從女子手中接過一只新酒壺，坐在趙珣對面，遞給這位只敢躲起來借酒澆愁的年輕藩王，聽到女子走出屋子的腳步聲以及關門聲，這才緩緩說道：「北涼世子果真是真武大帝轉世，那才是好事。」

眼神渾濁的趙珣愣了一下，恢復了一絲清明。接過酒壺，停下仰頭灌酒的動作，目不轉睛盯著這位襄樊真正的主心骨。

陸詡溫顏平淡道：「當年上陰學宮的陰陽五行學說盛行，黃三甲斷言占據火德的離陽要一統天下，剋火者為水，北涼坐擁西北，轄境內有尊奉真武大帝的武當山，傳言八百年前真武降世，成為一統天下的大秦皇帝，大秦王朝便是水德，發軔於北涼南境，這讓趙室如何能安心？這才是欽天監當初為何要慫恿出一場京城白衣案的根由。

對不問蒼生問鬼神的帝王而言，王朝更迭，五行轉換，寧可信其有、不可信其無。老王爺是武帝城王仙芝的義子，春神湖上又鬧出真武降世的風波，我就不信天子還坐得住，我信王仙芝可以不管聖旨皇命，可我不信王仙芝會抵得住與真武大帝一戰的誘惑。世間還有怎樣的比試，比得過跟走下天庭的玉京尊神一戰來做收官戰更合適？朝廷可以容忍一個已經得勢的世子殿下，但是萬萬不會接納一個有野心、有命數坐北望南的北涼王。要不王爺跟我打個賭，賭王仙芝會不會在近期出城？」

趙珣頓時眼神熠熠，對於陸詡言語之中對皇室趙家的不敬嫌疑，根本不上心，重重拊掌笑道：「有道理！不賭不賭，我肯定輸！」

陸詡站起身拍拍塵土，自顧自說道：「堂堂藩王數日酗酒，成何體統，不怕陸詡笑話，就不怕被女子笑話了？只聽說男子都喜好在心儀女子面前打腫臉擺闊充好漢，可沒聽說有男人在女子面前故意裝孫子的。」

趙珣釋然一笑，還有些汗顏，好在那目盲書生也瞧不見，他放下酒壺，猛然站起身，自己整了整凌亂不堪的衣襟。

屋外傳來一聲男子渾厚嗓音的壓抑咳嗽，趙珣匆忙開門，看也不看那名王府死士的面孔，從他手中直接奪過一截由信鴿祕密捎帶到靖安王府的密信，攤開以後，面紅目赤，那張英俊臉龐興奮到扭曲，將字數寥寥的密信看了數遍，這才狠狠攥在手心，轉身快步走去，一把抱住陸詡，大笑道：「陸先生果真未卜先知不輸黃三甲，出城了！出城了！」

遠遠站在院中的女子偷偷望去，正巧望見萬事成竹在胸的瞎子那張清逸面容，不知為何，直覺告訴她那位笑意恬淡的陸先生，並不是在笑。

◆

與世無爭的沈家坊，炊煙嫋嫋，雞犬相聞。雙鬢霜白的青衫儒士步入其中，氣韻清逸，豐神疏朗，年輕時候一定是能讓許多女子一見傾心的美男子。他靜靜站在村頭一排用以擋煞納吉的茂盛風水樹下，好像在尋人等人。

黃龍士走出屋子，兩兩相望對視，黃龍士猶豫了一下，還是往這名上了年紀的青衣男子走去，一起站在村頭。

溪水潺潺。

青衣文士輕笑道：「前些年偷偷翻過沈氏譜牒，你的字比起在上陰學宮求學時，還是沒兩樣。這次猜想你多半會在這裡出現，就來碰碰運氣。」

黃龍士扯了扯嘴角，「怎麼驚動你大駕了，西楚復國在即，千頭萬緒都要你曹長卿事必躬親，哦、知道了，原來是王老怪走出武帝城，重入江湖。可既然是這老怪物出手對付那個可憐蟲，你曹長卿即便已經入聖，也一樣攔不下。除非鄧太阿從東海返回，而且還得是他樂意跟你聯手拒敵。不過真惹惱了王仙芝，他鐵了心想殺誰，天王老子都沒轍，這麼個五百年一遇的怪物，都有資格去跟呂祖一戰，不服氣不行。」

曹長卿笑問道：「如果我加上洛陽，拚死也保不住徐鳳年？」

黃龍士搖頭道：「那邊出了狀況，宋念卿直接祭出了地仙一劍，我本以為他最後的第十四劍撐死了不過是天象，哪裡想到這老小子抽筋，柳蒿師抓機會又抓得奇巧無比，洛陽這次大意了。你要是想著那小子安然無恙，就只能希冀著他不會跟宋念卿一樣抽筋，在春神湖之後又請下什麼真武大帝法身，否則王仙芝即便初衷只是買趙家天子一個面子，出城做個樣子，到時候指不定也會手癢，好好打上一場。可請神容易送神難，不說這種上不了檯面的偽仙根本經不住王仙芝的全力打殺，就算王仙芝放過一馬，送神一事，也要讓那小子掉層皮。要我看，說不準就是身邊誰要橫死了——洛陽？徐龍象？還是徐驍？」

曹長卿嘆氣道：「怎麼聽上去真武轉世就沒半點好處。」

黃龍士譏笑道：「本就是註定虧本的一錘子破爛買賣。你看那小子這二十幾年，身邊有誰過得輕鬆了？假設真有天人投胎一事，那麼八百年前真武化身大秦皇帝，就是應運而生，如今別說是真武大帝，就算是三清大殿裡坐著的那三尊老爺親自下凡，都不頂屁用，因為有違天道，照樣要被奉天承運的趙室壓制得死死的。只有三百一十四年後，才會……」

曹長卿笑咪咪追問道：「才會怎樣？」

黃龍士冷笑道：「你再活個三、四百年自然知道。」

曹長卿灑然笑道：「不管身後幾百年如何，活在世上，當下的很多事情，在不鑽牛角尖的前提下盡力而為，那麼到頭來依舊問心無愧就好。」

黃龍士破天荒詢問別人問題：「那個被李淳罡看好的丫頭呢？」

曹長卿打趣道：「你都算不準？」

黃龍士淡然道：「我算不準的人多了。」

曹長卿感慨道：「神武城殺人貓，我與公主就在一旁觀戰。要是沒有那去往武帝城的一劍，也會有從天而降的另外一劍。」

黃龍士：「咱們啊，不過都是老槐下的野叟村言。至於這江湖，更是迴光返照而已。」

曹長卿一笑置之。

◆

一位滿頭雪髮的魁梧老人不走平坦驛路，而是獨獨去揀選那些人跡罕至的深山老林，皆是一閃而逝。

臨近那座城池，才稍稍放緩奔掠速度，仍是遠超駿馬疾馳。

麻鞋麻衣的老人自打東海出城往西，第一次停下身形。

一名姿容絕美的年輕女子，疊手按在一柄插入地面的古劍劍柄之上。

攔下了武帝城王仙芝的去路。

她僅有一柄大涼龍雀。

面對的卻是一位稱霸江湖足足一甲子的天下第一人。

坐鎮武帝城八十年的雄魁老者看了眼出自吳家劍塚的大涼龍雀，點了點頭。不言而喻，僅憑這柄劍，就有資格向他王仙芝問一劍。

姜泥咬了咬嘴唇，要說她半點都不緊張，肯定是自欺欺人。

她可以不給羊皮裘李老頭兒好臉色，那是因為那位教她練字卻不練劍的老前輩沒有半點高人架子，瞧著倒像只是喜歡吹牛皮的糟老頭子。

她可以不怕曹長卿，因為在她心裡曹官子一直是那位幼年時經常在西楚皇宮見到的棋待詔叔叔，和藹可親，對於大官子所謂獨占八斗、天象風流的武道修為，反而看得很淡。

但王仙芝不一樣，哪怕是在苦寒北涼的那座錦繡牢籠，也聽說過這位姓王的老怪是如何力壓天下群雄，是如何以自稱天下第二無人敢自稱天下第一來嘲笑整個江湖——斷木馬牛、敗鄧太阿、敗曹長卿、敗顧劍棠，所有登榜武評的離陽高手都輸給了這位從不出城的老人，王老怪成了整個武道的一塊磨刀石，別人到底鋒利幾許，都得乖乖去東海去武帝城磨一磨才能服眾，不知有多少江湖俊彥做夢都想跟王老怪交手，哪怕一招就輸，也引以為榮。

最可怕的地方在於王仙芝所處的這一百年，武林層巒疊嶂，巨峰對峙，各樣江湖天才輩出，可謂層出不窮，遠非前幾個江湖百年可以媲美，但王仙芝仍然無人可以撼動，一騎絕塵，舉世公認唯有甲子前斬魔臺齊玄幀可以與之媲美，可惜齊玄幀之後道門又一位仙人洪洗象才入江湖便離開，故而王仙芝依舊是當之無愧的無敵於世，連眼界奇高的李淳罡都自認哪怕重入劍仙境界，仍是不敵王老怪，甚至將王仙芝抬高到可以與呂祖全力一戰的地位。

姜泥猶豫了一下，說道：「王城主，曹叔叔說你是要去殺徐鳳年。」

王仙芝嗓音洪亮，平淡道：「老夫與離陽先帝有誓約，在老夫有生之年，無論老靖安王趙衡奪嫡是否成功，都要保證他這名義子這一脈榮華富貴。趙衡之死，跟北涼有莫大關係。不過老夫還沒有下作到要跟一個後輩糾纏不休，否則當初北涼世子徐鳳年端碗登樓，就算鄧太阿親自給他護駕，也不會那麼輕鬆。

這次出城，緣於老夫聽說徐鳳年在春神湖上請下真武大帝法相，更有一位道門隱逸野老天人出竅，給武帝城捎帶了一封密旨，老夫此生一直將不曾與齊玄幀戰過一場視為生平大憾事，恰好借此機會來見識一下天人手姿。」

姜泥欲言又止，王仙芝笑意淺淡，和顏悅色說道：「老夫知妳本名姜姒，是西楚亡國公主，身負始於大秦、終於西楚的莫大氣運，妳自身根骨也是極佳，又有李淳罡為妳在劍道領路，曹長卿更是不遺餘力替妳修持境界，才有了今日女子御劍的壯麗風景，對江湖而言，殊為不易。

老夫坐鎮武帝城多年，除了那些無牽無掛的求死之人，不曾毀去武林一株良材棟梁，曹長卿之所以敢讓妳單獨攔路，想必也是吃準了老夫不會與妳為難。老夫不妨直說，我王仙芝能有今日成就，與李淳罡當年不惜自敗名聲任由我折斷佩劍木馬牛有莫大關係，再者，老夫之所以會走入江湖，起先也是羨慕李淳罡的名劍風流。

姜姒，妳既然是他的徒弟，那麼老夫不管如何，都不會主動傷妳性命、壞妳境界，這一點大可以放心。不過老夫豈會眼拙到看不出妳的境界根底不穩，在真正進入陸地神仙之前，每使用地仙一劍一次，就是折損陽壽的搏命手段。所以老夫奉勸妳一句，既然明知攔不下，就不要輕易有意氣之爭，老夫在東海看了江湖八十餘年，卻只等到了吳素一位女子劍仙，委實不希望妳中途夭折。」

姜泥搖了搖頭。

王仙芝笑了笑，「老夫從不強人所難，之所以格外多說這些，大半還是因妳與李淳罡的淵源。妳若是一劍不出便退，肯定也不會甘心，於妳劍心砥礪亦是不利。」

姜泥認真說道：「我有兩劍。」

王仙芝哈哈大笑，天底下竟然還有人膽敢跟他討價還價起來，只聽他朗聲道：「兩劍也無妨，讓老夫瞧一瞧李淳罡跟曹長卿的徒弟，加上一柄大涼龍雀，是否會讓人失望。」

姜泥一板一眼說道：「曹叔叔這一年中曾偷偷帶我去了一趟吳家劍塚跟東越劍池，我登上了吳家那座插滿歷代名劍的劍山，也看了那方藏有十數萬柄古劍的深潭。」

王仙芝何等閱歷，略加思索便一語道破天機，「是觀千劍而後識器的上乘劍道，曹官子的氣魄一向罕見，他教妳的劍道，自然不俗。」

姜泥搖頭道：「起先曹叔叔是這個意思，可我不小心牽動了兩處氣機，然後就誤打誤撞換了一種劍法，但是目前僅是一個雛形。曹叔叔說這一招遇強則強，對手如果不是王城主，換成一般人，就不那麼厲害了。」

王仙芝笑道：「小丫頭，妳不用跟老夫解釋得這麼清楚，老夫恨不得有人能重傷老夫。」

王仙芝說這話，毫無半點故作姿態的跋扈氣焰，因為這就是天經地義的道理。

姜泥微微紅臉，點了點頭。

姜泥緩緩閉上眼睛，按住大涼龍雀劍柄的疊放雙手微微上浮幾寸，名劍展現出鞘之勢。

王仙芝仰望天空，點了點頭，稱讚道：「有意思。」

才提起雙手的姜泥猛然下按，大涼龍雀重新歸鞘，輕喝道：「落子！」

棋盤落子？棋盤在哪？要落在棋盤之上的棋子又是何物？

身材雄偉的老人臉色依舊雲淡風輕，但眼中閃過一抹異彩，竟是小覷了這丫頭，在他眼中那先手的劍出鞘、劍歸鞘若說是小打小鬧小意思，那接下來就有一些大意味了。

萬里晴空，瞬間被切割成無數條縱橫溝壑。

劍氣！

千萬條凌厲無匹的劍氣肆虐當空。

兩撥浩浩蕩蕩的劍氣，一撥出自吳家劍塚，一撥出自東越劍池，如黑白雙線勾勒棋盤，以劍氣為線，以雲天做棋盤。

好大的手筆！

王仙芝剎那間就明悟其中精妙——小丫頭所說遇強則強，半點不假，正因為對手是他王仙芝，那一道道、一條條借自劍塚、劍池兩地的靈犀劍氣才會來得如此迅猛，來得如此密集！

王仙芝笑意更濃——倒真是個實誠到可愛的閨女，難怪李淳罡如此器重。

當姜泥「落子」二字出口之後，天上劍氣就如同暴雨灌頂，齊齊落下，而且下落得並非毫無章法，而是全部劍尖直指王仙芝一人，以至於像是呈現出一個氣勢恢宏的陸地龍捲。王仙芝巋然不動，任由劍氣當頭潑下，只是劍氣無一例外在他頭頂數丈外被攪爛，當最後一條劍氣潰散時，不過是擠壓到距離王仙芝頭頂一丈而已。

麻鞋麻衣的老人始終沒有任何動靜，就是這般僅憑外瀉體魄的雄渾罡氣，便硬扛下了所有千萬里之外遠道而來的上古劍氣。

王仙芝望向那個臉色蒼白的年輕女子，平靜道：「確實還只是個雛形，老夫很期待妳以後引來兩座實打實劍山如同蝗群的場景。」

王仙芝心中感慨，這女子竟然隱約有了成為天下名劍共主的氣象。

有多少年沒有生出後生可畏的感觸了？

王仙芝沉聲道：「姜姒，老夫很好奇妳的第二劍。」

◆

徐鳳年那雙原本略顯陰柔的丹鳳眸子，在呈現詭譎的金黃之後，整個人竟然有了君臨天下的意味，他伸手握住形神不穩的洛陽，輕笑道：「我只要不死，不讓妳走，妳能去哪裡？八百年前，出海訪仙的方士原本已經求得了一枚長生藥，只是被妳暗中毀去。妳以為我不知道？只是不跟妳計較罷了。」

說完之後，不理會錯愕的洛陽，徐鳳年轉頭對牆頭那邊的朱袍陰物搖了搖頭，後者瞬間安靜下來。

徐鳳年單手按住額頭，閉上眼睛，然後睜開眼，理清了頭緒，笑著說了一句自相矛盾的言語：「我不愧是我。什麼都是一脈相承，逃不過孤家寡人的命。一炷香後，我還是我嗎？你還是你嗎？」

徐鳳年拉過哭哭笑笑不自知的洛陽，背在身後，然後大踏步前奔，直追那位見機不妙便腳底抹油的柳蒿師。彷彿幾次眨眼過後，就攆上了號稱身處天象五十年的趙家看門犬，徐鳳年跟他幾乎並肩而掠，笑道：「柳蒿師，先前三問，很是威風啊。」

柳蒿師瞬間橫飄出去十數丈，驚恐怒喝道：「你到底是誰！」

金黃雙眸的徐鳳年微微瞇眼笑道：「柳姓老祖宗所在的那座小國國都，被大秦勁弩射成了刺蝟，大秦銳士一人不死，就滅了你們。」

柳蒿師怒極而笑，「徐鳳年，你瘋了不成！」

行走江湖之所以對那些僧尼道姑禮讓三分，就是忌憚他們的「陌手」，這跟對敵劍客很怕遇上新劍是一個道理。除非是武評上的高手，否則誰都不敢說自己一定不會陰溝裡翻船。

柳蒿師看守皇宮一甲子，遍覽武學祕笈，說他坐井觀天也沒錯，可這口大井本身就是幾近天地同闊了。柳蒿師見識過太多足可稱之為驚才絕豔的招數，他從不敢因為在天象境界逗留數十年便一味自恃清高，那一年武當年輕掌教出入太安城如入無人之境，他跟韓貂寺便在遠處靜觀，權衡之後竟是連出手的欲望都沒有，今年龍虎山又出了一個說是初代祖師爺轉世的趙凝神，也一樣讓柳蒿師感到棘手。不過柳蒿師生性謹慎，卻不意味著這位年邁的天象境高手就是一顆軟柿子，想要殺死一個不願死戰的一品高手，歷來都是難如登天。

柳蒿師空手而歸，只是覺得沒面子，覺得那個徐鳳年對於旁門左道出奇地熟門熟路，不好對付。

徐鳳年如同附骨之疽，始終不讓柳蒿師拉開距離，笑問道：「都說藝高人膽大，你這麼個天象境高手為何如此膽小如鼠？」

頭頂天空原本湛藍無雲，驀地先是雲卷雲舒，再是烏雲密布。

柳蒿師一路長掠，並不言語。

徐鳳年瞥了眼天空，停下腳步。

先前像是喪家之犬的柳蒿師也停下，一臉陰森，「聽說有劍陣名雷池，可哪裡比得上真正的雷池？對付你這等陰物，對症下藥得很！」

我有一壺，江湖做酒。我有一掌，可托五嶽。我有一口，吃掉春秋。

數百年一位武林前輩定下了一品四境的規矩，曾用這三句話來讚譽天象境界，說的就是天象高手能夠跟天地共鳴之後，會有何種睥睨天下的巍巍氣象。

柳蒿師看了眼天色，笑意濃郁起來。想要在江湖上成名，只要是個江湖兒郎就都藏有幾手壓箱技藝，像宋念卿這趟江湖行就帶了十四劍、十四招，柳蒿師當然也不例外。這一招雷池，原本是打算作為一份大禮，就等著超凡入聖的曹長卿下次赴京——曹官子的三過皇宮如過廊，次次都打在他的臉上，柳蒿師如何能咽下這口惡氣，不承想到頭來先用在了這小子身上。

黑雲如墨，柳蒿師靜等天雷滾滾。

柳蒿師見過許多靠走終南捷徑博取帝王青睞的聰明人，沽名釣譽的本事很是高明，青詞宰相趙丹坪就是之一，可在太安城，柳蒿師侍奉過離陽三代皇帝，始終都是那座京城的中流砥柱，哪怕趙丹坪也無法瓜分柳蒿師對趙室積攢下來的香火情分。

柳蒿師習慣了靠境界碾壓對手，這次背負皇命前來絞殺徐鳳年，他跟宋念卿只是一著先手，萬一沒能得手讓徐鳳年逃過一劫，還有萬無一失的後手，故而柳蒿師沒有拚命的興趣，可泥菩薩也有火氣，更何況柳蒿師跟北涼那是不死不休的局勢，這個徐鳳年渾身上下冒著一股邪氣，柳蒿師就生出了一探究竟的念頭。

還背著洛陽的徐鳳年好整以暇，等著天劫落地。他只有一炷香時間，如果柳蒿師執意避而不戰，他也沒有太大把握抓住這隻老狐狸的死穴。

天象境界高手本就是天地寵兒，極難捕獲氣機流轉，一心想逃的話，因為沒有躋身可以引來天劫的陸地神仙境界，甚至躲過疏而不漏的天網恢恢，好似那條昭昭天理之外的漏網之魚，徐鳳年即便追得上柳蒿師，卻耗不起光陰。可天底下就沒有無懈可擊的招式，只要柳蒿師托大，有膽子落地生根，徐鳳年不介意扛一扛所謂的池中滾雷，然後伺機而動。

天上黑雲猛然下墜，飄浮在大地之上，宛如一幅人世轉換雲海的玄妙畫卷，讓人有滄海桑田之感。徐鳳年上半身露出雲層，齊腰高的黑雲連綿翻湧動盪，四周雲霧中電閃雷鳴，電光逐漸交織成網，徐鳳年緩緩行走，立即成了被撒網漁夫盯上的游魚。

雲海中，眨眼間浮起一顆顆紫雷，一眼望去，粗略計算就有不下五十顆，大小不一，大如井口，小似拳頭；紫雷之間又有一條條不斷跳動的雪白閃電牽連，真是一座名副其實的雷池。

腳步不停的徐鳳年膽大包天，伸手握住一顆紫雷，整座雷池翻轉，五十多顆紫雷頓時漸次飛掠而來。徐鳳年右手五指鉤入紫雷，紫氣縈繞手臂，左手也沒閒著，輕輕揮動，每次恰好拍掉一顆顆砸來的紫雷，不過這座雷池霸氣十足，加上被徐鳳年死死攥緊的那一顆，毫無頹勢，驚世駭俗的壯闊景象根本沒有半點折損，五十多顆紫雷去而復返，被拍掉之後，不過彈出二十丈外就迅猛旋回，來勢洶洶，速度不減反增，慢慢行走的徐鳳年就像被圍困在一座隨之移動的雷池之中。

背後女子拿下巴抵了抵他的肩膀。

徐鳳年柔聲道：「記得當初答應要陪妳去崑崙山巔看雲海，可幾次巡狩天下要麼忘記、要麼錯過了，後來下定決心時，妳已經不願意。今天就當彌補一些。」

她柔聲道：「比起你送給那狐媚子的舉國狼煙，雲海算什麼？」

徐鳳年側了側腦袋，輕輕摩娑了一下她的臉頰。

深呼吸一口氣，徐鳳年將手中那顆始終沒有鬆開的紫雷放入嘴中，一口吞入腹，放聲大笑道：「當年整個天下都被我吃掉了，小小幾顆天雷算什麼？」

徐鳳年一手拎住一個紫雷，紛紛放入嘴中，當他吞掉一半紫雷後，雲海消散，雷池也就蕩然無存。站在三十丈外的柳蒿師瞠目結舌，哪裡料到這傢伙會是以這種蠻橫手段破解掉他苦心孤詣造就的天象祕術。

五十多顆借天地、借龍氣、借氣運辛苦形成的紫雷，可以說顆顆都是價值連城，為此北宗附龍鍊氣士不知傾注了多少心血，幾名大宗師的修為甚至直接被榨乾。原本雄厚的家底一下子就沒了一半，柳蒿師如何能不心疼！更可恨的是那莫名其妙就境界暴漲的惡獠還打了個舒舒服服的飽嗝，對柳蒿師露出一個譏諷笑臉，懶洋洋問道：「還不跑？」

柳蒿師乾淨俐落就開始撤退。

「難怪整整五十年都沒能成就地仙境界。」

徐鳳年瞇起眼，冷笑道：「要是剛才一直不停腳，我還未必能拿你怎麼樣。不過現在，已經晚了。」

徐鳳年伸出一根手指，在眉心割出一條細微血槽。

急掠之中的柳蒿師頓時頭顱裂開一般，從額頭開始憑空出現一條從上往下觸目驚心的裂痕，滿臉血跡，狼狽不堪。但這並不是最讓柳蒿師膽戰心驚的恐怖，隨著臉面上淌血不止，他的天象境界竟然像是洪水決堤，江河日下，一瀉千里。

柳蒿師清晰感知到自己的深厚境界，原本就像一座湖泊，然後眼睜睜看著湖水乾涸，卻完全無法阻擋湖面下降。柳蒿師痛心疾首的同時更是匪夷所思，天象境界的精髓便是與天地共逍遙，是躋身陸地神仙超然世外的前兆，哪裡聽說會作繭自縛，難不成那傢伙有與天地並肩的成就，能夠強行吸納別人的氣數，自作天地？若說是劍斬六國氣運的洪洗象，柳蒿師還會有幾分將信將疑，可身後那小子就算繼承了洛陽的修為，也絕對不至於如此駭人。

柳蒿師幾乎走火入魔，一咬牙，在勢如破竹的險境中，硬是趁勢崩碎自己本就搖搖欲墜的天象境界，在跌入指玄的瞬間之前，壁虎斷尾，任由剩餘一半紫雷滾落，如同陸地神仙一氣掠出數百丈，遠遠拋開那個讓他輸得一敗塗地的瘋子。

徐鳳年停下腳步，心中嘆息，只要柳蒿師稍稍猶豫，再晚上一點點時間，他就有把握宰掉這條老狗。抬頭看了眼天空，徐鳳年嘴角噙滿冷笑，離陽趙室不愧是如今的正統，連給趙室看門護院的一條走狗都身具相當可觀的氣數。

徐鳳年轉身望向十里之外，密密麻麻的劍氣，陣仗宏大。

徐鳳年默默將一顆顆紫雷納入袖中，融為氣機。

洛陽掙扎著落在地上，平靜道：「你去吧。」

徐鳳年牽著她的手，轉頭跟她對視。

她淒然決絕道：「你要天下，我只要你。我不能獨占，我寧肯不要。八百年前是如此，八百年後還是如此。」

徐鳳年突然笑了，「大秦皇后了不起啊？」

洛陽一臉震驚，後退一步。

徐鳳年嘴角翹起，笑道：「我是他，他可不是我。」

洛陽神情複雜。

徐鳳年蹲下去，示意她上背，柔聲道：「洛陽，回北涼之前，咱們去洛陽城看一看吧？」

洛陽一腳狠狠踢在他屁股上。

摔了一個狗吃屎的徐鳳年繼續蹲著，輕聲道：「當年大秦鐵騎沒能踏平如今叫北莽的大漠，這輩子補上。拓跋菩薩敢欺負我女人，我……」

不等徐鳳年說完，洛陽輕輕趴在他後背上。

徐鳳年站起身，「回頭跟妳慢慢算帳。」

洛陽說道：「你先打贏了王仙芝再說。」

◆

東海武帝城。

城外有一劍懸停，停了許久，以至於起先看到千里飛劍一驚一乍的江湖人士都漸漸失去了耐心興趣，一些無聊的江湖人就自己找樂子，坐莊賭博那柄劍到底要停幾日，押注早的，大多輸了大把銀子。

城內有人說那柄飛劍是桃花劍神鄧太阿的挑戰書，很快就會騎驢入城。也有人說是東越劍池宋念卿新悟出的一劍，也有人信誓旦旦揚言吳家劍塚的老祖宗要出關了，要為吳家枯劍正名。

看熱鬧湊熱鬧的說到底就是等那個「鬧」字，可既然這柄劍不鬧，雷聲大雨點小，就對城外停劍習以為常，只有一些在武帝城土生土長的頑劣稚童，時不時攀上外城牆頭，拿彈弓去射劍。其間有個想一鳴驚人天下知想瘋了的佩劍遊俠掠到劍身上站定，耍了許多蹩腳劍招，結果招來白眼無數，他也覺得尷尬，訕訕然跳下，灰溜溜出城。

幾乎沒有人留意城中來了個雙眉雪白的老傢伙，他進城以後，深居簡出，只是偶爾去那面插滿天下兵器的牆壁下站定，看上半晌就安靜反身。

牆上每日都要有一柄名劍消失無蹤，只是牆壁上的名劍利器實在太多，不可計數，像宋念卿當年攜帶十二柄劍登樓挑戰王仙芝，除去碎裂的六劍，其餘六柄都按照武帝城輸人留下兵器的老規矩插在了牆上，這一留就留了許多年，結果其中一柄昨天就悄然不見。

雙眉及膝的獨臂老人又獨自來到牆下，瞧著牆上較高處的一柄無主遺劍，咂巴咂巴嘴，看上去有些嘴饞，別人都是饞美色、饞美食、饞美酒，他就顯得格外特立獨行了。牆上兵器無疑以名劍居多，將近占據了半面牆壁—這也不奇怪，劍林之盛，一直是獨茂武林。

老人伸出兩根手指，撚住一縷白雪長眉，正打定主意今晚拿那柄新近瞧上眼的長劍下嘴，驀地「咦」了一聲，轉頭望去，就見一名氣韻出塵的負劍道士正好與他對望。

長眉老人問道：「龍虎山的小道士，本該掛在武當大庚角的呂祖遺物為何會在你身上？」一身素潔普通道袍的年輕道士反問道：「前輩為何人入城內，卻停劍城外？」

老人笑道：「老夫此生最後一劍，力求圓滿，才好去問一問當世百年最強手，本來差不多可以入城了，可姓王的竟然破天荒出城去了，反倒是把老夫晾在一邊。也無妨，等他回城就是。你是？」

道士平靜答覆：「小道龍虎山齊仙俠。」

老人「哦」了一聲，「聽說過，江湖上有『小呂祖』的說法。」

下武當後一直遊歷江湖的齊仙俠問道：「王城主是去攔阻來自西域的無用和尚？敢問前輩是？」

老人微笑道：「什麼無用和尚，是逐鹿山的劉松濤。至於老夫姓甚名誰，無關緊要，你只需知道世間仍有一劍，有望將王仙芝變成真正的天下第二。」

齊仙俠溫溫淡淡笑了笑。

老人手指鬆開長眉，「你雖是道人，卻也是劍士，老夫他日若是輸了，就由你跟上下一劍，十幾、二十年後無所謂，只要別太久，久到王仙芝飛升。」

齊仙俠輕輕作揖，然後轉身離去。

◆

柳蒿師從未如此倉皇失措，像一條落水狗，五十年天象底蘊，半炷香不到的工夫，就成了過眼雲煙。確定那傢伙沒有追殺後，仍是一口氣掠出十幾里路才停下腳步，他這輩子哪裡想到自己也有成為驚弓之鳥的一天。

武道進階，越是後面越是難如登天，行百里者半九十，三品到二品是一個大門檻，坐擁祕笈名師丹藥的門派豪閥子弟，大多數被攔在這個門檻之外。習武本就是極其吃苦的行當，既需要根骨天賦打底子，也靠滴水穿石的毅力，躋身二品，成為一般意義上的小宗師後，馬上就遇到一座更高的門檻，高到讓不少恆心不足的天縱之才都會知難而退。

柳蒿師見過太多具有先天優勢的年輕人，不得其門而入，蹉跎到老，更別提一品四境的攀升，正因為知曉路途艱辛，即將登頂的柳蒿師才痛心疾首自己的跌境。恨意滔天的柳蒿師頹然坐地，雙手插入地面，十指成鉤，劃出一條條泥溝。

柳蒿師心神激盪緩緩趨於平穩，從袖中掏出一方小巧古檀盒子，小心翼翼打開。

開盒之後，露出一小枚丹藥，沒有香氣彌漫，反而惡臭撲鼻，可柳蒿師卻鄭重其事地慢慢伸出雙指，試圖去拈住丹藥。

這顆不起眼的刀圭餌，傳言脫胎於大秦皇帝出海訪仙而得的半張仙藥祕方，道教典籍有密言「既然不得刀圭餌，且留人間做地仙」，意思是若得此藥，便可飛升，哪裡需要做什麼陸地神仙。柳蒿師當然清楚盒中餌藥沒有這等靈效，不過可以幫他穩固現有境界爭取到那一絲重返天象的天大機會。

柳蒿師猛然縮回手指，蓋好盒子，站起身環視四周，仍然不放心，繞弧而掠，確定方圓兩里之內沒有一人，這才盤膝而坐，吞下那枚刀圭餌，閉目凝神，逐漸進入「屍居龍見淵默雷聲」的境地。

「呵呵。」

輕輕兩字，在柳蒿師耳畔驟然響起，如同真真切切的炸雷。

◆

王仙芝做什麼事情都不急，慢性子得很，但當這個江湖上聰明的人太多了，腳下捷徑多得亂人眼，到頭來腳踏實地的王仙芝反而成了異類，入主武帝城之後，他的境界修為始終在穩步上漲，他既不是當時最年輕的二品高手，更不像李淳罡在躋身一品境界後數年破一境，勢如破竹得無法無天，王仙芝也從未有過一步跨境的驚豔舉動，相比那時直追四大宗師的一撥武學奇才，王仙芝只能算是大器晚成，可在他成就金剛體魄之後，在同等境界之中，王仙芝就逐漸有立於不敗之地的趨勢，何況誰都沒有想到這個當年只配一旁觀戰的高大年輕人，大器晚成得如此之久，尤其是他徒手折斷被譽為無堅不摧的木馬牛後，更是讓王仙芝真正登上江湖頂峰，那以後，直到被人習慣性稱作王老怪，王仙芝始終未嘗一敗。

這個沉默寡言的老人，就那麼孤零零站在武帝城樓頂，冷眼俯瞰江湖，倒騎毛驢拎桃枝的鄧太阿傲然登樓，輸而下樓，讓趙家天子寢食難安的曹長卿登樓，也是輸而下樓，以至於到最後，少有人是衝著打敗這個老怪物去的，只是想著快些登樓就知足，如果僥倖能與老傢伙見上一面，討教一些武學心得，無疑是意外之喜。

王仙芝不喜歡這樣的江湖。

等待那小丫頭第二劍的武帝城城主挑了下眉頭，不知是驚訝還是氣怒。

她這一劍，讓王仙芝古井無波的心境泛起一絲漣漪。

劍開天門！

天開一幕，流華絢爛。

天門一柱轟然落地。

當另一根天柱豎起，天門才算開啟。

疊手拄劍的姜泥面無血色，那柄大涼龍雀被她一寸一寸推入大地。

為了阻攔王仙芝前行，這女子竟然強開天門，顯然此門是為王仙芝而開，分明是要白作主張，送眼前這位舉世無敵的武帝城城主一程。

姜泥嘴角滲出血絲，仍是繼續推長劍入地，拚死去牽引另外一根天柱下落。

世間寥寥幾人知道真相，她當年只是一個搬書上山就疼得以為自己會死的女子，只是一個只因為怕吃苦就不敢去練劍的膽小女子，只是一個讀書掙些銅錢就心滿意足的女子。

什麼御劍，什麼復國，什麼劍開天門，她都沒有想過，這麼遙不可及的事情，她從不認為自己做得到。

她就想趁著他哪天不注意，偷偷一劍刺死他，然後這輩子就算完事了。

王仙芝依然沒有阻攔她的開門一劍。

我王仙芝不想過天門，天門大開又如何？

就在此時，王仙芝突然一腳後滑，做出拒敵姿態。

一道身影破開天門流華，一拳砸向王仙芝。

王仙芝倒滑出去整整三百丈。

第二根天柱在即將支撐起天地的瞬間，煙消雲散天門閉。

姜泥甚至顧不得吐出一口鮮血，癡癡望向那個身影。

身影一閃而逝，直撲王仙芝。

又是簡簡單單一拳。

王仙芝雖然仍是身形不倒，但狠狠倒退七百丈！

世間從未有人，能讓可殺仙人的王仙芝倒退一千丈。

微風拂過，王仙芝所退千丈直線之上，塵埃飄散，一些稍高土墩土坡更是被老人後背直接破開，所幸交手雙方身處荒郊野嶺，沒有外人看到這驚世駭俗的一幕。

王仙芝抖了抖腳腕，乾脆踢掉那雙破敗不堪的麻鞋，雙袖碎爛，也被他撕去，露出古銅色的粗壯手臂，肌肉堅若磐石，蘊藏開山裂城的力量。

武帝城臨水而建，以觀滄海，每年夏秋交匯，都會有白浪滔天，大潮橫拖千里，拍打東城牆頭。三十年以前，王仙芝每逢海上起龍捲，都會傲立東城牆頭，以雙臂拍浪弄潮，這三十年以來，先後換了兩人替他去「打潮」，聲勢都不如王仙芝浩大。

武夫以力證道，一直為三教中人所不齒，視作不合天道的下乘手法，是王仙芝以一己之力力挽狂瀾，扭轉了世人的看法，尤其是拓跋菩薩和軒轅大磐諸人相繼功成名就，更讓這條武道的先行者王仙芝如日中天，始終不落西山。

王仙芝神情平靜，遙望腳下一線遠處，氣機流轉鼓蕩，體內如汪洋肆意。

僅論內力，武評前十人，曹長卿比之天下第三的鄧太阿還要出類拔萃，直追拓跋菩薩，可自稱對上王仙芝，仍是難以望其項背。單論戰力，甲子之前的青衫劍神與廣陵江一步不退的羊皮裘老頭，與之大致持平，可王仙芝卻比甲子以前的自己高出一大籌不止，這也是為何東海一戰，哪怕面對重返劍道巔峰的李淳罡，王老怪也僅是使出九分力而已。

江湖五百年來公認的天下第一出了六、七人，到了這最近百年，最終敲定由王仙芝扛鼎，而這個自稱天下第二的老人，無疑要比百年前的逐鹿山魔頭劉松濤更加生猛無敵。當年有甲子高齡卻面容清逸如年輕人的齊玄幀站在斬魔臺看天下，為天道把守關門，世間便沒有魑魅魍魎可以作祟。有老而彌堅的王仙芝做定海神針的江湖，也就沒有武夫可以出頭，因此何談一棵新木秀於武林？

八十年潮來潮去，當初的四大宗師變成了十年一屆的武評十人，高手換了一茬又一茬，沒有誰知道這個老怪物到底在想什麼。

王仙芝嘴角勾起一個酣暢笑意，終於來了。

百多歲高齡的老人雙膝微屈，左手攤開向前緩緩伸出，右肩低斜，右手握拳。那名不速之客兩拳贈禮，送了他王仙芝足足一千丈，王仙芝萬萬沒有不還上一禮的理由。

身穿粗麻衣裳的老人這一平淡無奇的起手式，天地之間既沒有風卷雲湧與其交相呼應的意境，四周也沒有任何飛沙滾石的雄烈氣象。王仙芝收回視線，輕輕呼出一口氣，耳膜劇烈震動。

穿過天門那人在兩拳過後，沒有乘勢追擊，只是在七百丈外微微停頓了一下，等到王仙芝站穩身形，這才開始第三次衝擊，一步一個腳印，卻不是踏在地面上，而是淩空而行，如同石子打出一串水漂，離地數尺，形成一圈圈氣流漣漪，每一次踩地，都如洪鍾大呂敲在王仙芝心坎上，使得王仙芝不光是耳膜振動的幅度越來越大，甚至連兩側太陽穴都開始一凹陷一突出。

王仙芝仍然沒有出拳的跡象，等到那人最後一躍，一步跨過百丈，重重踩地後，蓄勢到了極致，一拳砸來，王仙芝耳膜與太陽穴同時猛然靜止不動，這才一拳轟出！

兩拳相撞。

砰一聲巨響。

兩人雙拳之間側面橫生出由磅礴氣機散開的一扇「湖面」，這抹纖薄湖面猙獰扭曲，震天響聲傳遍荒野，幾隻冬雀低空盤旋不經意間撞上這面氣牆，立即被撕裂粉碎得面目全非。

王仙芝臉龐那張不見老態的面皮如同湖水吹皺，浮現一層層細微起伏，然後緩緩歸於平靜。

兩人出拳手臂都不約而同往後蕩去，然後同時換手一拳，幾乎又是一場響徹平原的冬雷震震。

王仙芝微微一笑，輕輕縮手。

那人晃了晃手臂，也沒怎麼胡攪蠻纏。

兩人都沒有挪步，但兩者之間的距離卻越來越遠。

大地撕裂出一條寬度長度都在逐漸拉升的溝壑。

王仙芝緩緩問道：「是該稱呼你北涼世子還是真武大帝？」

有一雙熠熠生輝金黃眼眸的年輕男子笑道：「徐鳳年就行。」

王仙芝望著年輕人那雙逐漸暗淡下去的古怪眼眸，全身氣機如一掛長虹向身後飄伸出去，老人有些遺憾道：「原來才一炷香的風光。也不知道規矩是誰定的，無趣。」

徐鳳年譏諷道：「想要有趣，你怎麼不去天上找神仙打？」

王仙芝笑道：「腐草為螢，就算真有飛升證道的天上仙人，也未必是什麼好貨色。」

徐鳳年問道：「你是想在人間打輸了一架，才能心甘情願跨過天門？」

王仙芝搖頭朗聲道：「生而為人，死而為鬼，才是最實在的道理。至於神仙不神仙，在老夫看來無非是些貪生怕死的竊賊。竊鉤者誅，竊國者侯，竊命者仙，所以鬼神之說，老夫只肯信一半。」

徐鳳年擺手道：「不說這些有的沒的，你現在要殺我輕鬆得很，你到底怎麼說？」

王仙芝笑問道：「你還有沒有機會恢復方才的境界？」

徐鳳年無奈道：「難。」

王仙芝點頭道：「只要有就行，老夫下次就在東海等你。」

徐鳳年見老人就要轉身，追問道：「你跟隋斜谷沒有打起來？」

王仙芝仍是轉身徑直離去。

徐鳳年咽下一口血水，蹣跚反身。

◆

劍開天門處，姜泥拔出大涼龍雀，神情猶豫不決。

她不遠處，白衣洛陽蹲在地上，抓起一捧泥土，望著遠方。

姜泥一抬手，馭來紫檀劍匣，放好大涼龍雀，背在身上。

洛陽站起身拍了拍手，轉身跟那八百年前真正傾了國的女子對視，冷笑道：「還是這副天生讓男子我見猶憐的皮囊。不過如今比起以往，有心有肺多了。」

姜泥對她的說法感到一頭霧水，只是對這個白衣女子天生有惡感，當即瞪眼道：「要妳管！」

洛陽莫名其妙抬手，朝她做了一個舉杯一飲而盡的手勢，哈哈大笑，然後問道：「妳渴不渴？」

姜泥不想跟這個瘋女人一般見識，眼角餘光瞥見那個走近的身影，咬了咬嘴唇，毅然轉身離去。

徐鳳年停下腳步，閉上眼睛。

那一年，一望無垠的金黃麥穗，被當成貢品選送入宮單名狐的女子，怯怯走在他與大秦皇后身後小路上，還未飲下那一杯鴆酒。

徐鳳年睜開眼睛，揉了揉臉頰，繼續前行，走到洛陽身邊。

而被徐鳳年誤以為會一路逃回太安城的柳蒿師，他的那顆腦袋已經被一記手刀割下，被小姑娘一腳一腳踢著向前滾動。

徐鳳年本想以春神湖請神一戰作為江湖收官，就已經對得住這幾年拚命練刀，返回北涼以後，一般來說就再難做到心無旁騖。

一品四境，已經有過三次偽境，不說後無來者，最不濟也是前無古人的壯舉，徐鳳年已經對以後的境界提升不抱期望，在北涼安安心心做個土皇帝就足夠。可怎麼都沒有想到真正的收官之局，會是如此慘烈——宋念卿地仙一劍仍是戰死，柳蒿師的天象碎境，最後甚至要跟王仙芝打上一場。

徐鳳年靜靜站在這位白衣魔頭身邊，一身修為都已還給洛陽，一來一回，她的境界損耗巨大，天下第四應該仍是天下第四，可與武評隨後洪敬岩等人的差距卻不可避免地縮小，徐鳳年自己更是一窮二白，原先跌到二品的內力，也所剩無幾，如果說身軀體魄是一棟氣機充盈的樓房，那麼徐鳳年就稱得上是家徒四壁了，尤其是被柳蒿師毀去大黃庭池塘中的紫氣金蓮幼株，更是讓他苦不堪言。

徐鳳年默誦口訣，試圖憑藉在北莽悟得的起火得長安之法，凝聚真氣內觀起火，去流轉百脈，可惜些許真火自腳下湧泉穴起，才至玉枕便成強弩之末，連泥丸都過不去，徐鳳年神情枯槁，放棄掙扎。

鄉野一陣清風拂面，一股泥土氣息撲鼻而來，徐鳳年手腳冰涼，只得雙手插袖禦寒。

洛陽淡然問道：「王仙芝到底有多強？」

徐鳳年跺了跺腳，望向天空，輕聲道：「王老怪硬扛兩拳時也就出了五分氣力，最後約莫有八分。」

洛陽對此不做評價，平靜道：「我會帶丹嬰回逐鹿山，三年後在城外相見。你現在僅餘下鄧太阿贈送的幾把飛劍，別隨隨便便死在歸途。沒死在宋念卿和柳蒿師手上，沒死在王仙芝拳下，要是到頭來死在無名小卒手裡，就是個天大笑話。」

徐鳳年坦然笑道：「我的確是沒什麼後手，可趙家天子那邊也差不多一樣黔驢技窮，沒有韓貂寺和柳蒿師兩大頂尖高手坐鎮的太安城，僅比紙糊稍好一點，我要是曹長卿，直接就去京城摘了皇帝頭顱。江湖事了，以後就看北涼如何見招拆招，我的武學修為如何，其實已經無關大局。」

並肩而立的洛陽譏誚道：「拚家底，你們徐家拚得過趙家？曹長卿這時候有膽子去太安城鬧事，恐怕就沒命復國了。」
徐鳳年皺眉道：「不就還剩下個鬼鬼祟祟的吳家劍塚給朝廷撐腰嗎？」
洛陽冷笑反問道：「就？」
徐鳳年感慨道：「確實，我娘親出自吳家，鄧太阿也是，吳六鼎和他的劍侍翠花更是，宋念卿的第十四劍就已經有那樣的氣魄，想必那柄素王劍的主人，更是高深莫測。」
洛陽猶豫了一下，問道：「你為何不練劍意？」
徐鳳年自嘲道：「珠玉在前，見過太多劍道高人，不是不想，是不敢啊。」
徐鳳年猛然回神，「是劍意不是劍？」
不過洛陽已經不見蹤跡。
原地駐足不前的徐鳳年環顧四周，天地清明，氣象蕭索，就這麼一直發呆。
不知過了多久，他慢慢閉上眼睛，記起了許多往事，許多舊人。
在腦海中走馬觀花，直到幽燕山莊的那場親手借劍，劉松濤瘋癲後的〈無用歌〉，以及親見城內天地併攏一線。
當一個人手頭太過闊綽時，往往眼花繚亂，不知道應該珍惜什麼。
徐鳳年抬臂伸手一拂，好像是推掉了雜亂案桌上的一樣物件，「山嶽退散。」
不見武當，不見龍虎，不見徽山，不見所有名山。
拂退腦海中的天下山嶽之後，徐鳳年第二拂，「江海退散。」
不見春神，不見波陽，不見青渡，不見一切江湖。
第三次推拂，「城樓退散。」

不見裏樊，不見神武，不見太安，不見一切城池高樓。

第四拂拂退草木，第五拂拂退日月，第六拂拂退世上眾生。

這一剎那天地之間，徐鳳年彷彿煢煢孑立，仍然閉眼，卻在漆黑中「茫然四顧」，不知在尋找什麼。

等到徐鳳年以為要無功而返的時候，卻駭然發現無法睜眼，如同練刀之前許多次午睡時遭遇的鬼壓床，如何都睜不開眼睛恢復清明，分明是誤入歧途的徵兆！以往有道門大黃庭傍身，徐鳳年修行路數不管如何駁雜，不管如何劍走偏鋒，根本不用擔心會淪落到走火入魔，可此時大黃庭已經蕩然無存，正是徐鳳年根基最為動盪不安的時刻，他又一時起意，想趁著與王仙芝巔峰一戰後的殘存餘韻，抓住那一絲可遇不可求的明悟，希望可以一步登天，直接躋身天象甚至是陸地神仙的偽境，學鍊氣士去擷取那稍縱即逝的鳳毛麟角。

欲速則不達，何況徐鳳年經歷過三次偽境，本該每次升境都更加如履薄冰，外人根本不敢想像有人會像徐鳳年這樣不知死活，無異於自尋死路。既然無法醒來，徐鳳年竟然在不知深淺的偽境中笑了。

先前拂退山河，此時便慢悠悠一抱一攬漸漸收回所有山河景象。

都說請神容易送神難，可徐鳳年發現在此境中完全顛倒乾坤，好在他也不急，按照常理，無論武道還是天道修行，都以心猿意馬最為大忌諱，徐鳳年乾脆反其道而行之，放任自流。

依稀之中，徐鳳年好似看到了懷捧布鞋的宋念卿被一眾心神淒涼的劍池弟子抬入一輛馬車，看到了一個腳踢頭顱的少女背影，看到了袈裟飄搖的僧人長掠而來，看到了白衣女子帶著一襲朱袍去而復返又去。

然後徐鳳年的「視野」一瞬間拋遠千萬里，既看到了一位年輕俊雅道士為人守墳，也看到了南海的潮漲潮落，一名中年劍客御劍劈波斬浪，還看到了一頭似馬非馬、似鹿非鹿的古怪靈物拾級上山，到了天師府門前。

最後看到了山清水秀的一個小村外，一個蹲在河邊癡傻發呆的幼齡稚童突然開了竅，靈氣四溢，回到村子見到一扇窗戶所貼剪紙的那一抹紅，稚童便心生莫名歡喜。

徐鳳年終於睜開眼睛，抹了抹臉，不知不覺已是滿臉淚水。

——雪中悍刀行第二部（二）劍仙盡低眉　完

高寶書版集團
gobooks.com.tw

DN 250
雪中悍刀行第二部（二）劍仙盡低眉

作　　者　烽火戲諸侯
責任編輯　高如玫
封面設計　陳芳芳工作室
內頁排版　賴姵均
企　　劃　方慧娟

發 行 人　朱凱蕾
出　　版　英屬維京群島商高寶國際有限公司台灣分公司
Global Group Holdings, Ltd.
地　　址　台北市內湖區洲子街88號3樓
網　　址　gobooks.com.tw
電　　話　(02) 27992788
電　　郵　readers@gobooks.com.tw（讀者服務部）
pr@gobooks.com.tw（公關諮詢部）
傳　　真　出版部　(02) 27990909　行銷部 (02) 27993088
郵政劃撥　19394552
戶　　名　英屬維京群島商高寶國際有限公司台灣分公司
發　　行　英屬維京群島商高寶國際有限公司台灣分公司
初版日期　2021年 3 月

原書名：雪中悍刀行（8）劍仙盡低眉
本作品中文繁體版通過文化部核准，核准字號文化部部版臺陸字第109065號。

國家圖書館出版品預行編目(CIP)資料

雪中悍刀行第二部（二）劍仙盡低眉 / 烽火戲諸侯著. -- 初版. -- 臺北市：高寶國際出版：高寶國際發行, 2021.03
面；　公分. --（戲非戲；DN250）

ISBN 978-986-361-991-8（平裝）

857.7　　109022335